Von Daniel Holbe und Ben Tomasson
sind bereits im Knaur Taschenbuch erschienen:
Giftspur
Schwarzer Mann
Sühnekreuz
Totengericht
Blutreigen
Strahlentod
Schlangengrube
Glutstrom

Über die Autoren:
Daniel Holbe, Jahrgang 1976, lebt mit seiner Familie im oberhessischen Vogelsbergkreis. Neben der erfolgreichen Julia-Durant-Reihe, die er seit dem Tod von Andreas Franz weiterführt, schuf er eine eigene Reihe. *Totengold* ist der 9. Kriminalroman der Reihe, die er seit Band 3 gemeinsam mit Ben Tomasson schreibt.
Ben Kryst Tomasson, Jahrgang 1969, ist Germanist, Pädagoge und promovierter Diplom-Psychologe. Tomassons Leidenschaften sind die Geschichten, die das Leben schreibt, und die vielschichtigen Innenwelten der Menschen. Tomasson ist verheiratet und lebt in Kiel.

DANIEL HOLBE
BEN TOMASSON

Totengold

Kriminalroman

Besuchen Sie uns im Internet:
www.droemer-knaur.de

Originalausgabe Februar 2025
© 2025 Knaur Verlag
Ein Imprint der Verlagsgruppe Droemer Knaur GmbH & Co. KG
Maria-Luiko-Straße 54, 80636 München
Alle Rechte vorbehalten. Das Werk darf – auch teilweise –
nur mit Genehmigung des Verlags wiedergegeben werden.
Die Nutzung unserer Werke für Text- und Data-Mining
im Sinne von § 44b UrhG behalten wir uns explizit vor.
Redaktion: Regine Weisbrod
Covergestaltung: ZERO Werbeagentur GmbH, München
Coverabbildung: Collage unter Verwendung von Shutterstock.com
Satz und Layout: Adobe InDesign im Verlag
Druck und Bindung: CPI books GmbH, Leck
ISBN 978-3-426-52929-4

Kontaktadresse nach
EU-Produktsicherheitsverordnung:
produktsicherheit@droemer-knaur.de

5 4 3 2 1

1

Bärental, Anfang Februar 1945

Sie hatten ihn ins Bett geschickt, aber er konnte nicht schlafen. Im Zimmer war es eiskalt, und die Decke war zu dünn. Von unten drangen die Stimmen der Männer zu ihm herauf. In der Wohnstube war die Spannung mit Händen zu greifen gewesen, hier oben in der winzigen Kammer unter dem Dach war es eine ferne Vibration. Trotzdem schien sie ihm durch Mark und Bein zu gehen.

Sein Vater war alles andere als begeistert gewesen, dass Onkel Herrmann seine Freunde mitgebracht hatte. Obwohl er nicht auf dem Hof lebte, ging Herrmann hier ein und aus, wie es ihm gefiel.

Seine Freunde waren Männer in Uniformen. Keine einfachen Soldaten, sondern solche, die etwas zu sagen hatten, mit jeder Menge Abzeichen auf Brust und Schultern. Feiste Gesichter, triefende Augen, eingehüllt in Wolken aus Tabakrauch und Alkohol. Sein Vater mochte die Männer nicht. Er mochte auch den Krieg und den Führer nicht. Das sagte er natürlich nicht laut, aber Willi hatte ihn schon manches Mal murmeln gehört.

Wir haben den Krieg längst verloren, doch diese Idioten begreifen es nicht.

Willi verstand seinen Vater nicht. Seit zwei Jahren war er Mitglied der Hitlerjugend. Sie unternahmen Wanderungen, gingen gemeinsam fischen und halfen, wo sie konnten. Es gab echte Kameradschaft. Er war nicht länger ein Hänfling, sondern stark genug, um überall mit anzupacken. Und sie hatten Spaß zusammen. Das war viel besser, als morgens in aller Herrgottsfrühe aufzustehen und die Kühe zu melken oder den stinkenden Stall auszumisten.

Allein. Seine drei älteren Brüder waren an der Front, die beiden Schwestern längst verheiratet. Nur die Eltern waren noch da und die Helfer, die man ihnen geschickt hatte. Hohläugige, ausgezehrte Männer. Sie sprachen eine Sprache, die Willi nicht verstand.

Französisch, hatte Onkel Herrmann ihm erklärt.

Die armen Kriegsgefangenen nannte seine Mutter sie.

Minderwertiges Volk, sagte Onkel Herrmann.

Unten wurden Stühle gerückt. Holzbeine schrammten vernehmlich über den Dielenboden. Die Stimmen wurden lauter.

Zu Jahresbeginn waren Bomben auf Kassel gefallen. Man hörte solche Dinge immer häufiger, die Leute fühlten sich nicht mehr sicher. Zum ersten Mal hatte er es im Frühjahr 43 mitbekommen. Der Flieger war wie aus dem Nichts gekommen. Er hatte das Brummen gehört, kurz darauf auch den Donner der Explosion. Gesehen hatte er es nicht, doch es gab genügend Zeugen, die davon berichten konnten. Eine einzelne Bombe in Form eines Fasses, das sich wie ein hüpfender Stein über die Wasseroberfläche bewegte, bis es vom tiefen Nass verschluckt wurde. Die Engländer hatten diesen Bombentyp entwickelt, die sogenannte Roll- oder Hüpfbombe, und es waren ausgerechnet deutsche Pläne von Staumauern, die ihnen dabei geholfen hatten. Das Ziel war es gewesen, eine Bombe zu kreieren, die sich von eventuellen Schutznetzen nicht abwehren ließ, sondern sich unter ihnen durchbewegte – über das Wasser, bis sie irgendwann versank. Lustig anzusehen, wie ein hüpfender Kieselstein, doch sie war alles andere als das. Zuerst brachte sie eine Unheil verkündende Stille. Dann kam die Zerstörung. Die Detonation hatte ein gewaltiges Loch in die Mauer gerissen, die Flutwelle war verheerend gewesen. Acht Meter hoch, wurde berichtet. Das Wasser wurde bis nach Kassel gespült und riss zahllose Häuser und Brücken mit sich. Bahngleise und Straßen. Doch genauso schnell, wie die Katastrophe gekommen war, hatte man sich wieder erholt. Keine Zeit für Schockstarre, man glaubte noch an den Endsieg. Die Mauer war innerhalb von Monaten von Zwangsarbeitern wiederaufgebaut worden.

Jetzt allerdings, zwei Jahre später, schien die Angst größer zu sein. Realer. Vom Gewinnen sprach schon lange keiner mehr, plötzlich war von *Untertauchen* die Rede gewesen, als Onkel Herrmann und seine Freunde sich allein geglaubt hatten. Den zwölfjährigen Willi nahmen sie nicht für voll. Er hatte nicht alles hören können, weil er die Körbe mit den Scheiten zum Kaminofen hatte schleppen müssen. Die Flammen prasselten und knisterten, während sie sich durchs Holz fraßen. Doch dass die Männer einen Plan für den Notfall schmiedeten, war klar.

Aber warum, wenn sein Vater recht hatte und Herrmann und seine Freunde nicht begriffen, dass es vorbei war? Oder wussten sie es längst, markierten aber die starken Männer, damit niemand ihre Zweifel zu spüren bekam?

Willi hielt es nicht länger im Bett. Er kroch unter der Decke hervor, streifte das braune HJ-Hemd, die kurze schwarze Hose und die Strümpfe über und schlüpfte in seine Holzpantinen. Nein, die machten zu viel Lärm. Er nahm die Schuhe in die Hand und schlich auf Strümpfen zur Tür.

Sie knarrte, weil das Holz verzogen war. Willi quetschte sich durch den schmalen Spalt.

Onkel Herrmann und seine Freunde verließen das Haus. Von Vater und Mutter war nichts zu sehen. Willi wartete einen

Moment. Dann rannte er zur Tür und folgte den Männern in die dunkle Nacht.

Er sah flackerndes Laternenlicht, das sich zur Scheune bewegte. Die Männer gingen hinein und kamen kurz darauf mit mehreren kleinen Metallkisten zurück. Sie verluden sie auf dem Pritschenwagen, mit dem sie gekommen waren. Onkel Herrmann setzte sich ans Steuer. Die Männer kletterten auf die Ladefläche. Im nächsten Moment fuhr der Wagen vom Hof.

Willi stand mutterseelenallein in der Dunkelheit. Er sah, wie sich das Scheinwerferlicht zur Straße hin entfernte. Wenn der Wagen die Abzweigung nach Waldeck erreicht hatte, würde es verschwunden sein.

Aber das Licht tauchte wieder auf. Es bewegte sich hinter den kahlen Bäumen. Nicht nach Waldeck, sondern in Richtung Süden, hinunter zum See.

Willi dachte nicht lange nach. Er stieg in die Holzpantinen und rannte über den Hof zur Wiese. Sie lag am Hang und zog sich bis zur Talstraße hinunter.

Das Gras war nass. Mit den glatten Sohlen schlitterte er mehr, als dass er lief. Auf halber Höhe rutschte er aus und landete auf dem Hosenboden. Die Nässe drang durch den schweren Stoff und ließ ihn in der eisigen Luft frösteln. Willi wollte bremsen, aber er hatte so viel Schwung, dass er immer weiter rutschte. Ehe er es sichs versah, war er am Ende der Wiese.

Er rappelte sich auf und stolperte auf die Straße.

Das Scheinwerferlicht tauchte ein Stück entfernt wieder auf. Der Wagen bewegte sich zum See. Was wollten die Männer dort?

Willi schrak zusammen, als plötzlich Sirenengeheul einsetzte. Fliegeralarm! Das hatte es hier bisher nur wenige Male gegeben. Die winzigen Ortschaften waren kein bevorzugtes Ziel. Und nun ausgerechnet heute Nacht!

Willis Herz klopfte wie verrückt. Was sollte er tun? Zurück zum Hof? Aber der Weg den Hang hinauf war steil. Er würde nur langsam vorankommen, und vom Flugzeug aus würde man ihn sehen können. Lieber hinunter zum See. Dorthin, wo auch Onkel Herrmann und seine Freunde gefahren waren. Am Ufer gab es keine Häuser, also musste man auch keine Bomben abwerfen.

Willi rannte los und kürzte die Strecke über eine weitere Wiese ab. Der Weg war ihm vertraut. Im Sommer lief er oft hier hinunter, um schwimmen zu gehen. Was sollte man sonst tun, allein auf dem Hof, ohne Freunde?

Er sah, dass der Wagen irgendwo in der Nähe der Dorfstelle Berich hielt, jenem Bereich, an dem die Mauerreste die Einheimischen schmerzhaft daran erinnerten, dass sich hier einmal ein ganzes Dorf befunden hatte. Bis man es abgetragen hatte und das angestaute Wasser den Rest verschluckte. Onkel Herrmann und seine Freunde schienen keine Gedanken daran zu verschwenden, wie sie sich wohl auch keine Sorgen wegen des Fliegeralarms machten. Sie kletterten aus dem Wagen und klappten die Rückwand der Pritsche herunter.

Willi pirschte sich heran.

Bevor man beschlossen hatte, die Eder aufzustauen, hatten sich mehrere Dörfer entlang des Flusstals befunden. Genau wie Berich waren diese bis auf die Grundmauern abgetragen worden. Der Bericher Friedhof indes war geblieben. Statt die Toten umzubetten, hatte man die Gräber einfach mit Betonplatten verschlossen und versiegelt. Im August 1914 war der Bau der Staumauer abgeschlossen, im Herbst desselben Jahres verschwanden die Ortschaften zum ersten Mal unter Wasser.

Dieses Jahr waren die Gräber von Juni bis Mitte September überflutet gewesen. Dann war der Wasserstand langsam gesunken, und die Betonplatten waren ans Licht gekommen. Jetzt lag der Friedhof frei, und auch die Mauerreste der Häuser waren zu erkennen. Das passierte immer im Herbst, mal früher, mal später. Wie ein Wiedergänger tauchte Berich Jahr für Jahr aus den Fluten auf.

Als er jünger gewesen war, hatte Willi sich darüber gewundert, warum im Winter das wenigste Wasser im See war. Sein Vater hatte es ihm erklärt: Das aufgestaute Wasser wurde benutzt, um im Sommer die Wasserstände in der Weser und im Mittellandkanal hoch zu halten, damit die Wasserstraßen schiffbar blieben. Wenn die Sommer bis in den Spätherbst trocken blieben und ein frostiger Winter folgte, blieb der Pegel bis zum Einsetzen des Tauwetters niedrig.

Wie praktisch, dachte Willi, als er beobachtete, wie die Männer damit begannen, die Kisten vom Wagen zu laden und zu den Gräbern zu schleppen. Offenbar waren sie schwer. Onkel Herrmann lief neben den Männern her und beleuchtete den Weg über den abschüssigen Schieferhang.

Als sie die letzte Kiste hinuntertrugen, stolperte einer der Männer. Der andere konnte die Last nicht halten. Die Kiste polterte zu Boden, der Deckel sprang auf. Mehrere kleine, rechteckige Gegenstände fielen heraus und schlitterten über den steinigen Boden.

»Pass doch auf!«, fuhr Onkel Herrmann den Schuldigen an.

Willi starrte auf die Objekte, die sein Onkel hastig wieder aufsammelte. Er hatte zwar nie zuvor welches gesehen, aber trotzdem wusste er sofort, dass es Gold war. Der Glanz der rechteckigen, metallenen Stangen im Mondlicht ließ keinen Zweifel zu.

Herrmann warf die Goldbarren zurück in die Kiste. Willi beobachtete, wie die Männer eine der Betonplatten hochstemmten und die Metallkisten in das offene Grab hineinhievten. Anschließend ließen sie den Deckel wieder auf die Grabstelle sinken. Einer der Männer trug zwei große Eimer heran, die wohl Zement enthielten. Er schüttete den Inhalt rund um die Platte herum, und ein zweiter drückte die Masse mit einer Kelle fest. Nun nickten die Männer zufrieden. Sie kletterten den Schieferhang hinauf zur Straße und stiegen in den Wagen. Der Motor röhrte, die Scheinwerfer flammten auf. Einen Moment später sah Willi nur noch die roten Rücklichter.

Erneut stand er allein im Dunkel. Im fahlen Mondlicht, das ab und an zwischen den Wolken verschwand, war die Grabstelle nur noch zu erahnen.

Erst jetzt fiel ihm auf, dass das Sirengengeheul aufgehört hatte. Flugzeuge waren keine gekommen. Kein Geschützlärm, kein Donnerkrachen einschlagender Bomben wie bei einem Gewitter direkt aus der Hölle. Es war wohl ein Fehlalarm gewesen. Ihm kam ein unglaublicher Gedanke. Womöglich war sogar Onkel Herrmann dafür verantwortlich. Denn bei Bombenalarm stand niemand am Fenster und schaute hinaus. Die Verdunklung sorgte dafür, dass man sich draußen ungesehen bewegen konnte. Perfekte Bedingungen, um etwas zu verstecken, von dem niemand etwas wissen sollte.

Willi fühlte sich verwegen wie ein Abenteurer. *Er* wusste von dem Goldschatz! Warum sollte er dieses Wissen nicht nutzen? Wenn der Krieg tatsächlich verloren war, wie sein Vater unkte, würde man Geld brauchen, um sich eine neue Existenz aufzubauen. Onkel Herrmann würde ihnen wohl kaum etwas abgeben.

Willi kramte in der Seitentasche seiner HJ-Hose und fand ein paar Streichhölzer. Wenn er einige Barren von dem Gold stibitzte, das Onkel Herrmann und seine Freunde in dem Grab versteckt hatten, würde das vermutlich gar nicht auffallen. In der Kiste, die zu Boden gefallen war, war ohnehin alles in Unordnung. Aber allein würde er die Platte nicht hochstemmen können. Er bräuchte Hilfe und das passende Werkzeug. Bestimmt könnte er das eine oder andere besorgen. Nicht jetzt. Später. Wenn er sich überlegt hatte, mit wem er teilen wollte. Aber dazu musste er sich merken, in welchem der Gräber sich der Schatz befand.

Willi stolperte über die Steine zum Friedhof und hockte sich neben die Grabplatte. Sie waren nummeriert, das wusste er.

Er riss ein Streichholz an und hielt es über die Plakette.

Nummer sieben.

2

Mühle am Steinbach bei Goldacker, jetzt

Drei Einschusslöcher in drei Bäumen. Eine Reihe den Hang hinauf, ganz in der Nähe des Weilers Goldacker, bei der alten Mühle am Steinbach. Die zuständige Polizeistation hatte den Vorfall gemeldet.

Die Bäume standen an einem markierten Lehrpfad. Schilder erzählten die Geschichte der Entstehung von Pyrit, Kalkspat, Blei-Selen-Erz und Gold in den tiefsten Schichten des Schiefergesteins. In der alten Mühle befanden sich ein Museum und seit Neuestem auch die »Goldmühle«.

Sabine Kaufmann war bereits vor Ort gewesen, weil man beim LKA eine mögliche Gefahrenlage festgestellt hatte. Bei der routinemäßigen Suche nach verdächtigen Inhalten im Netz waren ihre Kollegen beim LKA Wiesbaden auf eine Anzeige im Darknet gestoßen, in der ein spektakulärer Fund zum Kauf angeboten wurde: Goldbarren mit aufgeprägtem Reichsadler und Hakenkreuz. Nazigold, das angeblich bei einem der hektischen Transporte zu Kriegsende auf dem Weg von der Reichsbank in Berlin nach Süddeutschland abgezweigt worden und in ein Versteck in Hessen gebracht worden war. So weit die Beschreibung.

Die Bilder, die es dazu gab, waren unscharf. Die Barren konnten ein Fake sein, davon gab es im Netz reichlich, oder das ganze Angebot war eine Finte, zusammengebastelt aus alten Fotos und leeren Versprechungen. Falls es aber tatsächlich ein echter Fund sein sollte, wäre der meldepflichtig, und der Schatz durfte nicht privat verkauft werden. Dass es sich um Stücke mit eindeutigen Nazisymbolen handelte, erhöhte die Brisanz.

Der Anbieter hatte sich mehrfach hier in der Region in unterschiedliche offene WLANs eingeloggt, das hatten die Kollegen von der IT in mühevoller Kleinarbeit herausgefunden, in Bärental, in Goldacker, in einem Restaurant unten am Edersee. Zudem wechselten die IP-Adressen und verschleierten die Identität des Verkäufers. Die Website selbst wurde auf einem Server auf den Philippinen gehostet, deren Betreiber keine Informationen herausrückten. Wer einen der Barren erwerben wollte, musste ein Angebot abgeben, seine Kontaktdaten hinterlegen und hoffen, dass sich der Anbieter bei ihm meldete. Außerdem solle das ernsthafte Interesse belegt werden, indem man Bilder schickte, die bewiesen, dass man zum »inneren Zirkel« gehörte – was auch immer damit gemeint war. Die Kollegen des LKA hatten einige Lockangebote gestartet, ohne Erfolg. Offenbar hatten sie nicht den richtigen Ton getroffen, oder die Wohnzimmer, die man mit Nazidevotionalien aus der Asservatenkammer bestückt hatte, waren nicht überzeugend gewesen. Vielleicht war auch die Sache mit dem »inneren Zirkel« anders gemeint gewesen?

Sabine Kaufmann war gemeinsam mit ihrer neuen Kollegin Lynn Burger hierhergekommen. Lynn hatte die Polizeischule mit Bestnoten absolviert und sich auf IT spezialisiert. Offenbar war sie gut, sonst hätte sie nicht mit Mitte zwanzig eine Chance im Landeskriminalamt bekommen.

Auf jeden Fall war sie sympathisch. Auch wenn es einen Altersunterschied von fünfzehn Jahren gab, konnte Sabine sich vorstellen, dass Lynn eine echte Freundin werden könnte. Davon hatte sie nach wie vor nur wenige. Petra Wielandt aus Bad Vilbel vielleicht, und Julia Durant in Frankfurt. Doch die Kontakte waren so sporadisch, dass es vermutlich übertrieben war, von Freundinnen zu sprechen.

Lynn stammte aus Wiesbaden, schien jedoch auch nicht über einen nennenswerten Freundeskreis zu verfügen. Warum, hatte Sabine noch nicht herausgefunden.

Seit zwei Wochen verfolgten sie die Spur des Nazigold-Anbieters, bislang ohne Erfolg. Ihr Chef hätte die Sache schon fast abgeblasen, doch dann waren dem LKA weitere Auffälligkeiten von den örtlichen Polizeistationen gemeldet worden. Ebenfalls am Edersee, in den Ortsbezirken Bärental und Goldacker.

Das eine Problem betraf die amtierende Ortsvorsteherin von Bärental, Laura Erdmann-Janssen. Sie hatte in den letzten Wochen mehrere anonyme Drohbriefe erhalten, bis hin zu Todesdrohungen. Man verlangte, dass sie umgehend ihr Amt niederlegte.

Das zweite Problem stand mutmaßlich mit dem ersten im Zusammenhang. Es ging um eine Gruppe junger Leute, die offenbar einer rechtsextremen Ideologie anhingen. Sie nannten sich »Die Schutzmacht« und veranstalteten Trainingscamps in einem Waldstück nahe Goldacker. Weil sich der Wald im Privatbesitz befand, konnte man das nicht verbieten. Der Eigentümer hatte auf Nachfrage erklärt, dass es nur ein Zeitvertreib seines Neffen sei. Nichts, worüber man sich Sorgen machen müsse.

Da Laura Erdmann-Janssen und ihr Kollege Philipp Rösner, Ortsvorsteher in Goldacker, mit allen ihnen verfügbaren Mitteln gegen die Gruppe vorgingen – unter anderem war eine Versammlung verboten, eine Kundgebung aufgelöst und eine Plakataktion unterbunden worden –, lag der Verdacht nahe, dass die Drohbriefe aus diesem Umfeld stammten. Aber Sabine und Lynn fehlten die Beweise.

Und nun hatte tatsächlich jemand auf Laura Erdmann-Janssen geschossen.

Die Politikerin hielt sich bemerkenswert senkrecht. Eigentlich war man hergekommen, um die neu eröffnete Goldmühle einzuweihen, eine Touristenattraktion, die auf den Goldabbau in der Region Bezug nahm. Früher hatte es Goldminen gegeben, und noch heute konnte man Goldflitter aus dem Fluss auswaschen. Es gab bereits die unterschiedlichsten Angebote, darunter auch solche, bei denen man das Gold vorab erwarb und in das Wasser schüttete, aus dem man es später herauswusch. Hier an der Mühle am Steinbach legte man Wert auf Authentizität, so gab es eine qualifizierte Führung durch einen Geologen, der sich auf Gesteinsformationen spezialisiert hatte, und das Angebot war außerdem mit einem Museum kombiniert, das die Geschichte der Goldsuche vom Edersee bis zum Eisenberg bei Goldhausen zeigte.

Kaufmann zog den Reißverschluss ihrer Outdoorjacke höher. Es war kalt an diesem Morgen. Ein scharfer Wind pfiff durch die Bäume, an denen nur noch vereinzelte Blätter hingen. Der Boden war von rotem und gelbem Laub bedeckt. Der Himmel war wolkenverhangen, aber zumindest sah es nicht nach Regen oder Schnee aus.

Ende November war kein besonders glücklicher Zeitpunkt für die Einweihung eines Lehrpfads im Wald, doch beim Umbau der alten Mühle zum Goldmuseum war es immer wieder zu Verzögerungen gekommen. Lieferschwierigkeiten, die Insolvenz eines Subunternehmers und morsche Balken, die man erst nach Baubeginn entdeckt hatte. Als es endlich fertig war, waren der Sommer und die Herbstferien längst vorbei. Trotzdem hatte man entschieden, das Museum sofort zu eröffnen. Auch in den Wintermonaten kamen schließlich Touristen.

Tatsächlich hatten sich an diesem Samstag etliche Menschen hier versammelt, Einheimische und Feriengäste ebenso wie Tagesausflügler, darunter viele Familien mit Kindern, aber auch Erwachsene aller Altersklassen. Das Thema Gold weckte offenbar in vielen den Abenteuergeist.

Die Rede am Eingang zum Lehrpfad wäre eigentlich Philipp Rösners Aufgabe gewesen, Ortsvorsteher von Goldacker, doch der lag mit Grippe im Bett. Laura Erdmann-Janssen war für ihn eingesprungen. Anschließend war man den neu beschilderten Weg am Steinbach entlang und durch den Wald zur Mühle gegangen.

Dort waren dann die Schüsse gefallen. Dreimal kurz hintereinander, und jeweils knapp über den Kopf von Laura Erdmann-Janssen hinweg. Sabine hatte automatisch auf die Uhr gesehen. Es war elf Uhr dreiunddreißig gewesen.

Wäre Sabine dasselbe passiert, hätte sie am ganzen Leib geschlottert, da war sie sich sicher. Die Ortsvorsteherin dagegen saß kerzengerade auf der Kante zwischen den offenen Türen des Rettungswagens, die goldene Decke wie einen königlichen Umhang um sich gewickelt. Darunter sahen das edle schwarze Businesskostüm und die eleganten Pumps hervor. Allein die schwarze Pagenfrisur war ein wenig in Unordnung geraten. Davon abgesehen strahlte Laura Erdmann-Janssen ein ruhiges Selbstbewusstsein aus, um das Sabine sie beneidete. Als könnte die Welt ihr nichts anhaben, weil sie einen unsichtbaren Schutzpanzer trug.

»Wenn die jungen Leute hätten treffen wollen, hätten sie getroffen«, sagte die Ortsvorsteherin nun zu Lynn. »Schließlich absolvieren sie Schießtrainings im Wald. Die können eine Münze von einem Flaschenhals schießen. Mein Kopf, der um ein Vielfaches größer ist, wäre kein Problem gewesen.«

»Was war dann das Ziel des Anschlags?«, fragte Lynn, ihr Tablet in der einen, den zugehörigen Touchpen in der anderen

Hand. Von ihrem Gesicht war kaum etwas zu sehen, weil sie einen dicken Wollschal um den Hals geschlungen hatte, der fast bis zur Nase reichte. Die passende Mütze hatte sie über die Ohren und bis zu den Augenbrauen heruntergezogen. An den Händen trug sie dünne schwarze Thermohandschuhe.

»Einschüchterung«, erwiderte Laura Erdmann-Janssen. »Die Jungs wollen, dass wir sie in Ruhe lassen. Aber den Gefallen werden wir ihnen nicht tun. Naziideologie hat hier nichts verloren. Bei uns sind alle willkommen, ob als Gäste oder ständige Bewohner. Und Trainingscamps im Wald können wir erst recht nicht dulden. Die Gegend hier bietet wunderbare Freizeitmöglichkeiten für junge Leute. Ganz sicher wollen wir nicht mit Fremdenhass und kruden Theorien in die Medien kommen. Das schadet nicht nur der Region, sondern auch den Menschen.«

Sie klang, als würde sie eine Wahlkampfrede halten. Sabine fragte sich, ob sie nicht anders konnte oder ob es ihre Strategie war, das Erlebte nicht zu nah an sich heranzulassen. Sie schob die Hände in die Jackentaschen und ärgerte sich, dass sie keine Handschuhe bei sich hatte. Aber als sie vor zwei Wochen hergekommen waren, waren die Temperaturen noch mild gewesen.

»Ein privates Motiv können Sie sich nicht vorstellen?«, fragte Kaufmann.

»Nein.« Die Ortvorsteherin kniff die Augen zusammen und schien nachzudenken. »Nein«, wiederholte sie mit fester Stimme. »Ganz bestimmt nicht.«

»Sie sind verheiratet?«

»Ja. Seit zwölf Jahren.«

»Gibt es Probleme?«

»Nicht mehr als in jeder anderen Ehe auch«, entgegnete die Ortsvorsteherin.

Sabine musterte sie. Hatte da ein Unterton mitgeschwungen?
»Haben Sie Kinder?«, fragte sie weiter.

»Nein.« Wieder war da etwas in Laura Erdmann-Janssens Stimme, das Sabine nicht so recht fassen konnte. Sie hätte gewettet, dass da noch mehr war. Trotzdem. Eine Ehekrise oder ungewollte Kinderlosigkeit waren noch lange kein Grund, auf den Partner zu schießen. Sie würden den Ehemann befragen, dann würde sich die Sache sicher klären. Im Augenblick waren die Mitglieder der »Schutzmacht« als Täter sehr viel wahrscheinlicher.

»Wir können Sie für eine Weile in einem sicheren Haus unterbringen«, schlug Lynn vor, doch Laura Erdmann-Janssen winkte ab.

»Ich sage doch: Wenn diese fehlgeleiteten jungen Leute mich hätten töten wollen, hätten sie es getan. Man muss sich deswegen keine Sorgen machen. Wichtig ist, dass man ihnen die Tat nachweist und sie zur Rechenschaft zieht, damit dieser unselige rechte Aktionismus endlich ein Ende hat.«

»Okay.« Kaufmann wusste, dass sie die Frau zu nichts zwingen konnte, auch wenn sie selbst die Lage längst nicht als so harmlos einschätzte. Extremisten, die Gewalt einübten, übten sie irgendwann auch aus, diese Erfahrung machten sie immer wieder.

Von den Polizeistationen Bad Wildungen und Korbach waren Beamte angerückt, die das Gelände der Museumsmühle und den Lehrpfad weiträumig abgesperrt hatten. Sie hatten die Besucher in die alte Mühle gebracht und führten eine erste Zeugenbefragung durch. Bisher ohne Erfolg. Alle waren schockiert. Viele hatten die Schüsse zunächst für einen Gag gehalten, eine Inszenierung, die das Abenteuerfeeling steigern sollte. Gesehen hatte niemand etwas. Die Bäume waren zwar weitestgehend kahl, aber in dem Waldstück gab es genügend dicht belaubte Büsche, hinter denen man sich verstecken konnte, oder der Schütze hatte sich einfach hinter einem der dickeren Baumstämme verborgen. Vermutlich hatte er ein Jagdgewehr benutzt, sodass er sich nicht in unmittelbarer Nähe hatte aufhalten müssen. Und nach den Schüssen war die Aufmerksamkeit der Zuschauer auf Laura Erdmann-Janssen gerichtet gewesen. Niemand hatte eine flüchtende Person bemerkt.

Die Beamten fragten trotzdem weiter. Oft kam die Erinnerung zurück, wenn der erste Schock abgeklungen war. Außerdem hatten etliche Besucher die Rede und den Gang durch den Wald mit dem Handy gefilmt. Die Videos wurden gesammelt und mussten später ausgewertet werden. Vielleicht hatte ja doch jemand unbemerkt etwas eingefangen.

Das Smartphone in Sabines Jackentasche vibrierte. Sie zog es hervor und warf einen Blick auf das Display. Es war ihr Chef, Julius Haase. »Ja?«

»Hallo, Frau Kaufmann. Ich habe veranlasst, dass Sie Unterstützung bekommen. Ich nehme an, Sie haben nichts dagegen?«, sagte ihr Vorgesetzter. »Die Spurensicherung muss ohnehin anrücken. Solange das Motiv für die Tat nicht klar ist, können wir auch einen privaten Hintergrund nicht ausschließen. Das wäre dann eine Angelegenheit für das Polizeipräsidium Mittelhessen.«

Sabines Herz machte einen kleinen Satz. Sie war jetzt seit eineinhalb Jahren mit Ralph Angersbach zusammen, aber es fühlte sich immer noch frisch an. Was sicher auch daran lag, dass sie nicht zusammenwohnten. Von Wiesbaden nach Gießen waren es nur knapp hundert Kilometer, aber trotzdem fuhren sie die Strecke nicht jedes Wochenende. Schon allein, weil die Arbeit sie oft genug daran hinderte. Als Polizeibeamte kannten sie kaum geregelte Arbeitszeiten.

»Wer denn?«, fragte sie so unbeteiligt wie möglich.

»Der Kollege Angersbach«, erwiderte ihr Chef mit einem Grinsen in der Stimme. »Das ist Ihnen doch recht?«

»Ja. Klar.« Sabine bemühte sich um einen neutralen Tonfall und verabschiedete sich von Haase. Anschließend setzte sie Lynn ins Bild. Die neue Kollegin lächelte. »Dann lerne ich deinen Lover ja endlich mal kennen.«

Sabine, die eben noch voller Vorfreude gewesen war, wurde mit einem Mal mulmig zumute. Wie würde Lynn auf Ralph reagieren? Lynn war eine moderne junge Frau, zielstrebig und technikbesessen. Ralph war vielleicht nicht mehr so ein Grantler wie damals, als Sabine und er sich kennengelernt hatten, aber auch alles andere als ein smarter Typ. Die dunklen Haare mit den vielen grauen Strähnen, die sich eingeschlichen hatten, waren zu lang, die grüne Wetterjacke, die er so liebte, abgenutzt, und der Lada Niva, dieser riesige alte Geländewagen in verrostendem dunklem Grün, den er fuhr, schrie so deutlich »Umweltsünder«, als hätte es jemand in roter Farbe auf die Karosserie gesprüht. Dazu kam, dass Ralph ein ausgesprochener Technikmuffel war. Die beiden würden nicht viel miteinander anfangen können.

Egal, dachte Sabine. Das musste weder ihre beginnende Freundschaft mit Lynn stören noch Einfluss auf ihre Beziehung zu Ralph haben. Sie hoffte nur, dass Ralph die junge Kollegin nicht zu grob behandelte. Aber Lynn war tough, sie würde sich zu wehren wissen. Zumindest hoffte Sabine das.

Landkreis Waldeck-Frankenberg

Ralph Angersbach pfiff vor sich hin, während er den Lada Niva bei Fritzlar von der A 49 lenkte. Die Hangars der Kampfhubschrauber kamen in Sicht. Doch der Himmel blieb leer. Keine Flugbewegungen, kein Manöver. Ralph wusste, dass hier die einzigen Eurocopter-Tiger Deutschlands stationiert waren, dasselbe Hubschraubermodell, um das es in dem James-Bond-Streifen *Golden Eye* gegangen war. Außerdem starteten vom Heeresflugplatz Fritzlar einmal pro Jahr die Flugzeuge für ein mittlerweile recht berühmtes Manöver: den Absprung der Fallschirmspringer über dem Edersee. Das sogenannte Notverfahren Wasserlandung sollte den Ernstfall simulieren. Nicht ungefährlich, vor allem wenn ein niedriger Wasserstand herrschte. Angersbach ließ seine Gedanken noch ein wenig kreisen, während er über die Bundesstraße in Richtung Bad Wildungen fuhr. Von dort war es nur noch ein Katzensprung bis an den Edersee. Die Fahrt von Gießen aus dauerte insgesamt gut eineinhalb Stunden, aber die Zeit verging wie im Flug.

Ein wenig schämte Angersbach sich für seine gute Laune. Immerhin war ein Mordanschlag auf eine Politikerin verübt worden. Aber die Frau lebte ja noch, und Ralph freute sich einfach darauf, Sabine zu sehen.

In den letzten Wochen hatte er mit einem komplizierten Fall zu tun gehabt, und der Plan, am Wochenende an den Edersee zu fahren, hatte sich nicht verwirklichen lassen. Jetzt konnte er Sabine nicht nur besuchen, sie durften sogar wieder zusammenarbeiten. Ganz korrekt war das nicht, aber Sabines Chef im LKA war ein lockerer Typ, und er hatte ein Herz für die Liebenden.

Angersbach umkurvte Bad Wildungen auf der Ortsumgehung und fuhr weiter in Richtung Mehlen. Dahinter, auf halber Strecke zwischen Buhlen und Netze, zweigte die Straße nach Goldacker ab und kurz darauf der Weg zur alten Mühle am Steinbach.

Er musste nicht lange suchen. Mehrere Einsatzfahrzeuge standen bereits auf dem Waldparkplatz. Ralph parkte direkt dahinter, zeigte dem Beamten an der Absperrung seinen Ausweis und betrat den Pfad, der von großen, modern gestalteten Informationstafeln gesäumt war. Er warf nur einen kurzen Blick darauf. Es ging um Gold. Entstehung, Vorkommen, Abbau. Ein mühseliges Unterfangen, soweit er das im Vorbeigehen erkennen konnte. Aber vielleicht war es ja der Königsweg zum großen Reichtum?

Vor ihm tauchte das alte Mühlengebäude auf, ein imposantes Fachwerkhaus mit weiß gestrichenen Wänden, schwarzen Balken und rotem Ziegeldach. An der Seite, die dem Bach zugewandt war, befand sich ein großes Schaufelrad, das früher wohl über die breite Rinne gespeist worden war, die vom Bach zur Mühle verlief. Jetzt stand es still. Wenn überhaupt, wurde es nur noch für den Museumsbetrieb in Gang gesetzt.

Ralph sah eine Gruppe von Menschen, die um die offenen Türen eines Rettungswagens versammelt waren. Eine Frau mit einer goldenen Rettungsdecke um die Schultern saß auf dem Rand. Neben ihr stand Sabine in ihrer roten Outdoorjacke. Die kurzen blonden Haare wurden von den Windböen aufgeweht, die zwischen den Bäumen hindurchpfiffen. Ralphs Mundwinkel hoben sich wie von selbst.

Sabines Augen leuchteten auf, als sie ihn entdeckte. »Ralph!«

Für einen kurzen Moment sah es aus, als wollte sie ihn in die Arme schließen und küssen, aber dann beließ sie es bei einem Lächeln und stellte die Anwesenden vor.

Von Lynn Burgers Gesicht war zwischen Mütze und Schal kaum etwas zu sehen, abgesehen von zwei wachen, kornblumenblauen Augen und einer spitzen Nase. Sie musterte ihn neugierig, ebenso wie die Frau, die hinten im Rettungswagen hockte. Die Ortsvorsteherin Laura Erdmann-Janssen.

»Ich fürchte, Sie sind umsonst gekommen«, erklärte diese. »Ich bin mir sicher, dass es sich um eine politisch motivierte Tat handelt.«

»Wenn sich Ihr Verdacht bestätigt, überlasse ich die Sache dem LKA«, sagte Angersbach, ein wenig zu schroff vielleicht. »Aber wir müssen alle Möglichkeiten prüfen. Das ist unsere Pflicht.«

»Sicher.« Die Ortsvorsteherin ließ sich von seinem harschen Ton nicht aus der Ruhe bringen. »Ich wollte Ihnen nur unnötige Arbeit ersparen.«

»Sie entschuldigen uns kurz?« Sabine griff nach Ralphs Arm und zog ihn ein paar Schritte beiseite. Lynn Burger folgte ihnen.

»Sie hat vermutlich recht«, erklärte Sabine, als sie außer Hörweite waren, und berichtete knapp über die Probleme mit der rechtsradikalen Gruppe. Andeutungen hatte sie bereits im Lauf der beiden letzten Wochen am Telefon gemacht, wenn sie abends über ihren Tag gesprochen hatten, mehr jedoch nicht. Bisher war er nicht in die Ermittlungen involviert gewesen, und obwohl sie beide Polizeibeamte waren, hielten sie sich an die Regel, Ermittlungsdetails nicht zu verraten.

Lynn zog ihr Tablet hervor. »Wir könnten uns aufteilen«, schlug sie vor. »Wir kümmern uns um die jungen Leute mit der zweifelhaften Gesinnung, während du das private Umfeld in Augenschein nimmst.« Sie lächelte Ralph an. »Ich habe das schon recherchiert. Lauras Ehemann Christian arbeitet bei einer Firma, die eng mit dem Nationalparkamt Kellerwald-Edersee und dem zuständigen WSA – dem Wasser- und Schifffahrtsamt – kooperiert. Er ist Ingenieur. Lauras Eltern leben in Düsseldorf. Ihnen gehört eine Reihe von Juweliergeschäften. Ansonsten hat sie keine lebenden Angehörigen. Christian hat noch einen jüngeren Bruder, Kai, und sein Großvater Willi besitzt einen Hof hier in der Nähe, in Bärental. Das ist der Ortsbezirk, dem Laura Erdmann-Janssen vorsteht. Die Eltern von Christian und Kai Erdmann sind bereits tot. Ein Autounfall auf regennasser Fahrbahn vor drei Jahren. Dasselbe gilt auch für weitere Verwandte. Willi Erdmann hatte fünf Geschwister, drei Brüder und zwei Schwestern, von denen nur der eine Bruder und die eine Schwester den Krieg überlebt haben, aber die sind schon vor langer Zeit kinderlos verstorben.«

Angersbach schwirrte der Kopf. »Kann ich das schriftlich haben?«

»Klar. Gib mir einfach deine Nummer, ich schicke es dir aufs Handy. Die Adressen habe ich auch schon rausgesucht.«

»Super.« Ralph fühlte sich überrumpelt. Aber Sabine hatte ja schon erwähnt, dass die neue Kollegin ein IT-Freak war. Und das einem Technik-Dinosaurier wie ihm! Wahrscheinlich würde sie sich totlachen, wenn sie herausfand, wie weit er der Entwicklung hinterherhinkte.

Er diktierte seine Handynummer, die Lynn flink in ihr Gerät tippte. Gleich darauf summte Ralphs Smartphone. Er öffnete die Datei, die Lynn ihm geschickt hatte. Es war eine ordentliche Tabelle, in der sämtliche Namen verzeichnet waren, die sie genannt hatte, dazu alle relevanten Informationen, die Adressen und sogar Fotos.

»Wow. Gute Arbeit«, sagte er.

Lynn lächelte, jedenfalls nahm er das an. Ihren Mund konnte er unter dem Schal nicht sehen, aber neben ihren Augen erschienen kleine, ausgesprochen aparte Fältchen.

»Gut.« Ralph steckte das Handy wieder ein. »Dann nehme ich mir als Erstes den Ehemann vor.« Er blickte zu der Frau im Rettungswagen. »Bringt ihr sie in ein sicheres Haus?«

»Das will sie nicht«, erwiderte Sabine.

»Okay.« Angersbach betrachtete die Frau mit dem dunklen Pagenkopf. Sie wirkte selbstbewusst und energisch, selbst in dieser Situation. Man würde ihr sicher nichts aufschwatzen können, das sie nicht wollte. »Habt ihr sie darauf angesprochen, wie ihre Ehe ist?«

»Ja.« Sabine wiegte den Kopf. »Sie sagt, es gibt keine größeren Probleme. Aber in ihrer Stimme war etwas … Ich weiß nicht. Ich kann es nicht greifen. Ich glaube, da ist mehr, als sie uns sagen will.«

»Das ist doch normal, dass nicht immer alles rundläuft«, meldete sich Lynn zu Wort. »Und dass man seine persönlichen Probleme nicht vor der Polizei ausbreiten möchte.« Sie hielt Ralph ihr Tablet hin. »Es gibt einen recht aktuellen Artikel über die beiden. Sie scheinen ein echtes Traumpaar zu sein.«

Angersbach warf nur einen kurzen Blick auf das Hochglanzfoto, das Laura mit einem attraktiven Mann vor einem hübschen Haus zeigte. »Das ist die Fassade. Dahinter kann es ganz anders aussehen.«

3

Mühle am Steinbach bei Goldacker

Die Kollegen von der Spurensicherung suchten systematisch den abgesperrten Bereich ab. Der Kriminaltechniker, der die Kugeln aus den drei Baumstämmen eingesammelt hatte, hielt die Tüte gegen das Licht und kniff die Augen zusammen.

»Gewehrmunition«, sagte er zu Sabine Kaufmann und Lynn Burger. »Sehen Sie die Rillen von den Zügen und Feldern?«

Die Beamtinnen nickten. Spuren, die entstanden, wenn die Patrone durch den Lauf gepresst wurde, von den Fachleuten als Züge und Felder bezeichnet, ließen eindeutige Rückschlüsse auf die verwendete Waffe zu.

»Eine Büchse also«, folgerte Lynn, »keine Flinte.«

Anders als Büchsen hatten Flinten keinen gezogenen, also mit Rillen versehenen, sondern einen geraden Lauf. Die Rillen stabilisierten die Flugbahn des Geschosses. Außerdem hinterließen sie Spuren, die eine Zuordnung zur verwendeten Waffe möglich machten.

Der Kriminaltechniker nickte. »Ein Repetiergewehr mit Zielfernrohr vermutlich. Da kommen verschiedene Modelle in Betracht. Wir können das genauer sagen, wenn wir die Geschosse im Labor unter die Lupe genommen haben. Aber halten Sie ruhig schon mal Ausschau nach einem Jagdgewehr.«

Lynn hielt bereits ihr Smartphone in der Hand. »Ich beantrage einen Durchsuchungsbeschluss für die Gebäude auf dem Gelände, wo sich die ›Schutzmacht‹ trifft. Das sind schießwütige Typen, Waffennarren – und wahrscheinlich Schlimmeres. Wenn wir jemanden suchen, der abgebrüht genug ist, in der Öffentlichkeit mit einem Jagdgewehr rumzuballern, dann wohl bei denen.«

Kaufmann beobachtete, wie die Spurensicherer versuchten, mit einem Winkelmessgerät den ungefähren Standort des Schützen zu ermitteln. Sie konstruierten aus den Eintrittsstellen der Geschosse in den Bäumen imaginäre Linien, die sich in etwa hundertfünfzig Meter Entfernung trafen. Ein Kriminaltechniker richtete einen Laserpointer auf die Stelle, ein zweiter markierte den Baum, der dort stand, mit roter Farbe. Die Kollegen untersuchten den Bereich und winkten kurz darauf Sabine und Lynn heran.

»Hier hat jemand gestanden.« Der Spurensicherer wies auf die Erde hinter dem markierten Baum, die Teilabdrücke von Sohlen mit grobem Profil aufwies.

Lynn sah hinüber zu dem Punkt, an dem Laura Erdmann-Janssen gestanden hatte. »Kein leichter Schuss.«

»Für einen geübten Schützen …« Der Kriminaltechniker zuckte mit den Schultern.

»Das bedeutet, dass unser Täter gut mit einer Waffe umgehen kann.« Sabine machte sich Notizen.

»So gut nun auch wieder nicht«, bemerkte der Kriminaltechniker. »Sonst hätte er nicht dreimal danebengeschossen.«

»Bisher wissen wir nicht, was seine Absicht war. Womöglich wollte er gar nicht treffen, sondern das Opfer nur einschüchtern. Dann wiederum wäre er ein sehr guter Schütze.«

Lynn deutete auf den Waldboden. »Können wir mit den Schuhabdrücken etwas anfangen?«

»Schwierig.« Der Kriminaltechniker beäugte die Abdrücke. »Mit Glück können wir vom Profil auf die Marke schließen. Für die Größenbestimmung sind die Fragmente zu klein, und einen vollständigen Abdruck gibt es gar nicht.«

»Sonstige Spuren?«, fragte Sabine.

»Nein.« Er wies auf den von bunten Blättern bedeckten Waldboden. *Undankbarer Tatort,* sagte sein Blick. »Selbst wenn es da etwas geben sollte, ein paar Fasern oder Haare – wir werden es zwischen all dem Laub nicht finden.«

»Also müssen wir uns an die Menschen halten.« Kaufmann steckte ihr Notizbuch ein. »Dann statten wir den Mitgliedern der ›Schutzmacht‹ mal einen Besuch ab.«

Lynn nickte grimmig. »Ich bin gespannt, was sie dazu zu sagen haben.«

Rehbach

Das Haus war in Wirklichkeit noch weitaus schöner als auf dem Foto in der Zeitschrift. Es lag direkt am See auf einem Ufergrundstück, dessen weitläufige Rasenfläche an einem Bootssteg endete. Dort dümpelte eine weiße Segeljacht auf dem Wasser. Auf der Wiese vor dem Steg stand ein gemütlich aussehender Gartenpavillon.

Ralph Angersbach versetzte es einen leichten Stich. Seit Jahren träumte er von einem eigenen Haus. Nicht am See, sondern irgendwo im Vogelsberg. Aber weder das eine noch das andere lag momentan im Bereich des Möglichen. So ein Haus am See würde er sich im Leben nicht leisten können, auch wenn er vom Erbe seiner verstorbenen Mutter ein wenig Geld auf der hohen Kante hatte. Für ein Haus im Hohen Vogelsberg würde es reichen, doch wollte er den Weg zu seiner Dienststelle in Gießen tagein, tagaus und bei jeder Witterung fahren? Selbst wenn er diese Anstrengung auf sich nähme – für Sabine wäre die Strecke nach Wiesbaden auf jeden Fall viel zu weit.

Wenn sie zusammenziehen wollten, kam im Grunde nur ein Ort irgendwo zwischen Wiesbaden und Gießen infrage. Friedberg, Bad Homburg oder Bad Nauheim vielleicht. Meilenweit vom Vogelsberg entfernt, auch wenn dafür der Taunus in greifbarer Nähe wäre, dafür vermutlich auch viel teurer. Aber für Ralph war das nicht so einfach austauschbar, und die Wege wären unterm Strich immer noch lang. Außerdem nahm der Pendlerverkehr auf den Straßen immer weiter zu. Um nicht jeden Tag Stunden im Auto verbringen, im Stau stehen oder sich in überfüllten und verspäteten Zügen drängen zu müssen, war es besser, so nah wie möglich an der Dienststelle zu wohnen.

Dachte man das Thema zu Ende, war die einfachste Lösung, dass einer von ihnen die Stelle wechseln und sie in benachbarten Dezernaten arbeiten würden. Wiesbaden und Mainz, zum Beispiel, oder Gießen und Marburg. Doch freie Stellen in ihrer Besoldungsgruppe waren schwer zu finden, und keiner von ihnen wollte den Kapitalverbrechen abschwören, was die Auswahl zusätzlich einengte.

Angersbach schob den Gedanken beiseite. Er war nicht hier, um über seine private Situation zu grübeln.

Nach kurzem Zögern lenkte er den Lada auf den Kiesweg zum Haus und stellte ihn in der Nähe des Eingangs ab. Direkt neben dem zweistöckigen Gebäude befand sich eine Garage mit Doppeltor. Eines davon stand offen und gewährte den Blick auf die beiden Fahrzeuge im Inneren, einen roten SUV und ein silbernes Mercedes-Cabriolet. Ralph nahm an, dass das Cabriolet der Ortsvorsteherin gehörte und der Jeep dem Ehemann.

Weil er ein Faible für Geländewagen hatte, betrat er die Garage. Der Jeep war ein neuer Compass Trailhawk. Angersbach hatte sich das Modell erst kürzlich in einer Zeitschrift angesehen. Ein Plug-in-Hybrid mit einem Benzinverbrauch von nur zwei Litern auf hundert Kilometer. In Grün gab es ihn nicht, aber das Modell vor ihm hätte ihm auch gefallen. Er wusste sogar noch, dass die Farbe Coloradorot hieß. Der Wagen hatte durchaus Potenzial, sich als würdiger Ersatz für seinen Niva zu erweisen. Aber solange die Sache mit dem Haus nicht geklärt war, kam es nicht infrage, über fünfzigtausend Euro für einen Neuwagen auszugeben. Natürlich, die Besoldungsgruppe A 10, die er als Kriminaloberkommissar hatte, erlaubte ihm auch eine Finanzierung. Aber die Zeit der lukrativen Zinsen war vorbei, und alles andere wurde ebenfalls ständig teurer. Außerdem fuhr sein Dinosaurier ja noch, also bestand keine Eile. Und an sich war ohnehin klar, dass auch der Neue wieder ein Lada Niva sein sollte. Die Entscheidung für den Wagen war eine Herzensangelegenheit. Er würde bei Gelegenheit nach einem guten Gebrauchten Ausschau halten, der seinem alten ähnlich war und kein Vermögen kostete.

Angersbach wandte sich von dem Fahrzeug mit der auffälligen Front ab und ging zum Haus. Er hatte bei Christian Erdmanns Arbeitgeber angerufen und erfahren, dass der Ingenieur am Vormittag dort gewesen, mittags aber nach Hause gegangen sei, weil er sich nicht wohlfühlte. Erst als er schon auf dem Weg zu Erdmanns Privatadresse gewesen war, war ihm eingefallen, dass Samstag war. War es normal, dass Erdmann auch am Wochenende arbeitete?

Tatsächlich sah der Mann, der ihm die Haustür öffnete, bemitleidenswert aus. Die Augen waren gerötet, die Lider geschwollen. Das lockige dunkle Haar hing ihm strähnig ins Gesicht. Die Lippen waren blass, die Haut fahl, und auf der Stirn standen Schweißperlen.

»Ich gebe Ihnen lieber nicht die Hand«, sagte er, nachdem Ralph sich vorgestellt hatte. »Ich fürchte, es könnte etwas Ansteckendes sein.« Er deutete in den Hausflur. »Wollen Sie trotzdem hereinkommen?«

Angersbach hatte keine große Lust, sich ein Virus einzufangen, aber er konnte den angeschlagenen Mann schlecht bitten, sich mit ihm auf dem Vorplatz zu unterhalten. Dafür war es zu kalt, auch wenn die Sonne verlockend vom klaren blauen Himmel schien. Der Wind war frisch, und die Temperaturen lagen deutlich unter der Zehn-Grad-Marke.

Er folgte Christian Erdmann ins Haus, das schlicht und modern, aber sichtlich teuer eingerichtet war. Erdmann führte ihn ins Wohnzimmer. Durch die großen Panoramafenster glitzerte das blaue Wasser des Sees in der Sonne.

Angersbach nahm in der Sitzecke Platz, Erdmann im Sessel gegenüber, in dem er offenbar auch vor Ralphs Eintreffen gesessen hatte. Er wickelte sich in die bunte Wolldecke, die über der Lehne hing, und deutete auf das Stövchen mit der Teekanne auf dem Tisch. »Bedienen Sie sich. Tassen stehen auf dem Regal hinter Ihnen.«

»Danke.« Angersbach wehrte ab. Er hatte keine Lust auf Erkältungstee.

Erdmann schenkte sich nach, rührte einen Löffel Honig in den Tee und nippte an der Tasse. »Also. Was kann ich für Sie tun?«

»Sie wissen, was passiert ist?«, erkundigte sich Angersbach.

»Nein.«

»Ihre Frau hat Sie nicht informiert?«

»Worüber denn?«

»Man hat auf sie geschossen.«

Erdmann wäre beinahe die Tasse aus der Hand geglitten. Tee schwappte auf die Wolldecke. »Wie bitte?« Seine Hand zitterte leicht. »Ist sie verletzt?«

»Nein. Der Schütze hat sie verfehlt.«

»Gott sei Dank.« Erdmann stellte die Tasse auf dem kleinen Tisch zwischen ihnen ab.

»Haben Sie eine Idee, wer das getan haben könnte?«, fragte Ralph.

»Diese Idioten von der ›Schutzmacht‹«, erwiderte Erdmann ohne Zögern.

»Weshalb?«

»Laura legt ihnen Steine in den Weg. Wir bekommen seit einiger Zeit Drohbriefe.«

»Sie beide?«

»Meine Frau. Aber mich versetzt das in Sorge. Das verstehen Sie vielleicht?«

»Klar.« Ralph zückte sein Notizbuch. »Wo waren Sie heute Morgen, zwischen elf und zwölf?«

»Ich …« Erdmann kniff die Augen zusammen. »Moment mal. Fragen Sie nach meinem Alibi?«

»Das muss ich.«

Erdmann atmete tief durch.

Angersbach dachte, er würde sich echauffieren, doch dann seufzte er nur erschöpft. »Schon okay. Ich habe nichts zu verbergen. Ich war in der Firma.«

»Arbeiten Sie immer am Samstag?«

»Wir haben viel zu tun. Ich bin froh, wenn ich den Sonntag freihabe. Samstags arbeite ich fast immer.«

»Wo?«, fragte Ralph, obwohl er das schon wusste.

»In einem Ingenieurbüro in Waldeck. Wir sind vorwiegend für das Nationalparkamt Kellerwald-Edersee und das Wasser- und Schifffahrtsamt Weser tätig, aber auch für andere Kunden. Momentan beschäftigen wir uns mit der Sanierung der Edertalsperre. Da sind Schäden an der Staumauer aufgetreten. Deshalb haben wir Anfang Oktober den Pegelstand gesenkt und Pontons installiert, von denen aus wir die schadhaften Stellen ausbessern können. Mittlerweile sind die Arbeiten fast abgeschlossen. Ende der Woche werden die Löcher zubetoniert, und ab nächsten Samstag kann das Wasser wieder steigen. Dazu ist allerdings noch einiges an Vorbereitung vonnöten. Damit habe ich mich heute Vormittag beschäftigt. Ich war um acht im Büro, doch so gegen zwölf hat mir der Schädel derart gedröhnt, dass ich entschieden habe, nach Hause zu gehen und mich hinzulegen. Ich habe das Büro nur einmal kurz verlassen, um zur Toilette zu gehen und mir einen Kaffee zu holen. Meine Sekretärin kann das bestätigen. Sie war die ganze Zeit anwesend. Obwohl sie samstags sicher auch lieber daheim wäre. Aber ich brauche sie. Sie hätte es bemerkt, wenn ich zwischendurch aus dem Haus gegangen wäre.«

Angersbach machte sich Notizen. Was Erdmann berichtete, war interessant, auch wenn er sich wunderte, dass der Ingenieur derart ins Reden kam, obwohl er sich doch nur nach seinem Alibi erkundigt hatte. »Darf ich Sie fragen, ob Sie eine gute Ehe führen?«

»Ja.«

Ralph hob die Augenbrauen.

Erdmann lachte. »Das war bereits die Antwort. Ja. Wir führen eine gute Ehe.«

»Können Sie das genauer erläutern?«

»Was wollen Sie denn hören? Wir versuchen, Zeit miteinander zu verbringen, soweit unsere Arbeit das zulässt. Wir sind beide stark ausgelastet. Wir reden viel miteinander. Das ist das Wichtigste. Wir treffen uns mit Freunden, gehen gelegentlich zusammen essen oder ins Theater, wir fahren mit dem Boot raus.« Ein Grinsen huschte über seine Lippen. »Und wir kommen mit Vergnügen unseren ehelichen Pflichten nach, wenn Sie verstehen, was ich meine.«

»Ja. Danke.« Das war ein Thema, über das Ralph nur ungern sprach, auch mit Sabine. Ihr ging es zum Glück nicht viel anders. Sie kuschelten gern, und manchmal ergab sich mehr daraus, aber sie machten nicht viele Worte darüber. Sie genossen einfach die Nähe, das Verschmelzen mit dem anderen und das wohlige Gefühl, wenn sie erschöpft nebeneinanderlagen und ihre Herzen im Gleichklang schlugen.

»Sie haben gefragt.« Das Geplänkel mit Ralph schien Christian Erdmann gutzutun und ihm über den Schock und die Erkältung hinwegzuhelfen. Sein Gesicht bekam etwas Farbe, und in den matten Augen entdeckte Angersbach ein Funkeln.

Er dachte an die Aufstellung, die Lynn Burger ihm geschickt hatte. »Kinder haben Sie keine?«

»Nein.« Erdmann wurde wieder ernst. »Das passte nicht zu Lauras Plänen. Sie will hoch hinaus in der Politik, da bleibt keine Zeit für ein Kind.«

»Und Sie?«

»Ich hätte es mir vorstellen können, aber ich bin auch so zufrieden. Mir ist vor allem wichtig, dass Laura glücklich ist.«

»Verstehe.« Angersbach dachte nach. »Wie ist das Verhältnis Ihrer Frau zu den anderen Familienmitgliedern?«

Erdmann runzelte die Stirn. »Wen meinen Sie da? Ihre Eltern? Die leben in Düsseldorf. Laura besucht sie gelegentlich, und im Sommer verbringen sie gern ein paar Wochen hier bei uns. Wir haben ein schönes Gästezimmer im Obergeschoss, mit eigenem Bad und Zugang zum Garten. Eigentlich ist es eher ein Ferienapartment.« Er hob die Hand, bevor Ralph etwas sagen konnte. »Das Verhältnis: Laura vergöttert ihren Vater und liebt ihre Mutter, und umgekehrt ist es genauso. Eine Bilderbuchfamilie.«

»Und wie ist es mit Ihnen?«

Erdmann neigte den Kopf. »Was meinen Sie?«

»Wie kommen Sie mit Ihren Schwiegereltern zurecht?«

Erdmann fuhr sich durch die feuchten Haare. »Ich werde akzeptiert. Für Lauras Eltern ist es eine Ehe unter Stand, aber zumindest sehen sie mich nicht als völligen Fehlgriff.«

Die Eltern besaßen eine Kette von Juweliergeschäften, erinnerte sich Ralph. »Sie sind Ingenieur.«

»Richtig. Aber damit bewegt man sich nur im oberen Bereich der Mittelschicht. Laura und ihre Eltern gehören zur Oberschicht.« Erdmann machte eine Handbewegung, die Haus und Grundstück umfasste. »Anders könnten wir uns das hier nicht leisten.«

»Wenn Ihre Ehe schlecht wäre, wäre das ein Mordmotiv.«

Erdmann lächelte. »Da habe ich ja Glück, dass sie das nicht ist. Und dass ich ein Alibi habe.«

»Ja.« Angersbach erwiderte das Lächeln. Der Mann war ihm sympathisch, weil er so offen und ungezwungen war. Normalerweise war Ralph kein Typ für Small Talk oder Männergespräche, aber mit Christian Erdmann, schien es ihm, könnte er den ganzen Tag zusammensitzen und reden.

»Sie haben einen Bruder und Ihren Großvater hier in der Nähe. Wie kommen die beiden mit Laura aus?«

Erdmann zuckte mit den Schultern. »Man trifft sich gelegentlich. Die beiden mögen Laura, aber unser Verhältnis ist nicht besonders eng. Normal, würde ich sagen.«

Angersbach nickte. Es tat ihm fast leid, dass er keine weiteren Fragen hatte.

»Ich danke Ihnen.« Er stand auf und wehrte ab, als Erdmann sich ebenfalls erheben wollte. »Ich finde den Weg.«

Der Schalk verschwand aus Erdmanns Augen. »Finden Sie auch denjenigen, der auf Laura geschossen hat?«

»Ich tue, was in meiner Macht steht.«

Erdmanns Gesicht bekam etwas Flehendes. »Bitte. Sie müssen dafür sorgen, dass er es nicht erneut versucht.«

»Ich kann Ihnen nichts versprechen. Aber wir alle tun unser Bestes.«

»Danke.« Erdmann starrte durch das Fenster über den See.

Angersbach räusperte sich. »Eine Sache noch. Wir denken, es wäre besser, wenn Ihre Frau eine Weile von hier verschwindet, bis der Spuk vorbei ist.«

Erdmann nickte. »Ja. Das wäre sicher vernünftig.«

»Dann schlagen Sie ihr das bitte vor«, sagte Ralph. »Wir haben ihr angeboten, sie in ein sicheres Haus zu bringen, aber Ihre Frau hat abgelehnt. Sie ist zwar davon überzeugt, dass diese Typen von der ›Schutzmacht‹ für die Tat verantwortlich sind, aber sie glaubt nicht, dass ihr die jungen Leute ernsthaft Schaden zufügen würden.«

»Ja, so ist sie«, bestätigte Erdmann mit Verzweiflung in der Stimme. »Aber was ist, wenn sie sich irrt?«

Waldstück bei Goldacker

Sabine Kaufmann und Lynn Burger fuhren fast eine halbe Stunde durch den Wald, um Uwe Ungers Jagdhütte zu erreichen. Unger hielt sich zurzeit in den Staaten auf, als Repräsentant für die Firma seines Bruders, die Maschinenteile produzierte und ihren Sitz im Rheinland hatte. Während seiner Abwesenheit hütete sein Neffe Lennard dessen geräumiges Wohnhaus, das in der Nähe der Straße lag und über mehrere Hektar Forst verfügte, für den Unger das Jagdrecht hatte.

Lennard lud in sein vorübergehendes Domizil zahlreiche Freunde ein, mit denen er regelmäßig Schießübungen abhielt. Das hatte ihnen Laura Erdmann-Janssen berichtet. Der Durchsuchungsbeschluss war schnell gekommen.

Da sie Lennard und seine Freunde im Haus nicht angetroffen hatten, hatten sie sich auf den Weg zur Jagdhütte gemacht. Die Kollegen aus Bad Wildungen und Korbach folgten in ihren Streifenwagen. Sie würden zuerst die Jagdhütte und später das

Haus auf den Kopf stellen, wenn es nötig war. Mit etwas Glück fanden sie dort die Waffe, mit der auf die Ortsvorsteherin geschossen worden war.

Vom Hauptweg zweigte ein kleinerer Weg ab, neben dem eine große Holztafel aufgestellt worden war. *Die Schutzmacht* stand in altdeutschen Buchstaben darauf, umgeben von geschnitztem Eichenlaub, einem böse blickenden Reichsadler und stilisierten Kreuzen, die sich unschwer als Hakenkreuze lesen ließen, aber gerade noch abstrakt genug waren, um als legal durchzugehen.

»Starker Tobak«, konstatierte Lynn.

»Hm.« Kaufmann lenkte den Dienstwagen an einem zweiten Schild vorbei. *Zutritt für Nicht-Mitglieder verboten*, verkündete es. »Wir betreten ja nicht«, sagte sie augenzwinkernd. »Wir befahren.«

Lynn lachte heiser. »Ich hoffe, die Leute von der ›Schutzmacht‹ teilen deine Interpretation.«

Gleich darauf erreichten sie die Lichtung, auf der die Hütte stand, ein dunkles Gebäude aus geschälten und braun gestrichenen Holzstämmen. Die Fenster waren klein, das Schindeldach weit heruntergezogen. Sabine fand, dass die Behausung etwas Düsteres ausstrahlte.

Neben dem Gebäude standen zwei Quads, auf denen Metallkoffer montiert waren – groß genug für ein Jagdgewehr. Mit den Fahrzeugen könnten die jungen Leute problemlos von hier aus in den Wald bei der Mühle gelangt sein. Die beiden Waldstücke gingen ineinander über.

Kaufmann parkte den Dienstwagen vor der Hütte. Die beiden Streifenwagen hielten dahinter. Während die Beamten in ihren Fahrzeugen sitzen blieben und auf Anweisungen warteten, stiegen Sabine und Lynn aus und klopften an die Haustür. Als keiner öffnete, gingen sie um das Gebäude herum und spähten durch die Fenster. Niemand war zu sehen.

Kaufmann betrachtete die rustikale Einrichtung. Die Möbel waren ebenso dunkel und massiv wie die Stämme, aus denen die Hütte gebaut war. Es gab einen gemauerten Kamin, einen Barschrank, in dem eine Reihe von Flaschen auszumachen war, Tierfelle, die auf dem Boden und über den Sesseln lagen, und mehrere Geweihe an den Wänden.

»Nicht besonders originell«, kommentierte Lynn und zog ihr Smartphone hervor. Sie schoss ein paar Fotos durchs Fenster hindurch. »Die Hütte hat WLAN«, stellte sie nach einem Blick aufs Display fest. »Braucht man hier wohl auch. Netz habe ich nämlich keins.«

Sabine warf ebenfalls einen Blick auf ihr Handy. »Ich auch nicht.«

Sie sahen ein wenig ratlos zwischen den Quads und der Hütte hin und her.

»Irgendwo müssen sie sein«, sagte Lynn und zuckte zusammen, als im selben Moment ein lauter Knall ganz in der Nähe ertönte. Gleich darauf knallte es noch einmal.

Die uniformierten Kollegen sprangen aus ihren Fahrzeugen.

Kaufmann deutete in die Richtung, aus der die Schüsse gekommen waren. »Da.« Sie entdeckte einen Trampelpfad und folgte ihm. Lynn und die Schutzpolizisten blieben dicht hinter ihr, bis sie auf eine weitere Lichtung gelangten. An einem Ende waren ausgestopfte Puppen aufgestellt, wie sie typisch für Schießübungen waren, Körper mit elliptischen Gliedmaßen und Köpfen aus einem juteartigen Material. Am anderen Ende standen vier Personen in Tarnkleidung. Eine davon hielt ein Gewehr in der Hand.

Die uniformierten Kollegen blieben auf Sabines Zeichen am Waldrand stehen, während die beiden Frauen auf die Gruppe zugingen.

Als man sie entdeckte, richtete der Schütze die Waffe auf sie. »He! Haben Sie das Schild nicht gesehen? Sie befinden sich auf Privatgelände. Das Betreten ist verboten.«

Sabine und Lynn gingen weiter auf ihn zu.

»Wir sind mit dem Wagen gekommen«, wiederholte Kaufmann ihren lahmen Witz.

»Haha.« Der junge Mann kniff die Augen zusammen. Sabine und Lynn hatten die Sonne im Rücken, deshalb erkannte er sie wohl erst jetzt. »Ach, Sie sind das. Was wollen Sie denn noch? Ich dachte, wir hätten alle Ihre Fragen ausführlich beantwortet.« Jetzt erst schien er die Streifenbeamten am Rand der Lichtung zu bemerken. »Und jetzt auch noch mit Verstärkung?«

Sabine und Lynn kannten die jungen Leute bereits. Sie hatten die »Schutzmacht«-Mitglieder befragt, nachdem sie von den Drohbriefen erfahren hatten. Gebracht hatte es nichts.

Kaufmann betrachtete die vier jungen Leute, die alle Anfang bis Mitte zwanzig waren. Sabine und Lynn waren sich sicher, dass es weitere Mitglieder gab, doch die Befragten hatten keine Namen verraten, und Sabines und Lynns Recherchen hatten nichts erbracht, also konnten sie sich zunächst nur an diese vier halten.

Die Befragung hatten sie auf der Polizeistation in Bad Wildungen durchgeführt, wo man ihnen einen Raum zur Verfügung gestellt hatte. Alle vier waren pünktlich und gut gekleidet erschienen. Lennard Unger, den sie für den Anführer hielten, im dunkelgrauen Anzug mit Krawatte, Kilian Schneider mit Jeans und Sakko, Hannah Bernstorf im hellgrauen Businesskostüm, Alicia Hebestreit im schlichten blauen Kleid. Auffällig waren lediglich die Frisuren gewesen. Bei Lennard, Kilian und Hannah waren sie fast identisch, an den Seiten kurz rasiert, das Haupthaar mit Gel zurückgekämmt. Alicia trug ihr Haar auf der rechten Seite schulterlang, auf der linken war es auf ein oder zwei Millimeter abrasiert.

Heute präsentierten sich alle vier in gefleckter Tarnkleidung, die zusammen mit den Frisuren unangenehme Assoziationen heraufbeschwor. Aus ihren vorherigen Befragungen wussten Sabine und Lynn, dass zwei von ihnen studierten, zwei arbeiteten in der Gastronomie.

Lennard Unger, der Mann mit dem Gewehr, legte den Kopf schief. »Also?«

»Wir haben noch ein paar Fragen. Und einen Durchsuchungsbeschluss.«

»So?« Unger pflanzte sein Gewehr vor sich auf. »Wozu das?«

»An der Mühle am Steinbach wurden Schüsse abgegeben. Auf die Ortsvorsteherin von Bärental, Laura Erdmann-Janssen.«

»Hat der Schütze getroffen?«

»Nein.«

»Schade eigentlich.«

Kaufmann knirschte mit den Zähnen. Die Wut kochte in ihr, aber sie wollte sich von dem jungen Mann nicht aus der Fassung bringen lassen.

»Sie veranstalten hier Schießübungen?«, meldete sich Lynn zu Wort und zog ihr Tablet hervor.

»Ja. Und?« Unger grinste sie an. »Meinem Onkel gehört das alles hier. Es ist Privatgelände. Ich habe eine Waffenbesitzkarte, und wir haben alle vier einen Jagdschein. Was wir machen, ist völlig legal.«

»Solange Sie nur auf Puppen schießen, ja.«

»Nichts anderes tun wir.«

Lynn zog ihren Schal höher. »Wir müssen Sie fragen, wo Sie sich heute Vormittag aufgehalten haben. Zwischen elf und zwölf.«

»Hier.« Kilian Schneider strich sich durch die dunklen Haare. »Wir haben trainiert.«

»Für was?«, fragte Kaufmann.

»Für den Ernstfall.«

»Der worin besteht?«

»Wir sind so etwas wie eine private Hilfsorganisation«, ergriff Lennard Unger das Wort. »Das haben wir Ihnen doch schon ausführlich erklärt, oder nicht? Wir achten darauf, dass die Menschen hier in der Region respektvoll miteinander umgehen. Wenn sie das nicht tun, schreiten wir ein.«

»Können Sie uns ein Beispiel geben?«

»Eine Frau wird im Wald überfallen.« Hannah funkelte Sabine an. »Die Polizei findet den Täter nicht. Dann suchen wir ihn.«

»Braucht man dafür Waffen?«

»Ein Kind wird von einem Wildschwein verfolgt«, bot Lennard Unger ein neues Szenario an. »Wenn es nicht anders geht, müssen wir es erschießen. Damit das Tier nicht über Gebühr leidet, sollte der erste Treffer sitzen. Also üben wir hier. So einfach ist das.«

»Hm. Sie nennen sich ›Schutzmacht‹. Das klingt martialisch. Und die Symbole auf dem Schild an der Zufahrt sprechen ja auch eine ziemlich eindeutige Sprache.«

»Na und? Haben Sie etwas dagegen?« Kilian funkelte Sabine an. »Ich dachte, wir leben in einem Land mit Meinungsfreiheit.«

Lennard schob ihn beiseite. »Lass gut sein. Das haben wir doch alles schon besprochen.«

Kaufmann blieb am Ball. »Die Zeichen erinnern jedenfalls stark an Hakenkreuze.«

»Das ist Ihre Interpretation.« Hannah sah sie von oben herab an.

»Sie waren also den ganzen Vormittag hier«, kam Lynn auf die Ausgangsfrage zurück.

»Richtig.«

»Sie haben nicht auf Laura Erdmann-Janssen geschossen?«

»Warum sollten wir?«

»Sie versucht, Ihre Organisation verbieten zu lassen.«

»Ohne Erfolg. Wir tun nichts Illegales.«

»Sie hegen also keinen Groll gegen sie?«

»Nein.« Die vier jungen Leute bildeten eine undurchdringliche Front.

»Wie oft denn noch?«, fragte Lennard. »Wir haben ihr keine Drohbriefe geschickt, und wir haben auch nicht auf sie geschossen.« Er grinste. »Oder können Sie das Gegenteil beweisen?«

»Noch nicht.« Kaufmann präsentierte den Durchsuchungsbeschluss. »Wir werden uns jetzt Ihre Jagdhütte und das Haus Ihres Onkels ansehen. Wir werden auch das Gewehr und sämtliche anderen Waffen konfiszieren, um auszuschließen, dass es sich dabei um die Tatwaffe handelt.«

Lennard zuckte mit den Schultern. »Tun Sie, was Sie nicht lassen können.« Bereitwillig reichte er ihr die Büchse. »Bekomme ich eine Quittung über alles, was Sie mitnehmen?«

»Selbstverständlich.« Sabine musterte die vier. Genau wie Laura Erdmann-Janssen hielt sie es für wahrscheinlich, dass die jungen Leute hier nicht nur hinter den Drohbriefen steckten, sondern auch hinter den Schüssen. Aber sie waren nicht dumm. Die Waffe, mit der sie geschossen hatten, befand sich also mit ziemlicher Sicherheit nicht in den Gebäuden, die Lennards Onkel gehörten. Und die Drohbriefe hatten sie vermutlich auch nicht auf dem eigenen Rechner erstellt und zu Hause ausgedruckt. Auf der anderen Seite neigten Fanatiker häufig zur Überheblichkeit. Sie fühlten sich unangreifbar und machten deshalb leichtsinnige Fehler. Vielleicht war das ihre Chance?

Vermutlich war es nicht nötig, mit Willi und Kai Erdmann zu sprechen, doch Ralph Angersbach machte seinen Job gerne gründlich. Auch wenn der Verdacht plausibel war, dass die »Schutzmacht« hinter den Schüssen auf Laura Erdmann-Janssen steckte, ließ sich ein persönliches Motiv nicht gänzlich ausschließen. Da die Eltern von Laura Erdmann-Janssen weit entfernt wohnten und die von Christian Erdmann nicht mehr lebten, waren Willi und Kai im Grunde die Einzigen, von denen er sich auf die Schnelle Informationen erhoffen konnte.

Der Erdmann-Hof lag zwischen Golfplatz und Ortschaft, rund zwei Kilometer westlich von Waldeck. Ein großes Bauernhaus mit Fachwerk, dahinter eine ebenfalls große Scheune, an beiden hatte unübersehbar der Zahn der Zeit genagt. Das Fachwerk war verwittert, die früher einmal weiße Wandfarbe grau. Auf dem Hof stand ein kleiner Traktor, der aus der Mitte des vorigen Jahrhunderts stammen musste. Er war fast vollständig verrostet, genauso wie die anderen landwirtschaftlichen Geräte, die wie hingewürfelt herumstanden. Falls sie als dekoratives Element gedacht waren, verfehlten sie ihre Bestimmung. Der Betrieb sah heruntergekommen aus.

Angersbach stellte den Lada neben dem Traktor ab und stieg aus. Er ging auf das Haupthaus zu und läutete. Eine ganze Weile lang passierte überhaupt nichts. Irgendwo krähte ein Hahn. Als Ralph sich gerade entschieden hatte, sich ein wenig auf eigene Faust auf dem Gelände umzusehen, wurde die Tür aufgerissen. Angersbach sah sich einem jungen Mann gegenüber, Mitte zwanzig vielleicht, blond und blauäugig. Die Haare waren an den Seiten rasiert, die Tolle war zurückgekämmt. Der Mann war kleiner und gedrungener als Ralph und sah aus, als würde er viel Zeit im Fitnessstudio verbringen.

»Ja?« Der junge Mann beäugte ihn misstrauisch.

Angersbach stellte sich vor. »Ich würde gern mit Kai und Willi Erdmann sprechen.«

»Worüber?« Er zog an dem schwarzen T-Shirt, das er über einer gefleckten Armeehose mit Seitentaschen trug.

»Sind Sie Kai Erdmann?«

»Ja.«

»Ist Ihr Großvater zu Hause?«

»Ja.«

Angersbach unterdrückte ein Seufzen. Falls der junge Mann weiterhin so einsilbig war, würde das Gespräch anstrengend werden. »Darf ich hereinkommen?«

»Wenn Sie wollen.« Kai trat beiseite.

Der Hausflur war düster, die Wandfarbe von einem unbestimmten Braun. An der Garderobe hingen mehrere Arbeitsjacken, daneben eine schwarze Bomberjacke. Sie passte zu Kais Tarnfleckhose und den Boots an seinen Füßen. Ob die Sohlen wohl mit den Abdrücken übereinstimmten, die Sabine und Lynn im Wald gefunden hatten?

Angersbach warf einen Blick auf die Schuhe, die unter der Garderobe standen. Grüne Gummistiefel in verschiedenen Größen, dazu zwei Paar Pantoffeln.

»Die zweite Tür rechts«, sagte Kai hinter ihm.

Ralph ging voran und klopfte.

»Gehen Sie einfach rein.«

Angersbach öffnete die Tür und betrat die Stube. Ein großer Raum mit kleinen Fenstern, ebenso düster wie der Flur. Auch hier eine bräunlich graue Wandfarbe, dazu Fotos aus einer Zeit, als der Hof noch mit Pferden und Ochsen bewirtschaftet worden war. Ende des vorletzten oder Anfang des vorigen Jahrhunderts, tippte Ralph, weil die Bilder sepiabraun waren.

Er zuckte zusammen, als hinter ihm eine knarrende Stimme ertönte. »Wer sind Sie? Was wollen Sie hier?«

Angersbach fuhr herum und erblickte einen alten Mann im Rollstuhl. Auf der karierten Wolldecke über seinen Knien lag ein Gewehr. Ralph durchzuckte die Erinnerung an den letzten Fall, den er mit Sabine gelöst hatte. Da hatte ein Verdächtiger mit einem Gewehr auf ihn angelegt. Und geschossen.

Aber Erdmann richtete das Gewehr nicht auf ihn. Er hielt es nur locker mit beiden Händen umschlossen und musterte Ralph aus trüben Augen.

»Angersbach, Kriminalpolizei«, brachte dieser hervor. »Herr Willi Erdmann?«

»Das bin ich.«

»Wären Sie so freundlich, das Gewehr beiseitezustellen?«

»Von mir aus.« Erdmann lehnte das Gewehr an das zerschlissene braune Sofa. Dabei rutschte ihm die Wolldecke von den Knien und glitt zu Boden. Ralph starrte auf die beiden Beinstümpfe, die mit Verbänden umwickelt waren.

Eines war damit sonnenklar: Willi Erdmann konnte sich definitiv nicht durch den Wald bei Goldacker geschlichen und auf Laura Erdmann-Janssen geschossen gehaben.

Angersbach hob die Decke auf und half Erdmann, sie wieder über seine Beine zu breiten. Der alte Mann grinste ihn an. Die Zähne waren bräunlich verfärbt, der rechte obere Eckzahn fehlte.

»Sie wollen wissen, wie das passiert ist, richtig?«

»Wenn es Ihnen nichts ausmacht, darüber zu reden?«

Erdmann deutete auf das Sofa. »Setzen Sie sich.«

Angersbach kam der Aufforderung nach. Kai betrat das Zimmer.

»Mach dich nützlich und hol dem Kommissar eine Tasse Kaffee«, forderte Willi Erdmann ihn auf. »Oder wollen Sie lieber Wasser? Oder einen Schnaps?«

»Kaffee ist prima. Schwarz.«

»Für mich auch«, verlangte Erdmann.

Kai verzog genervt das Gesicht und verschwand wieder.

»Die Jugend«, verkündete der Alte. »Schwierig. Aber immerhin kümmert er sich um mich, damit ich hier nicht wegmuss.«

Angersbach hatte so viele Fragen, dass er nicht wusste, wo er anfangen sollte. Willi Erdmann nahm ihm die Entscheidung ab.

»Ein Arbeitsunfall«, erklärte er. »Ich war beim Braunkohletagebau in Borken. Abbau im Streb, wenn Sie wissen, was das ist. Man arbeitet in schmalen Gräben und schaufelt das nutzlose Material von einer Seite auf die andere, hier die Braunkohle, da der Schutt. Eine Wand war nicht vernünftig abgestützt. Vielleicht war das Holz auch morsch. Jedenfalls ist das ganze Gestein auf mich heruntergestürzt und hat meine Beine begraben. Ich kann noch von Glück sagen, dass ich nicht näher dran war. Dann wäre es aus gewesen.« Er fuhr sich durch das dünne graue Haar, das ihm in Strähnen in die Stirn hing. »Wäre vielleicht besser gewesen. Dann würde ich jetzt nicht verkrüppelt hier rumhocken.« Wieder grinste er über das ganze knitterige Gesicht. »Aber man kann es sich nicht aussuchen, nicht wahr? Man muss das Leben nehmen, wie es ist.«

Kai kam zurück, ein Tablett mit zwei Kaffeetassen in den Händen. Erdmann und Angersbach nahmen sich jeweils eine.

»Willst du nichts?«, fragte Erdmann.

Kai zog eine Dose Red Bull aus der Seitentasche seiner Hose. »Ich hab was Besseres.«

Erdmann schnaubte verächtlich. »Neumodisches Zeug. Wirkt auch nicht besser als Koffein, kostet aber das Zehnfache.«

Kai ließ sich in den Sessel am Fenster fallen und riss die Dose auf. »Schmeckt aber besser.«

»Wie ausgequetschte Gummibärchen. Nein danke.« Erdmann winkte ab und wandte sich wieder an Ralph. »Zweiunddreißig war ich damals«, erzählte er. »Beide Unterschenkel weg. Ich habe Prothesen bekommen, aber die taugten damals noch nicht viel. Ich hatte Glück, dass mein Bruder Theo den Hof hatte. Wie hätte ich sonst meine Familie ernähren sollen? Ich habe hier mitgearbeitet, soweit es ging. Auf dem Traktor, das war immerhin möglich.«

Ralph versuchte sich vorzustellen, wie es für einen Mann in den besten Jahren sein musste, sich nur mithilfe von Krücken und Prothesen fortbewegen zu können. Es gelang ihm nicht.

»Meine beiden ältesten Brüder sind im Krieg gefallen. Kurz vor Kriegsende, im März 45, bloß ein paar Tage nacheinander, nachdem sie sich vorher fast fünf Jahre lang durch diesen ganzen Wahnsinn geschlagen hatten. Theo ist als Einziger zurückgekehrt. Er war neun Jahre älter als ich.« Willis Blick ging durch den Raum, der aussah, als hätte er sich seit seiner Kindheit kaum verändert. »Vermutlich war er ganz froh, dass ich zurückgekommen bin. Er hat im Krieg einen Schlag weggekriegt. Psychisch, Sie verstehen. Hatte nie eine Frau und auch sonst niemanden.«

Angersbach gab einen mitfühlenden Laut von sich. Er wusste nicht, was er sagen sollte.

»Wir haben immer hier gelebt, auch als ich noch im Braunkohletagebau war. Rosemarie, meine Frau, hat überall mit angepackt«, berichtete Willi weiter. »Selbst als unsere Kleine geboren war. Elsbeth.« Ein Lächeln erhellte sein Gesicht. »Unser Sonnenschein.« Seine Mundwinkel sanken wieder herab. »Ein paar Jahre war alles gut. Dann passierte der Unfall, und als ich endlich gelernt hatte, mit den Prothesen zu laufen, kam bei Rosemarie der Krebs. Sie hat gekämpft, aber verloren. Mit siebenundvierzig ist sie gestorben.« Ein feuchter Schimmer legte sich über die Augen des alten Mannes. »Sie war das Glück meines Lebens.«

Ralph räusperte sich. Das Schicksal des alten Erdmanns ging ihm nahe. Kai dagegen lümmelte sich im Sessel und sah gelangweilt aus. Wahrscheinlich kannte er die Geschichte in- und auswendig.

»Plötzlich standen wir allein da, Theo und ich, mit einem vierzehnjährigen Mädchen. Wir haben geschuftet, um den Hof am Laufen zu halten und für das Kind zu sorgen. Trotzdem konnten wir uns nur mit Mühe über Wasser halten. Und dann ist Theo einfach umgefallen.« Willis Blick ging aus dem Fenster, über den Hof. »Herzinfarkt, mit zweiundfünfzig. Da war Elsbeth sechzehn.« Er holte tief Luft und nippte an seiner Tasse. »Ich habe mein Bestes gegeben, aber in den Jahren danach ging es immer weiter bergab. Irgendwann war mir klar, dass ich den Hof nicht würde halten können.«

Angersbach trank von seinem Kaffee und sah auf die braunen Fotografien an den Wänden. »Aber irgendwie haben Sie es doch geschafft.«

Erdmann grinste und entblößte die verfärbten Zähne mit dem fehlenden Eckzahn. »Seine Mutter hat uns gerettet.« Er neigte den Kopf in Kais Richtung. »Wie ein Engel. Sie hat Landwirtschaft studiert und dabei ihren späteren Mann kennengelernt. Holger. Er war zwei Jahre älter als sie. Gleich nach dem Abschluss hat er hier angefangen. Hat alles modernisiert, und plötzlich standen wir so gut da wie nie zuvor.« Willi schaute in seine Kaffeetasse. »Ich dachte, es geht immer so weiter. Ein Jahr nach der Hochzeit kam Christian auf die Welt. Der Hoferbe, habe ich geglaubt. Doch Christian hatte nie das geringste Interesse an der Landwirtschaft. Er wollte raus, die Welt sehen, etwas bauen. Und was macht er heute?«

»Er arbeitet als Ingenieur für die Region«, sagte Angersbach, froh, endlich einen Anknüpfungspunkt gefunden zu haben.

Willi Erdmann kniff die Augen zusammen. »Sie kennen ihn?«

»Ja.« Ralph wollte erklären, was passiert war, kam aber nicht zu Wort.

»Ich habe mein Testament gemacht und Christian als Alleinerben eingesetzt. Vielleicht kommt er ja irgendwann zur Vernunft.«

Kai leerte die Dose und zerdrückte sie in der Faust. »Das glaubst du doch selbst nicht.«

Willi deutete mit dem Finger auf ihn. »Kai ist der Nachzügler. Ungeplant. Elsbeth war schon einundvierzig, als sie ihn bekommen hat. Da war Christian gerade achtzehn geworden. Ein Jahr später ist er ausgezogen. Zum Studieren nach Freiburg. So weit weg von hier wie möglich.«

»Du könntest *mir* den Hof vermachen«, bemerkte Kai.

Willi gab einen abfälligen Laut von sich. »Du würdest doch nur alles verkaufen.« Er sah zu Angersbach. »Kein Abitur, kein Studium, nichts als eine angefangene Banklehre, aber die haben ihn rausgeworfen.«

»Ich habe hingeschmissen«, korrigierte Kai. »Es war todlangweilig.«

»Weil er kein Durchhaltevermögen hat. Wie soll so jemand einen Hof führen, in diesen Zeiten? Außerdem ist Christian der Ältere. Er erbt den Hof. Das war schon immer so.«

Angersbach brummte nur. In diesen Konflikt wollte er sich nicht einmischen.

»Meine Tochter Elsbeth und ihr Mann Holger haben hier alles gut in Schuss gehalten«, erzählte Willi weiter. »Bis vor drei Jahren. Dann sind sie abends nach Gießen gefahren, ins Theater. Auf dem Rückweg sind sie von der Straße abgekommen und gegen einen Baum geprallt. Beide tot.« Er schluckte schwer. Ralph sah, dass es auch in Kais Gesicht arbeitete.

»Ich habe die großen Felder verkauft und die Weiden verpachtet«, erklärte Willi. »Was mir jetzt noch gehört, ist das Land, das wir von unseren Eltern geerbt haben. Das bekommt keiner. Nur meine Nachfahren.«

»Und Sie leben jetzt allein hier?«

»Nein. Wie gesagt: Kai wohnt bei mir. Diese Stümpfe entzünden sich ständig. Ich kann die Prothesen nicht mehr tragen. Bin jetzt komplett auf das verdammte Ding angewiesen.« Er schlug mit der Faust auf ein Rad des Rollstuhls. »Kai hilft mir, dafür hat er hier freie Kost und Logis.«

»Ewig mache ich das aber nicht«, brummte der Enkel. »Nicht wenn am Ende Christian alles bekommt. Was tut der denn für dich?«

»Laura und er schauen regelmäßig vorbei und bringen mir vorgekochtes Essen. Du bekommst ja nichts Genießbares zustande.« Willi sah zu Ralph und deutete mit dem Daumen auf Kai. »Das Zeug in die Mikrowelle stellen, das kriegt er hin.«

»Wenn es dir nicht passt, kann ich auch ausziehen. Dann kannst du zusehen, wie du allein zurechtkommst.«

»Ich habe dir doch gesagt, dass du nicht leer ausgehst.«

Den Pflichtteil würde Kai auf jeden Fall bekommen, dachte Ralph. Wusste er das nicht?

Kai sprang auf. »Ja. Aber wann machst du dein Versprechen wahr?«

Willi schüttelte leicht den Kopf. »Darüber reden wir später.«

Kai sah zu Ralph. Er zog die Schultern hoch und setzte sich wieder.

»Auf Laura Erdmann-Janssen ist geschossen worden«, ergriff Ralph die Chance, die sich ihm bot.

Willi und Kai starrten ihn ungläubig an. »Wie bitte?« Ihre Blicke wanderten zu dem Gewehr, das am Sofa lehnte.

»Aber nicht damit«, sagte Willi Erdmann. »Das habe ich immer bei mir. Falls hier ein Einbrecher einsteigt.«

»Haben Sie noch weitere Waffen im Haus?«, erkundigte sich Ralph.

Willi zeigte auf einen hohen Holzschrank in der Ecke des Raums, der mit einem massiven Schloss gesichert war. »Zwei Repetiergewehre und eine Schrotflinte. Ich habe eine Waffenbesitzkarte und einen Jagdschein. Aber die Waffen sind seit zehn Jahren nicht mehr benutzt worden.«

»Auch nicht von Ihnen?«, fragte Angersbach den Enkel.

»Nein. Ich jage nicht.«

»Ich muss die Waffen trotzdem mitnehmen.«

»Warum sollte ich auf Laura schießen?«, fragte Kai ärgerlich. »Sie ist die Frau meines Bruders.«

»Sagen Sie es mir.«

»Ich habe kein Problem mit Laura. Abgesehen davon, dass sie eine eingebildete Schnepfe ist. Aber ich muss ja nicht mit ihr zusammenleben.«

»Wo waren Sie heute Vormittag zwischen elf und zwölf?«

»Hier. Ich war vorher in Waldeck einkaufen, habe dann die Sachen eingeräumt, und anschließend habe ich ihm sein Mittagessen warm gemacht.«

»Können Sie das bestätigen?«, fragte Angersbach den Großvater.

Erdmann nickte. »Es war so, wie er sagt. Punkt zwölf stand das Mittagessen auf dem Tisch. Darauf lege ich Wert.«

»Gut.« Angersbach stellte die leere Kaffeetasse auf den Couchtisch. Willi Erdmann hätte überhaupt nicht auf Laura schießen können, und sein Enkel hatte offensichtlich weder Grund noch Gelegenheit dazu gehabt. Die Gewehre würde er zur Sicherheit trotzdem mitnehmen und von der Ballistik prüfen lassen.

»Eine Frage noch.« Er betrachtete Großvater und Enkel. Eine Familienähnlichkeit konnte er nicht erkennen, auch nicht mit Christian Erdmann. Die beiden Brüder waren grundverschieden, sowohl im Aussehen als auch in der Art, Christian souverän und eloquent, Kai dagegen schlicht und irgendwie widerborstig. Der alte Erdmann war schwer einzuschätzen. Zumindest den wachen Blick hatte er mit Enkel Christian gemeinsam. »Wie schätzen Sie die Ehe von Laura und Christian ein?«

»Perfekt?« Willi Erdmann zuckte mit den Schultern.

Kai nickte. »Die haben doch alles.« Sein Blick schweifte kurz durch den Raum.

»Mir ging es mehr um die Beziehung der beiden«, erklärte Ralph.

»Wieso? Meinen Sie, Christian könnte auf Laura geschossen haben?« Er lachte keckernd.

»Nie im Leben«, sagte Kai. »Mein Bruder ist doch nicht bescheuert.«

»Okay. Danke.« Angersbach stand auf. Im Grunde war die Frage überflüssig gewesen. Christian Erdmann hatte ein Alibi. Trotzdem. Es war immer besser, alles doppelt zu prüfen, statt sich am Ende über Fehler zu ärgern.

4

Edertal

Sabine Kaufmann lenkte den Dienstwagen auf den gekiesten Parkplatz. Ralph hatte das Lokal im Netz entdeckt und als Treffpunkt vorgeschlagen. Es trug den Namen »Zündstoff« und war als Bikertreff bekannt. Neben der Gastronomie gab es Ferienapartments. Das Ganze war die Nachbildung einer Westernstadt, jedes Apartment befand sich in einem Haus mit entsprechender Fassade. Vom Saloon bis zum Sheriffbüro war alles vertreten.

Im Sommer konnte man an Biertischen im Freien sitzen. Jetzt, im November, bot der große Gastraum Platz und Wärme. Es gab Burger, die nicht nur preisgünstig, sondern auch ausgesprochen lecker waren. Sabine hatte sich für die klassische Variante entschieden. Ralph und Lynn hatten den veganen Burger bestellt. Sabine, die immer wieder mit dem schlechten Gewissen kämpfte, hatte überlegt, sich ihnen anzuschließen, doch am Ende hatte die Lust auf Fleisch gesiegt. Sie aß sehr viel weniger davon, seit sie mit Ralph zusammen war. Ganz verzichten wollte sie nicht.

Ralph spießte seine letzten Pommes auf und schnitt eine bedauernde Grimasse. Lynn schob ihm ihre Schale hin, die sie nur zur Hälfte geleert hatte. »Magst du noch? Ich bin satt.«

Ralph griff sofort zu und knabberte die Pommes mit einem seligen Lächeln. Sabine schob ihre leere Schale beiseite und nahm ihr Notizbuch zur Hand. Lynn holte ihr Tablet hervor.

»Wir haben insgesamt acht Gewehre sichergestellt«, berichtete sie. »Fünf in der Jagdhütte, darunter ist das, das die jungen Leute für ihre Schießübungen benutzt haben, drei im Wohnhaus von Uwe Unger. Zwei davon sind Flinten, die kommen nicht infrage. Die anderen sechs sind in der Ballistik. Wir müssen abwarten, was der Beschuss ergibt.«

Das war ein langwieriges Prozedere. Die Kriminaltechniker mussten mit den Waffen auf eine dicke Wand aus einem nachgiebigen Material schießen. Anschließend wurden die Geschosse unter dem Mikroskop untersucht und mit den Kugeln vom Tatort verglichen. Die Züge und Felder im Inneren des Laufs, jene Rillen, die dazu dienten, die Flugbahn der Geschosse zu stabilisieren, hinterließen charakteristische Spuren. Allerdings waren diese winzig klein. Übereinstimmungen festzustellen war Präzisionsarbeit, die Zeit und ein gutes Auge erforderte. Anders als im Fernsehkrimi konnte die Zuordnung von Kugel und Waffe meist erst nach einigen Tagen vorgenommen werden. In diesem Fall hatte ihr Chef zumindest dafür gesorgt, dass ihr Fall vorgezogen wurde. Vor Montag würden sie trotzdem kein Ergebnis bekommen.

»Ich habe drei Gewehre bei Willi Erdmann mitgenommen«, sagte Ralph. »Sie sind ebenfalls in der Ballistik.« Er berichtete von seinen Gesprächen mit Christian Erdmann, dessen Bruder Kai und dem gemeinsamen Großvater Willi Erdmann. Willis tragische Lebensgeschichte berührte Sabine, und sie sah, dass es Lynn nicht anders ging.

»Meine Güte«, seufzte die Kollegin. »Bei manchen Menschen läuft wirklich alles schief.« Dann erzählte sie von der unergiebigen Befragung der vier jungen Leute von der »Schutzmacht«.

»Wir hatten ja schon mit ihnen gesprochen«, ergänzte Sabine. »Letzte Woche, als es um die Drohbriefe ging. Das war genauso ergebnislos.«

»Irgendwie kann ich mir das nicht vorstellen.« Lynn schüttelte nachdenklich den Kopf. »Dass sie ausgerechnet dann auf Laura Erdmann-Janssen schießen, wenn sie wissen, dass die Polizei die Sache mit den Briefen untersucht.«

»Vielleicht gerade deshalb«, erwiderte Ralph und schob sich die letzten Pommes in den Mund. »Um zu beweisen, wie unerschrocken sie sind. Oder es ist Größenwahn. Sie halten sich für unantastbar.«

»Hm.« Lynn wischte über ihr Tablet. »Die Kriminaltechnik wertet die Handyfilme aus, die am Tatort entstanden sind. Bisher ist nichts dabei, das uns weiterhilft. Die Spurensicherung hat auch nichts mehr gefunden.«

Ralph winkte der Kellnerin und bestellte Espresso für alle. »Das ist dir doch recht?«, erkundigte er sich mit Verspätung bei Lynn.

»Ja.« Sie lächelte ihn an. »Espresso ist super.«

Sabine schluckte. Sie hatte sich Sorgen gemacht, dass Lynn mit Ralphs raubeiniger Art nicht zurechtkäme oder dass sie ihn unsympathisch finden könnte, aber das Gegenteil war der Fall. Wenn er sprach, hing sie ihm an den Lippen, und umgekehrt war es dasselbe. Die beiden schienen regelrecht einen Narren aneinander gefressen zu haben. Sabine kam sich überflüssig vor.

Sei nicht albern, schalt sie sich selbst. Die beiden geben sich einfach Mühe miteinander. *Dir zuliebe.*

Lynn wischte weiter. »Ich habe veranlasst, dass die Mobiltelefone aller möglichen Tatbeteiligten geortet werden. Die Ergebnisse bestätigen die Aussagen. Christian Erdmanns Handy war den gesamten Vormittag bei seiner Firma in Waldeck eingeloggt, das Mobiltelefon von Kai Erdmann auf dem Erdmann-Hof oder jedenfalls in der Nähe davon. Willi Erdmann besitzt offenbar keines, aber er scheidet ja als möglicher Täter ohnehin aus.« Sie sah kurz zu Sabine, dann wieder zu Ralph.

»Die Handys der vier jungen Leute von der ›Schutzmacht‹ waren heute Vormittag zuletzt bei einem Handymast in Netze eingeloggt. Das ist der letzte Punkt auf dem Besitz von Uwe Unger, an dem man noch eine Verbindung hat. Wären sie bei der Mühle gewesen, hätten sich die Mobiltelefone in Goldacker eingeloggt.«

»Ich dachte, Ungers Besitz liegt bei Goldacker?«, wunderte sich Ralph.

Die Bedienung brachte den Espresso, und Angersbach bedankte sich.

»Er gehört zum Ortsteil Goldacker, aber geografisch befindet er sich näher an Netze«, beantwortete Lynn seine Frage. »Allerdings grenzt Ungers Gelände an das Waldstück, in dem die Mühle steht.«

»Die jungen Leute hätten also problemlos dorthin gelangen können«, folgerte Ralph.

»Ja. Sie könnten dort gewesen sein. Mit den Quads, die wir gesehen haben, wäre das kein Problem. Aber ihre Handys waren es nicht. An der Mühle hat man hervorragenden Empfang. Dafür ist bei der Umgestaltung zum Museum gesorgt worden.«

»Das beweist nichts.« Ralph nippte an seinem Espresso. »Kein halbwegs intelligenter Verbrecher nimmt heutzutage noch sein Handy mit, wenn er eine Straftat begeht. Mittlerweile weiß wohl auch der Dümmste, dass man die Dinger orten kann.«

»Selbst wenn sie ausgeschaltet sind«, bestätigte Lynn. »Mit einer stummen SMS lässt sich jedes Gerät aufspüren, solange Akku und SIM-Karte nicht entfernt worden sind.«

»Hm.«

Sabine wusste nicht, ob Ralph eine Ahnung hatte, wovon Lynn sprach. Anmerken ließ er sich jedenfalls nichts.

»Ich bin davon überzeugt, dass es die jungen Leute waren«, sagte sie. »Aber beweisen können wir es nicht.«

»Die Erdmanns sind jedenfalls aus dem Rennen«, sagte Ralph und sah die beiden Frauen bedauernd an. »Ich fahre heute Abend zurück nach Gießen und schreibe meinen Bericht. Das war keine persönlich motivierte Tat. Der Fall gehört euch.«

»Schade«, sagte Lynn. »Ich hätte gern noch weiter mit dir zusammengearbeitet.«

Sabine, die dasselbe gedacht hatte, hielt daraufhin den Mund. Sie wollte nicht wie ein Schulmädchen mit Lynn um Ralphs Aufmerksamkeit konkurrieren.

Ralph nahm ihre Hand. »Damit fällt dann wohl der nächste gemeinsame Sonntag ins Wasser«, murmelte er. »Ich vermute, du willst vor Ort bleiben?«

»Ja.« Sabine seufzte. »Das geht leider nicht anders.«

»Dafür kannst du sicher ein paar Tage freinehmen, wenn wir die ganze Sache hier geklärt haben«, sagte Lynn herzlich. »Diese ominösen Goldbarren, die Drohbriefe und die Schüsse auf Laura Erdmann-Janssen.«

Ralph sah sie neugierig an. »Was denn für Goldbarren?«

»Hast du ihm das nicht erzählt?« Lynn warf Sabine einen irritierten Blick zu. Sie wischte wieder über das Display ihres Tablets und hielt Ralph das Gerät hin. »Hier. Schau mal.«

5

Edersee, in der Nähe der Dorfstelle Berich,
zwei Wochen später

Es war ein knackig kalter Dezembermorgen. Die Temperaturen lagen nur knapp über dem Gefrierpunkt. Die Äste und Zweige der kahlen Bäume am Ufer waren mit Raureif bedeckt. Auf dem Schieferhang lagen Reste des Schnees, der in den letzten Tagen gefallen war.

Niklas und Felix parkten den Volvo XC 80 von Niklas' Vater an der Straße, die zu dieser frühen Stunde menschenleer war. Es war noch dämmerig, die Sonne kletterte gerade erst hinter den Hügeln im Osten hervor. Die beiden jungen Männer stiegen aus und nahmen ihre Ausrüstung aus dem Kofferraum.

Sie hatten sich dick vermummt. Thermowäsche, dazu warme Hosen und Pullover. Darüber streiften sie jetzt die Wathosen und die gefütterten Jacken und schlüpften in die Gummistiefel, nachdem sie ein zweites Paar Socken angezogen hatten. Dicke, wasserfeste Handschuhe und dünne Thermomützen unter den Basecaps vervollständigten die Kleidung.

Gemeinsam gingen sie den Hang hinunter zum Steg des Angelvereins. Sie lösten die Persenning, machten das Boot klar und warfen ihre Ausrüstung hinein. Niklas setzte sich an die Ruder und brachte sie mit kräftigen Schlägen auf den See hinaus. Felix machte die Angelruten bereit und bestückte die Haken mit Ködern.

Wer keine Ahnung vom Angeln hatte, dachte vermutlich, dass man diesem Sport nur in der wärmeren Jahreszeit nachging. Dabei herrschten gerade in den Wintermonaten die besten Bedingungen. Hier am Edersee, einem der fischreichsten Seen Deutschlands, begann darüber hinaus die Schonzeit für Hechte, anders als in den meisten anderen Gewässern, erst am 1. Februar und endete schon am 16. April. An einem Morgen wie diesem hatte man hervorragende Chancen, einen Hecht, Zander oder Barsch zu fangen.

Niklas ruderte zu einem Uferbereich, der dichter bewachsen war als die anderen Abschnitte. Hier standen unterhalb der Wasseroberfläche Gewächse, in denen sich die Fische gerne versteckten. Niklas ließ das Boot auslaufen, und Felix und er warfen ihre Angeln aus.

Lange hatten sie auf diese Gelegenheit gewartet. Seit sie mit der Schule fertig waren und beide eine Ausbildung angefangen hatten, konnten sie nur noch am Wochenende angeln gehen. Heute hatte es zum ersten Mal weder geregnet noch geschneit. Das wäre zwar nicht unbedingt ein Hindernis, aber das Angeln machte wenig Spaß, wenn einem die ganze Zeit der Regen auf die Mütze pladderte und man die Pfützen aus dem Boot schippen musste.

Felix war seit der Grundschule Niklas' bester Freund. Sie hatten alles gemeinsam gemacht, vom Konfirmandenunterricht über den ersten Clubbesuch bis zum Führerschein. Jetzt absolvierten sie beide ihre Ausbildung beim Finanzamt in Kassel. Zahlen hatten ihnen schon immer Spaß gemacht. Beide besaßen Unmengen von Rätselheften. Sie wohnten zusammen in einer kleinen Wohnung in Mattenberg, einem Teil von Kassel, der immer wieder als sozialer Brennpunkt in Verruf geriet. Doch das störte sie nicht. Die Miete war günstig und die Anbindung an das öffentliche Verkehrsnetz gut.

Seit sie jeder eine Freundin hatten, war die Zeit für ihre gemeinsamen Freizeitaktivitäten knapper geworden. Aber wenn sie mit dem Boot hinauskonnten, ließen sie alles andere stehen und liegen.

»Wetten, dass ich heute den dickeren Fisch fange?«, stichelte Niklas.

»Wetten, dass nicht?« Felix hockte vorgebeugt auf der Rückbank des Boots und schaute konzentriert auf seinen Schwimmer.

Wer sie nicht kannte, wunderte sich über ihre Freundschaft. Schon rein äußerlich hätten sie nicht verschiedener sein können. Felix, der schmächtige Junge mit den langen blonden Haaren und der Nerdbrille. Und Niklas, der Supersportler, fast zwei Meter groß, durchtrainiert, mit modischem Haarschnitt und dunklem Dreitagebart. Aber was spielte das für eine Rolle, wenn man auf einer Wellenlänge war und die gleichen Interessen hatte?

Niklas lehnte sich auf seiner Seite des Boots gegen die Bordwand und lächelte. Er freute sich auf den Tag auf dem Boot, die Ruhe und die Zeit mit seinem Freund. Wenn er jetzt noch einen respektablen Hecht aus dem Wasser fischte …

Wie auf Bestellung ruckelte sein Schwimmer.

»Ha!« Er grinste Felix an. »Ich habe einen.«

»Klar. Wie immer.« Felix hatte kein Problem damit, dass Niklas bei fast allem der Bessere war.

Niklas holte die Angelschnur ein. Während er an der Kurbel drehte, ahnte er allerdings schon, dass sein Fang nichts taugen würde. Es ging viel zu leicht. Das war höchstens ein Fischchen, so klein, dass man es am besten gleich wieder zurückwarf, oder ein alter Stiefel.

Der Fang kam hervor und baumelte über der Wasseroberfläche an Niklas' Leine. Darunter bildeten sich Ringe, die auseinanderliefen.

»Scheiße.« Die beiden starrten auf das Objekt, das Niklas aus dem Wasser gezogen hatte. »Was ist das denn?«

6

Gießen

Das Klingeln ihres Handys riss sie aus dem Schlaf. Sabine Kaufmann richtete sich auf und knallte mit dem Kopf gegen den von Ralph, der sich über sie gebeugt hatte, um das Ding vom Nachttisch zu angeln.

»Au.« Sabine ließ sich aufs Kissen zurückfallen.

»Entschuldige.« Ralph griff nach dem Handy und reichte es ihr. »Ich dachte, ich bekomme es zu fassen, bevor es dich weckt.«

»Hat nicht geklappt.« Sabine rieb sich mit einer Hand die Stirn, während sie mit der anderen das Smartphone ergriff. *Lynn Burger* stand auf dem Display.

Sabine hatte sich nach zwei Wochen ergebnisloser Ermittlungen entschieden, übers Wochenende zu Ralph zu fahren. Noch immer gab es keine Beweise dafür, dass jemand von der »Schutzmacht« für die Drohbriefe und die Schüsse auf Laura Erdmann-Janssen verantwortlich war, und den Anbieter der Nazigoldbarren hatten sie ebenfalls nicht gefunden. Die Kugeln, mit denen auf die Ortsvorsteherin geschossen worden war, stammten aus keinem der sichergestellten Gewehre. Auf den Handyvideos, die an der Mühle am Steinbach entstanden waren, waren weder ein Verdächtiger noch irgendein anderer Hinweis zu entdecken gewesen. Sabines Chef dachte darüber nach, die ganze Sache zu den Akten zu legen, aber eine oder zwei Wochen wollte er ihnen noch geben.

Lynn war am Edersee geblieben. Es gefiel ihr dort, und zu Hause wartete offenbar niemand auf sie. Hatte sie nun ausgerechnet am ersten Wochenende, das sie nicht gemeinsam dort verbrachten, eine heiße Spur gefunden?

»Ihr müsst sofort herkommen«, sagte Lynn statt einer Begrüßung, als Sabine das Gespräch entgegennahm.

»Ist etwas passiert?« Sabine massierte sich die Schläfen. Ihr Kopf dröhnte nach dem Zusammenstoß mit Ralphs Dickschädel.

»Zwei Angler haben heute Morgen etwas aus dem See gefischt.«

»Was denn?«

»Einen Totenschädel.«

»Verdammt.« Sabine dachte sofort an Laura Erdmann-Janssen. »Hast du die Ortsvorsteherin angerufen?«

»Ich habe es versucht, aber nur ihren Mann erreicht. Er sagt, seine Frau sei auf Reisen. Wir hätten ihr ja geraten, sich eine Weile unsichtbar zu machen, und er hat sie ebenfalls inständig darum gebeten. Sie hat es schließlich getan und sich in den Zug gesetzt. Jetzt ist sie irgendwo in Südfrankreich. Ihr Mann will sie über den Fund informieren.«

»Gut.« Sabine seufzte erleichtert. Irgendwie war es ja auch logisch. Ein Schädel ohne Körper. Das war eine andere Liga als ein paar Schüsse. Oder? »Aber wenn es nicht Frau Erdmann-Janssen ist … wem gehört der Schädel dann?«

»Das wissen wir noch nicht. Ich habe die Spurensicherung und die Rechtsmedizin informiert, die sind unterwegs. Wenn ihr euch beeilt, könnt ihr ungefähr gleichzeitig da sein.«

»Wo genau müssen wir denn hin?«

»Zur alten Dorfstelle Berich.«

»Da, wo der versunkene Friedhof ist?«

»Richtig.«

»Okay. Wir machen uns auf den Weg.« Sabine beendete das Gespräch.

»Wohin?«, fragte Ralph, der sich auf einen Ellbogen gestützt hatte und sie beobachtete.

Sabine wiederholte, was Lynn berichtet hatte.

Ralph legte den Kopf schief. »Meinst du, der Schädel stammt von dem alten Friedhof? In den Gräbern liegen ja noch die alten Skelette.«

»Wohl kaum. Die Gräber sind mit Betonplatten versiegelt, damit genau so etwas nicht passiert. Die Toten liegen da seit über hundert Jahren drin. Warum sollte ausgerechnet jetzt ein einzelner Schädel auftauchen?«

»Keine Ahnung.« Ralph kletterte vom Bett. »Finden wir es heraus.«

Dorfstelle Berich

Als sie am Edersee ankamen, war es kurz vor halb zehn. Die Uferstraße war abgesperrt. Die Streifenwagenbesatzung kontrollierte ihre Ausweise und winkte sie durch. Zu Ralphs Überraschung waren Kriminaltechnik und Rechtsmedizin noch nicht vor Ort. Er stellte den Niva oben an der Straße ab und ging mit Sabine zum Ufer hinunter.

Unweit des Stegs, an dem im Sommer die Segelboote lagen, saßen zwei junge Männer in Angelkleidung auf einem umgedrehten Ruderboot. Lynn Burger stand neben ihnen, wie immer mit um das halbe Gesicht gewickeltem Schal und tief in die Stirn gezogener Wollmütze. Dazu trug sie einen hellen Wollmantel und Winterstiefel mit weißem Kunstfell. Ihre Hände steckten in hellen Thermohandschuhen.

Kaufmann und Angersbach traten zu der kleinen Gruppe. Lynn begrüßte sie.

»Das sind Felix Römer und Niklas Wortmann«, stellte sie die beiden Männer vor. »Sie haben den Schädel aus dem Wasser gefischt.«

»Das war vielleicht ein Schock«, sagte Römer, der kleinere und schmächtigere der beiden. Er war leichenblass, wirkte ansonsten aber gefasst. Wortmann, der wie ein Rugbyspieler aussah, zitterte dagegen am ganzen Leib, trotz der dicken Kleidung, die er trug. Er zupfte an den Fingern seiner Handschuhe und kaute unablässig auf seiner Unterlippe.

»Wie kommt da ein Schädel in den See?«, brabbelte er. »Und wieso müssen ausgerechnet wir ihn rausholen?«

»Erzählen Sie noch einmal genau, was passiert ist«, bat Sabine.

Wortmann versuchte es, geriet aber immer wieder ins Stocken. Römer übernahm und berichtete in zusammenhängenden Sätzen. Einen Zugewinn an Informationen erbrachte es nicht.

»Wo ist denn der Schädel?«, fragte Angersbach ungeduldig. Er hatte kalte Füße. Bei seinen alten Winterstiefeln war die rechte Sohle durchgetreten, und er hatte es noch nicht geschafft, sich neue zu kaufen, deshalb hatte er die Halbschuhe nehmen müssen.

»Da vorn.« Lynn deutete auf eine Stelle nahe der Wasserkante. Die beiden jungen Männer hatten ihren unheimlichen Fang offenbar eilig loswerden wollen, ehe sie das Boot an Land gebracht hatten.

Kaufmann und Angersbach folgten Lynn und betrachteten den Schädel. Aufheben wollten sie ihn nicht, das würde den Kollegen von der Spurensicherung nicht gefallen.

»Keine sichtbaren Verletzungen«, stellte Sabine fest. »Sieht nicht so aus, als hätte jemand dem Besitzer dieses Kopfs den Schädel eingeschlagen.«

»Was nicht heißt, dass wir es mit einer natürlichen Todesursache zu tun haben«, knarrte eine tiefe Stimme hinter ihnen.

Angersbach fuhr herum. »Professor Hack.«

Der Gießener Rechtsmediziner hatte sich auf leisen Sohlen angeschlichen. Winterboots mit dicker Sohle, wie Ralph mit einem Blick auf dessen Füße feststellte. Darüber hinaus sah Hackebeil, wie sie ihn scherzhaft nannten – natürlich nur, wenn er es nicht hören konnte –, ausgesprochen bizarr aus. Er steckte in einem weißen Overall, der wahlweise an einen Raumfahreranzug oder an das Michelin-Männchen erinnerte. Das Material war glänzender Kunststoff, zusammengenäht in dicken Ringen, die wie aufgepumpt wirkten. Auf Hacks Kopf saß eine Mütze aus demselben Material, mit Ohrenklappen und Bändern, die er unterm Kinn zusammengeschnürt hatte.

»Funktionalität geht vor«, knurrte Hack, der Ralphs Blick richtig gedeutet hatte. Er grinste flüchtig. »Ihre alte Wetterjacke ist ja auch nicht gerade der letzte Schrei.«

»Aber warm.« Angersbach schob die Hände in die Jackentaschen und knetete den Stoff. Trotz seiner Wollhandschuhe hatte er das Gefühl, die Finger würden ihm abfrieren. Wahrscheinlich war es der eisige Wind, der sämtliche Wärme davonriss.

»Und diese Mütze …« Wilhelm Hack betrachtete das gelbrot gestreifte Gebilde auf Ralphs Kopf.

»Das ist eine Beanie. Hat Janine gehäkelt.«

»Ihre Halbschwester vertreibt sich die Zeit in Australien mit Handarbeiten? Findet sie keinen Job?«

»Den hat sie längst.« Janine hatte im vorletzten Jahr ihren langjährigen Freund geheiratet, den Australier Morten, den sie während ihres Studiums in Berlin kennengelernt hatte. Die beiden lebten in der Nähe von Melbourne, wo Mortens Eltern ein kleines Weingut besaßen. »Sie arbeitet seit dem Frühjahr im Resozialisierungsteam der Stadt Melbourne. Da herrscht ein gutes kollegiales Klima, und während der wöchentlichen Sitzungen wird gestrickt und gehäkelt. Nicht nur von den Frauen, auch von den Männern.«

Hack schnaubte belustigt. »Winterklamotten in Australien. Na ja, wem's Spaß macht.« Er legte den Kopf schief. »Jedenfalls steht Ihnen das Ding nicht. Sie sollten sich lieber eine anständige Mütze kaufen.«

»So wie das da?« Ralph deutete auf Hacks Kopfbedeckung.

»Das ist Hightech-Funktionskleidung. In meinem Alter muss man auf die Gesundheit achten.«

Angersbach sparte sich einen weiteren Kommentar. Er war froh, dass Hack noch immer im aktiven Dienst war und sich nicht bereits in den Ruhestand verabschiedet hatte. Einen besseren Rechtsmediziner würde man nicht finden.

Hack wandte sich an Sabine. »Hallo, Frau Kaufmann. Es freut mich, dass wir wieder einmal zusammenarbeiten.«

»Mich auch.« Sabine, die mit ihrer roten Outdoorjacke und farblich passender Mütze, Handschuhen und Stiefeln außerordentlich apart aussah, lächelte den Rechtsmediziner an.

»Und wer sind Sie?« Hack musterte die neue Kollegin.

»Lynn Burger, LKA Wiesbaden.«

»Sehr erfreut. Endlich mal junges Blut.« Hack warf Ralph einen spöttischen Blick zu. »Sie kommen ja so langsam in die Jahre.«

Der Rechtsmediziner streifte Latexhandschuhe über die Finger. Er hob den Totenschädel vom Boden auf und hielt ihn am ausgestreckten Arm auf Augenhöhe. Schon bevor er den Mund aufmachte, wusste Ralph, was kommen würde.

»Ach, armer Yorick«, deklamierte Hack.

Angersbach verdrehte die Augen. »Wenn Sie mit ›Hamlet‹ fertig sind, können wir uns dann vielleicht auf die Fakten konzentrieren?«

»Was wollen Sie denn hören? Ein Schädel, dem Augenschein nach unbeschädigt. Abgesehen von dem Grünzeug, das sich daran festgesetzt hat.«

»Das Alter?«, fragte Kaufmann.

»Schwer zu sagen. Der Knochen wirkt stabil. Könnte seit Jahren auf dem Grund des Sees gelegen haben, wenn er gut konserviert war, oder erst seit ein paar Tagen.«

»So schnell würde das Fleisch doch nicht verwesen«, wandte Lynn ein.

»Richtig.« Der einäugige Rechtsmediziner blinzelte ihr mit dem gesunden Auge zu – das andere hatte er in irgendeinem Kriegsgebiet eingebüßt, in dem er im Einsatz gewesen war, um Tote in Massengräbern zu identifizieren. »Aber in diesem See gibt es eine ganze Reihe von Raubfischen, die das Fleisch in Windeseile vom Knochen knabbern könnten. Hecht, Zander, Dorsch.«

»Aber das sind ja keine Piranhas«, unterbrach Angersbach ihn. Hack grinste. »Die braucht es auch nicht. Wenn unsere heimischen Räuber Appetit haben, können die das genauso gut. Angefangen mit den weichen Teilen – Nase, Augen, Ohren –, dann Knorpel und Sehnen. Sie würden staunen, wie rasch das vonstattengeht. Vor allem im Winter, wenn das Futterangebot ohnehin nicht so groß ist.«

»Okay.« Lynn zog ihr Tablet hervor und machte sich Notizen. »Halten Sie es ebenso für möglich, dass der Kopf aus dem alten Friedhof stammen könnte?«

Hack spähte zum Bootssteg, der mit Stahlseilen am Ufer befestigt war. Je nach Wasserstand des Sees änderte er seine Position. »Alt-Berich, meinen Sie?« Er zuckte mit den Schultern. »Wie gesagt. Wir brauchen eine Altersbestimmung. Das muss sich ein forensischer Anthropologe ansehen.«

»Sie können das nicht?«

»Wenn Sie auf die nötigen Kompetenzen anspielen – ich sehe mich durchaus dazu in der Lage. Aber in meinem Institut fehlt die entsprechende Ausrüstung. Die ist teuer und wird nicht besonders oft gebraucht. Wir arbeiten in solchen Fällen mit dem Institut für Forensische Anthropologie in Wettenberg zusammen, das ist nur ein paar Kilometer von Gießen entfernt.«

»Also lassen wir den Schädel dorthin bringen.«

Hack lächelte ein wenig verkniffen. »Genau das wäre mein Vorschlag gewesen.«

Sabine sah sich um und winkte einen der uniformierten Kollegen heran, die den Fundort sicherten. Der Beamte, schon etwas älter und ein wenig übergewichtig, setzte sich gemächlich in Trab.

»Wir brauchen eine Übersicht über die Vermisstenfälle in der Gegend«, erklärte sie, als er sie erreicht hatte.

»Das ist einfach«, entgegnete der Uniformierte. Er hatte das Gesicht einer Bulldogge, mit hängenden Wangen und Tränensäcken. »Da gibt es nur einen.«

»Name und Adresse?« Lynn hielt ihr Tablet bereit, Sabine ihr Notizbuch.

Der Beamte deutete mit dem Daumen in Richtung Berghang, dorthin, wo sich hinter den Bäumen der Ortsteil Bärental befand. »Der alte Erdmann«, sagte er. »Der ist seit zehn Tagen abgängig.«

Kaufmann kniff die Augen zusammen. »Willi Erdmann? Der Besitzer des Erdmann-Hofs?«

»Genau der.«

Angersbach tauschte einen ungläubigen Blick mit Lynn.

Sabine explodierte. »Warum wissen wir das nicht?«, fauchte sie den Beamten an. »Wir ermitteln hier seit Wochen wegen der Drohungen gegen Laura Erdmann-Janssen und der Schüsse auf sie, und wenn der Großvater ihres Mannes verschwindet, sagt uns niemand Bescheid?«

Der Uniformierte zuckte mit den Schultern. »Das eine hat doch mit dem anderen nichts zu tun.«

»Ach nein? Und was macht Sie da so sicher?«

Der Beamte hakte die Daumen in die Gürtelschlaufen seiner Uniformhose. »Bei dem Ärger mit Laura Erdmann-Janssen geht es um die ›Schutzmacht‹, oder nicht?«, erklärte er. »Die würden sich niemals am alten Willi vergreifen. Der liefert ihnen doch das ganze rechte Gedankengut.«

Kaufmann schnaufte wütend. »Diese Information lag uns bisher ebenfalls nicht vor.«

»Dann hätten Sie mal fragen müssen. Das weiß hier jeder. Der alte Willi infiltriert seinen Enkel mit seinen Geschichten, und der trägt es zu seinen Freunden weiter.«

»Meinen Sie Kai?«

»Klar, wen sonst? Dieser nichtsnutzige Bengel. Bei den Erdmanns sind die guten Gene alle beim älteren Bruder gelandet, und der Nachzügler hat nichts abbekommen.«

»Wollen Sie damit sagen, Kai Erdmann ist Mitglied der Gruppe, gegen die Laura Erdmann-Janssen vorgeht?«

»Logo. Ich hab die Jungs oft genug zusammen gesehen. Und die Mädels«, schob er nach, als er Lynns Blick bemerkte.

»Warum hat uns niemand etwas davon gesagt?« Lynn schüttelte fassungslos den Kopf.

»Keine Ahnung. Dachten wahrscheinlich alle, dass es Ihnen klar wäre. Die Erdmann-Janssen weiß es schließlich auch.«

»Das hat sie uns auch nicht mitgeteilt«, sagte Sabine. Sie hatte die Stimme wieder gesenkt, aber ihr Gesicht war immer noch gerötet.

»Wollte wahrscheinlich die Familie schützen. Kai ist schließlich der kleine Bruder ihres Mannes. Den hängt man nicht so einfach hin.«

Kaufmann holte tief Luft. Angersbach konnte nachfühlen,

wie es ihr ging. Vier Wochen Ermittlungen, die zu nichts geführt hatten, weil das Opfer ein Familienmitglied gedeckt hatte. Vielleicht. Wenn es stimmte, dass die »Schutzmacht« hinter den Schüssen steckte und dass Kai Erdmann dazugehörte. Wenn er an Kais Erscheinungsbild dachte – die Frisur und die Armeehose –, hätte er allerdings auch selbst daran denken und nachhaken können. Aber es nützte nichts, über verschüttete Milch zu lamentieren.

»Gut.« Ralph nahm ebenfalls sein Notizbuch zur Hand. »Willi Erdmann ist also seit zehn Tagen abgängig. Wir brauchen Details.«

»Da fragen Sie am besten Kai. Wir wissen nur, dass er verschwunden ist. Wir haben die Meldung an die anderen Dienststellen weitergegeben. Bisher ist er von niemandem gesichtet worden.«

»Wie kann das sein? Erdmann hat zwei amputierte Füße. Ist er mit seinem Rollstuhl auf und davon, ohne dass jemand was gemerkt hat?«

»Wie gesagt.« Die Kiefer des Beamten bewegten sich, und für einen Moment wurde zwischen seinen Lippen ein Kaugummi sichtbar. »Reden Sie mit Kai.«

»Okay.« Ralph hätte noch eine Menge Fragen gehabt, aber der Kollege gehörte offenbar zu jenen, die Dienst nach Vorschrift schoben. Er würde ihnen nicht weiterhelfen, und Angersbach würde früher oder später genauso in die Luft gehen wie Sabine. Besser, sie fuhren gleich zum Erdmann-Hof. Vielleicht würden sie dann klarer sehen.

Oben an der Straße trafen die Kollegen von der Spurensicherung ein und kleideten sich in ihre weißen Tyvek-Anzüge. Dahinter hielt ein Leichenwagen. Auch wenn es nur ein einzelner Schädel war, musste er dennoch ordnungsgemäß von einem Bestatter abtransportiert werden.

Wilhelm Hack klatschte in die Hände. »Ich fahre zurück nach Gießen. Hier gibt es für mich nichts mehr zu tun. Ich melde mich, sobald ein Ergebnis aus der Forensischen Anthropologie vorliegt.«

Sabine bedankte sich bei ihm, und das Lächeln kehrte in ihr Gesicht zurück. »Also. Gehen wir.«

Sie marschierten den Hang hinauf zu ihren Autos. Den uniformierten Kollegen ließen sie einfach stehen.

7

Bärental, Erdmann-Hof

Kai Erdmann sah mitgenommen aus. Das blonde Haar hing ihm strähnig ins Gesicht, das Kinn war von Bartstoppeln bedeckt. Die Augen waren gerötet, die Lider dick geschwollen. Er trug eine ausgebeulte Jogginghose und ein graues Sweatshirt, das von roten und weißen Flecken geziert wurde. Ketchup und Mayo, vermutete Sabine, die auf dem Wohnzimmertisch eine aufgeklappte Pappschachtel mit den Resten eines Burgers und ein paar schlaffen Pommes entdeckte.

»Haben Sie eine Spur?«, fragte er.

»Nein.« Sabine sah sich neugierig um. Der Raum wirkte aus der Zeit gefallen. So als hätte ihn jemand Mitte des letzten Jahrhunderts eingerichtet und anschließend vergessen, dann und wann zu modernisieren. Alles war zu dunkel, die Wände, die Möbel und die uralten gerahmten Fotografien. Durch die ungeputzten Fenster kam kaum Tageslicht herein. Die Stehlampe war eingeschaltet, spendete aber nur mattes Licht.

Kai wies fahrig auf Sofa und Sessel. Lynn wählte den Sessel, Kaufmann und Angersbach setzten sich aufs Sofa. Kai holte sich einen Stuhl aus der Küche und nahm ihnen gegenüber Platz.

»Erzählen Sie mal«, forderte Ralph den jungen Mann auf.

»Was denn?«

»Wann haben Sie bemerkt, dass Ihr Großvater verschwunden ist?«

»Letzte Woche Donnerstag. Das habe ich der Polizei schon gesagt.«

»Wie ist er überhaupt von hier weggekommen? Mit dem Rollstuhl schafft er es vermutlich kaum über den Hof, geschweige denn die Hügel hinauf.«

Kai fuhr sich mit der Hand durch die Haare. »Es ist ja nicht so, dass er mit den Prothesen gar nicht mehr laufen kann. Er hat nur wahnsinnige Schmerzen, deswegen benutzt er sie kaum noch.«

»Sie meinen, er ist zu Fuß unterwegs?«

»Nein.« Kai sah Angersbach an, als hätte er nicht mehr alle Tassen im Schrank. »Mit dem Wagen.«

»Was für ein Wagen?«, fragte Lynn, die sich Notizen auf ihrem Tablet machte.

»Ein umgebauter Škoda Fabia. Mit Handschaltung und Einladevorrichtung für den Rollstuhl. Der ist ja auch weg.«

Kaufmann hob die Augenbrauen. »Haben Sie das den Kollegen gesagt?«

»Klar. Die haben sich das Kennzeichen notiert.«

Sabine schüttelte insgeheim den Kopf. Das hatte ihnen der behäbige Beamte am See vorenthalten.

»Wo könnte er denn hin sein?«, fragte Ralph.

»Ich habe keine Ahnung. Das hat er noch nie gemacht, einfach abzuhauen und keine Nachricht zu hinterlassen.«

»War er in den Tagen vor seinem Verschwinden anders als sonst?«, erkundigte sich Lynn.

»Nein. Griesgrämig wie immer.«

»Er hat keine Post oder einen Anruf bekommen? Irgendetwas, das ihn beunruhigt hat?«

»Nein. Was sollte das denn sein?«

Lynn zuckte mit den Schultern.

»Er hatte Schmerzen, aber das ist nichts Besonderes. Deswegen hat er mich am Donnerstag nach dem Mittagessen losgeschickt. Erst zu seinem Hausarzt, um ein Rezept zu holen, dann zur Apotheke. Das Zeug, das er schluckt, ist ja nicht frei verkäuflich. Ich hab ihm die Pillen besorgt, und als ich zurück war, war er weg.«

»Und wie lange hat das gedauert?«, klinkte sich Sabine ein.

»Eine Stunde ungefähr. Ich war mit dem Moped unterwegs, einen Wagen habe ich nicht. Wenn ich was Größeres einkaufe – Wasser oder Bierkisten –, fahre ich mit dem Škoda, aber für ein paar Pillen ist das ja nicht nötig.« Er stöhnte und raufte sich die Haare. »Warum habe ich nicht das Auto genommen? Dann hätte Opa Willi nicht abhauen können.«

»Das konnten Sie nicht voraussehen«, tröstete ihn Kaufmann.

Kai schnitt eine unglückliche Grimasse. »Ich hab beim Arzt ziemlich lange warten müssen, weil irgendein Notfall war. Sonst wäre ich schneller wieder hier gewesen. Es ist ja kein weiter Weg.«

»Machen Sie sich keine Vorwürfe«, sagte Sabine. »Solche Dinge passieren.« Sie wusste nur zu gut, wie er sich fühlen musste. Ihr selbst war es früher nicht anders gegangen, als sie sich um ihre Mutter Hedwig gekümmert hatte. Wenn diese mal wieder fort gewesen war und Sabine nur die leeren Weinflaschen in der Küche gefunden hatte. Wenn sie dann mit hämmerndem Puls und rasendem Herzen hinausgerannt war, um sie zu suchen, voller Angst, dass Hedwig unter dem Einfluss eines neuen Schizophrenie-Schubs eine schreckliche Dummheit beging.

»Fehlt irgendwas? Papiere, Brieftasche, Handy?«, fragte Lynn sachlich und holte Sabine damit aus ihrer Erinnerungsschleife heraus. Sie sah, dass Ralph ihr einen fragenden Blick zuwarf, und schenkte ihm ein kleines Lächeln. Ralph drückte kurz ihren Arm.

»Er hat kein Handy«, erklärte Kai. »Die Brieftasche ist weg, genau wie die Autoschlüssel. Die Wagenpapiere hat er in der Brieftasche.«

»Hat er Kleidung mitgenommen?«

Kai richtete die Augen zur Decke und dachte nach. »Mir ist nichts aufgefallen. Der Koffer ist jedenfalls noch da. Der liegt oben auf dem Kleiderschrank. Da kommt er allein gar nicht dran.«

»Also hatte er offenbar nicht die Absicht, länger wegzubleiben.« Lynn machte sich eine Notiz. »Fehlt sonst irgendetwas? Hinweise darauf, dass jemand im Haus war?«

»Nein.« Kai schüttelte den Kopf. »Wer denn? Außer Christian und Laura kommt nie jemand her.« Er schlang die Arme um den Oberkörper. »Glauben Sie, ihm ist was passiert? Dass er irgendwo im Straßengraben liegt, und keiner hat ihn bisher entdeckt?«

»Nicht im Graben.« Angersbach räusperte sich. »Das wäre längst jemandem aufgefallen. So dünn besiedelt ist die Gegend hier ja nicht.«

»Wo ist er dann? Warum findet ihn keiner?«

Kaufmann tauschte einen Blick mit Angersbach. Das wahrscheinlichste Szenario schien ihr, dass der alte Erdmann mit dem Wagen von der Straße abgekommen und im See gelandet war. Es müsste ein schlimmer Unfall gewesen sein, wenn er dabei im wahrsten Sinne des Wortes den Kopf verloren hatte. Dann müsste sich das Auto im See befinden, und der restliche Körper auch. Sie mussten den See absuchen lassen, was bei der Größe und den Witterungsverhältnissen allerdings schwierig werden dürfte.

Ralph hatte offenbar dasselbe Bild vor Augen, schien aber ebenso wie sie selbst unsicher, ob sie Kai von dem gefundenen Schädel berichten sollten. Vielleicht war es besser, abzuwarten, bis sie Gewissheit hatten?

»Wir haben übrigens gehört, dass Sie mit der ›Schutzmacht‹ in Verbindung stehen«, wechselte Angersbach das Thema.

Kais Augen huschten zwischen den Beamten hin und her. »Was hat denn das jetzt damit zu tun?«

»Wir suchen immer noch die Person, die auf Ihre Schwägerin geschossen hat.«

»Ich war es nicht.« Kai sah zu Angersbach. »Ich war hier bei meinem Großvater. Das hat er Ihnen doch bestätigt.«

»Richtig. Aber was ist mit Ihren Freunden von der ›Schutzmacht‹?«

»Wer sagt, dass das meine Freunde sind?«

»Das scheint hier allgemein bekannt zu sein. Sie haben damals keinen Ton dazu gesagt. So etwas finden wir immer verdächtig.«

»Ja, okay.« Kai nickte. Ihm schien die Kraft zu fehlen, sich irgendwie herauszureden. »Ich hänge manchmal mit denen ab. Aber die würden so was nicht tun. Das ist doch nur ein Spiel. Wir machen ein paar Schießübungen im Wald und passen ein bisschen auf.«

»Hm. Die Frau Ihres Bruders sieht das anders.«

»Klar. Die hat Angst vor schlechter Presse. Aber sie übertreibt total. Wir sind keine Nazis.« Kai zog die Schultern hoch. »Das weiß sie auch. Dass sie so einen Wind deswegen macht, ist nur fürs Image.«

»Es hat also keine ernsten Probleme zwischen Ihnen gegeben?«

»Nein.«

»Wie ist das mit Ihrem Großvater? Er soll Ihre Gruppe – sagen wir mal: ideologisch befeuert haben.«

Kai starrte Angersbach verständnislos an. »Was?«

»Wie man hört, war er quasi der Kopf hinter Ihrem Verein.«

»So ein Quatsch.« Kai strich sich die Haare aus der Stirn.

»Er erzählt gerne Geschichten von früher, und wir hören gerne zu. Das ist doch nicht verboten, oder?«

»Nein.« Kaufmann hatte das Gefühl, dass sie so nicht weiterkamen. »Sie haben also keine Idee, wo Ihr Großvater hingefahren sein könnte?«

»Das sage ich doch.« Kai sprang auf. »Ich verstehe nicht, warum Sie ihn nicht finden. Suchen Sie überhaupt richtig?«

Die Frage war berechtigt, fand Sabine. Sie verständigte sich wortlos mit Ralph und Lynn. Bevor sie sich weiter mit Kai beschäftigten, sollten ein paar Dinge geklärt werden. Vor allem, ob es sich bei dem gefundenen Schädel überhaupt um den von Willi Erdmann handeln könnte.

»Was sagt denn Ihr Bruder zum Verschwinden Ihres Großvaters?«, erkundigte sie sich.

»Was soll er dazu sagen?« Kai schnaubte. »Er macht mir Vorwürfe, natürlich. Weil ich nicht gut genug aufgepasst hätte. Dabei bin ich es, der sich rund um die Uhr um Opa Willi kümmert. Christian hat ja nie Zeit.«

»Okay. Wir melden uns, sobald wir etwas wissen«, versprach Sabine und verließ mit ihren Kollegen das Haus. Draußen atmete sie tief durch. Die Atmosphäre im Inneren hatte etwas Bedrückendes.

Angersbach ging zum Wagen, blieb aber neben der offenen Tür stehen. »Ob das stimmt?«, überlegte er laut. »Dass Willi Erdmann der heimliche Kopf hinter der ›Schutzmacht‹ ist?«

»Möglich wäre es.« Lynn zog ihr Tablet aus der Handtasche. »Ich habe mal ein bisschen recherchiert. Als der Krieg zu Ende war, war Willi zwölf. Seine Eltern sind für ihren Mut belohnt worden. Sein Vater war offenbar heimlich im Widerstand. Sie hatten französische Kriegsgefangene auf dem Hof, die Willis Mutter gut versorgt hat. Und die Eltern haben offenbar auch ein paar Verfolgte versteckt. Deshalb hatten sie nach dem Krieg nicht mit Repressalien zu kämpfen. Natürlich haben sich die Besatzer eine Weile bei ihnen einquartiert, aber nachdem sie weg waren, ging alles wieder seinen geregelten Gang, nur dass ihnen die Arbeitskräfte fehlten. Das waren harte Zeiten. Von den Söhnen sind zwei im Krieg gefallen. Der dritte, Theo, ist 46 aus russischer Kriegsgefangenschaft zurückgekehrt, als gebrochener Mann, soweit sich das zurückverfolgen lässt.«

»Dann ist Willi also in einem eher faschismusfernen Milieu aufgewachsen.«

»Das kann man so nicht sagen.« Lynn wischte über ihr Tablet. »Er hatte einen Onkel, Herrmann, der war ein hohes Tier bei den Nazis. Der Bruder seines Vaters. Er ist wohl auf dem Hof ein und aus gegangen. Willi selbst war bei der HJ. Gut, das waren damals die meisten. Aber in diesem Alter ist so etwas prägend.«

»Was ist mit dem Onkel passiert?«

»Er hat sich nach dem Krieg abgesetzt, nach Südamerika vermutlich, zusammen mit ein paar anderen Nazibonzen. Die Behörden haben lange nach ihm gesucht, ihn aber nie ausfindig gemacht. Hat wahrscheinlich irgendwo unter falschem Namen hinter einer dicken Mauer gelebt. Es kursieren Gerüchte, dass er auch Nazigold beiseitegeschafft hat.«

Ralph hob die Augenbrauen. »Du meinst, das könnte etwas mit den Goldbarren zu tun haben, die im Darknet angeboten werden?«

»Ziemlich weit hergeholt, nicht wahr? Aber ich wollte es euch erzählt haben.«

Kaufmann blickte zu dem verfallenen Bauernhaus. »Was ist aus den Eltern geworden?«

»Der Vater ist kurz nach der Rückkehr seines Sohnes Theo gestorben. Einfach auf dem Feld umgefallen, Herzinfarkt.

Theo hat daraufhin den Hof übernommen. Er hat wohl nicht genug eingebracht. Jedenfalls hat sich sein jüngerer Bruder Willi im Jahr darauf im Braunkohletagebau in Borken verdingt. Da war er fünfzehn.«

»Und die Mutter?«

»Ist drei Jahre nach ihrem Mann gestorben. Krebs. Die Brüder waren danach auf sich allein gestellt. Theo versorgte den Hof, Willi hat in Borken Geld verdient. Bis er diesen Unfall hatte. Danach hat sich die Geschichte wiederholt. Theo ist jung gestorben. Herzinfarkt, genau wie sein Vater. Und Willis Frau Rosemarie hatte Krebs, genau wie seine Mutter.«

Sabine nickte. Davon hatte Ralph ihr erzählt. Willis Tochter Elsbeth hatte gemeinsam mit ihrem Mann Holger den Hof gerettet, und Willi hatte bleiben dürfen. Der ältere Sohn Christian hatte sich beruflich anders orientiert, Nachzügler Kai lebte heute auf dem Hof und versorgte seinen Großvater, nachdem er seine Banklehre abgebrochen hatte.

»Woher weißt du das alles?«, fragte Ralph.

Lynn zuckte mit den Schultern. »Wie gesagt. Ein bisschen Recherche. Ich habe mich in Datenbanken und alten Zeitungsarchiven umgesehen. Damals wurde noch viel aus der Region berichtet. Geburten, Hochzeiten, Todesfälle. Geschichten vom Wiederaufbau und von den Leuten, die sich hier durchgeschlagen haben.«

Angersbach nickte anerkennend. »Gute Arbeit.«

Ein kalter Wind pfiff über den Hof. Sabine zog den Reißverschluss ihrer Outdoorjacke höher. »Fahren wir? Das ist ja alles sehr spannend, aber weiterhelfen tut es uns nicht, oder?«

»Das weiß man nie«, entgegnete Ralph. Er kletterte hinters Steuer, Sabine auf den Beifahrersitz. Lynn nahm wie selbstverständlich die Rückbank.

»Wie wär's mit einem heißen Kaffee?«, schlug sie vor.

Angersbach sah auf die Uhr. »Ein anständiges Mittagessen wäre mir lieber. Was ist mit diesem Bikertreff? Die machen um zwölf auf.«

Wie auf Kommando knurrte Sabines Magen. »Gute Idee«, sagte sie, und Lynn stimmte ihr zu.

»Also dann.« Ralph startete den Motor, und sie rollten vom Hof. Sabine warf durch den Rückspiegel noch einen Blick auf das alte Gebäude.

Wie mochte es hier im Krieg gewesen sein? Für einen zwölf-jährigen Jungen in den Fängen der HJ, auf der einen Seite der Vater, der dem System kritisch gegenüberstand, auf der anderen Seite der Onkel, der mittendrin gewesen war? Für wen hatte Willis Herz geschlagen? Wie viel hatte er mitbekommen? Und wo stand er heute?

Der Hof verschwand, als Ralph auf die Straße einbog.

Lauter interessante Fragen, dachte Sabine. Ob sie auf einige davon eine Antwort bekamen? Und falls ja – würde es ihnen weiterhelfen?

8

Gießen

Der Anruf aus der Rechtsmedizin kam am Dienstag. Ralph Angersbach war wieder in seinem Büro im Polizeipräsidium Mittelhessen. Sabine und Lynn suchten am Edersee weiter nach Spuren, die zum Anbieter der Nazigoldbarren, dem Urheber der Drohbriefe oder dem Schützen führten, der es auf Laura Erdmann-Janssen abgesehen hatte.

Die Spurensicherung an der Dorfstelle Berich hatte nichts erbracht. Natürlich nicht. Die beiden Angler hatten den Schädel dort ja nur abgelegt. Taucher hatten den näheren Umkreis um die Stelle herum in Augenschein genommen, an der die beiden geangelt hatten, jedoch nichts entdeckt. Um ihn komplett abzusuchen, war der See zu groß. Es fehlte an Personal, nötigem Equipment, und auch das Wetter war ungünstig. Es war das letzte Mittel, wenn auf anderem Weg keine Ergebnisse zu erzielen waren.

»Er ist alt«, verkündete Wilhelm Hack gut gelaunt. »Die Kollegin vom Institut für Forensische Anthropologie war ganz begeistert. So eine lange Liegezeit und so gut erhalten. Er muss hervorragend konserviert gewesen sein. Zum Beispiel in einem luftdicht verschlossenen Grab in der Tiefe des Sees.«

»Der Friedhof von Alt-Berich«, folgerte Angersbach.

»Das wäre mein Tipp«, bestätigte Hack jovial.

»Danke. Ich kümmere mich darum.« Ralph beendete das Gespräch und dachte nach. Im Grunde konnte er die Sache nun zu den Akten legen. Aber wenn die Gräber nicht mehr richtig verschlossen waren, könnten weitere Leichenteile auftauchen. Für diejenigen, die sie fanden, wäre das verstörend, und für den Tourismus am Edersee wäre es alles andere als förderlich, wenn in der Presse darüber berichtet wurde, dass man im Urlaub Gefahr lief, den Überresten vor hundert Jahren Verstorbener zu begegnen. Er entschied sich, Christian Erdmann anzurufen. Der gehörte zwar nicht direkt zum Nationalparkamt, arbeitete aber eng mit der Behörde zusammen. Und als Ingenieur, der auf die Sanierung unter Wasser gelegener Bauwerke spezialisiert war, wusste er vermutlich auch in diesem Fall Rat.

Erdmann nahm das Gespräch sofort entgegen und atmete hörbar auf, als Angersbach von dem Untersuchungsergebnis berichtete.

»Gott sei Dank«, stieß er hervor. »Als ich gehört habe, dass zwei Angler einen Schädel aus dem See gefischt haben, dachte ich schon … So was spricht sich ja herum wie ein Lauffeuer.« Er machte eine kurze Pause, weil er sich offenbar sammeln musste. »Sie wissen, dass mein Großvater verschwunden ist?«

»Ja. Aber der Schädel stammt definitiv nicht von ihm.«

»Ich hoffe, Sie finden ihn bald. Diese Ungewissheit macht mich verrückt. Mir gehen unablässig Bilder durch den Kopf, eines schlimmer als das andere. Ein böser Unfall irgendwo in einer unzugänglichen Gegend. Entführung. Mord. Doch das ergibt alles keinen Sinn. Wir sind ja nicht in der kanadischen Wildnis. Und warum sollte jemand einen Neunzigjährigen entführen oder ermorden? Mein kleiner Bruder ist völlig fertig. Er macht sich Vorwürfe, dass er nicht aufgepasst hat. Aber was hätte er tun sollen? Opa Willi hat ihn zur Apotheke geschickt, und in der Zwischenzeit ist er abgehauen. Ich verstehe das nicht.« Wieder holte er tief Luft. »Entschuldigen Sie.«

»Kein Problem.« Angersbach empfand Mitleid mit Erdmann, doch Seelsorge war nicht seine Stärke. Vielleicht half es dem Ingenieur ja, wenn er sich auf sachliche Fragen fokussierte. »Weswegen ich anrufe ...«

»Ja?«

Ralph legte seine Theorie dar, dass der Schädel aus dem alten Friedhof stammen könnte.

Der Ingenieur sprang sofort auf die Idee an. »Sie glauben, die Betonplatten oder die Grabeinfassungen sind brüchig geworden? Und jetzt schwimmen die Toten von Alt-Berich im See?«

»Diese Möglichkeit müssen wir in Betracht ziehen«, erwiderte Ralph. Zu förmlich, fand er selbst, doch wie sollte er es sonst formulieren?

»Wir sehen uns das an«, sagte Erdmann. »Haben Sie Lust, dabei zu sein?«

Angersbach betrachtete die Ablagefächer auf seinem Schreibtisch. Langweiliger Papierkram, der früher oder später erledigt werden musste. Lust hatte er dazu nicht. Er sah aus dem Fenster. Es war kalt, das hatte er am Morgen gespürt, als er aus dem Wagen gestiegen und die wenigen Schritte vom Parkplatz zum Präsidium gelaufen war. Aber der Himmel war wolkenlos, und die Wintersonne lockte. »Ich könnte in zwei Stunden da sein.«

»Sehr gut. Bis dahin habe ich Taucher organisiert, die den Zustand der Gräber prüfen können.«

Sie verabschiedeten sich, und Ralph schlüpfte in seine Wetterjacke. Neue Schuhe hatte er immer noch nicht, aber zumindest dickere Handschuhe und einen Schal, den Janine ihm geschickt hatte. Das glich hoffentlich die für die Jahreszeit zu dünnen Schuhe aus.

Auf den Straßen herrschte nicht viel Verkehr. Angersbach genoss es, aus der Stadt herauszukommen. Er mochte die Winterlandschaft, die kahlen Felder, die Hügel mit den Bäumen, die ihr gesamtes Laub verloren hatten, und das Licht, das alles in einen Weichzeichner tauchte.

Oberhalb der Dorfstelle Berich stellte er den Niva hinter dem roten Jeep ab und ging über den Schieferhang zum See. Christian Erdmann und zwei weitere Männer waren bereits dort.

»Hallo, Herr Angersbach.« Erdmann schüttelte ihm die Hand und stellte ihm die beiden anderen vor, deren Namen Ralph sofort wieder vergaß. Es waren Taucher, die in dicke Anzüge stiegen. Ausgerüstet mit Pressluftflaschen und Unterwasserkameras wateten sie in den See. Erdmann hatte ein Outdoortablet mit dicker Gummihülle in der Hand, auf dem die Kamerabilder live zu sehen waren.

»Der Friedhof befindet sich nicht weit unter der Oberfläche«, erklärte er. »Aktuell steht der Pegel bei knapp zweihundertvierunddreißig Metern über Normalnull. Wenn er unter zweihunderteinunddreißig fällt, liegen die Gräber frei. Das war bis Ende November noch der Fall. Wir hatten ihn ja extra niedrig gehalten, um die Renovierungsarbeiten an der Staumauer abschließen zu können.«

Angersbach erinnerte sich, dass Erdmann ihm davon erzählt hatte.

»Ab dem 1. Dezember haben wir den Ablauf massiv reduziert«, fuhr der Ingenieur fort. »Danach ist der Pegel um etwa drei Meter gestiegen.« Er deutete auf den See. »Das ist die Tiefe, in der die Taucher arbeiten müssen. Nicht besonders viel, aber ohne Ausrüstung geht es trotzdem nicht.«

»Was passiert, wenn die Gräber tatsächlich schadhaft sind?«, erkundigte sich Ralph.

»Das müssten wir mit dem Nationalparkamt und dem Wasser- und Schifffahrtsamt besprechen. Leichenteile im See will natürlich keiner haben. Auf der anderen Seite müssen wir aufpassen, dass wir nicht zu viel Wasser in die Oberweser und den Mittellandkanal pumpen. Der Edersee dient ja dazu, die Pegelstände zu regeln und in den trockenen Sommermonaten die Schiffbarkeit der Wasserstraßen zu gewährleisten. Jetzt im Winter besteht dagegen die Gefahr von Überschwemmungen für die Unterlieger, also die Gemeinden unterhalb der Staumauer. Davon abgesehen wäre es Energieverschwendung, das Wasser ungenutzt ablaufen zu lassen. Es treibt ja ein Kraftwerk an. Aber schauen wir erst mal.«

Angersbach stellte sich dicht neben Erdmann und sah gemeinsam mit ihm auf das Display des Tablets.

Die Taucher näherten sich dem Gräberfeld. Angersbach erkannte rechteckige Platten mit verwitterten Plaketten, eingefasst in Mauern, die stabil wirkten. Die Taucher nahmen ein Grab nach dem anderen in Augenschein. Sie arbeiteten langsam und gründlich. Ralph schlug den Mantelkragen hoch, um sich gegen den eisigen Wind zu schützen.

Erdmann schenkte ihm ein knappes Lächeln. »Saukalt heute, stimmt's?« Er selbst trug eine Outdoorjacke mit Kunstfellkragen, dicke Handschuhe, gefütterte Stiefel und Skimütze.

»Hm.« Ralph starrte auf den Bildschirm. Er hoffte, dass die Sache nicht zu lange dauern würde. Sonst wären ihm am Ende die Zehen abgefroren.

Die Kamera näherte sich der Einfassung einer Grabstelle, bei der Angersbach Risse im Mauerwerk zu erkennen glaubte. Der Taucher streckte die Hand aus. Ralph sah einen schwarzen Handschuh. Der Taucher kratzte an der Mauer. Einzelne Brocken lösten sich, graue Schwebeteilchen glitten durchs Bild.

Die Kamera schwenkte nach oben. Trübes Wasser, darüber ein blassblauer Himmel mit einer milchigen Sonne. Das Objektiv durchbrach die Wasseroberfläche. Gleich darauf stieg der Taucher aus dem Wasser und nahm die Atemmaske ab. Er kam auf Angersbach und Erdmann zu. Von seinem schwarzen Anzug lief in dünnen Rinnsalen das Wasser ab.

»Nummer sieben«, sagte er. »Die Zahlen sind kaum noch zu erkennen, aber dem Lageplan zufolge müsste es das sein. Das Mauerwerk ist brüchig, und der Zement löst sich auf. Größere Löcher habe ich nicht erkannt. Ist aber gut möglich, dass es unterirdisch weitere schadhafte Stellen gibt. Ich denke, wir können nicht ausschließen, dass der Schädel aus diesem Grab stammt.«

»Dann müssen wir nachsehen«, sagte Erdmann und zog sein Smartphone hervor.

»Können die Taucher die Platte anheben?«, fragte Ralph.

»Möglich. So eine Platte wiegt schätzungsweise um die zweihundertfünfzig Kilogramm, das können zwei Männer schaffen, jedenfalls wenn es nur darum geht, sie zur Seite aufzurichten. Ansonsten könnte ein Wagenheber helfen. Im Wasser ist das allerdings nicht ganz trivial. Es besteht die Gefahr, dass ihnen die Platte aus den Händen gleitet oder der Wagenheber abrutscht und die Platte zurückfällt. Das hätte heftige Wasserbewegungen zur Folge, die den Inhalt des Grabs aufwirbeln könnten. Ich würde die Platte lieber vorsichtig nach oben ziehen, damit uns nicht noch mehr Knochen abhandenkommen.«

Während Erdmann telefonierte, stellte Ralph sich vor, wie die Teile eines kompletten Skeletts durch den See trudelten. Kein schöner Gedanke!

Der Ingenieur beendete sein Telefonat und besprach sich mit den Tauchern. Mittlerweile war auch der zweite ans Ufer zurückgekehrt. Dann wandte er sich an Ralph. »Das wird jetzt eine Weile dauern. Wir haben das passende Gerät in der Firma, aber bis die Leute hier sind und alles aufgebaut haben ... Vor heute Nachmittag wird das nichts.«

Angersbach schob die Hände tiefer in die Taschen. Die Vorstellung, den halben Tag hier in der Kälte herumzustehen, gefiel ihm nicht.

»Ich schlage vor, wir fahren zu mir, und ich koche uns eine Kleinigkeit«, bot Erdmann an. »Meine Leute melden sich, wenn alles bereit ist.«

Ralph ließ sich nicht lange bitten. »Gern.«

Erdmann zeigte wieder zur Straße. »Nehmen wir meinen oder Ihren?«

»Ihren.« Die Gelegenheit, mit dem Compass Trailhawk zu fahren, würde Angersbach sich bestimmt nicht entgehen lassen. Auch wenn die Gefahr bestand, dass er sich verliebte und anschließend vor dem Problem stand, dass er sich das Fahrzeug einfach nicht leisten konnte.

»Wollen Sie fahren?« Erdmann konnte anscheinend Gedanken lesen.

Fast andächtig nahm Ralph die Schlüssel entgegen. Er betrachtete das Glitzern des roten Lacks in der Sonne und strich mit den Fingern über das Sitzpolster, ehe er hinter dem Steuer Platz nahm. Verglichen mit seinem alten Niva nahmen sich die Armaturen des Jeeps wie ein Flugzeugcockpit aus. Als er den Motor startete, erklang ein sonores Brummen, dann wechselte der Hybrid in den Elektromodus.

Das würde Sabine gefallen – und ihm auch, die Vorzüge eines Elektroautos mit der Unabhängigkeit und Reichweite eines Benziners zu kombinieren. Wenn nur der Preis nicht wäre ...

Ralph genoss jeden Meter, während er den Jeep die Uferstraße entlanglenkte. Rechts der See, links die bewaldeten Hügel. Die Straße verlief in Schlangenlinien. Nach einer Weile tauchte die Edertalsperre auf. Dahinter plätscherte die Eder als schmaler Fluss weiter. Bei Hemfurth wechselten sie über die Brücke auf die andere Seite und fuhren zwischen Wiesen und Feldern nach Rehbach. Wieder seufzte Angersbach, als er die Villa mit Seeblick sah.

Christian Erdmann führte ihn in die Küche und öffnete den Kühlschrank. »Mögen Sie Tagliatelle mit Ragout?« Er hob die Hände, ehe Ralph etwas erwidern konnte. »Das Ragout ist allerdings mit Tofu. Ich bin Vegetarier.«

Angersbach lächelte. »Ich auch.« Kurz durchzuckte ihn der Gedanke an die Hausschlachtungen, die er als Kind miterlebt hatte. Das viele Blut und das Geschrei der Tiere, die zur Schlachtbank geführt wurden. Seitdem aß er kein Fleisch mehr.

»Ach?« Erdmann lächelte. »Das ist ja wunderbar.«

Ralph sah zu, wie er Tomaten und Zucchini würfelte, Zwiebeln und Knoblauch hackte und das Ganze zusammen mit angebratenen Tofustücken in die Pfanne gab und würzte. Nebenbei kochte er Nudelwasser und warf die Tagliatelle hinein.

»Teller sind im Schrank neben der Spüle«, sagte er zu Ralph. »Wenn wir nicht mehr arbeiten müssten, würde ich Ihnen einen Wein anbieten.«

»Wasser ist völlig in Ordnung«, entgegnete Ralph, während er den Tisch deckte. Erdmann holte Gläser aus dem Schrank und füllte Leitungswasser in eine Karaffe.

Sie aßen am großen Tresen in der Küche und saßen sich auf Barhockern gegenüber.

»Warum sind Sie Vegetarier?«, erkundigte sich Ralph.

»Ach.« Erdmann sah peinlich berührt aus. »Das ist eine sentimentale Geschichte.«

Angersbach wartete ab. Wenn er Zeugen befragte, fehlte ihm meist die Geduld dafür. Privat gelang es ihm ganz gut.

Erdmann lachte leise. »Sie wollen es unbedingt wissen, was? Na ja. Das kommt davon, wenn man sich mit einem Kommissar einlässt.« Er schob sich eine Gabel voll Tagliatelle in den Mund. »Erinnern Sie sich daran, dass es früher Tierfänger gab? Leute, die Haustiere entführt und sie zu Versuchszwecken an Labors verkauft haben?«

»Waren das nicht nur Ammenmärchen?«

»Kann sein. Vielleicht haben sich das auch nur Leute ausgedacht, die nicht wahrhaben wollten, dass man ihre Katze überfahren hat.« Erdmann spießte ein Stück Zucchini auf. »Jedenfalls ist es das, was passiert ist. Emil, mein Kater, ist nicht mehr nach Hause gekommen. Da war ich zehn. Die Mutter eines meiner Schulfreunde hat in der Kosmetikforschung gearbeitet. Er hat mir Horrorgeschichten erzählt, und ich habe mir vorgestellt, wie Emil irgendwo aufgespießt wird und man giftige Substanzen an ihm erprobt. Später habe ich mich ausführlich mit dem Thema befasst. Ich bin einer Tierschutzorganisation beigetreten. Da ging es dann auch um das Tierleid, das wir kennen. Schweinehochhäuser, brutale Schlachtmethoden, eingepferchte Legehennen. Und so weiter. Nachdem ich die Bilder gesehen hatte, ist mir schon beim Anblick von Fleisch schlecht geworden.« Er legte die Gabel beiseite. »Wie war das bei Ihnen?«

Angersbach zögerte. Er sprach nicht gern über seine Kindheitserinnerungen. Selbst Sabine wusste vieles nicht. Aber Erdmann hatte sich ihm gegenüber geöffnet, also revanchierte er sich.

»Oje«, sagte der Ingenieur mitfühlend, als er fertig war. »Das ist nichts, was ein Kind mit ansehen sollte.«

»Themenwechsel?«, fragte Ralph.

»Einverstanden.« Erdmann räumte die leeren Teller ab und stellte sie in die Spülmaschine. »Kaffee?«

»Ja. Schwarz.«

Erdmann setzte die Maschine in Gang und servierte gleich darauf zwei Tassen. »So mag ich ihn auch am liebsten.«

Angersbach lächelte. Das alles waren Äußerlichkeiten. Klar. Trotzdem. Er hatte lange keinen Mann mehr getroffen, in dessen Gesellschaft er sich so wohlgefühlt hatte.

Christian Erdmann stützte die Ellbogen auf den Tresen. »Darf ich Sie etwas fragen?«

»Natürlich.«

»Wegen Opa Willi. Ich habe das Gefühl, dass man die Sache bei der Polizei nicht ernst nimmt. Könnten Sie …«

Das wohlige Gefühl verschwand. »Da gibt es wohl tatsächlich einen Kollegen, der die Ermittlungen verschleppt hat«, sagte Ralph hölzern. »Das ist aber geklärt. Die Suche nach Ihrem Großvater wird jetzt mit Hochdruck durchgeführt.«

Erdmann drehte die Kaffeetasse in den Händen. »Glauben Sie, ihm ist etwas Schlimmes zugestoßen?«

»Dafür gibt es keine Indizien. Wie Sie heute Morgen schon sagten: Er ist mit dem eigenen Wagen weggefahren, und bisher ist das Fahrzeug nirgendwo gefunden worden. Wenn er verunglückt wäre, wüssten wir das längst.« Angersbach hoffte, dass das stimmte. Er trank seinen Kaffee aus und schob die leere Tasse beiseite. »Sie haben nicht zufällig eine Idee, wo er hingefahren sein könnte?«

»Das haben mich Ihre Kollegen auch gefragt. Ich habe keine Ahnung. Willi wollte nie irgendwo anders sein als auf seinem Hof.«

»Ich bin sicher, die Sache wird sich klären«, sagte Ralph und war froh, dass Erdmanns Handy klingelte.

Der Ingenieur stand auf und nahm das Gespräch an. Er wanderte zum Fenster und schaute über den See.

»Sehr gut«, sagte er, nachdem er ein paar kurze Fragen gestellt hatte. Gleich darauf verabschiedete er sich und drehte sich zu Ralph. »Meine Leute sind so weit«, erklärte er. »Wir können das Grab jetzt öffnen.«

Dorfstelle Berich

Der Kran war ein hochbeiniges Fahrzeug mit großen Rädern. Der Mann am Steuer lenkte ihn ein Stück in den See hinein bis fast an den Rand des Friedhofs. Die Taucher stiegen wieder in ihre Anzüge. Auf dem Display von Erdmanns Tablet konnte Ralph sehen, wie sie sich dem Grab näherten. Sie mühten sich damit ab, den Zement um die Betonplatte herum zu lockern, bis sie mit einer biegsamen langen Stange eine stabile Kette am Kopfende hindurchführen konnten. Die Prozedur wiederholten sie am Fußende der Platte. Angersbach war schon wieder halb durchgefroren, als die Ketten endlich am Kranhaken befestigt werden konnten.

Die Taucher verließen den See. Sich in der Nähe des Grabs aufzuhalten sei zu gefährlich, erklärte Christian Erdmann. Wenn etwas schiefging und die Platte zurückfiel, könne sie leicht einen der Männer unter sich begraben. Durch das Anheben entstand außerdem ein Sog, der den Tauchern zum Verhängnis werden könnte.

Der Dieselmotor des Krans brummte. Ralph sah, wie sich die Kette am Haken spannte. Im Zeitlupentempo wanderte der Haken nach oben.

»Stopp!«, rief Christian Erdmann, als er sich vielleicht dreißig Zentimeter bewegt hatte. »Das reicht.«

Auf sein Zeichen hin gingen die Taucher erneut ins Wasser. Sie hatten jetzt Lampen dabei. Der Tag neigte sich dem Ende entgegen, die Sonne strebte bereits auf die Baumwipfel zu. Die Dämmerung legte sich über den See, und unter Wasser war es ohnehin dunkler.

Die Lichtkegel erfassten die Grabplatte, die über dem offenen Grab schwebte. Die Taucher leuchteten ins Innere. Das Licht wurde von einem kalkweißen Schädel reflektiert, der sie anzugrinsen schien.

»Der war es nicht«, sagte Erdmann erleichtert. »Nummer sieben liegt noch ordnungsgemäß in seinem Grab.« Er signalisierte einem der Taucher, der an die Oberfläche gekommen war, dass die beiden ans Ufer zurückkehren sollten. Den Kranführer bat er, die Platte wieder hinunterzulassen.

Die Kamera des zweiten Tauchers machte einen Schwenk über das offene Grab. Ralph, der das Bild nur aus dem Augenwinkel wahrgenommen hatte, sah genauer hin.

»Halt!«, rief er. »Nicht zumachen.«

Der Ausleger des Krans schwankte. »Was denn jetzt?«, rief der Kranführer.

»Der Taucher soll noch mal das gesamte Innere des Grabs aufnehmen«, drängte Angersbach. Erdmann gab den Wunsch an die Männer in den Neoprenanzügen weiter.

Gleich darauf hatte er das Bild auf dem Display. »Wo ist das Problem?«, erkundigte er sich. »Es ist doch alles da, oder nicht?«

»Hier in Berich gibt es nur Einzelgräber, richtig?«

»Ja. Und?«

Ralph neigte den Kopf von rechts nach links, um die Knochen, die unordentlich in ihrem nassen Grab lagen, genauer zu betrachten.

»Es sind zu viele.«

»Zu viele?« Erdmann sah ihn an, als redete er Chinesisch.

»Da.« Angersbach zeigte auf ein paar lange weiße Knochen. »Das ist ein Oberschenkelknochen. Das hier auch. Und dieser hier.«

»Und?«

»Ein gesunder Mensch hat davon nur zwei. In jedem Oberschenkel einen.«

Der Ingenieur blinzelte. »Aber … Das heißt ja …«

»Dass da mehr als ein Toter im Grab liegt.« Ralph dachte nach. »Können Sie eine Plane oder dergleichen besorgen? Wir müssen die Grabstelle provisorisch abdecken, damit die Strömung nichts davonträgt.«

»Klar.« Erdmann sprach mit seinen Männern, die daraufhin eine Art Fischernetz herbeitrugen. Die Taucher gingen damit in den See, breiteten es über die Knochen und befestigten es mit Haken im Seegrund. Angersbach fühlte sich an das Aufbauen eines Zelts erinnert.

Heringe hießen in diesem Fall die Haken, fiel ihm ein, und gehörten die nicht ins Wasser? Er schob den albernen Gedanken beiseite und zog sein Smartphone hervor, um Wilhelm Hack und die Spurensicherung zu informieren.

Christian Erdmann wartete ein Stück abseits, bis er die Gespräche beendet hatte. Dann kam er wieder zu ihm.

»Meinen Sie, die haben damals zwei Tote in einem Grab beigesetzt?«

»Möglich. Wir müssen die Knochen untersuchen lassen. Wenn wir eine Altersbestimmung haben, müsste die Sache klar sein.« Angersbach steckte das Smartphone ein und schob die Hände in die Hosentaschen. »Zumindest wissen wir jetzt, wo der Schädel herkommt, den die beiden Angler rausgeholt haben.«

»Wieso?«, fragte Erdmann verständnislos.

»Ist es Ihnen nicht aufgefallen?« Ralph deutete auf das Tablet in Erdmanns Hand, dessen Display jetzt schwarz war. Die Taucher waren wieder an Land und legten ihre nassen Sachen ab. Die Kameras waren ausgeschaltet. »Zu viele Knochen für einen Menschen. Aber nur ein Schädel.«

9

Wettenberg, Institut für Forensische Anthropologie

Voilà.« Professor Wilhelm Hack zeigte auf die beiden Stahltische, auf denen zwei mehr oder weniger vollständige Skelette lagen, das eine mit, das andere ohne Kopf. Etliche Knochen fehlten, hier ein Unterarm, da ein Schlüsselbein, außerdem bei dem Skelett mit Kopf die Knochen von Unterschenkeln und Füßen. Angersbach verspürte ein saures Brennen in der Kehle. Waren die Knochen einfach nur verloren gegangen, aus dem Grab gespült wie der Kopf des zweiten Leichnams? Oder war ihr Fehlen schon eine Information über die Identität des Toten?

»Wir haben quasi die Nacht durchgemacht, um das Puzzle zusammenzusetzen, das Sie aus dem Edersee gefischt haben«, erklärte Hack.

»Maria Münster«, stellte sich die Frau vor, die neben dem einäugigen Rechtsmediziner stand. Sie war die Leiterin des Instituts in Wettenberg, in dessen Räumlichkeiten sie sich gerade befanden, das hatte Angersbach auf die Schnelle im Netz nachgelesen. Eine Biologin, die sich erst auf Anthropologie, dann auf Forensische Anthropologie spezialisiert hatte.

Maria Münster war klein, kaum größer als Sabine mit ihren eins sechzig. Sie war schlank, fast mager, das konnte auch der weite weiße Kittel nicht verbergen. Ihr schwarzes Haar trug sie in einer adretten Pagenfrisur. Das alterslose Gesicht war dezent geschminkt. Falten konnte Ralph keine entdecken.

Dr. Münster hätte vierzig oder sechzig sein können. Nur der lebenskluge Blick deutete darauf hin, dass sie schon etwas älter war.

Angersbach reichte ihr die Hand und stellte sich ebenfalls vor. Dann betrachtete er die Skelette. Er hatte recht gehabt. In dem Grab hatten sich zu viele Knochen für einen einzelnen Menschen befunden. Tatsächlich waren es zwei, auch wenn einem von ihnen der Kopf und dem anderen Unterschenkel und Füße fehlten.

»Beide alt?«, erkundigte er sich.

»Ja«, sagte Hack.

»Nein«, erwiderte Maria Münster im selben Atemzug.

Ralph runzelte die Stirn. »Was soll das heißen? Sind Sie sich nicht sicher?«

Hack grinste. »Wir sind uns absolut sicher. Sie haben sich nur unklar ausgedrückt, und jeder von uns hat nach Maßgabe seines Fachgebiets geantwortet.«

Angersbach schnaubte. »Könnten Sie vielleicht aufhören, in Rätseln zu sprechen?«

Hacks gesundes Auge funkelte. »Wenn Sie wissen möchten, ob die Knochen von zwei alten Menschen stammen, lautet die Antwort Ja. Falls Ihre Frage dagegen ist, ob die Skelette selbst alt sind und beide schon beim Fluten des Bericher Friedhofs vor über hundert Jahren in ihrem Grab lagen, ist die Antwort Nein.«

Ralph blinzelte. »Das bedeutet …«

»Dieses Skelett«, Maria Münster zeigte auf den Kopflosen, »hat mehr als hundert Jahre auf dem Seegrund gelegen. Es passt zu dem Kopf, den wir am Wochenende untersucht haben.« Sie wies zur Wand, wo ein Foto des Schädels in einem Glaskasten hing. »Der Besitzer war zum Zeitpunkt seines Todes ein alter Mann, um die siebzig, meiner Analyse zufolge.«

»Das ist nicht so alt«, warf Hack ein, der die sechzig schon vor einigen Jahren überschritten hatte.

»Heutzutage nicht mehr.« Maria Münster lächelte. »Vor hundert Jahren dagegen war es ein fast methusalemisches Alter.«

»Da haben Sie wohl recht.«

»Wir können also davon ausgehen, dass das Skelett zu dem ordnungsgemäß in diesem Grab beigesetzten Mann gehört.« Die Anthropologin nahm eine Mappe zur Hand. »Grab sieben, Julius Krämer, geboren am 24.6.1826, verstorben am 17.9.1892. So ist es auf den alten Plänen vermerkt.«

»Sechsundsechzig«, murmelte Hack. »Soll da nicht das Leben erst anfangen?«

Maria Münster lächelte und legte die Mappe beiseite. »Das andere Skelett«, sie zeigte auf den zumindest oberhalb der Knie nahezu vollständigen Knochenmenschen, »gehört einem Mann, der auch nach heutigen Maßstäben alt war. Um die neunzig vermutlich. In seinem nassen Grab lag es allerdings nur ein paar Tage.«

Angersbach betrachtete den Schädel. Es fehlten ein paar Zähne, unter anderem der rechte obere Eckzahn. Dem vermissten Willi Erdmann hatte ebenfalls ein Eckzahn gefehlt, daran erinnerte er sich. War es dieser gewesen? Angersbach konnte es nicht sagen. Im Gegensatz zu Sabine besaß er kein beinahe fotografisches Gedächtnis. Aber möglich wäre es.

Bei Kriegsende war Erdmann zwölf gewesen, hatte sein Enkel berichtet. Um die neunzig käme also hin, und die fehlenden Unterschenkel und Füße waren ein starkes Indiz, sofern ihr Fehlen keine andere Ursache hatte. Um den Toten eindeutig zu identifizieren, brauchte es jedoch mehr. Ralph hatte so viele Fragen, dass er nicht wusste, wo er anfangen sollte.

»Wie kommen Sie darauf, dass es sich um zwei Männer handelt?«, stellte er die erste, die ihm in den Sinn gekommen war.

Hackebeil verdrehte die Augen. »Bitte. Müssen wir Ihnen das erklären, nach all den Dienstjahren und der Menge an Obduktionen, denen Sie schon beigewohnt haben?« Der Rechtsmediziner blinzelte der Anthropologin zu. »Er sieht nicht richtig hin, das ist das Problem.«

»Das kann ich verstehen«, erklärte Maria Münster warm. »Wenn jemand einen Menschen aufschneidet, der gerade noch gelebt hat, würde ich auch wegschauen. Knochen sind in dieser Hinsicht unproblematisch. Es fällt leichter, eine professionelle Distanz einzunehmen. Und der Geruch ist nicht so unangenehm.«

Hack winkte ab. »Alles eine Frage der Gewöhnung.«

»Bestimmt.« Dr. Münster lächelte Ralph an. »Der Hüftknochen ist bei Männern in der Regel schmaler als bei Frauen, die Schultern sind breiter, die Knochen stärker. Der männliche Schädel ist meistens größer, der Wulst über den Augen ist stärker ausgeprägt, genau wie der Unterkiefer. Die Schädelfront ist nicht so steil und der Schädel insgesamt weniger rund. Die Knochen bei Männern sind länger, ebenso die Gliedmaßen. Sämtliche dieser Merkmale treffen bei diesen Skeletten zu, deshalb gehen wir davon aus, dass es sich bei beiden Verstorbenen um Männer handelt.«

»Danke.« Angersbach sah Hack vielsagend an. *So geht es auch,* sollte das heißen.

Hack zuckte mit den Schultern. »Ich nehme an, Sie interessieren sich für die Todesursache?«

Ralph hob die Hände. Die Antwort erübrigte sich.

»Der Kopflose ist allem Anschein nach eines natürlichen Todes gestorben. Altersschwäche, Herzversagen oder dergleichen. Jedenfalls lassen die Knochen keine Spuren von Gewalteinwirkung erkennen.«

»Und der andere?«

»Hat mehrere Risse im Schädelknochen. An einer Stelle ist die Schädeldecke sogar eingebrochen. Auch einige Knochen weisen Brüche auf.«

»Also wurde er erschlagen«, folgerte Angersbach.

»Schlimmer«, korrigierte der Rechtsmediziner. »Er wurde brutal misshandelt. Massive Gewalteinwirkung, die unter anderem einige gebrochene Rippen zur Folge hatte. Ob er am Schock gestorben ist, an den Folgen des Schädel-Hirn-Traumas, an Herzversagen oder daran, dass sich eine Rippe in die Lunge gebohrt hat, lässt sich in diesem Zustand leider nicht mehr feststellen.«

»Warum ist nichts von ihm übrig?«, fragte Ralph und wehrte ab, ehe Hack etwas erwidern konnte. »Ich weiß, Sie haben mir erklärt, dass Raubfische ratzfatz alles wegfressen. Aber einen ganzen Menschen?«

Der Rechtsmediziner nickte. »Sie haben vollkommen recht. Das waren nicht allein die Fische. Wir haben an den Knochen Reste einer ätzenden Substanz festgestellt. Jemand muss den Mann in eine Wanne mit Branntkalk gelegt haben, damit sich das Fleisch ablöst, möglicherweise in Kombination mit etwas anderem, Rohrreiniger oder dergleichen.« Er blinzelte Ralph zu. »Sie erinnern sich an diesen Fall in Belgien Ende der Neunziger? Der Horrorpastor Andras Pandy? Der hat damals Dutzende von Leichen mit Rohrreiniger aufgelöst, nahezu komplett sogar. Die Universität Löwen hat mit einer menschlichen Leiche nachgeprüft, ob das möglich ist. Es hat funktioniert. Ethisch zweifelhaft, wenn Sie mich fragen. So war das mit Sicherheit nicht gemeint, als der Mann zu Lebzeiten seinen Körper für wissenschaftliche Zwecke zur Verfügung gestellt hat. Aber der Rohrreiniger hat den Test bestanden. Schade nur für unsere heutigen Verbrecher, dass das Produkt nicht mehr käuflich ist.«

Ralph ging nicht auf Hacks morbiden Humor ein. »Warum macht man sich die Mühe, die Leiche aufzulösen, wenn man sie an einem Ort entsorgen will, der unzugänglich ist? Dass der einzelne Schädel aus dem Grab in den See geraten ist, war ja wohl ein Versehen.«

»Ist dem Täter wahrscheinlich weggerollt, als er die zweite Leiche ins Grab gestopft hat«, mutmaßte Hack. »Pech gehabt. Was Ihre Frage betrifft: Das waren vermutlich praktische Überlegungen. Ein toter Mann ist schwer. Wenn Sie das Fleisch ablösen und nur noch das Skelett übrig bleibt, wiegt er nur noch einen Bruchteil. Wir reden da von zehn bis fünfzehn Prozent, je nach Statur. Die Knochen können Sie einfach in einen Sack stecken und bequem transportieren. Vielleicht wollte der Täter auch die Identität des Toten verschleiern. Oder er dachte, ein Skelett wirkt überzeugender, falls doch irgendwann jemand auf die Idee kommt, das Grab zu öffnen.« Hack breitete die Arme aus. »Das alles herauszufinden ist wiederum Ihr Job.«

»Und genau den werde ich jetzt erledigen.« Angersbach überlegte. »Können Sie aus den Knochen DNA extrahieren?«

»Glaubt der Papst an Gott?« Hackebeil milderte seinen Spott mit einem Lächeln. »Sie haben recht, es ist nicht so trivial wie die DNA-Gewinnung aus Haaren oder Hautzellen. Die Knochen müssen zermahlen werden, weil sich nur tief im Inneren DNA befindet, und man braucht spezielle Mahl- und Lüftungssysteme, um eine Kontamination zu verhindern. Aber genau diese Ausstattung haben wir hier in Wettenberg.«

»Gut.« Ralph ignorierte die Belehrung. »Ich bringe Ihnen eine Vergleichsprobe.«

Der Rechtsmediziner sah ihn neugierig an. »Sie haben einen Verdacht, wer der Tote ist?«

»Ja.« Angersbach grinste. Nachdem Hack ihn so vorgeführt hatte, freute er sich, es ihm mit gleicher Münze heimzahlen zu können.

Wilhelm Hack nahm es gelassen. »Ich werde es früh genug erfahren.«

»Sicher.« Ralph dachte nach. »Zum Todeszeitpunkt können Sie vermutlich nichts sagen?«

Hack lachte so herzlich, dass er sich verschluckte. »Welche Bestimmungsmethode sollte ich denn Ihrer Ansicht nach anwenden? Messung der Rektaltemperatur? Ausprägung der Leichenstarre? Oder vielleicht den Befall durch Insekten und Maden?« Der Rechtsmediziner schaute bedeutungsvoll auf das Skelett.

»Ja, schon gut.« Angersbach winkte zum Abschied und beeilte sich, den Raum zu verlassen. Den eleganten Abgang hatte er gerade gehörig vergeigt.

10

Bärental, Erdmann-Hof

Sabine Kaufmann stellte den Dienstwagen vor dem großen Bauernhaus ab. Ralph war bereits da. Er stand neben seinem Lada und sah gedankenverloren zwischen den kahlen Bäumen hindurch zum See, der hinter den Stämmen aufblitzte. Sabine und Lynn stiegen aus und gingen zu ihm.

Sabine umarmte ihn kurz und drückte ihm rasch einen Kuss auf die Lippen. Lynn tauschte ein Lächeln mit ihm.

Sabine zog ihr Handy hervor. »Der Beschluss ist gerade gekommen«, stellte sie erfreut fest. »Und die Spurensicherung müsste auch gleich da sein.«

Ralph betrachtete das alte Bauernhaus. »Gut«, sagte er seufzend. »Auch wenn ich immer noch hoffe, dass ich mich täusche. Ich möchte mir einfach nicht vorstellen, dass jemand den alten Willi erschlagen und im See verscharrt hat.«

»Wenn die Kollegen sich umgesehen haben, wissen wir mehr.«

Angersbach rieb sich das Kinn. »Traust du Kai zu, dass er das getan hat?«

»Es ist die naheliegende Schlussfolgerung«, sagte Kaufmann und steckte ihr Handy weg. »Dass es Kai war, oder einer seiner Freunde von der ›Schutzmacht‹.« Sie hatte bereits ein ungutes Gefühl gehabt, als sie am Sonntag mit Erdmanns Enkel gesprochen hatten. Seit Ralph die überzähligen Knochen im Seegrab entdeckt hatte, war sie sich sicher. Kai hatte nicht deswegen so fertig ausgesehen, weil sein Großvater verschwunden war, sondern weil er ihn getötet hatte – oder zumindest an der Tat beteiligt gewesen war. »Vielleicht hatten sie Streit, weil Kai es leid war, den Dienstboten für seinen Opa zu spielen.«

»Er würde sich damit ins eigene Fleisch schneiden«, gab Lynn zu bedenken. »Bei seinem Großvater hatte er freie Kost und Logis. Nicht das Schlechteste für einen jungen Mann mit abgebrochener Berufsausbildung.«

»Womöglich wollte er seinen Opa lieber beerben als pflegen«, entgegnete Kaufmann.

»Das Testament begünstigt den älteren Enkel, Christian Erdmann. Das hat Willi Erdmann mir erzählt, in Kais Gegenwart«, erinnerte Ralph sie.

»Trotzdem bekommt Kai den Pflichtteil, egal was im Testament steht. Das ist die Hälfte des Erbteils, der ihm normalerweise zustehen würde. Bei zwei Erbberechtigten sind das immerhin fünfundzwanzig Prozent vom gesamten Kuchen. Es sind schon Leute für weniger ermordet worden.«

»Was wird der Hof wohl einbringen?« Lynn nahm die heruntergekommenen Gebäude in Augenschein.

»Keine Ahnung.« Kaufmann zuckte mit den Schultern. »Das müssen wir jemanden fragen, der sich mit den Preisen hier in der Gegend auskennt. Das Haus und die Scheune müssten wahrscheinlich abgerissen oder grundsaniert werden. Der Grund und Boden dagegen ist sicherlich einiges wert.«

Zwei weiße Kleinbusse fuhren auf den Hof, die Kollegen der Spurensicherung stiegen aus und trugen die Koffer mit ihrer Ausrüstung zur Haustür. Sabine drückte auf den Klingelknopf.

Es dauerte eine Weile, bis Kai Erdmann öffnete. Wie beim letzten Mal trug er eine ausgebeulte Jogginghose, ein verwaschenes T-Shirt und alte Turnschuhe. Aus den Stoppeln am Kinn war ein Dreitagebart geworden. Die strähnigen Haare sahen aus, als hätte er sie seit ihrem letzten Besuch nicht gewaschen. Die Augen waren rot und geschwollen.

»Haben Sie meinen Opa gefunden?«, fragte er und sah sich suchend um. »Wo ist er denn? Und wo ist sein Wagen?«

»Wir haben leider schlechte Nachrichten«, sagte Kaufmann. »Ihr Großvater ist tot.« Die Information, dass sie tatsächlich nur einen Teil von ihm gefunden hatten, wollte sie ihm zunächst ersparen.

»Tot?«

»Ja.«

»Wie ist das passiert?«

»Das wissen wir noch nicht.«

Kai bemerkte die Kollegen mit ihren Koffern. Er blinzelte heftig. »Was wird das denn?«

»Das ist die zweite schlechte Nachricht. Wir haben einen Durchsuchungsbeschluss.« Kaufmann zog ihr Handy wieder hervor und zeigte ihm die richterliche Anordnung, die sie sich hatte schicken lassen.

»Durchsuchung? Wozu?«

»Wir möchten ausschließen, dass sich hier im Haus ein Gewaltverbrechen ereignet hat.«

»Opa Willi ist mit seinem Auto weggefahren, das habe ich Ihnen doch gesagt.«

»Den Wagen könnte auch ein möglicher Täter beseitigt haben.«

»Und wo ist er dann?«

Das war eine gute Frage. Nachdem sie Erdmann identifiziert hatten, würden sie doch Taucher anfordern müssen, um den See abzusuchen, auch wenn es schwierig war. Ein Fahrzeug, nach dem seit Tagen gefahndet wurde, ohne dass man eine Spur davon entdeckte, stand entweder gut versteckt in einer Garage oder unter einem Tarnnetz irgendwo im Wald, oder es lag auf dem Grund des Sees. Sabines Gefühl sagte ihr, dass Letzteres der Fall war, jedenfalls wenn es stimmte, dass es sich bei den Knochen aus dem alten Grab um die Gebeine von Willi Erdmann handelte.

Kai trat von der Tür zurück, um die Beamten hereinzulassen. »Das ist doch Unsinn«, sagte er matt.

Die Kriminaltechniker zogen ihre Schutzkleidung über, ehe sie hineingingen. Auch Sabine, Ralph und Lynn kleideten sich ein. Sie waren zwar bereits im Haus gewesen und hatten dort zweifellos Spuren hinterlassen. Trotzdem war es nicht nötig, neue hinzuzufügen.

Sie begannen im Wohnzimmer und nahmen zunächst die Möbel in Augenschein. An einem Schrank neben der Tür entdeckte einer der Beamten gesplittertes Holz.

»Könnte vom Rad des Rollstuhls stammen«, sagte er.

Kaufmann nickte. Das könnte die Folge eines Kampfes, aber auch einfach so passiert sein. Erdmanns Haus war nicht behindertengerecht. Die Türen waren schmal, die Räume mit Möbeln vollgestellt. Wenig Platz, um mit dem Rollstuhl zu manövrieren.

»Der wackelt«, stellte ein Beamter fest, der den Couchtisch untersuchte. »Eines der Beine ist locker. Aber der Tisch steht auch im Weg. Da fährt man sicher leicht mal mit dem Rollstuhl gegen.«

Als Nächstes nahmen sich die Spurensicherer die Wände vor.

»Hier neben dem Schrank sind ein paar Dellen«, berichtete einer von ihnen.

»Okay.« Lynn begann, sich Notizen zu machen und die bezeichneten Stellen mit dem Tablet zu fotografieren.

Die Kriminaltechniker wandten sich dem Teppichboden zu.

»Da sind dunkle Flecken«, sagte eine Beamtin. Sie griff in ihren Tatortkoffer, holte zwei Flaschen hervor und mischte die enthaltenen Flüssigkeiten in einer dritten. Das eine war Luminol in Natronlauge, das andere eine verdünnte Wasserstoffperoxidlösung, wie Sabine wusste. Beides zusammen ergab die Substanz, die man zum Nachweis von Blutspuren verwendete.

Luminol und Wasserstoffperoxid reagierten mit bläulicher Chemolumineszenz, allerdings nur in Anwesenheit eines Katalysators, zum Beispiel dem in Blut enthaltenen Eisen.

Die Flecken wurden eingesprüht. Die Kriminaltechnikerin verdunkelte den Raum. Auf dem Teppich leuchtete ein Muster aus bläulich schimmernden Tropfen und Spritzern auf. Direkt vor der Wand, neben dem beschädigten Schrank, befand sich ein ausgedehnter Fleck.

»Blut«, stellte die Kollegin fest und betrachtete die Verteilung der Spritzer. »Sieht so aus, als wäre das Opfer in der Mitte des Raums angegriffen worden. Dort hat man ihm die erste blutende Wunde zugefügt. Anschließend hat sich das Opfer rückwärts zur Wand bewegt, während ihm weitere Verletzungen zugefügt wurden. Als der Angegriffene nicht weiter zurückkonnte, hat ihm der Täter die finalen Schläge oder Stiche verpasst.« Sie sah kurz zu Ralph. »Hackebeil hat mehrere Knochenbrüche festgestellt, richtig?«

Angersbach nickte.

»Also Schläge.«

Die Kriminaltechniker arbeiteten sich in den Flur vor. Auch dort ließen sich Blutspuren feststellen. Schleifspuren, die ins Bad führten. Sie endeten vor der Badewanne.

Sabine, die von den Branntkalkrückständen wusste, hatte sofort ein klares Bild vor Augen. »Er hat seinen Großvater im Wohnzimmer angegriffen und an die Wand gedrängt. Dort hat er ihn getötet. Anschließend hat er den Leichnam ins Bad geschleift und in die Wanne bugsiert. Er hat ihn mit Branntkalk überschüttet, bis sich das Fleisch von den Knochen gelöst hat. Die Überreste hat er weggespült. Dann hat er die Knochen eingesammelt und zum See transportiert, wo er sie in dem alten Grab abgelegt hat.«

»Und mit ›er‹ meinst du Kai Erdmann?«, fragte Lynn nach.

»Ja, wieso? Ich meine: Wer soll es denn sonst gewesen sein?«

Lynn zuckte mit den Schultern. »Der andere Enkel, Christian. Jemand von der ›Schutzmacht‹. Oder ein Einbrecher.«

»Ein Einbrecher würde sich wohl kaum die Mühe machen, den Leichnam zu beseitigen.«

Die Kriminaltechnikerin bearbeitete die Badewanne mit der Sprühflasche. Kaufmann hatte erwartet, dass das Innere ebenfalls blau leuchten würde, doch die Wanne war sauber.

»Merkwürdig.« Sabine kräuselte die Stirn. »Kann man einen ganzen Körper durch den Abfluss spülen und die Badewanne so gut schrubben, dass man nichts mehr sieht?«

»Ausgeschlossen ist es nicht«, erwiderte die Beamtin. »Aber unwahrscheinlich. Wenn er es hier getan hätte, müssten auch auf dem Boden viel mehr blutige Rückstände sein. Branntkalk, Abflussreiniger und reichlich Wasser dazu, das schäumt und sprudelt ja, da läuft sicher eine ganze Menge über und verteilt sich auf dem Boden. Das kann man gar nicht so gründlich wegputzen. Außerdem: Wenn hier jemand gewischt hätte, würde man auch die Schleifspuren nicht mehr sehen.« Sie dachte nach. »Ich gehe davon aus, dass der Täter sein Vorhaben aufgegeben und den Leichnam stattdessen hier im Bad in eine Plane oder dergleichen gewickelt und abtransportiert hat.«

»Wir wissen aber, dass er den Toten aufgelöst hat«, wandte Sabine ein, während sie versuchte, das plastische Bild, das die Beamtin gezeichnet hatte, nicht zu tief in ihr Bewusstsein dringen zu lassen. Das war der Nachteil mit dem guten Vorstellungsvermögen und dem fast fotografischen Gedächtnis. Was sie einmal vor Augen hatte, wurde sie kaum jemals wieder los.

»Das kann er ja auch«, entgegnete die Beamtin. »Nur mit großer Wahrscheinlichkeit nicht hier.«

Ralph, dem die Vorstellung vom alten Erdmann in einem blutigen Sprudelbad offensichtlich ebenso zusetzte wie ihr, räusperte sich vernehmlich. »Reden wir doch einfach mit Kai. Vielleicht sehen wir dann klarer«, schlug er vor.

Sie verließen gemeinsam das Haus und schälten sich aus den Kunststoffanzügen. Darunter hatte Sabine geschwitzt. In Erdmanns Wohnräumen war es viel zu warm, so wie es bei alten Leuten oft war. Jetzt fröstelte sie im eisigen Wind und beeilte sich, ihre Outdoorjacke wieder überzuziehen.

Kai saß neben dem Haus auf einem Hackklotz. Irgendjemand von der Spurensicherung war so nett gewesen, ihm einen dicken Kapuzenpullover zu leihen. Er war wenigstens zwei Nummern zu groß. Kai verschwand fast darin und sah verloren aus.

»Haben Sie was gefunden?«, fragte er, als sie bei ihm angelangt waren.

»Blut«, sagte Angersbach. »Auf dem Boden im Wohnzimmer, im Flur und im Bad. Außerdem etliche beschädigte Möbel.«

»Ja, und?« Kai schob sich eine der fettigen Haarsträhnen hinters Ohr.

»Wir nehmen an, dass jemand Ihren Großvater erschlagen und seinen Leichnam ins Bad geschafft hat.«

»Sie meinen, Opa ist tot?« Kai starrte Angersbach an. Seine Unterlippe zitterte.

»Wir haben in einem Grab in Alt-Berich Knochen gefunden. Wir vermuten, dass sie von Ihrem Großvater stammen.«

»Knochen?«, echote Kai verständnislos.

»Die Kollegen nehmen im Haus DNA-Proben, dann können wir es genau sagen.«

Kai schüttelte den Kopf. »Das kann nicht sein.«

»Wie erklären Sie sich dann die Kampfspuren?«

»Sie meinen die Macken am Schrank und an der Wand? Und das kaputte Tischbein? Opa hat nicht aufgepasst. Der ist ständig mit seinem Rollstuhl irgendwo gegen gefahren.«

»Und das Blut?«

»Er hat sich häufig verletzt. Wenn er sich aufgeregt hat, hat er Nasenbluten gekriegt. Und er hatte eine offene Wunde am rechten Beinstumpf.«

»Die blutigen Schleifspuren im Flur?«

»Vielleicht war Blut an den Rädern.«

»Dann müsste in den Spuren das Profil der Reifen zu erkennen sein.«

»Die hatten doch gar keins mehr. Er hätte längst einen neuen Rollstuhl gebraucht, war aber viel zu geizig. Wegen der Zuzahlung. Er meinte, der alte würde es noch tun.«

»Sie bestreiten also, dass Sie Ihren Großvater angegriffen haben?«

Kai schlang die Arme um den Oberkörper. »Warum hätte ich das tun sollen?«

»Weil Sie an sein Erbe wollten?«, schlug Kaufmann vor.

»Ich erbe gar nichts. Das kriegt alles Christian.« Er sah zu Angersbach. »Das haben Sie doch gehört.«

»Ihnen steht ein Pflichtteil zu«, klärte Lynn ihn auf. »Fünfundzwanzig Prozent von allem.«

»Echt?«

»Ach, kommen Sie, Herr Erdmann«, schnaubte Sabine. »Das wissen Sie doch ganz genau.«

»Und wenn schon. Deswegen bringe ich meinen Opa nicht um.« Kai kniff die Augen zusammen. »Sie haben gesagt, Sie haben Knochen gefunden. Woher wollen Sie überhaupt wissen, dass die von meinem Opa sind?«

Ralph holte tief Luft. »Die Knochen gehören einem alten Mann. Um die neunzig, sagt die Rechtsmedizin, und vermutlich mit fehlenden Unterschenkeln und Füßen. Die Beschreibung passt perfekt auf Ihren Großvater. Er ist die einzige vermisste Person in der Region, und im Haus finden sich Kampfspuren. Welchen anderen Schluss sollten wir daraus ziehen?«

»Das habe ich Ihnen doch gerade erklärt. Die Spuren können alle möglichen Ursachen haben, das Erbe ist kein Motiv für mich, und die Knochen können von sonst wem sein.«

Sabine kaute auf ihrer Unterlippe. Die Spurenlage im Haus war nicht eindeutig. Tatsächlich könnte es auch so gewesen sein, wie Kai Erdmann behauptete. Und selbst wenn ein Kampf stattgefunden hatte, war Kai nur einer der Verdächtigen.

»Wer außer Ihnen hat Zugang zum Haus?«, fragte Angersbach.

»Jeder. Die Tür steht immer offen. So ist das bei uns auf dem Land. Oder jedenfalls war das früher so. Opa hat daran festgehalten, obwohl Christian und ich ihm hundertmal erklärt haben, wie gefährlich das ist. Diese ganzen Betrüger, die unterwegs sind und es auf alte Leute abgesehen haben. Opa hat nur gelacht. Mit seiner Flinte würde er sie schon vertreiben, hat er immer gemeint.«

»Als wir Sie aufgesucht haben, war die Haustür geschlossen«, merkte Lynn an.

»Aber nicht abgeschlossen«, sagte Kai. »Sie haben geklingelt, aber Sie hätten auch einfach so hereinkommen können.«

»Der Angreifer muss also jemand gewesen sein, den er kannte«, folgerte Ralph. »Sonst hätte er sich verteidigt.«

Kai funkelte ihn an. »Sie haben ihm die Waffe abgenommen und die anderen aus dem Schrank einkassiert«, erinnerte er ihn. »Wiederbekommen haben wir sie noch nicht. Deshalb konnte er sich auch nicht wehren.«

Sabine wurde die Sache zu bunt. »Das wäre schon ein unglaublicher Zufall, wenn ausgerechnet in diesen wenigen Tagen ein Fremder ins Haus gekommen wäre, zumal Ihren Angaben zufolge nichts fehlt. Weitaus plausibler ist, dass es Streit gab. Zwischen Ihrem Großvater und Ihnen? Oder mit jemand anderem?«

Kai schüttelte den Kopf. »Wir haben nicht gestritten. Er hat mich losgeschickt, um Tabletten zu holen, und als ich zurückkam, war er weg. Das habe ich Ihnen doch alles schon gesagt. Wahrscheinlich hat er angefangen zu bluten und wollte ins Krankenhaus fahren.« Er blinzelte eine Träne weg. »Sie wissen doch noch gar nicht, ob die Knochen ihm gehören.«

»Das wissen wir, wenn wir die DNA mit einer Probe Ihres Großvaters verglichen haben.«

Kai sah unendlich erschöpft aus. »Kann ich zurück ins Haus?«

»Sobald die Kollegen von der Kriminaltechnik fertig sind«, erklärte Ralph. »Die sehen sich sämtliche Räume an und suchen nach Täterspuren. Fingerabdrücke, Hautschuppen, Fasern und so weiter.«

»Da werden sie eine Menge von mir finden. Ich wohne hier.«

»Deshalb möchten wir Sie auch bitten, eine Vergleichsprobe abzugeben.«

»Klar. Kein Problem.« Kai sah sich suchend um. »Wo soll ich jetzt hin? Hier draußen erfriere ich ja.«

»Wir können Sie in ein Hotel bringen lassen. In Waldeck gibt es doch …«

»Und wer bezahlt das?«

Angersbach hob entschuldigend die Hände. »Sie.«

»Dafür habe ich kein Geld.«

»Wie wäre es mit Ihrem Bruder?«

»Damit ich mir wieder seine Vorwürfe anhören muss?«

»Dann vielleicht ein Freund, bei dem Sie unterkriechen können? Jemand von der ›Schutzmacht‹?«, provozierte Kaufmann ihn. »Die haben sich doch auf die Fahnen geschrieben, Menschen in Not zu helfen.«

»Das tun sie auch«, entgegnete Kai bockig. »Wenn die Polizei nicht dazu in der Lage ist.«

Touché! Sabine hätte fast gelacht. »Schön. Geben Sie uns bitte Ihre Handynummer, damit wir Sie erreichen können, wenn sich etwas Neues ergibt.«

»Klar.« Kai diktierte, Lynn tippte.

»Vielen Dank. Sie hören von uns.«

Kai trottete zur Hofeinfahrt. Er zog sein Smartphone hervor und sprach aufgeregt hinein. Dann kam er zu ihnen zurück.

»Haben Sie es sich anders überlegt?«, fragte Kaufmann.

»Nein.« Kai zog den Kapuzenpullover über den Kopf. »Ein Freund holt mich ab. Ich wollte nur den hier zurückgeben.« Er hielt Sabine den Pullover hin. Sie nahm ihn entgegen und sah Kai hinterher, der mit schweren Schritten zur Straße ging.

»Und?«, fragte sie, als er ihren Blicken entschwunden war. »Was meint ihr?«

»Auf mich hat er aufrichtig gewirkt«, sagte Angersbach, und Lynn stimmte ihm zu.

Kaufmann dachte nach. Hatte sie sich zu schnell auf Kai eingeschossen? Tatsächlich war er nicht der Einzige, der ein Motiv gehabt haben könnte. Und er hatte recht. Es war zwar äußerst unwahrscheinlich, dass die Knochen aus dem Seegrab nicht Willi Erdmann gehörten, aber bewiesen war es noch nicht. So schwer es ihr fiel, sie mussten erst einmal abwarten.

»Was sage ich Christian Erdmann?«, fragte Ralph in ihre Gedanken hinein.

»Die Wahrheit.« Sabine massierte den Punkt über der Nasenwurzel, wo sich ein Kopfschmerz aufbaute. »Wir müssen sehen, wie er reagiert. Und wir brauchen seine Taucher. Irgendwo muss der verdammte Wagen von Willi Erdmann doch abgeblieben sein.«

Waldeck

Zehn Minuten später hielten sie vor dem Ingenieurbüro, das sich am Ortsrand von Waldeck befand. Ein schmuckloses weißes Gebäude, das von mehreren großen Fahrzeug- und Maschinenhallen flankiert wurde. Vor dem Haus gab es einen Besucherparkplatz.

Die Eingangstür war nicht verschlossen. Ein roter Pfeil mit der Aufschrift »Sekretariat« wies zur Treppe. Angersbach spähte durch eine offen stehende Tür im Erdgeschoss. Auf einem Tisch lagen mehrere große, farbige Pläne. Landkarten oder Flurpläne, das konnte er auf den ersten Blick nicht erkennen. An einer Tafel hing eine Skizze, die offenbar die Edertalsperre zeigte. Beschriftete Pfeile markierten Stellen auf halber Höhe. Vermutlich waren das die Reparaturarbeiten, von denen Christian Erdmann ihm erzählt hatte.

Sabine und Lynn waren bereits auf der Treppe. Ralph beeilte sich, ihnen zu folgen. Wenn die schlimme Nachricht schon verkündet werden musste, wollte er es zumindest selbst tun.

Die Tür zum Sekretariat stand ebenfalls offen. Am Schreibtisch saß eine Frau Mitte fünfzig mit roter Brille und buntgemusterter Bluse.

»Ach, Herr Angersbach«, sagte sie freundlich. »Haben Sie noch weitere Fragen?«

»Nicht an Sie.« Ralph lächelte. Er hatte die Sekretärin nach den Schüssen auf Laura Erdmann-Janssen aufgesucht, und sie hatte bestätigt, dass Christian Erdmann den gesamten Vormittag in seinem Büro gewesen und erst mittags nach Hause gegangen war, weil ihn offenbar ein Infekt erwischt hatte. Ralph hatte nichts anderes erwartet, er hatte Erdmann geglaubt. Geprüft hatte er das Alibi trotzdem. Er machte seinen Job gründlich, erst recht, wenn persönliche Sympathie im Spiel war, die den Blick verstellen konnte.

»Wir möchten mit Herrn Erdmann sprechen«, erklärte Sabine.

»Der ist in seinem Büro. Die dritte Tür rechts. Gehen Sie einfach durch.«

»Danke.« Angersbach setzte sich in Bewegung. Sabine und Lynn folgten ihm.

Ralph klopfte kurz an und trat dann ein.

Erdmann stand an einem Tisch am Fenster über einen riesigen Bauplan gebeugt und sah nun auf. »Hallo«, sagte er überrascht. »Gibt es Neuigkeiten?«

»Leider ja.« Angersbach stellte seine Kolleginnen vor.

Christian Erdmann deutete auf die Besucherstühle. »Setzen Sie sich.« Er stellte ein Sortiment von Getränkeflaschen und ein paar Gläser auf den Tisch. Ralph merkte, dass er einen trockenen Mund hatte, und schenkte sich ein Wasser ein.

»Also?«

Ralph trank einen Schluck und räusperte sich. »Es hat sich herausgestellt, dass nur eines der Skelette im Seegrab alt ist. Das andere ist erst in den letzten Wochen dazugekommen.«

»Was?« Erdmann fuhr sich mit der Hand über den Mund. »Das heißt … Sie glauben …« Er brach ab.

»Wir fürchten, dass es sich um den Leichnam Ihres Großvaters Willi Erdmann handeln könnte«, übernahm Sabine. »Der Verdacht wird durch die Beschaffenheit des Skeletts sowie durch Spuren erhärtet, die wir in seinem Haus gefunden haben. Der endgültige Befund steht noch aus. Wir warten auf den DNA-Abgleich.«

»Was denn für Spuren?«

»Schäden an der Wand und an den Möbeln«, berichtete Lynn. »Und Blut. Es sieht so aus, als hätte im Wohnzimmer Ihres Großvaters ein Kampf stattgefunden.«

Erdmann hatte sichtliche Mühe, die Informationen zu verarbeiten. »Was ist mit dem Mann passiert?«, fragte er. »Dem aus dem Grab, meine ich.«

»Er wurde aller Wahrscheinlichkeit nach erschlagen.«

Erdmann griff nach einer Wasserflasche. Er versuchte, den Kronkorken abzuhebeln, was erst im dritten Anlauf gelang. Dann setzte er die Flasche an die Lippen und leerte sie in einem Zug.

»Das muss ein Irrtum sein«, krächzte er. »Warum sollte denn jemand Opa Willi umbringen?«

»Sie sind der Alleinerbe, nicht wahr?«, fragte Lynn.

Erdmann lachte auf. »Sie haben unser Haus doch gesehen«, sagte er an Angersbach gewandt. »Laura und ich verdienen beide gut. Uns mangelt es an nichts.«

»Die menschliche Gier kann grenzenlos sein«, konterte Lynn nüchtern.

»Ich habe meinen Großvater nicht umgebracht.« Erdmann klang nicht wütend, nur müde. Leise, aber bestimmt ergänzte er: »Auf diese Hofruine können wir jedenfalls gut verzichten.«

»Was ist mit Ihrem Bruder? Oder dessen Freunden?«

»Kai ist kein schlechter Kerl.«

»Die ›Schutzmacht‹?«

Erdmann legte die Fingerspitzen aneinander und dachte nach. »Die jungen Leute hängen einer gefährlichen Ideologie an. Sie glauben, über dem Gesetz zu stehen. Vor allem Lennard, der Neffe von Uwe Unger. Trotzdem. Ich kann mir beim besten Willen nicht vorstellen, warum sie Opa Willi etwas antun sollten.«

»Wir haben gehört, dass es zwischen ihm und der ›Schutzmacht‹ Kontakt gab. Dass er ihnen entsprechende Geschichten erzählt hat.«

Christian Erdmann schüttelte den Kopf. »Opa Willi ist kein Nazi. Er erzählt gerne von früher, das stimmt. Vielleicht verklärt er die Kriegsjahre, als es ihm noch gut ging. Obwohl er zwei Brüder verloren hat und der dritte schwer traumatisiert zurückgekehrt ist, aber das hat er irgendwie verdrängt. Er erinnert sich vor allem an die Eltern, die noch am Leben waren, und daran, dass er selbst Teil einer Gemeinschaft war, kein Versehrter, der außerhalb der Gesellschaft steht. Nun ja. Er war damals noch ein Kind und hat das alles nicht hinterfragt.«

»Hm.« Sabine und Lynn sahen nicht überzeugt aus.

Erdmann öffnete eine zweite Wasserflasche. »Was passiert denn jetzt?«

»Zunächst würde es uns helfen, wenn wir das Auto Ihres Großvaters finden«, erklärte Sabine. »Der Täter könnte es im See versenkt haben.«

»Möglich.« Erdmann sah sie abwartend an. »Und?«

»Wir dachten, Sie können uns bei der Suche helfen. Sie haben doch Taucher, die für Sie arbeiten?«

Erdmann lachte auf. »Der Edersee hat eine Oberfläche von knapp zwölf Quadratkilometern und ein Volumen von ungefähr zweihundert Millionen Kubikmetern Wasser. Wenn Sie das alles mit Tauchern absuchen lassen wollen, brauchen Sie Jahre.«

Angersbach spürte, wie die Enttäuschung über ihm zusammenschwappte.

Christian Erdmann erhob sich. »Wir können aber etwas anderes tun.« Er machte eine auffordernde Geste in Ralphs Richtung. »Kommen Sie mit. Ich brauche jemanden, der mir beim Tragen hilft.«

Sabine und Lynn sahen zu, wie Erdmann und Ralph eine offensichtlich schwere Metallkiste aus einer der Gerätehallen zu einem roten Jeep trugen und auf der Ladefläche verstauten.

»Was ist da drin?«, erkundigte Lynn sich neugierig.

»Das werden Sie schon sehen. Steigen Sie ein.« Der Ingenieur hielt einladend die Türen auf.

Lynn tauschte einen kurzen Blick mit Sabine. Dann zuckte sie mit den Schultern und kletterte auf die Rückbank. Sabine rutschte neben sie, Ralph nahm auf dem Beifahrersitz Platz.

Christian Erdmann lenkte den Jeep die Straße von Waldeck zum Edersee hinunter. In der Nähe der Dorfstelle Berich hielt er an.

»Tut mir leid«, sagte er. »Wir müssen die Kiste zum Wasser hinuntertragen. Näher komme ich nicht heran. Aber das Boot, das wir brauchen, liegt hier am Steg.«

Erdmann und Ralph schleppten die Kiste. Sabine und Lynn folgten ihnen den Schieferhang hinunter. Erdmann dirigierte sie zu einem Motorboot mit Führerhaus und einem kleinen Schlauchboot, das an einem Kran am Heck des Bootes baumelte. Die beiden Männer wuchteten die schwere Kiste an Deck.

»Willkommen an Bord.« Erdmann wischte sich den Schweiß von der Stirn. »Das Boot gehört der Firma. Wir benutzen es, um Arbeiten an der Staumauer zu überwachen.« Er holte einen Schlüssel hervor, öffnete die Fahrerkabine und startete den Motor. »Können Sie die Leinen lösen und die Fender einholen?«, bat er Sabine und Lynn.

»Klar.« Die beiden Frauen machten das Boot los und sprangen rasch hinein. Erdmann gab Gas und fuhr auf den See hinaus.

»Ich schlage vor, wir fangen bei der Staumauer an und arbeiten uns dann Stück für Stück vor. Es ist nicht sehr wahrscheinlich, dass jemand dort ein Fahrzeug versenkt hat, aber wir sollten systematisch vorgehen. Sonst übersehen wir am Ende noch etwas, weil wir den Überblick verloren haben.«

Sabine tauschte ratlose Blicke mit Ralph und Lynn. Erdmann hatte ihnen erklärt, dass es keinen Sinn ergab, Taucher einzusetzen, und es war ja auch niemand mitgekommen. Was hatte der Ingenieur vor?

Erdmann stoppte das Boot knapp vor der Staumauer und öffnete die Metallkiste. Sabine, Ralph und Lynn sahen neugierig hinein.

Im Inneren befand sich eine Art Miniatur-U-Boot.

»Das ist unser Forschungsgerät«, erklärte der Ingenieur. »So etwas wie eine Unterwasserdrohne. Ausgestattet mit Kamera, Schweinwerfern und Restlichtverstärker, sodass wir auch in den tieferen Bereichen des Sees etwas sehen können. Außerdem hat das Gerät Greifarme, mit denen wir kleinere Objekte bergen können. Für ein Auto reicht es natürlich nicht. Aber wenn wir es gefunden haben, können wir mit Tauchern und schwerem Gerät anrücken.«

Erdmann benutzte eine Seilwinde ähnlich der, an der das kleine Schlauchboot hing, um das Mini-U-Boot zu Wasser zu lassen. Sie verfügte über einen Propellerantrieb und erinnerte Sabine ein wenig an einen Marschflugkörper.

Der Ingenieur hängte sich die Fernbedienung um den Hals, die etliche Steuerknüppel und eine ganze Reihe von Knöpfen besaß. Dann förderte er ein Outdoortablet zutage, das er einschaltete und Ralph übergab.

»Damit können Sie die Fahrt unseres Unterwasserfahrzeugs live auf dem Bildschirm verfolgen.« Er bewegte einen der Joysticks an der Fernbedienung, und das Mini-U-Boot tauchte unter die Wasseroberfläche. »Ich fahre den See jetzt in parallelen Linien ab«, erklärte er.

Sabine starrte gemeinsam mit Lynn und Ralph auf das Tablet. Es war in etwa so, wie mit dem Auto durch dichten Nebel zu fahren. Die Scheinwerfer erhellten einen Kegel vor dem U-Boot, in dem unzählige Schwebeteilchen zu sehen waren. Ansonsten war da nichts. Sie erschraken alle, als plötzlich ein riesiger Fisch direkt vor der Linse vorbeischwamm.

»Ein Hecht«, erklärte Erdmann, der sich am Bild auf dem Display orientierte. »Respektabler Bursche. Würde jedes Anglerherz höherschlagen lassen.«

»Angeln Sie auch?«, fragte Lynn.

»Nein. Ich lehne es ab, zu töten.«

»Noch ein Vegetarier?«, fragte Kaufmann mit einem Seitenblick zu Angersbach.

»So ist es.«

Sabine fühlte sich umzingelt. War sie bald die Einzige, die noch Fleisch aß? Ralph war schon seit vielen Jahren Vegetarier, seine Halbschwester Janine war es auch und Lynn ebenfalls, und nun auch noch Christian Erdmann. Nur Ralphs Vater, der alte Johann Gründler, verzehrte immer noch mit großem Vergnügen die Lammsteaks, die Ralphs Freund, der Metzger Neifiger, ihm lieferte. Doch sie wollte sich nicht verändern, nur weil es plötzlich angesagt war. Veränderungen mussten von innen heraus kommen, aus Überzeugung. Sie wischte den Gedanken beiseite, als im Scheinwerferlicht eine massive graue Wand auftauchte.

»Das ist die Staumauer«, sagte Erdmann. »Ich drehe jetzt ab und bewege mich parallel zur Talsperre.«

Die Wand verschwand, stattdessen war wieder nur noch milchig trübe Flüssigkeit zu sehen. Der Seegrund war schlammig, eine Mondlandschaft mit kleinen Hügeln und überwachsenen Steinen, gelegentlich ein paar Unterwassergewächsen. Hier und da ein losgelöstes Pflanzenteil und ein paar Fische, die vorbeischwammen. Ansonsten änderte sich die Szenerie nicht.

Nach einer halben Stunde brannten Sabine die Augen, nach einer Stunde war sie trotz der warmen Outdoorjacke, Mütze und Boots durchgefroren. Ihre Augen tränten, und in ihrem Hinterkopf verspürte sie ein Stechen. Ralph und Lynn sahen nicht so aus, als würde es ihnen viel besser gehen. Nur Christian Erdmann wirkte hoch konzentriert. Seine Wangen waren gerötet, sein Blick unverwandt auf das Display gerichtet. Er schien ein äußerst geduldiger Mann zu sein, und darüber hinaus hatte ihn wohl das Jagdfieber gepackt.

»Wie viel haben wir bis jetzt geschafft?«, fragte sie.

Erdmann sah nur kurz hoch. »Ich bewege mich ungefähr einen Meter über dem Seegrund und versuche, Bahnen im Abstand von etwa fünf Metern zu ziehen. Wenn ich die Abstände größer wähle, haben wir kein vollständiges Bild. Die Reichweite der Scheinwerfer unter Wasser ist begrenzt. Das U-Boot bewegt sich mit einer Höchstgeschwindigkeit von fünfzehn Knoten, also knapp achtundzwanzig Stundenkilometern. Der See ist an dieser Stelle etwa fünfhundert Meter breit, wir schaffen demzufolge in einer Stunde ungefähr sechsundfünfzig Bahnen.« Sein Gesicht nahm einen betroffenen Ausdruck an. »Das sind zweihundertachtzig Meter. Tut mir leid. Den ganzen See abzusuchen wird Tage dauern. Die Akkus halten ungefähr zwei Stunden. Ich habe Ersatzakkus, aber danach müssen wir abbrechen und sämtliche Akkus neu laden.«

Kaufmann unterdrückte ein Stöhnen. Erdmann konnte nichts dafür, dass der See so riesig und die Suche so mühsam war. Selbst wenn das Suchgebiet nur bis zum alten Bericher Friedhof reichen würde, lag dieser weit genug von der Talmauer entfernt, dass mit einem schnellen Erfolg kaum zu rechnen war.

»Ich schlage vor, ich bringe Sie zurück zum Steg«, schlug der Ingenieur vor. »Ich mache alleine weiter und melde mich, wenn ich etwas gefunden habe.«

»Das können wir nicht von Ihnen verlangen«, sagte Ralph. Sabine sah ihm an, dass er ebenfalls fror und Erdmanns Vorschlag nur zu gerne annehmen würde. Aber er war zu anständig, um unangenehme Dinge auf andere abzuwälzen. Eine Sache, derentwegen Sabine ihn liebte. Davon abgesehen war es natürlich auch problematisch, die Ermittlungen einer Privatperson zu überlassen, erst recht einer, die aufgrund der familiären Verbindung in den Fall involviert war.

»Ich tue das gern«, entgegnete Erdmann. »Es geht immerhin um meinen Großvater. Je eher wir Gewissheit haben, desto besser.«

»Dann leisten wir Ihnen Gesellschaft«, beharrte Angersbach.

»Wozu? Es geht nicht schneller, wenn Sie dabei sind, und das U-Boot kann nur ich bedienen. Die Steuerung erfordert einiges an Übung. Ich kann höchstens noch einen Kollegen aus der Firma bitten, mich abzulösen, aber das Problem mit der Akkukapazität bleibt.« Er sah die Beamten an. »Lassen Sie mich das machen. Es ist das Einzige, was ich für Opa Willi tun kann, und es ist tausendmal besser, als einfach nur herumzusitzen.«

»Okay«, sagte Sabine, ihren Bedenken zum Trotz. Erdmanns Eifer und die Hilflosigkeit, die sie zugleich bei ihm spürte, rührten sie. »Einverstanden.«

»Gut.« Erdmann steuerte das Mini-U-Boot zum Boot zurück. Er senkte den Kranarm und fischte es aus dem Wasser. Mit dem Kran hievte er das Gerät in die Metallkiste. Dann trat er ans Steuer, startete den Motor und nahm Kurs auf Alt-Berich.

Sie waren gerade auf halber Strecke, als Angersbachs Mobiltelefon klingelte. Er warf einen Blick auf das Display und meldete sich. Kaufmann versuchte, sein Mienenspiel zu deuten, wurde aber nicht schlau daraus. Er wirkte zunächst überrascht, dann grimmig.

»Wann?«, fragte er. »Und wo?«

Er hörte zu, bedankte sich für die Information und beendete das Gespräch.

»Was ist los?«, fragte Kaufmann.

Angersbach sah kurz zu Erdmann. Offenbar überlegte er, ob er Polizeiinterna vor einem Unbeteiligten preisgeben durfte. Gleich darauf traf er die Entscheidung.

»Es wird sowieso bald in den Medien sein«, erklärte er. »Es hat einen Banküberfall in Sachsenhausen gegeben.«

»Wo?«, fragte Lynn und zog die Augenbrauen zusammen. Vermutlich ging es ihr wie den meisten. Der erste Gedanke ging an den Frankfurter Stadtteil, bekannt für seine Apfelweinkneipen und das Nachtleben.

»Waldeck-Sachsenhausen. An der B 485, fünf oder sechs Kilometer von Goldacker entfernt in westlicher Richtung«, antwortete Ralph.

»Nicht dein Ernst.« Lynn zog ihr Tablet hervor. »Ich dachte, das hier ist eine friedliche Urlaubsregion und nicht der Kriminalitäts-Hotspot Nordhessens.«

»Normalerweise ist das auch so«, sagte Christian Erdmann.

»Da ist schon die erste Eilmeldung online.« Lynn wischte über das Display. »Ein Einzeltäter. Hat den Bankangestellten gezwungen, den Tresor zu öffnen. Er hat ungefähr fünfzigtausend Euro Bargeld erbeutet und dreißig Goldbarren.«

»Gold?« Sabine starrte ihre Kollegin ungläubig an. »Das kann doch kein Zufall sein.«

Erdmann sah neugierig zwischen den Beamtinnen hin und her.

»Tut mir leid«, sagte Sabine. »Darüber dürfen wir nicht sprechen.«

»Verstehe.« Erdmann steuerte das Boot auf den Steg zu. Er drehte bei, kurbelte am Steuerrad und nutzte kurz den Umkehrschub. Das Boot schob sich an den Steg. Ralph und Sabine hängten rasch die Fender über die Bordwand. Lynn sprang auf den Steg und machte die Leinen fest. Erdmann sah ihr zu und nickte anerkennend. »Sie beherrschen Seemannsknoten.«

»Ich habe vor Jahren den Segelschein gemacht«, sagte Lynn. »In Österreich, auf dem Millstätter See.«

Erdmann öffnete das Batteriefach des U-Boots und nahm die Akkus heraus. »Ich fahre Sie zu Ihrem Auto. Dann kann ich in der Firma gleich den ersten Satz Akkus neu laden. Anschließend suche ich weiter.«

Die kurze Fahrt nach Waldeck hinauf verlief schweigend, alle vier hingen ihren Gedanken nach. Auf dem Hof der Firma verabschiedeten sie sich. Erdmann trug die Akkus in die Maschinenhalle, Ralph, Sabine und Lynn stiegen in den Lada.

»Wo soll ich euch absetzen?«, fragte er. »Ich muss nach Sachsenhausen. Bankraub ist zwar nicht mein Ressort, aber wir haben gerade Personalnotstand, und unser Dienststellenleiter meinte, wo ich schon mal hier bin …«

»Wir kommen mit«, erwiderte Lynn, ehe Sabine etwas sagen konnte. »Das ist doch seltsam, dass ausgerechnet jetzt Gold gestohlen wird, während irgendwo in der Gegend jemand Nazigoldbarren im Netz anbietet.«

Angersbach startete den Motor, fuhr aber nicht los. »Du meinst, der Anbieter braucht Nachschub?«

»Könnte doch sein. Wenn es Fälschungen sind, benötigt er lediglich das Material. Oder das Gold war nur der Beifang.« Lynn notierte etwas auf ihrem Tablet. »Wer Nazigoldbarren anbietet, ist vermutlich ideologisch entsprechend orientiert.

Angenommen, es waren die Jungs und Mädels von der ›Schutzmacht‹. Die brauchen jetzt vielleicht dringend Geld, um unterzutauchen. Weil sie Willi Erdmann im Streit erschlagen haben und nun befürchten müssen, dass alles ans Licht kommt. Die Öffnung des Grabs in Alt-Berich war ja auch schon in den Schlagzeilen.«

Sabine hob die Hände. »Stopp. Lasst uns erst mal Fakten sammeln, bevor wir wilde Theorien aufstellen.«

Angersbach legte den ersten Gang ein und rollte vom Hof der Ingenieurfirma. »Also, mir gefällt die Theorie«, sagte er und blinzelte Lynn im Rückspiegel zu.

Sabine knirschte mit den Zähnen. Was lief da eigentlich zwischen den beiden?

11

Sachsenhausen

Die Bank lag direkt an der Hauptstraße. Ein unattraktives Flachdachgebäude mit grauer Fassade und schmalen, vergitterten Fenstern. Im Vorbau mit gläsernen Schiebetüren befanden sich Geld- und Überweisungsautomaten. Dahinter führten weitere automatische Türen in die Filiale. Im Augenblick standen sie alle offen.

Zwei Streifenwagen parkten vor dem Gebäude. Zwei uniformierte Beamte bewachten die Absperrung, die sie errichtet hatten. Ein paar Schaulustige lungerten herum, machten Fotos oder Videos mit dem Handy.

Angersbach stellte den Mantelkragen hoch und zog die Beanie tief über die Augen. Er hatte keine Lust, sich in den sozialen Medien wiederzufinden. Sabine und Lynn hielten es ähnlich. Sie stellten sich den Kollegen vor und wurden hineingelassen.

Im Schalterraum befanden sich neben dem verglasten Tresen zwei Stehpulte für Serviceleistungen. Dahinter gab es Räume für Beratergespräche mit gläsernen Türen und Wänden. In einem davon saß ein junger Mann im dunklen Anzug auf einem Stuhl. Ihm gegenüber standen zwei Polizisten, ein Mann und eine Frau.

Ralph, Sabine und Lynn traten ein und machten sich mit den Kollegen bekannt.

»Dann übernehmen Sie jetzt?«, fragte die Frau.

»Sie dürfen gerne dabei sein«, entgegnete Angersbach.

»Nicht nötig«, sagte ihr Kollege. »Wir setzen Sie kurz ins Bild, dann gehen wir. Wir haben gerade alle Hände voll zu tun mit der Suche nach einer vermissten Person.« Er stutzte. »Das wissen Sie vermutlich. Ihr Fall?«

»Ja.« Angersbach kniff die Augen zusammen. »Hat man Sie noch nicht informiert? Die Person ist wieder, ähm, aufgetaucht.«

»Ah. Das wusste ich noch gar nicht«, erwiderte der Beamte und ließ keine weitere Regung erkennen. Er zog sein Notizbuch hervor. »Dann können wir uns ja jetzt hierauf konzentrieren. Der Überfall fand um kurz nach vierzehn Uhr statt. Ein maskierter Unbekannter betrat den Schalterraum. Herr Justin Büchner«, er deutete auf den Mann auf dem Stuhl, »war allein hier.«

»Ist das normal?«

Der Bankangestellte nickte. Er hatte halblange blonde Haare, war glatt rasiert und trug einen dunklen Anzug, dazu eine rot-grün gestreifte Krawatte. Die Farben der Bank, wie Ralph mit einem Blick zum Logo an der Wand erkannte.

»Wir sind eine kleine Filiale. Wenn Beratungsgespräche anstehen, sind wir zu dritt, ansonsten zu zweit. Meine Kollegin Nicole war noch nicht aus der Mittagspause zurück, als der Mann hereinkam. Sie hat eine kleine Tochter. Nicole holt sie in der Pause aus der Frühbetreuung ab und bringt sie zu der Frau, die sich nachmittags um sie kümmert. Da kommt sie nicht immer so schnell wieder weg, wie sie müsste.«

Der Bankangestellte stand ganz offensichtlich unter Schock. Er sprach schnell und mit kieksender Stimme, redete zu viel und verlor sich auf Nebengleisen.

»Der Maskierte hat sich auf den Schalter zubewegt«, übernahm nun der Polizist. »Er hatte ein Gewehr dabei, das er auf Herrn Büchner richtete. Er hat verlangt, dass Herr Büchner den Tresor öffnet und ihm den gesamten Inhalt aushändigt. Das waren ungefähr fünfzigtausend Euro und dreißig Goldbarren.«

»Was für Goldbarren?«, fragte Sabine. »Größe, Gewicht, Wert?«

Der Beamte machte ein ratloses Gesicht und blickte zu Büchner.

»Fünfzig Gramm. Neunhundertneunundneunziger Gold.« Der Bankangestellte zeigte mit den Fingern die Maße. »Drei mal fünf Zentimeter groß, zwei Millimeter dick, ungefähr. Der Preis liegt bei dreitausend Euro.«

»Für die dreißig Barren?«

Büchner lachte heiser. »Nein. Pro Stück.«

»Wow.« Angersbach rechnete schnell nach. »Also waren es Goldbarren im Wert von neunzigtausend Euro.«

»Das war das, was der Kunde gewünscht hatte.« Büchner nestelte an seinem Krawattenknoten und lockerte ihn, ein deutliches Signal, dass er sich unwohl fühlte.

»Kommt es öfter vor, dass Sie Goldbarren im Tresor haben?«, erkundigte sich Lynn, während sie sich auf ihrem Tablet Notizen machte.

»Nein.« Justin Büchner schüttelte den Kopf. »Das war eine Kundenbestellung. Jemand, der einen Teil seines Kapitals in Gold anlegen wollte.«

»Wie heißt der Kunde?«

Büchner machte ein unglückliches Gesicht. »Das darf ich Ihnen leider nicht sagen.«

»Wir können uns auch einen entsprechenden Beschluss besorgen.« Kaufmann hatte ihr Smartphone bereits in der Hand.

»Bitte. Tun Sie das.« Der Bankangestellte knetete seine Finger. »Sie müssen verstehen …«

»Schon gut«, unterbrach Angersbach ihn. »Wann hat der Kunde das Gold bestellt? Können Sie uns das sagen?«

»Vor drei oder vier Tagen.«

»Gut«, sagte Ralph. Lynn machte sich eine Notiz.

»Herr Büchner hat den Anweisungen Folge geleistet«, setzte die Polizistin den Bericht ihres Kollegen fort, während Sabine sich abwandte, um zu telefonieren. »Der Täter hat Geld und Gold in eine mitgebrachte Sporttasche geworfen und die Flucht ergriffen.«

»Wie ist er geflohen?«, fragte Ralph. »Hatte er ein Fahrzeug vor der Tür stehen? Einen Komplizen, der gefahren ist?«

Büchner sah zu ihm auf. »Das weiß ich nicht. Ich musste mit dem Gesicht zur Wand stehen bleiben. Wenn ich mich umdrehe, schießt er, hat er gesagt. Ich sollte bis hundert zählen, bevor ich irgendetwas unternehme. Genau das habe ich getan.«

»Okay.« Angersbach verließ das Zimmer und sah sich im Schalterraum um. Über der automatischen Tür hing eine Kamera, die auf den Tresen gerichtet war. Eine weitere befand sich an der Rückwand des Schalters. Ralph ging rasch in den Vorraum und stellte fest, dass auch dieser mit Kameras ausgestattet war.

»Wir brauchen die Aufnahmen der Videoüberwachung«, sagte er, als er wieder in dem kleinen Zimmer war, in dem Sabine und Lynn mit den Kollegen und dem Bankangestellten warteten.

»Die gibt es nicht«, entgegnete die Polizistin. »Der Täter ist sehr geschickt vorgegangen. Er hat die Hauptleitung hinter dem Haus gekappt. Durch den Stromausfall konnten die Kameras nicht aufzeichnen.«

Ralph sah zum Eingang. »Wie ist er dann hereingekommen? Wenn der Strom abgestellt ist, funktionieren doch auch die automatischen Türen nicht.«

Der Bankangestellte kaute auf der Unterlippe. »Als ich gemerkt habe, dass der Strom weg ist, habe ich die Servicefirma informiert. Mit dem Handy, das Festnetz ging natürlich auch nicht. Ich habe die Türen von Hand geöffnet, damit die Serviceleute hereinkönnen. Ich wusste ja nicht, wo das Problem liegt. Stattdessen kam dann dieser Mann mit dem Gewehr.«

Angersbach tauschte einen Blick mit Sabine. Sabine drehte die Augen zur Decke. *Na toll,* sollte das heißen.

»Können Sie den Täter beschreiben?«

»Er war maskiert, das habe ich ja gesagt.«

Lynn lächelte ihn aufmunternd an. »Sie haben sein Gesicht nicht gesehen, das haben wir verstanden. Aber was ist mit dem Rest? War er groß oder klein? Dick oder dünn? Hat er etwas gesagt? Wie klang seine Stimme? Hatte er einen Akzent? Was für Kleidung hat er getragen? Haben Sie seine Schuhe gesehen?«

»Puh.« Büchner schnaufte. »Das sind aber viele Fragen.«

»Erzählen Sie einfach, was Ihnen einfällt. Zumindest scheinen Sie sich ja sicher zu sein, dass es ein Mann war. Warum?«

»Weil … keine Ahnung. Weil er so aggressiv war. Ist mit dem Gewehr direkt auf mich zu. Ich habe keine Sekunde gezweifelt, dass er abdrückt, wenn ich nicht tue, was er verlangt.«

»Und das könnte eine Frau nicht?«

Sabine suchte Lynns Blick und schüttelte leicht den Kopf. Angersbach fand an Lynns Befragungsstrategie nichts verkehrt, aber wahrscheinlich meinte Sabine, dass man den Bankangestellten nicht verunsichern, sondern lieber mit Samthandschuhen anfassen sollte. Früher war er derjenige gewesen, dessen direktes Vorgehen sie kritisiert hatte. Es gefiel ihm, dass er dieses Mal nicht im Fokus stand.

»Ich hatte einfach das Gefühl, dass es ein Mann war.« Büchner verschränkte die Arme vor der Brust.

»Gut.« Sabine lächelte ihn an. »Was ist mit den anderen Fragen, die meine Kollegin Ihnen gestellt hat?«

Büchner kniff die Augen zusammen. »Er war ... mittelgroß, würde ich sagen.«

»Stehen Sie bitte mal auf?«

Büchner erhob sich, und Ralph erkannte den Grund für ihre Bitte. Der Bankangestellte war sehr groß, fast zwei Meter, schätzte Angersbach. »Mittelgroß« bedeutete bei ihm vermutlich zwangsläufig etwas anderes als bei Sabine Kaufmann mit ihren eins sechzig.

»Ein bisschen kleiner als Ihr Kollege«, präzisierte Büchner mit Blick auf Ralph. »Aber nicht viel.«

»Also etwa eins fünfundachtzig«, notierte Lynn.

»Ja. Er war nicht dick, aber auch nicht dünn. Muskulös, könnte man sagen.«

»Was hatte er an?«

»Schwarz. Eine Trainingshose und einen Hoodie. Und schwarze Turnschuhe.«

»Und die Stimme?«

Büchner massierte sich die Schläfen. »Komisch. Irgendwie quietschig und scheppernd.«

»Stimmverzerrer«, folgerte Lynn. »Akzent?«

»Ich weiß nicht. Nein, ich glaube nicht.«

»Okay.« Lynn kaute auf der Innenseite ihrer Wange. Dann neigte sie den Kopf. »Und die Maske?«

»Die Maske?«

»Sie haben gesagt, der Täter war maskiert.«

»Ja.« Büchner leckte sich die Lippen. »Er hatte eine Skimütze übers Gesicht gezogen, mit Löchern drin für Mund und Augen. Schwarz.«

»Gut. Danke.« Lynn beendete ihre Notizen und sah zu Ralph und Sabine. Was sollte man noch fragen?

Sabine wandte sich an die uniformierten Kollegen. »Haben Sie sich das Kabel angesehen?«

»Sauber durchtrennt«, sagte der Polizist. »Seitenschneider vermutlich.«

»Wie kommt man da überhaupt dran?«, fragte Kaufmann. »So ein Hauptkabel verläuft doch nicht oberirdisch?«

»Der Täter hat einen Schacht gegraben«, erwiderte der Beamte. »Direkt an der Rückwand des Gebäudes.«

»Wir haben in der Nachbarschaft rumgefragt«, erklärte die Polizistin. »Heute Morgen waren Arbeiter da. Sie haben hinter dem Haus Stellwände aufgebaut und einige Stunden dort zugebracht. ›Wir bauen für Sie‹ stand auf den Wänden, sonst nichts, kein Firmenname oder dergleichen. Aber heutzutage wird ja ständig irgendwo gebuddelt, ich sage nur Glasfaser. Da achtet keiner drauf. Jedenfalls haben sie den Schacht ausgehoben und das Rohr aufgesägt, in dem das Kabel verläuft.«

Kaufmann machte sich Notizen. »Konnte irgendwer die Arbeiter beschreiben? Oder sich an ein Fahrzeug erinnern, das zur fraglichen Zeit in der Nähe der Bank geparkt hat? Mit dem Firmennamen oder Logo vielleicht?«

»Leider nein. Mehrere Personen haben die Stellwände gesehen. Sonst nichts.«

»Wie lange haben die Wände dort gestanden?«

»Die waren am frühen Morgen schon da. Verschwunden sind sie irgendwann um die Mittagszeit.«

»Gut.« Kaufmann tippte sich mit dem Stift gegen das Kinn. »Was ist mit der anderen Bankangestellten?«

Die Beamtin blätterte in ihrem Notizbuch. »Nicole Meyer. Sie kam, kurz nachdem wir hier eingetroffen waren. Sie hatte die Stellwände am Morgen auch bemerkt, aber ebenfalls niemanden gesehen und sich keine Gedanken darüber gemacht. Wir haben sie nach Hause geschickt. Sie wohnt hier in Sachsenhausen, nur ein paar Straßen entfernt.« Sie nannte die Adresse.

»Wir haben sie überprüft. Zweiunddreißig Jahre alt, verheiratet, eine dreijährige Tochter. Keine Vorstrafen, nicht mal ein Punkt in Flensburg.«

»Okay.«

»Das war's.« Die Beamtin klappte ihr Notizbuch zu. »Wenn Sie uns dann nicht mehr brauchen …«

»Danke.« Angersbach nickte den Kollegen zu.

Die beiden verließen den Raum. Sabine wandte sich an Justin Büchner, der sich wieder auf den Stuhl gesetzt und den Kopf in den Händen vergraben hatte. »Kommen Sie zurecht?«, erkundigte sie sich mitfühlend. »Sie stehen vermutlich unter Schock. Brauchen Sie einen Arzt?«

»Nein.« Büchner versuchte sich an einem Lächeln, das ein wenig wacklig geriet. »Ich komme klar.«

»Haben Sie jemanden, der sich um Sie kümmert? Mit dem Sie reden können?«

»Ja. Einen Kumpel, der gerade bei mir wohnt.«

Ralph wollte den Punkt schon gedanklich abhaken, als ihm eine Eingebung kam. »Wie heißt Ihr Kumpel?«

Büchner blickte zu ihm auf. »Kai.«

Ralph sah, wie sich Sabine und Lynn anspannten. »Kai Erdmann?«

»Ja. Wir kennen uns schon aus der Schule«, plapperte Büchner. »Wir haben auch zusammen hier angefangen, aber Kai hat vor zwei Monaten geschmissen.«

»Könnte er der Täter gewesen sein?«

Büchner riss die Augen auf. »Kai? Quatsch. Wie kommen Sie denn darauf?«

»Der Täter kennt sich offenbar gut aus. Er hat gewusst, wie die Türen und Kameras funktionieren und wo das Stromkabel verläuft. Und er wusste, dass sich Goldbarren im Tresor befinden.«

»Das konnte er gar nicht«, protestierte Büchner. »Woher denn? Der Kunde hat bei uns bestellt, und die Barren sind mit dem Geldtransporter gekommen, der auch das Bargeld abholt oder bringt. Selbst wenn er die Kuriere beobachtet hätte – das ist alles in verplombten Säcken. Von außen kann man nicht sehen, was sich darin befindet.«

»Vielleicht hatte er ja einen Informanten«, warf Sabine ein.

»Wen denn? Frau Meyer? Oder unseren Filialleiter?« Büchner lachte. Dann blieb ihm das Lachen im Hals stecken. »Sie meinen … ich?«

»Kai braucht Geld. Sie sitzen an der Quelle. Sie könnten den Plan zusammen ausbaldowert haben, als der Kunde das Gold bestellt hat.«

»Nein.« Büchner, der bisher so redselig gewesen war, presste die Lippen zusammen.

Angersbach hatte das Gefühl, dass sie auf der richtigen Spur waren.

»Wo ist denn Ihr Filialleiter?«, erkundigte sich Sabine.

»Sizilien. Vier Wochen. Er kommt Ende des Monats wieder.«

Also war er schon nicht mehr in Deutschland gewesen, als die Goldbarren bestellt worden waren. Er hätte dem Bankräuber keinen Tipp geben können. Blieben Nicole Meyer und Justin Büchner.

»Geben Sie uns bitte Ihre Adresse und Telefonnummer?« Kaufmann hielt den Stift bereit und notierte sich die Angaben. »Danke. Sie können dann gehen.«

Justin Büchner sprang auf, als hätte er auf Sprungfedern gesessen. Er strich die Anzugjacke glatt, rückte den Krawattenknoten zurecht und verließ den Raum wie jemand, der es eilig hatte, wegzukommen, ohne den Eindruck zu erwecken, dass er auf der Flucht war.

Sie warteten, bis er die Bank verlassen hatte.

»Ist er so nervös, weil er etwas zu verbergen hat oder weil ihm der Überfall in den Knochen steckt?«, überlegte Sabine.

»Schwer zu sagen.« Angersbach ließ das Gespräch in Gedanken Revue passieren. »Wir sollten auf jeden Fall seinen Background checken.«

Lynn wischte bereits auf ihrem Tablet und loggte sich in irgendeine Datenbank ein. »Justin Büchner«, las sie vor. »Zweiundzwanzig Jahre alt, ledig. Wohnhaft in Goldacker. Keine Einträge.« Sie zog die Wangen nach innen. »Also, ich wäre auch nervös, wenn mir jemand eine Waffe an den Kopf gehalten hätte, damit ich ihm den Inhalt des Tresors aushändige.«

Ralph nahm an, dass sie recht hatte. »Kai Erdmann taucht ein wenig zu oft auf, oder was meint ihr?«

»Definitiv.« Sabine steckte ihr Notizbuch ein. »Wir sollten ihn nach seinem Alibi fragen.«

»Übernehmt ihr das?« Lynn verstaute ihr Tablet. »Dann rede ich in der Zwischenzeit mit der Kollegin. Nicole Meyer.«

Goldacker

Sabine Kaufmann fühlte sich elektrisiert. Endlich kam Bewegung in die Sache. Das alles hing miteinander zusammen, die Nazigoldbarren, die Schüsse auf Laura Erdmann-Janssen, Willi Erdmanns Verschwinden und jetzt der Banküberfall. Und mittendrin Kai Erdmann.

Die Sache hatte allerdings einen Haken. Wenn der Tote aus dem Seegrab tatsächlich Willi Erdmann war, würde Kai einen Teil des Hofs erben. Etwaige Geldprobleme hätten sich damit erledigt. Und würde er tatsächlich die Bank überfallen, in der er zwei Monate zuvor gekündigt hatte? Ausgerechnet in einer

Zeit, in der es eine ungewöhnlich hohe Polizeipräsenz vor Ort gab? Selbst wenn er so einfältig war, wie er sich gab, hätte ihm klar sein müssen, dass man rasch auf ihn als Tatverdächtigen käme. Aber nicht alle Verbrecher agierten rational. Und Kai schien nicht die hellste Kerze auf dem Leuchter zu sein.

Ralph lief neben ihr her. Ihm schienen ähnliche Gedanken durch den Kopf zu gehen.

»Was wissen wir noch nicht?«, fragte er. »Warum verspürt Kai plötzlich einen so massiven Handlungsdruck?«

»Ihm muss klar sein, dass es nur eine Frage der Zeit ist, bis wir den Toten aus dem Seegrab zweifelsfrei identifiziert haben«, sagte Sabine. »Er hat Angst, dass wir ihm auf die Spur kommen. Als er ihn verscharrt hat, dachte er ja, der Leichnam taucht nie wieder auf. Er will sich absetzen, und dafür braucht er Geld.«

»Wenn der Tote wirklich Willi Erdmann ist«, setzte Ralph an, winkte aber ab. »Ja. Vielleicht ist es so einfach.«

Sie erreichten das Haus, in dem Justin Büchner wohnte. Ein hübsches Einfamilienhaus mit gepflegtem Garten und einer Einliegerwohnung im Souterrain. Angersbach drückte auf den unteren Klingelknopf mit dem Namen »Büchner«, der offensichtlich zur Einliegerwohnung gehörte. Im eigentlichen Haus wohnten »Markus, Susanne und Merlin Mikoleit«. Gleich darauf ertönte der Summer.

Kai Erdmann hatte sich umgezogen. Statt Jogginghose und T-Shirt trug er jetzt eine schwarze Jeans und ein weißes Hemd. Auch die Haare waren gewaschen und mit jeder Menge Gel zurückgekämmt. Das Kinn war glatt rasiert. Nur die ausgelatschten Badeschlappen ruinierten den guten Eindruck.

»Woher wissen Sie, wo ich bin?«, fragte er verwirrt. Er zog sein Smartphone aus der Hosentasche und sah aufs Display. »Sie haben mir keine Nachricht geschickt.«

»Ihr Freund Justin Büchner hat uns gesagt, wo wir Sie finden.«

»Justin? Wie kommen Sie auf den?«

»Lassen Sie uns rein?«

Kai warf einen Blick in die Wohnung hinter sich und zuckte mit den Schultern. »Wenn Sie wollen.«

Der Raum, in den er sie führte, sah schlimm aus. Neben dem Sofa stand eine geöffnete Sporttasche. Über den Lehnen von Sofa und Sessel hingen Klamotten, die offenbar Kai gehörten. Auf dem Tisch standen mehrere leere Red-Bull-Dosen. Daneben lagen ein leerer Pizzakarton und eine aufgerissene Chipstüte. Ein Teil des Inhalts war auf dem Tisch verstreut. Der riesige Flachbildfernseher war eingeschaltet, es lief ein Wrestlingkampf ohne Ton.

Das Ganze musste Kais Werk sein. Der Rest des Raums wirkte adrett. Ordentliche Vorhänge, die Fenster geputzt, ein paar üppige Grünpflanzen auf der Fensterbank, passend zu dem ordentlichen jungen Mann, den sie in der Bank kennengelernt hatten.

»Ist Herr Büchner nicht da?«, wunderte sich Ralph.

»Nein.« Kai schlappte zum Sofa und ließ sich darauf fallen. »Der arbeitet.«

»Er hat sich nicht bei Ihnen gemeldet?«

»Warum sollte er?«

»Um Ihnen zu sagen, dass die Bank überfallen wurde.«

»Was?« Kai riss die Augen auf. Wenn er etwas damit zu tun hatte, war er ein exzellenter Schauspieler. Seine Überraschung wirkte absolut echt.

Sabine zückte ihr Notizbuch. »Wir möchten Sie nach Ihrem Alibi fragen. Wo waren Sie heute am frühen Nachmittag gegen vierzehn Uhr? Und wo waren Sie heute Morgen?«

Noch während sie die Frage stellte, fiel Sabine auf, dass es nicht passte. Am Morgen hatten sie den Erdmann-Hof durchsucht. Kai war anwesend gewesen. Er konnte nicht zugleich einen Schacht hinter der Bank gegraben haben. Aber vielleicht hatte er das bereits in der Nacht getan? Die Nachbarn hatten schließlich nur ausgesagt, dass die Absperrung am Morgen bereits da gewesen war. Keiner konnte Auskunft darüber geben, wann genau man sie errichtet hatte. Kai könnte sie wieder abgeräumt haben, nachdem er den Hof verlassen hatte. Anschließend hatte er seine Vorbereitungen getroffen und am Nachmittag die Bank überfallen.

Sie war so in ihre Gedanken versunken, dass sie beinahe Kais Antwort nicht gehört hätte.

»Ich hatte ein Vorstellungsgespräch.«

Das erklärte, warum er sein Outfit geändert und an seinem Erscheinungsbild gearbeitet hatte.

»Wo?«, fragte Ralph.

»Im Goldmuseum. Die suchen Leute, die sich um die Teilnehmer der Goldwaschkurse kümmern. Das dauert ja den ganzen Tag, da muss immer jemand unterwegs sein, um mit den Pfannen und dem anderen Zeug zu helfen. Der Typ, der die Sache leitet, macht die Einweisung und erklärt die Theorie, aber für den Rest braucht man Handlanger.« Er zuckte mit den Schultern. »Reich wird man dabei nicht, aber man ist an der frischen Luft und macht was mit Menschen, das gefällt mir.«

»Wann war dieses Vorstellungsgespräch?«

»Um eins. Hat etwa eine Stunde gedauert.«

»Mit wem haben Sie gesprochen?«

»Mit dem Museumsleiter. Mark Gräber heißt der Typ.«

»Okay.« Sabine notierte sich den Namen. »Wir werden uns Ihre Aussage bestätigen lassen.«

»Tun Sie das.« Kai streckte die Arme auf der Rückenlehne des Sofas aus. »Sonst noch was?«

»Nein, danke. Das war es fürs Erste.« Sabine fühlte sich plötzlich erschöpft. So elektrisiert, wie sie gerade noch gewesen war, so sehr war ihr jetzt die Energie abhandengekommen. Wenn Kais Alibi stimmte, kam er für den Überfall nicht infrage, und damit brach ihre ganze Theorie zusammen.

Sie hörte das Geräusch eines Schlüssels in der Wohnungstür. Gleich darauf stand Justin Büchner im Zimmer, in jeder Hand einen Einkaufsbeutel. Als er sie sah, huschte ein Ausdruck des Erschreckens über sein Gesicht. Ganz kurz nur, aber Sabine war sich sicher.

Kai hatte vielleicht nichts mit dem Überfall zu tun. Aber galt das auch für Justin Büchner?

»Die Kommissare haben mir schon erzählt, was passiert ist«, sagte Kai und stand auf. »Krass.« Er nahm Justin die Tüten ab und schleppte sie in die Küche. Gleich darauf kam er mit zwei Dosen Red Bull zurück. »Hier. Trink erst mal was auf den Schock.« Er drängte Justin aufs Sofa. »Du musst mir das alles genau erzählen. Ein Überfall am helllichten Tag, und das in unserer kleinen Bankfiliale.« Er sah zu Ralph und Sabine. »Ich bringe Sie zur Tür.«

Kaufmann und Angersbach protestierten nicht. Sie ließen sich von Kai aus der Wohnung schieben und standen gleich darauf wieder vor dem gepflegten Einfamilienhaus auf der Straße.

»Schuss in den Ofen, oder?«, sagte Ralph.

»Abwarten.« Sabine wollte noch nicht klein beigeben. »Fahren wir erst mal ins Goldmuseum und sprechen mit diesem Mark Gräber. Vielleicht stimmt Kais Alibi ja gar nicht. Oder Justin Büchner hat mit jemand anderem gemeinsame Sache gemacht. Ich bin mir ziemlich sicher, dass er uns nicht die Wahrheit gesagt hat.«

»Geht mir genauso.« Angersbach nickte. »Die Frage ist nur, wobei er gelogen hat.«

Lynn Burger verspürte ein Kribbeln. Bisher war sie immer nur gemeinsam mit einem Kollegen oder einer Kollegin unterwegs gewesen. Jemandem, der im Rang über ihr stand. Manche hatten sie deutlich spüren lassen, dass sie sie für zu jung und unerfahren hielten. Ein guter Abschluss auf der Polizeischule war das eine, jahrelange Berufserfahrung das andere. Sie mochte gut in IT und sozialen Medien sein, doch Vernehmungen solle sie lieber den alten Hasen überlassen.

Sabine Kaufmann war nicht so. Sie hatte Lynn von Beginn an herzlich aufgenommen, sie als gleichberechtigte Partnerin behandelt und alle Entscheidungen mit ihr besprochen. Trotzdem fühlte Lynn sich irgendwie als Anhängsel. Umso mehr, seit Ralph Angersbach zu ihnen gestoßen war. Lynn fand ihn faszinierend mit seiner raubeinigen und unkonventionellen Art. Kein Inspektor Columbo, eher der Typ John Wayne. Lynn hatte als kleines Mädchen gerne Westernfilme gesehen, zusammen mit ihren Großeltern, die leider beide mittlerweile tot waren. Seitdem fühlte Lynn sich verloren. Ihre Eltern hatten Wichtigeres zu tun, als sich um ihre Tochter zu kümmern. Sie waren Ärzte und retteten herzkranken Kindern das Leben. Materiell hatte es Lynn als Kind an nichts gefehlt, alle ihre Wünsche waren erfüllt worden. Nur die Nähe, nach der sie sich gesehnt hatte, hatte es nicht gegeben.

Lynn war hin- und hergerissen. Sie mochte Sabine und hoffte, sie könnte eine Freundin werden. Zugleich fühlte sie sich stark zu Ralph Angersbach hingezogen und wollte gerne mehr Zeit mit ihm verbringen. Beides funktionierte nicht, wenn sie zu dritt waren. Und da die beiden ein Paar waren, auch wenn sie es nicht heraushängen ließen, war sie diejenige, die im Weg war, das war ihr durchaus klar. Deshalb war es gut, wenn sie ein wenig Abstand schuf. Und sie konnte beweisen, dass sie nicht nur mit Computern umgehen konnte, sondern auch mit Menschen.

Sie musste nicht lange suchen. Das Haus, in dem Nicole Meyer lebte, befand sich in einer kleinen Wohnstraße am Ortsrand von Sachsenhausen. Es war hellblau gestrichen und hatte dunkelblaue Dachziegel. Der Vorgarten war verwildert. Neben den kümmerlichen Überresten eines Rhododendrons lag ein umgekipptes Dreirad. Weitere Kinderspielzeuge fanden sich hinter der Hecke und unter den Treppenstufen zur Haustür.

Lynn drückte auf den Klingelknopf. Im Haus ertönte Kindergeschrei, dann eine Frauenstimme, die beruhigend auf das Kind einzureden schien. Entweder stand irgendwo ein Fenster offen, oder die Wände waren papierdünn.

Die Haustür wurde aufgerissen, und Lynn fand sich einer Frau gegenüber, die nicht viel älter sein konnte als sie selbst. Das blonde Haar war unordentlich aufgesteckt, die rosa Leggins hatten einen Riss am rechten Bein, das dünne weiße Top sah aus, als hätte jemand allzu oft am Ausschnitt gezerrt.

»Ja, bitte?« Die Frau musterte Lynn, die sich eine Sekunde lang für ihre Markenklamotten schämte.

»Lynn Burger von der Polizei«, sagte sie und unterschlug bewusst das LKA. Es war sicher besser, wenn sie sich mit der Frau einigermaßen auf Augenhöhe unterhielt. Eine verschreckte Zeugin würde sie nicht weiterbringen, und dass die Frau etwas mit dem Banküberfall zu tun hatte, glaubte Lynn nicht. Auch wenn die Familie den Geldsegen offensichtlich gut gebrauchen könnte.

»Können Sie sich ausweisen?«, fragte Nicole Meyer und machte damit Lynns Strategie zunichte. Sie holte den Ausweis hervor. Die Bankangestellte studierte ihn gründlich. »LKA?«

»Wir haben gerade in der Gegend zu tun und unterstützen die örtlichen Kollegen.«

»Ach. Wegen der Schüsse auf Laura Erdmann-Janssen?«

»Ja.« Lynn war ein wenig überrascht, aber sie hätte wohl damit rechnen müssen, dass man hier Bescheid wusste. In ländlichen Gegenden sprachen sich solche Dinge schnell herum. Goldacker mit der Museumsmühle lag nur fünf oder sechs Kilometer von Sachsenhausen entfernt. Und in den sozialen Netzwerken wurde natürlich auch darüber berichtet.

»Philipp hat mir davon erzählt. Er macht sich schreckliche Vorwürfe deswegen.«

Lynn sah die Frau ratlos an.

»Philipp Rösner. Der Ortsvorsteher von Goldacker. Eigentlich hätte er die Eröffnungsrede an der Museumsmühle halten sollen. Er meint, wenn er nicht die Grippe gehabt hätte, hätte man auf ihn statt auf Laura geschossen.« Sie schüttelte den Kopf. »Als ob das besser wäre.«

Lynn gab einen nichtssagenden Laut von sich. Sollte sie fragen, warum der Ortsvorsteher solche Dinge mit Nicole Meyer besprach? Oder war das ein Fettnäpfchen?

»Philipp ist mein Bruder«, erlöste die Bankangestellte sie, und Lynn lachte auf. Das musste sie noch lernen: sich nicht an der einfachsten Erklärung festzubeißen, sondern auch andere Möglichkeiten in Betracht zu ziehen.

Aus dem Haus erklang wieder Kindergeschrei.

»Entschuldigen Sie. Ich muss mich um meine Tochter kümmern. Wollen Sie hereinkommen?« Nicole Meyer wartete Lynns Antwort nicht ab, sondern verschwand im Flur. Lynn schloss die Haustür hinter sich und folgte ihr.

Gleich darauf stand sie in einer winzigen Küche. Das Mädchen saß im Hochstuhl am Tisch, der mit grünen Flecken und Spritzern verziert war.

Nicole Meyer stöhnte. »Kartoffelbrei mit Spinat.« Sie beugte sich zu ihrer Tochter. »Hast du wieder Flugzeug gespielt? Das macht sie gern«, fuhr sie an Lynn gewandt fort. »Sich den Löffel mit dem Essen in den Mund stecken und dann pusten.«

»Tut mir leid«, sagte Lynn, die ahnte, dass ihr Auftauchen zu einem ungünstigen Zeitpunkt erfolgt war. »Ich kann Ihnen gerne beim Saubermachen helfen.«

»Lassen Sie nur. Da machen Sie sich Ihre guten Sachen schmutzig.«

Lynn hatte schon vorher gewusst, dass Nicole Meyer sie als etwas Besseres wahrgenommen hatte. Trotzdem schmerzte es, es so direkt gesagt zu bekommen.

»Ach, die kann man waschen.« Lynn legte ihren Mantel auf die Küchenbank, schnappte sich einen Lappen von der Spüle und machte sich daran, den Tisch abzuwischen.

»Nun lassen Sie doch.« Nicole Meyer nahm ihr den Lappen ab. »Setzen Sie sich einfach und fragen Sie, was Sie wissen wollen. Je eher wir fertig sind, desto eher kann ich mich um meine Tochter kümmern.«

Lynn schob den Mantel beiseite und setzte sich. »Haben Sie niemanden, der Ihnen hilft?«

»Nur meine Nachbarin. Die kümmert sich nachmittags, während ich in der Bank bin. Hier im Ort gibt es leider nur eine Vormittagsbetreuung.« Nicole wischte energisch den Tisch sauber. Lynn hatte das Gefühl, sich auf einem Minenfeld zu bewegen, und versuchte, in sichereres Fahrwasser zu lenken.

»Wie heißt denn die Kleine?«

»Maja.«

Lynn hatte sofort den Titelsong der Serie mit der gleichnamigen Biene im Kopf, gesungen von Karel Gott. *Die goldene Stimme aus Prag,* kam ihr die Überschrift aus einem der Regenbogenblätter in den Sinn, die ihre Oma so gern gelesen hatte. Lynn schüttelte den Gedanken ab. Sie war erst sechsundzwanzig, aber die Welt, in der sie aufgewachsen war, teilte sie eher mit den über Vierzigjährigen, nicht mit den Gleichaltrigen.

Nicole Meyer stützte die Hände auf den Tisch. »Nun fragen Sie schon.«

»Was?«

»Warum sich Majas Vater nicht kümmern kann.«

Lynn schüttelte über sich selbst den Kopf. Die Kollegen aus Bad Wildungen hatten ihnen gesagt, dass Nicole Meyer verheiratet war. Wieso hatte sie dann angenommen, dass es niemanden gab? »Weshalb kann er das nicht?«

»Weil er drei Jobs hat, damit wir das Haus abbezahlen können.«

Lynn sah sich in der kleinen Küche um. So teuer konnte ein solches Haus doch nicht sein. Nicole Meyer hatte als Bankangestellte ein geregeltes Einkommen. Und sie bekam sicher leichter einen Kredit zu günstigen Konditionen als andere.

»Wir sind auf einen Anlagebetrüger hereingefallen«, erklärte Nicole. »Ich habe Henri gewarnt, aber er meinte, bei der Bank bekommt man einfach keine guten Zinsen. Er hat es online versucht, und jetzt stehen wir mit einem Riesenberg Schulden da.«

»Da käme Ihnen die Beute aus dem Banküberfall sehr gelegen«, sagte Lynn leichthin.

Nicole Meyer hob ihre Tochter aus dem Hochstuhl und setzte sie sich auf den Schoß. »Ja. Das Geld könnten wir prima gebrauchen.« Sie lachte. »Aber wie soll man das verbuchen? Ein Kredit lässt sich nicht mit illegal erworbenem Geld bedienen.«

»Sie könnten es in kleinen Beträgen bar einzahlen. Als steuerfreien Verdienst aus einem Minijob oder dergleichen.«

»Nein, danke. So was fliegt früher oder später auf. Ich will Maja aufwachsen sehen und nicht die besten Jahre verpassen, weil ich im Gefängnis sitze.«

Lynn glaubte ihr. Nicole Meyer machte einen aufrichtigen und bodenständigen Eindruck. Sie konnte sich nicht vorstellen, dass die Mutter einer kleinen Tochter mit einem Gewehr bewaffnet ihre eigene Bank überfallen würde.

»Was macht denn Ihr Mann?«, erkundigte sie sich.

»Lehrer. Deutsch und Religion. Nebenbei arbeitet er schichtweise in der Pizzeria am Ort, und nachts fährt er Taxi. Alles bei der Schulleitung angemeldet und als Nebenjob genehmigt.«

»Fein.« Lynn zog ihr Tablet hervor und machte sich Notizen. »Wie lange arbeiten Sie schon in der Bank?«

»Seit acht Jahren. Die Ausbildung habe ich bei der Sparkasse in Korbach gemacht und bin ein paar Jahre dort geblieben. Dann wurde hier in Sachsenhausen die Stelle frei, und ich habe mich beworben. Mein Mann stammt von hier. Er wollte in der Nähe seiner Eltern leben, deshalb haben wir das Haus gekauft.«

»Seit wann ist Ihr Kollege Justin Büchner dort?«

»Gut drei Jahre. Er hat seine Ausbildung bei uns gemacht und ist gerade übernommen worden.«

»Anders als Kai Erdmann.«

Nicole Meyer stöhnte. »Ich habe nie verstanden, warum Kai sich für eine Banklehre entschieden hat. Das war nichts für ihn. Zum Glück hat er das selbst gemerkt.«

»Halten Sie es für möglich, dass Kai auf die Idee gekommen ist, die Bank zu überfallen? Oder dass Justin jemandem einen Tipp gegeben hat?«

»Bei Kai kann ich mir alles vorstellen. Dem tut es nicht gut, dass er mit diesem verrückten alten Mann zusammenlebt.« Nicole Meyer schüttelte den Kopf. »Justin dagegen ist ein anständiger Kerl. Ein echter Musterschüler. Ordentlich und absolut korrekt. Bei dem ist jedes Blatt und jeder Geldschein akkurat ausgerichtet. Der würde nichts Illegales tun.«

»Wie kommt es, dass zwei so verschiedene junge Männer so eng befreundet sind?«

»Das habe ich mich oft gefragt. Ich glaube, sie waren schon zusammen in der Grundschule. Genaues weiß ich nicht, aber ich habe mal mitbekommen, dass Kai sich für Justin geprügelt hat.«

»Kai ist ein Schlägertyp?«

Nicole Meyer hob unbehaglich die Schultern. »So würde ich es nicht ausdrücken. Aber er geht schnell in die Luft, und er strahlt so etwas unterschwellig Aggressives aus. Na ja, und seine Ansichten, und die Leute, mit denen er herumhängt, dieser ›Schutzmacht‹-Unsinn …« Sie nahm ihre Tochter bei den Händen und ließ sie auf ihrem Schoß hüpfen. Maja jauchzte. »Trotzdem, ich kann mir nicht vorstellen, dass er die Bank überfallen und Justin eine Waffe an den Kopf halten würde.«

»Okay.« Lynn lächelte das Mädchen an, das sich den Hals verrenkte, um sie anzusehen. »Sagen Sie mir noch den Namen Ihrer Nachbarin und wo ich Ihren Mann finde? Nur der Vollständigkeit halber, aber ich muss Ihre Angaben überprüfen.«

»Klar. Kein Problem.« Nicole kitzelte ihre Tochter am Bauch. »Saskia Utz, sie wohnt im Haus rechts von uns, wenn Sie davor stehen. Und mein Mann ist in der Schule in Korbach. Mittwoch ist Konferenztag, da kommt er immer erst spät nach Hause.«

»Danke.« Lynn erhob sich und nahm ihren Mantel. Ein wenig bedauerte sie es, das Haus verlassen zu müssen. Die Atmosphäre in der Küche war gemütlich, und Nicole Meyer strahlte genau das aus, was Lynn immer vermisst hatte. Diese mütterli-

146

che Wärme, die ein Kind brauchte, um mit einem gesunden Selbstbewusstsein aufzuwachsen.

Aber sie war ja trotzdem groß geworden. Und was man als Kind nicht bekam, musste man eben später nachholen.

Mühle am Steinbach bei Goldacker

Der Lehrpfad mit den Tafeln zu den Gesteinsformationen und Bodenschätzen in der Region war heute verwaist. An einem Baum flatterte noch ein Stück rot-weißes Absperrband im Wind. Sabine Kaufmann dachte an die Ortsvorsteherin Laura Erdmann-Janssen. Im Augenblick war sie irgendwo in Südfrankreich unterwegs und in Sicherheit. Aber was würde geschehen, wenn sie zurückkam? Lynn und Sabine konnten nicht ewig vor Ort bleiben. Was, wenn sie nicht herausfanden, wer für den Angriff verantwortlich war? Würde die Ortsvorsteherin dann in ständiger Gefahr schweben?

Eine eisige Windböe erfasste sie. Sabine fröstelte. Angersbach legte ihr den Arm um die Schultern und zog sie an sich. »Wir werden diese ganze Geschichte schon aufdröseln«, versprach er.

Kaufmann lehnte sich bei ihm an. Es war gut, dass er hier war.

Vor ihnen tauchte die alte Mühle mit dem Wasserrad auf. An der Eingangstür hing ein handgeschriebener Zettel. »Klingel kaputt. Einfach eintreten.«

Sie kamen in einen Vorraum mit niedriger Decke. Links befand sich eine Garderobe, an der etliche Winterjacken hingen. Darunter standen gefütterte Stiefel in einer Reihe.

Angersbach öffnete die nächste Tür, honiggelbes Holz mit Metallbeschlägen und einem Rundbogen. Sie führte in einen großen Raum mit Tischen und Stühlen aus dem gleichen Holz.

An der Seitenwand waren die alten Mahlwerke zu sehen, bewegliche Stangen, Zahnräder und Auffangbehälter für das Mehl. An der gegenüberliegenden Wand stand ein Mann neben einem Flipchart, der einer Gruppe von vielleicht zwölf Personen einen Vortrag hielt. Auf dem Papier war eine flache Schale gezeichnet, die Ähnlichkeit mit einem Suppenteller hatte.

»Geduld«, sagte der Mann gerade, »ist der Schlüssel. Wenn Sie Ihre Goldwaschpfanne zu hastig bewegen, werden die feinen Goldflitter zusammen mit dem Sand herausgespült. Gold ist mehr als siebenmal schwerer als Sand. Sorgen Sie durch vorsichtiges Rütteln dafür, dass es sich auf dem Boden der Waschpfanne absetzt. Dann spülen Sie vorsichtig mit Wasser die Pflanzenteile und den Sand heraus, die Sie beim Graben eingesammelt haben. Diesen Vorgang wiederholen Sie so lange, bis sich nur noch Goldstaub und Flitter in der Pfanne befinden, die Sie dann mit einer Pinzette oder Pipette einsammeln können.« Er blickte zur Tür. »Hallo. Wollen Sie auch an der Einführung zum Goldwaschen teilnehmen?« Er sah auf die Uhr. »Sie sind ein wenig spät.«

»Mark Gräber?«, fragte Angersbach und schwenkte seine Polizeimarke. »Hätten Sie fünf Minuten für uns?«

Gräber runzelte die Stirn. »Entschuldigen Sie mich kurz«, sagte er zu seiner Gruppe, in der ein Raunen aufkam. »Es geht gleich weiter.«

Er winkte Kaufmann und Angersbach und führte sie in einen Nebenraum, offensichtlich sein Büro. Auf dem Schreibtisch stand ein aufgeklappter Laptop, in den Regalen drängten sich Bücher. Auf einem Tisch stapelten sich flache Schalen, Rinnen, Schaufeln und andere Dinge, die man vermutlich zum Goldwaschen benötigte.

»Verzeihen Sie die Unordnung.« Gräber nahm zwei Stühle von einem Stapel in der Ecke und stellte sie vor den Schreibtisch.

Er setzte sich auf den Bürostuhl. »Polizei?«, fragte er. »Wegen der Schüsse auf Laura?«

»Unter anderem«, sagte Sabine und betrachtete den Mann. Er sah gut aus, Typ Abenteurer, mit wilden braunen Locken, braunen Augen und Dreitagebart. Passend dazu trug er eine olivgrüne Cargohose, ein braunes Baumwollhemd und sandfarbene Boots. Sie ließ den Blick durch den Raum schweifen und entdeckte an einem Garderobenständer einen Cowboyhut und eine Weste mit zahlreichen Taschen.

Bevor sie sich auf den Weg zur Mühle gemacht hatten, hatten sie ihn routinemäßig gecheckt. Siebenunddreißig Jahre alt, geboren in Wetzlar, Studium der Geologie an der Universität in Göttingen, Stellen als wissenschaftlicher Mitarbeiter in verschiedenen Forschungsprojekten und Museen in der Region.

Kaufmann schlug ihr Notizbuch auf. »Kai Erdmann hat angegeben, dass er sich heute Nachmittag bei Ihnen für einen Job vorgestellt hat.«

Gräber blinzelte, wirkte verwirrt. »Ja. Wir suchen Leute, die ein bisschen aufpassen. Die meisten unserer Kursteilnehmer haben keine Vorstellung davon, wie man sich in der Natur bewegt. Sie vergessen, etwas zu essen oder zu trinken mitzunehmen. Sie haben ungeeignetes Schuhwerk oder keine Ersatzkleidung, wenn sie ins Wasser fallen und nass werden. Oder sie kommen einfach mit der Ausrüstung nicht zurecht. Da müssen wir dann ein bisschen helfen.«

»Und Kai Erdmann eignet sich für diesen Job?«

Gräber zuckte mit den Schultern. »Na ja, er stammt aus der Gegend und kennt sich aus. Sein Großvater hat einen Bauernhof, er ist also daran gewöhnt, etwas mit den Händen zu machen. Charakterlich ist er wohl nicht ganz einfach, aber man kommt mit ihm zurecht.«

»Sie stellen ihn also ein?«

»Schon.« Gräber lachte unfroh. »Es ist ja nicht so, dass wir eine große Auswahl hätten. Kai war bisher der einzige Bewerber. Der Job ist mühselig und nicht sonderlich gut bezahlt.«

»Wann genau war das Vorstellungsgespräch?«

»Um eins. Wir haben eine ganze Weile zusammengesessen. Ich habe ihn gefragt, warum er in der Bank aufgehört hat. Und er hat mir von seinem Großvater erzählt. Dass er sich Sorgen macht, weil der alte Mann verschwunden ist. Und weil sie auf dem Friedhof von Alt-Berich Knochen gefunden haben, die womöglich von ihm stammen.« Gräber sah sie neugierig an. »Stimmt das?«

»Wir haben Knochen gefunden, ja«, gab Angersbach zurück. »Die DNA-Analyse steht noch aus.«

»Okay.« Gräber neigte den Kopf. »Warum fragen Sie dann nach Kais Alibi? Es geht doch um ein Alibi?«

»Heute Nachmittag um vierzehn Uhr wurde die Bankfiliale in Sachsenhausen überfallen«, klärte Ralph ihn auf.

»Oha.« Gräber machte große Augen. »Das ist die Bank, in der er bis vor einiger Zeit gearbeitet hat, richtig? Da kennt er sich aus.« Er hob die Hände. »Nun, Kai kann es nicht gewesen sein. Um vierzehn Uhr war er noch hier. Da sind die Teilnehmer der Gruppe eingetroffen, die ich gerade einweise. Sie haben ihn alle gesehen. Wenn Sie wollen, können Sie sie fragen.«

»Danke.« Sabine klappte ihr Notizbuch wieder zu und wollte aufstehen. Ralph blieb sitzen.

»Kennen Sie Willi Erdmann?«, fragte er.

Gräber nickte. »Flüchtig. Wir haben ein paar Proben auf seinem Grund und Boden entnommen, dafür brauchte ich seine Erlaubnis.«

Sabine, die den Geologen innerlich schon abgehakt hatte, merkte auf. »Was für Proben? Und wer ist ›wir‹?«

»Eine Fracking-Firma, die hier in der Gegend nach Bodenschätzen sucht. Ich arbeite als Berater für sie.«

»Haben Sie etwas gefunden? Auf dem Erdmann-Hof?«

»Dazu darf ich nichts sagen. Geschäftsgeheimnis. Da müssten Sie mit dem Geschäftsführer der Firma sprechen.«

Sabine schlug ihr Notizbuch wieder auf. »Wie heißt er? Und wie heißt die Firma?«

»Gregor Stolz. Die Firma sitzt in Gießen. Unger Bau.«

»Danke.« Sabine stutzte. Der Name Unger war ihr in den letzten Wochen mehrfach untergekommen. »Wer ist der Firmeninhaber?«

»Die Gebrüder Unger. Wolfram und Uwe.«

»Der Vater und der Onkel von Lennard Unger?«

Gräber hob die Schultern. »Das sagt mir nichts. Ich weiß nur, dass Uwe Unger hier bei Goldacker ein Stück Land und etliche Hektar Wald besitzt.«

»Das ist der Onkel.« In Sabines Kopf jagten die Gedanken. Könnten die Probebohrungen auf dem Erdmann-Hof etwas mit dem Verschwinden von Willi Erdmann zu tun haben? Und welche Rolle spielten Lennard Unger und die »Schutzmacht« dabei?

»Wenn Sie sonst keine Fragen mehr haben?« Gräber deutete mit dem Daumen in Richtung des großen Saals. »Die Teilnehmer der Goldwascheinführung warten.«

»Danke für Ihre Hilfe.« Angersbach erhob sich und schüttelte Gräber die Hand. Sabine tat es ihm gleich. »Wenn wir noch kurz mit den Teilnehmern sprechen dürften?«

»Bitte.«

Gräber führte sie in den Saal und erklärte die Situation. Sabine zeigte ein Foto von Kai Erdmann, das Lynn ihr aufs Handy geschickt hatte. Die Kursteilnehmer scharten sich um sie, um einen Blick aufs Display zu werfen. Nicht alle waren sich hundertprozentig sicher, aber dass ein junger Mann da gewesen war, der sich von Gräber verabschiedet hatte, konnten sie bestätigen. Die Kleidung, die sie beschrieben, entsprach der, die Kai Erdmann getragen hatte, als sie ihn bei Justin Büchner aufgesucht hatten. Zwei Frauen aus dem Ort versicherten außerdem überzeugend, dass es sich um Kai Erdmann gehandelt hatte.

Sabine und Ralph bedankten und verabschiedeten sich.

»Wir finden allein raus«, wehrte Ralph ab, als der Geologe sie begleiten wollte.

»Fein.« Gräber trat wieder ans Flipchart. Sabine und Ralph hörten noch einen Moment zu, wie er über den Unterschied zwischen Goldwaschpfannen und Goldwaschrinnen dozierte, die nur für Fortgeschrittene geeignet waren, und über sogenannte Dredges, Schwimmbagger mit Absaugvorrichtung und festmontierten Goldwaschrinnen, wie sie professionelle Bergbaubetriebe nutzten, deren Einsatz aber an der Eder verboten war. Dann traten sie hinaus in den eisigen Nachmittag.

Die Dunkelheit senkte sich bereits über die Baumwipfel. Die Sonne war hinter den Hügeln verschwunden.

»Fahren wir nach Gießen?«, fragte Ralph. »Pizza essen und einen schönen Rotwein trinken? Und morgen früh machen wir einen Besuch bei Unger Bau?«

»Gern.« Sabine saß schon fast im Auto, als ihr Lynn einfiel, die sie in Sachsenhausen zurückgelassen hatten. Sie mussten sie zumindest abholen und nach Waldeck ins Hotel bringen.

»Ich dachte, wir nehmen sie mit«, erklärte Ralph, als sie ihn darauf ansprach. »Das macht doch keinen Spaß, allein hier am Edersee zu hocken. Sie kann auf dem Gästesofa schlafen. Wir brauchen es ja nicht mehr, seit wir das Bett teilen.«

»Hm.« Sabine rang sich ein Lächeln ab und versuchte sich nicht anmerken zu lassen, dass sich ihre Kiefer verspannten. So hatte sie sich einen romantischen Abend mit Ralph nicht vorgestellt!

12

Ralph Angersbach fühlte sich beschwingt. Das Abendessen war lecker gewesen, Pizza mit Spinat und Schafskäse für Lynn und ihn, mit Salami für Sabine. Dazu hatte er den guten Rotwein aufgemacht, den ihm sein Vater zum Geburtstag geschenkt hatte. Aus dem Priorat in Spanien. Der Wein wuchs dort auf Schieferhängen, einem besonders kargen Boden. Die Trauben waren deshalb sehr klein, der Geschmack entsprechend intensiv.

Was den Fall anging, waren sie sich einig gewesen. Nicole Meyer hatte sicher nichts mit dem Banküberfall zu tun. Ihre Nachbarin hatte ihr Alibi bestätigt. Ihr Mann hatte sich zur Tatzeit in der Schule aufgehalten, das hatten Kollegen von ihm bezeugen können.

Das Alibi von Kai Erdmann war ebenfalls solide.

In Bezug auf den Täter tappten sie also im Dunkeln, aber sie waren sich sicher, dass er einen Tipp bekommen hatte von jemandem, der von den Goldbarren gewusst hatte. Dafür kam nur Justin Büchner infrage. Was fehlte, waren Beweise.

Lynn hatte ein wenig recherchiert und herausgefunden, dass die Fracking-Firma von Uwe Unger eine große Nummer in der Branche war. Es gab nicht nur in Deutschland Projekte, sondern überall auf der Welt. Ungers Leute suchten nach Öl, aber auch nach Bodenschätzen. Einige der verwendeten Methoden waren umstritten, Unger Bau war des Öfteren in den

Medien aufgetaucht, weil Umweltschützer protestiert hatten. War es auch mit Willi Erdmann zu Konflikten gekommen? War der alte Mann deshalb ermordet worden?

Ralph hoffte, dass sie bald das Ergebnis des DNA-Vergleichs bekamen. Solange sie nicht wussten, ob der Tote aus dem See-grab wirklich Willi Erdmann war, stocherten sie im Nebel.

Sabine war früh zu Bett gegangen, während Ralph es sich mit Lynn im Wohnzimmer gemütlich gemacht hatte. Sie hatte ihn ausgefragt, und er hatte von seinem Vater erzählt, dem al-ten Johann Gründler, der in einem schönen Haus im Vogels-bergkreis wohnte. Genau das, was Ralph sich wünschte. Er hatte auch von Gründlers bewegter Vergangenheit berichtet, dem Hippie-Bus und den Protesten, gegen Atomkraft, Flugha-fenerweiterung und Kriege. Dann waren sie auf seine Halb-schwester Janine zu sprechen gekommen, die eine Weile bei ihm gelebt hatte, bevor sie erst nach Berlin und dann nach Mel-bourne gegangen war. Es schmerzte Ralph, dass sie so weit weg war. Zu ihrer Hochzeit war er mit Sabine und seinem Vater in Australien gewesen, aber seitdem hatte er es nicht noch einmal geschafft, sie zu besuchen. Morten und sie kamen ein- oder zweimal im Jahr nach Deutschland, und sie telefonierten regel-mäßig, doch für Ralphs Geschmack war das zu wenig.

Während er erzählte, wunderte er sich über sich selbst. Diese Geständnisse kamen ihm sonst nur schwer über die Lippen. Das musste am Rotwein liegen, von dem sie mittlerweile die zweite Flasche geköpft hatten. Normalerweise behielt Ralph seine Gefühle für sich. Selbst Sabine gegenüber fiel es ihm schwer, sich zu öffnen.

Aber Lynn war auch einfach eine gute Zuhörerin.

Irgendwann hatte er den Eindruck, genug geredet zu haben, und drehte den Spieß um. Lynn erzählte bereitwillig, von ihren Eltern, die ihr alles ermöglicht hatten, aber nur selten Zeit und

Wärme für sie übriggehabt hatten, und von der Schulzeit, in der sie immer eine Außenseiterin gewesen war. Weil sie die Nase lieber in Bücher gesteckt und gelernt hatte, statt auf Partys zu gehen und mit Jungs zu flirten.

»Die waren mir alle zu unreif«, sagte sie und lächelte Ralph an, der plötzlich ein ganz seltsames Gefühl in der Magengrube verspürte. Sie flirtete doch nicht etwa mit ihm?

Doch statt irgendeine Annäherung zu versuchen, zog sie ihr Smartphone hervor. »Sabine hat mir erzählt, dass du mit den Dingern auf Kriegsfuß stehst. Dabei kann man wirklich tolle Sachen damit machen. Wenn du willst, zeige ich dir ein paar hilfreiche Apps.«

»Ja. Warum nicht?« Ralph war nicht wirklich interessiert, doch das war zumindest unverfänglich. Und er konnte Lynn das Reden überlassen. Der Alkohol schien ihr nichts auszumachen, oder vielleicht hatte sie auch einfach nicht so viel getrunken wie er. Seine Gedanken schienen in seinem Kopf zu verschwimmen, und irgendwie fühlte sich alles neblig an. Er war einfach nicht daran gewöhnt.

Was Lynn mit ihrem Smartphone anstellen konnte, war allerdings faszinierend. Ralph nahm sich vor, in Zukunft mehr auszuprobieren. Irgendwo in seinem Hinterkopf war eine Stimme, die ihm erklärte, dass Sabine ihm all diese Dinge auch schon nahezubringen versucht hatte. Aber bei ihr klang es immer nach Arbeit. Bei Lynn war es Spaß.

Als er schließlich ins Schlafzimmer ging, lag Sabine auf der Seite. Ralph streichelte ihr den Rücken und flüsterte ihren Namen, weil er hoffte, dass sie vielleicht noch wach wäre. Ihr Atem klang nicht so, als würde sie schlafen, aber sie reagierte nicht.

Ralph drehte sich um und kroch unter die Decke. War sie sauer auf ihn? Oder womöglich eifersüchtig?

Nein. Lynn war eine Kollegin, und sie hatten sich einen netten Abend gemacht, mehr nicht. Kein Grund, wegen irgendwas beleidigt zu sein. Oder war das so ein Frauending, das er nicht verstand?

Er war zu müde, um länger darüber nachzudenken. Er schaffte es gerade noch, den Handywecker zu aktivieren, dann schlief er auch schon ein.

13

Gießen

Ralph lag auf dem Rücken und schnarchte leise, als Sabine am Morgen erwachte. Draußen war es noch dunkel. Sie ging ins Bad und nahm eine heiße Dusche. Als sie fertig war, schlief Ralph immer noch. Er wachte auch nicht auf, als sie sich anzog. Sabine schloss leise die Schlafzimmertür hinter sich.

Das Sofa im Wohnzimmer war leer, die Bettwäsche lag ordentlich zusammengefaltet in einer Ecke. Lynn saß in der Küche, den aufgeklappten Laptop vor sich, daneben einen Becher Kaffee. Sie hatte die blonden Haare hochgesteckt. Eine einzelne Strähne hing ihr in die Stirn.

Als sie Sabine erblickte, klappte sie den Laptop zu. »Guten Morgen«, sagte sie lächelnd. »Gut geschlafen?«

»Ja, danke.«

Lynn deutete zur Spüle. »Ich habe eine ganze Kanne gekocht.«

Sabine nahm einen Becher aus dem Schrank, schenkte sich ein und setzte sich zu Lynn an den Tisch. »Ich hoffe, ihr hattet noch einen schönen Abend?«

»Ja.« Lynn strahlte. »Wir haben die halbe Nacht geredet. Ralph hat mir von seiner Zeit im Heim erzählt. Wie er damals seinen Vater kennengelernt hat, bei diesem irren Fall mit seinem Halbbruder. Und von Janine. Das ist ganz schön hart für ihn, dass sie so weit weg ist.«

Sabine verspürte einen Stich. Mit ihr hatte er über all diese Dinge erst sehr viel später gesprochen, und auch das nur widerwillig und in kleinen Häppchen. Wie hatte Lynn es geschafft, ihn so schnell zu knacken? Natürlich hatte er sich in den letzten Jahren verändert, war weicher und zugänglicher geworden. Aber in Gefühlsdingen war er immer noch wie eine Auster.

»Ralph ist ein klasse Typ«, sagte Lynn. »Gar nicht so sperrig, wie ich ihn mir nach deinen Erzählungen vorgestellt habe. Ich habe ihm ein paar Sachen auf dem Handy gezeigt, und er war total aufgeschlossen.«

Das Grummeln in Sabines Magen verstärkte sich.

Lynn neigte den Kopf. »Du bist doch nicht sauer?«

»Quatsch.« Sabine versuchte, sich die Kränkung nicht anmerken zu lassen.

Lynn musterte sie eindringlich. »Eifersüchtig?«

»Sei nicht albern.« Sabine lachte aufgesetzt.

Lynn seufzte. »Ich hätte in Waldeck bleiben sollen, damit ihr den Abend für euch habt.«

»Das wäre aber schade gewesen.« Ralph stand plötzlich in der Küchentür. In den geblümten Boxershorts, die Sabine ihm geschenkt hatte, die Haare feucht vom Duschen, ein Handtuch um die Schultern. Er lächelte Lynn an und drückte Sabine einen Kuss auf die Lippen. »Ist noch Kaffee da?« Er füllte einen Becher und setzte sich zu ihnen an den Tisch.

»Willst du dir nichts anziehen?«, fragte Sabine. Sie fühlte sich schrecklich. Sie hatte nie eine von diesen verkniffenen Frauen werden wollen, die mit Argusaugen über ihren Mann wachten. Sie wusste doch, dass sie Ralph vertrauen konnte. Aber das soziale Erbe schlug offenbar trotzdem durch. Ihr Vater hatte ihre Mutter mit der kleinen Tochter sitzen lassen, um irgendwo in Spanien ein neues Leben anzufangen.

»Gleich.« Ralph schien von ihrer Missstimmung nichts zu spüren. »Ich muss nur erst was gegen das Dröhnen in meinem

Schädel tun. Ich dachte, die Dusche hilft, aber ohne Koffein ist da nichts zu machen.«

»Ihr habt wohl ein bisschen zu viel getrunken gestern?« Sabine hätte sich für die Frage ohrfeigen können, kaum dass sie sie gestellt hatte. Sie klang wie eine Mutter, die ihre Teenagerkinder beim Frühstück aushorchte.

»Sieht so aus.« Ralph lachte. »Das ist mir lange nicht mehr passiert. Muss an der netten Gesellschaft gelegen haben.« Er sah Lynn an. »Dir hat der Wein offenbar nichts ausgemacht.«

Lynn lächelte. »Ich hatte nicht so viel davon wie du.«

Sabine knirschte mit den Zähnen. Sie musste irgendwas unternehmen, um dem Geturtel ein Ende zu machen, sonst würde sie platzen.

Aus dem Schlafzimmer erklang der Klingelton eines Handys. Sabine erkannte die Melodie. *Spiel mir das Lied vom Tod.*

»Das ist deins«, sagte Lynn zu Ralph.

Der schien einen Moment zu brauchen, bis ihm ein Licht aufging. »Stimmt.« Er sprang auf, stolperte fast über die eigenen Füße und verschwand im Schlafzimmer.

»Süß«, kommentierte Lynn.

Sabine stand rasch auf und machte sich am Kühlschrank zu schaffen. »Willst du auch einen Joghurt?«

»Ja, gerne.«

Sabine stellte zwei Becher auf den Tisch und legte Löffel dazu.

»Ich wusste gar nicht, dass Ralph in der Lage ist, Klingeltöne einzurichten, die nicht auf dem Gerät sind«, sagte sie nebenbei, während sie den Becher aufriss und den Löffel in den Joghurt tauchte.

»Ist er auch nicht.« Lynn grinste. »Ich habe ihm gestern Abend gezeigt, wie es geht. Das hat er aber bestimmt schon wieder vergessen. Wenn der Ton dich irgendwann mal nervt, wirst du das wohl selbst in die Hand nehmen müssen.«

Sabine löffelte verbissen ihren Joghurt. Ralph kam aus dem Schlafzimmer zurück. Er hatte sich Jeans und T-Shirt angezogen. An den nackten Füßen trug er Flipflops.

»Das war die Kriminaltechnik«, verkündete er und strich sich die feuchten Haare zurück, in denen die grauen Strähnen langsam die schwarzen übertrafen. »Wegen der DNA-Analyse.« Er machte eine kurze effekthaschende Pause. »Sie ist identisch. Der Tote aus dem Seegrab ist Willi Erdmann.«

»Endlich.« Sabine legte den Löffel beiseite und warf den leeren Joghurtbecher in den Müll. Sie wollte raus aus dieser Küche, und jeder Anlass dazu war ihr recht.

Lynn klappte ihren Laptop wieder auf und tippte. »Wir fahren trotzdem als Erstes zu Unger Bau, oder nicht?«

»Auf jeden Fall«, sagte Ralph. »Diese Probebohrungen könnten etwas mit dem Mord zu tun haben.«

»Vielleicht sollten wir uns aufteilen?«, regte Sabine an.

»Wir haben nur einen Wagen«, wies Ralph ihren Vorschlag zurück. »Und wir müssen anschließend alle zurück an den Edersee. Da können wir uns die Firma auch gemeinsam ansehen.«

»Klar. War nur eine Idee.« Sie marschierte ins Schlafzimmer, um sich einen dicken Pullover zu holen. Im Hinausgehen sah sie, wie Ralph ein »Was hat sie denn?« mit den Lippen formte, gefolgt von einem Schulterzucken von Lynn.

Sabine atmete tief durch. Sie machte einen Abstecher ins Bad und ließ sich kaltes Wasser über die Handgelenke laufen. Ein Blick in den Spiegel zeigte ihr, dass ihr der Ärger nicht stand. Ihr Mund war verkniffen, und die Fältchen neben den Augen, die sie vor Kurzem entdeckt hatte, hatten sich vermehrt.

»Beruhige dich«, ermahnte sie sich. »Benimm dich professionell. Und heute Abend redest du mit Ralph.«

Sie zwang ein Lächeln auf ihre Lippen. Angeblich sollte das ja helfen, weil sich mit dem Einnehmen der Mimik auch das entsprechende Gefühl einstellte. Sabine wartete einen Moment und zuckte dann mit den Schultern. Bisher merkte sie nichts davon.

Ralph Angersbach steuerte den Lada Niva durch den morgendlichen Berufsverkehr. Nebenbei warf er abwechselnd Sabine, die neben ihm saß, und Lynn im Rückspiegel heimliche Blicke zu. Er verstand nicht, was passiert war. Gestern hatten sie alle zusammen einen schönen Abend gehabt. Jetzt dagegen hatte er das Gefühl, auf einem Pulverfass zu sitzen. Dabei hatte er geglaubt, Sabine und Lynn würden sich gut verstehen. Er wusste, wie sehr Sabine sich eine Freundin wünschte, mit der sie mehr teilte als nur einen lockeren Kontakt. Aber jetzt schien irgendetwas zwischen den beiden Frauen zu stehen.

Hatte das etwas mit ihm zu tun? War Sabine sauer, dass er mit Lynn den Wein geleert und sich verquatscht hatte? Es war doch nicht seine Schuld, dass sie müde gewesen und früh ins Bett gegangen war. Hätte er Lynn alleine im Wohnzimmer sitzen lassen sollen?

Er schaltete das Radio ein, um das eisige Schweigen im Wagen zu durchbrechen. Irgendein Schmusepopsong ertönte.

»Kannst du das ausmachen?«, schnappte Sabine. »Ich versuche nachzudenken.«

»Worüber?« Angersbach stellte das Radio wieder aus.

»Das sage ich dir, wenn ich damit fertig bin.«

Ralph schluckte. Er hatte nicht gewusst, dass sie so sein konnte. Irgendetwas musste sie ernstlich verletzt haben. Nun, dann sollte sie eben mit ihm darüber reden.

Er war froh, als das Gelände von Unger Bau in Sicht kam. Am Tor gab es eine Schranke und einen Wachdienst. Sabine,

Lynn und Ralph wiesen sich aus. Der Wachmann verschwand. Durch das Fenster seines Wärterhäuschens konnten sie sehen, wie er telefonierte. Gleich darauf kam er mit drei Besucherausweisen in Plastikhüllen zurück, die sie sich um den Hals hängen konnten.

»Parken Sie bitte links vom Bürogebäude auf dem Besucherparkplatz.« Er wies auf das acht- oder neunstöckige Gebäude, dessen Fassade aus schwarzen Metallstreben und getönten Glasfenstern bestand. »Herr Stolz erwartet Sie. Mit dem Fahrstuhl in den obersten Stock, dann nach rechts. Das Büro der Geschäftsführung liegt am Ende des Gangs.«

»Danke.« Angersbach fuhr die Seitenscheibe wieder hoch. Der Wind, der durch das geöffnete Fenster hereingeweht war, war eisig. Er lenkte den Niva an die Seite des Gebäudes und platzierte ihn vor einem Schild mit der Aufschrift »Besucher«.

Das Innere des Gebäudes war ebenso modern wie die Fassade. Strahlend weiße Wände, viel Glas und Metall, an den Wänden Hochglanzbilder von riesigen Baumaschinen in eindrucksvollen Landschaften, in der Wüste, im Schnee, an bewaldeten Berghängen. Der Fahrstuhl war von innen verspiegelt. Ralph registrierte peinlich berührt, wie abgetragen seine Kleidung war. Sabine hatte recht, er brauchte dringend eine neue Jacke und neue Schuhe.

Die Tür zu den Räumen der Geschäftsführung stand offen. Das Sekretariat war verwaist. Dahinter befand sich ein Büro, das die gesamte Querseite des Gebäudes einnahm. Durch die hohen Glasfenster hatte man einen weiten Blick über Gießen und die umliegende Landschaft.

Der Mann, der vom Schreibtisch aufstand, um sie zu begrüßen, erschien Ralph viel zu jung für einen Geschäftsführer. Er hatte modisch geschnittene blonde Haare, ein jungenhaftes

Gesicht und einen hippen Kinnbart. Jeans und T-Shirt hätten besser zu ihm gepasst als der teuer aussehende graue Dreiteiler und die anthrazitfarbene Krawatte.

»Gregor Stolz«, stellte er sich vor und führte sie zu einer Sitzgruppe aus schwarzen Loungemöbeln, die um einen Glastisch drapiert waren. Auf dem Tisch standen Getränke bereit. »Setzen Sie sich doch.«

Sie bedienten sich, nachdem Stolz sie dazu aufgefordert hatte. Er selbst nahm sich nichts.

»Also. Was kann ich für Sie tun?«

»Wir haben Informationen darüber, dass Ihre Firma Probebohrungen im Ortsteil Bärental am Edersee vorgenommen hat«, begann Ralph.

»Ja. Und?« Stolz' Augen verengten sich. »Hat sich irgendjemand beschwert?« Er lehnte sich zurück und schlug die langen Beine übereinander. »Ihnen ist vermutlich bekannt, dass Fracking eine umstrittene Methode ist. Wir haben häufig mit Protest zu tun. Es ist aber nicht illegal. Wir haben für alle unsere Aktivitäten eine Genehmigung.«

»Darum geht es nicht.«

»Gut.« Stolz grinste flüchtig. »Weil ich darüber nicht mit Ihnen diskutiert hätte.«

»Sie selbst haben keine Bedenken wegen der Schäden für die Umwelt?«, fragte Sabine. Sie sah aus, als suche sie Streit.

»Wir tun, was nötig ist«, entgegnete Stolz gelassen. »Nicht mehr und nicht weniger.«

»Wir haben gehört, dass Sie auch bei Willi Erdmann waren«, übernahm Ralph rasch wieder. Früher war es umgekehrt gewesen. Er selbst hatte sich wie ein Bulldozer benommen, und Sabine hatte versucht, die Einschläge abzumildern. Aus irgendeinem Grund stand sie gerade gewaltig unter Druck, während er sich so geerdet fühlte wie selten.

»Der Name sagt mir nichts. Woher haben Sie diese Information?«

»Von Mark Gräber.« Sabine neigte den Kopf. »Ist es normal, dass Sie externe Geologen beschäftigen?«

»Ja.« Stolz stand auf und ging zu seinem Schreibtisch. »Wir brauchen häufig Gutachten zur Bodenbeschaffenheit der Orte, an denen wir arbeiten, aber es ist trotzdem günstiger, mit Experten zu arbeiten, die sich in der Region auskennen. Bärental, sagen Sie?« Er ruckelte an der Maus, tippte auf der Tastatur und betrachtete mit zusammengekniffenen Augen die Informationen auf dem Monitor. »Ja, richtig. Ich erinnere mich. Willi Erdmann. Wir haben auf seinem Hof gebohrt. Das war aber kein Fracking, kein Grund für Protest also. Wir verwenden ja auch noch andere Verfahren.«

»Wonach haben Sie gesucht?«

Stolz kam zu ihnen zurück. »Das ist kein Geheimnis. Wir suchen nach Gold.« Er setzte sich. »In der Gegend um den Edersee herum gab oder gibt es eine Menge davon. In Goldhausen am Eisenberg wurde es früher intensiv abgebaut. Mittlerweile ist das Vorkommen erschöpft, aber in der Eder und den Zuflüssen finden sich immer noch reichlich Goldstaub und Flitter. Deshalb gibt es auch diese Angebote zum Goldwaschen und das neue Museum in Goldacker. Wir haben uns gefragt, ob da, wo Staub und Flitter sind, nicht auch noch eine richtige Goldader verlaufen könnte.«

»Mit welchem Ergebnis?« Lynn hatte ihr Tablet eingeschaltet und hielt den Eingabestift bereit.

»Unsere Probebohrungen deuten darauf hin, dass sich unter dem Gelände des Erdmann-Hofs tatsächlich ein größeres Vorkommen befindet.«

Ralph lief ein Schauer über den Rücken. Goldgräber hatten für ihn immer in den Wilden Westen oder nach Afrika gehört, nicht nach Mittelhessen. Wer hätte gedacht, dass hier womöglich unentdeckte Reichtümer im Boden schlummerten?

»Dieses Gold wollen Sie abbauen«, sagte Sabine.

»Wir hätten Interesse daran, ja«, entgegnete Stolz. »Wir haben Herrn Erdmann ein Kaufangebot für den Hof gemacht. Aber er hat abgelehnt.«

Ralph ließ einen Moment verstreichen. »Herr Erdmann ist tot.«

»Das tut mir leid.« Stolz sah von einem zum anderen. Dann schien ihm ein Licht aufzugehen. »Moment mal. Sie sind vom LKA und von der Mordkommission. Heißt das, Herr Erdmann ist keines natürlichen Todes gestorben?«

»So ist es.«

Stolz schüttelte den Kopf. »Sie denken aber nicht, dass wir nachgeholfen haben?«

»So eine Goldader ist ein lukratives Geschäft, oder nicht?«

»Es ist lukrativ, wenn die Kosten den Gewinn nicht übersteigen. Der Abbau von Gold ist mühselig, und es ist nicht abzuschätzen, wie ergiebig die Ader unter dem Hof wirklich ist. Es würde sich rechnen, wenn Herr Erdmann den Kaufpreis akzeptiert hätte, den wir ihm angeboten haben. Es ist jedoch nicht so lukrativ, dass wir dafür über Leichen gehen würden.« Der Geschäftsführer dachte nach. »Für die Erben könnte es sich allerdings lohnen. Der Hof an sich ist heruntergewirtschaftet, die Böden sind ausgelaugt. Es ist gewiss nicht leicht, einen Käufer dafür zu finden. Mit der Goldader, die direkt unter dem Besitz verläuft, sieht das anders aus.«

Womit sie wieder bei Kai Erdmann waren.

»Danke.« Angersbach stand auf. »Würden Sie uns Bescheid geben, wenn sich einer der Erben bei Ihnen meldet und Ihnen den Hof zum Kauf anbietet?«

»Selbstverständlich.« Stolz erhob sich ebenfalls. »Wir sind ein Unternehmen mit Millionenumsätzen. Wir machen keine illegalen Geschäfte. Diese Goldsache ist vor allem ein Steckenpferd unseres Firmengründers. Wir würden uns freuen, wenn etwas daraus wird, aber wir begehen deshalb keine Verbrechen.«

»Schön.« Sie verabschiedeten sich und ließen den Geschäftsführer in seinem gigantischen Büro zurück.

»Hätten wir ihn nach seinem Alibi fragen sollen?«, überlegte Lynn, als sie wieder draußen auf dem Hof standen.

»Für welche Tatzeit?«, fragte Sabine. »Wir wissen ja nicht, wann Willi Erdmann gestorben ist.«

Der Einwand war nicht falsch, aber Sabine klang ungewohnt bissig. Lag es nur an diesem Fall, der sich ihnen ständig entwand wie eine Schlange? Oder hatte Sabine ein Problem mit Lynn?

Ralph wollte nicht darüber nachdenken. »Lasst uns nach Bärental fahren«, sagte er. »Ich möchte wissen, ob Kai von dem Gold auf dem Hof seines Großvaters Wind bekommen hat. Das wäre doch ein starkes Motiv.«

Sie stiegen in den Wagen, und Angersbach gab Gas. Er hätte jetzt wirklich gern das Radio angemacht. Stattdessen ging er in Gedanken den ganzen Fall noch einmal durch. Wer hatte gelogen? Und wo war der entscheidende Hinweis, den sie übersehen hatten?

14

Goldacker

Knappe zwei Stunden später standen sie vor Justin Büchners Wohnungstür. Sabine Kaufmann musste dreimal die Klingel betätigen, ehe endlich geöffnet wurde. Ralph hatte bereits die Jacke ausgezogen, weil ihm offenbar heiß wurde. Lynn wickelte ihren Schal ab und verstaute ihn in der Manteltasche. Beide hatten gerötete Gesichter, konnten jedoch nicht mit Kai Erdmann mithalten.

Kai sah aus, als hätte er die letzte Stunde in einer finnischen Sauna verbracht. Er war knallrot, nicht nur im Gesicht, sondern am ganzen Körper, jedenfalls was den sichtbaren Teil betraf, der relativ groß war. Kai trug ein verschwitztes weißes Tanktop, das freien Blick auf eine definierte Schulter- und Nackenmuskulatur, gewölbte Brustmuskeln und einen prallen Bizeps gewährte, dazu eine kurze rote Sporthose und rote Boxschuhe. Die Haare hingen ihm feucht ins Gesicht, auf seiner Stirn standen Schweißperlen. Von seiner rechten Hand baumelte eine Bandage. An der linken trug er einen dicken roten Boxhandschuh, den dazugehörigen rechten hatte er unter den Arm geklemmt. Das Ausziehen hatte offenbar Zeit in Anspruch genommen.

»Stören wir beim Training?«, fragte Ralph Angersbach mit einem spöttischen Unterton.

»Das sehen Sie doch.«

»Sie boxen?«

Nicht nur Kai, auch Sabine verdrehte die Augen. Sie war froh, dass Angersbach nicht mehr wie eine Dampframme durch ihre Fälle walzte, aber Fragen, die derart überflüssig waren, konnte er sich ebenfalls sparen.

»Nicht professionell«, ließ sich Kai zu einer Antwort herab. »Nur so zum Spaß.«

»Schön.« Kaufmann kürzte den Small Talk ab. »Dürfen wir hereinkommen?«

»Von mir aus.« Kai hielt die Tür auf, winkte sie durch den Flur und schloss die Tür hinter ihnen. »Was ist es diesmal?«, fragte er, als sie im Wohnzimmer waren.

»Setzen Sie sich doch bitte«, sagte Sabine und sah sich um. Jemand hatte den Tisch abgeräumt und gewischt. Justin Büchner wahrscheinlich. Nur eine angebrochene Dose seines Energydrinks stand darauf.

Kai verschwand kurz und kam gleich darauf mit einem großen Handtuch zurück, das er auf dem Sofa ausbreitete. Die Boxhandschuhe hatte er abgelegt, die Bandagen waren noch um seine Finger gewickelt.

»Justin dreht mir den Hals um, wenn ich den Stoff versaue. Er war schon nicht begeistert, dass ich seine Boxsachen benutze, aber irgendwas muss ich ja machen, solange ich hier bei ihm festhänge«, erklärte er und ließ sich auf dem Handtuch nieder. »Also?«

Kaufmann setzte sich ihm gegenüber in den Sessel und öffnete ihr Notizbuch, Angersbach und Lynn blieben stehen. Ralph verschränkte die Arme. Lynn zog ihr Tablet hervor.

»Wir haben leider traurige Nachrichten«, teilte Sabine ihm mit. »Die DNA-Analyse hat bestätigt, dass es sich bei dem Toten aus dem Grab in Alt-Berich um Ihren Großvater handelt.«

Kai zupfte an seinen Bandagen. »Keine große Überraschung. Das haben Sie selbst gesagt.«

»Richtig.« Kaufmann musterte den jungen Mann. Versuchte er, sich cool zu geben, um den Schrecken nicht an sich heranzulassen? War die Sorge um seinen Großvater nur gespielt gewesen, weil er in Wirklichkeit selbst etwas mit dessen Tod zu tun hatte? Oder hatte er sich mittlerweile mit dem Gedanken arrangiert, dass sein Opa tot war, einfach weil es die wahrscheinlichste Erklärung war?

»Wer hat ihn ermordet?« Kai zerrte so fest an der Bandage um seine rechte Hand, dass er sich die Finger einschnürte. »Und warum?«

»Wissen Sie es?« Angersbach machte einen Schritt auf das Sofa zu, wo er drohend über Kai aufragte.

»Ich war es nicht.« Kai blickte zu ihm hoch und zerrte an der anderen Bandage. »Was hätte ich denn davon? Opa Willi hat mich unterstützt. Jetzt muss ich bei Christian betteln gehen.«

»Sie bekommen den Pflichtteil«, erinnerte ihn Ralph.

Kai lachte trocken. »Von was? Der Hof ist komplett heruntergekommen. Glauben Sie im Ernst, den will jemand kaufen? Und wenn ja, zu welchem Preis?«

»In der Tat gibt es da einen Interessenten«, sagte Ralph gedehnt.

Kai ließ die Bandagen los. »Wen?«

»Unger Bau.«

Kai begann, die rechte Bandage abzuwickeln. »Die Firma von Lennards Onkel? Was wollen die denn mit einem Bauernhof?«

Sabine beobachtete ihn genau. Wusste er tatsächlich nichts von den Probebohrungen und dem Kaufangebot?

»Unter dem Hof Ihres Großvaters verläuft womöglich eine Goldader«, sagte sie.

Kai starrte sie an. Dann lachte er laut. »Wer hat Ihnen denn den Unsinn erzählt?«

»Der Geschäftsführer von Unger Bau.«

Sie sah, wie es in Kais Kopf ratterte. »Das heißt, der Hof ist doch was wert?«

»Mehr jedenfalls, als wenn er nicht auf einer Goldader stehen würde.«

Kai leckte sich die Lippen. »Schön. Was muss ich tun, um meinen Anteil zu bekommen?«

»Einen Erbschein beantragen und sich mit Ihrem Bruder in Verbindung setzen«, teilte ihm Lynn hilfsbereit mit. »Allerdings …«

»Ja?«

»Haben Sie nur dann einen Anspruch auf das Erbe, wenn Sie ihn nicht getötet haben.«

Ein Muskel in Kais Gesicht zuckte. »Ich war es nicht, das sage ich doch.«

»Dann müssen Sie sich ja keine Sorgen machen.« Sabine klappte ihr Notizbuch zu. Sie tauschte sich stumm mit Ralph und Lynn aus, die ebenfalls keine Fragen mehr hatten. »Wir melden uns bei Ihnen.«

Als sie wieder vor dem Haus standen, sah sie ihre Kollegen an. »Was meint ihr?«

»Von der Goldader wusste er nichts«, sagte Ralph. »Die Überraschung war nicht gespielt. Aber ob er so unschuldig am Tod seines Großvaters ist, wie er behauptet – keine Ahnung.«

»Sehe ich genauso«, bestätigte Lynn.

Was für eine Überraschung! Sabine biss sich auf die Zunge, um eine entsprechende Bemerkung zu unterdrücken. Ralph und Lynn waren ja offenbar das neue Dream-Team.

Angersbach schlüpfte in seine Wetterjacke und zog den Reißverschluss hoch. »Goldacker, Goldhausen, Goldbarren aus der Bank, Nazigold und jetzt noch eine Goldader«, schimpfte er. »Man könnte meinen, wir ermitteln in irgendeinem albernen Märchen. Fehlt nur noch der Goldesel, dem die Münzen aus dem Hintern fallen.«

Lynn, die sich ihren Schal wieder um den Hals wickelte, lachte. Sabine kniff die Lippen zusammen. Märchen endeten gewöhnlich mit »Und sie lebten glücklich bis an ihr Lebensende«. Ob das bei ihnen auch klappen würde?

»Was machen wir jetzt?«, fragte Angersbach.

»Wir informieren den zweiten Enkel«, sagte Sabine. »Denjenigen, der erbt. Christian Erdmann hat schließlich auch ein Motiv.«

Ralph schüttelte den Kopf. »Du hast doch gehört, was Gregor Stolz gesagt hat. Der Abbau lohnt sich nur, wenn die Kosten für den Erwerb des Hofs nicht zu hoch sind. Die Gewinnmarge ist nicht groß. Und Christian Erdmann und seine Frau haben mehr als genug Geld. Allein das Haus am See, die beiden teuren Autos und das Segelboot. Dazu kommt Christian Erdmanns Ingenieurgehalt. Die beiden sind auf den Erdmann-Hof nicht angewiesen.«

»So scheint es«, erwiderte Sabine. »Wir sollten trotzdem prüfen, ob die beiden finanziell so gut dastehen, wie du glaubst.« Sie sah Lynn an. »Kannst du das checken?«

»Klar.« Lynn lächelte. Ihr Blick war so freundlich und offen wie immer. Hatte sie sich die Spannung zwischen ihnen nur eingebildet?

Ralph dagegen machte eine finstere Miene. Es gefiel ihm offenbar nicht, dass sie seinem neuen Freund misstraute. Aber Christian Erdmann war Teil einer Mordermittlung, da durften persönliche Gefühle keine Rolle spielen.

»Wir müssen ihm auf jeden Fall die Todesnachricht überbringen«, beharrte Kaufmann.

Angersbach nickte. »Das übernehme ich.«

»Findest du nicht, wir sollten mitkommen?«

»Ich finde, wir sollten uns aufteilen«, widersprach Ralph. »Offenbar gab es Kontakt zwischen Willi Erdmann und der ›Schutzmacht‹. Was ist da genau gelaufen? Gab es Streit? Haben die Mitglieder etwas mit seinem Tod zu tun? Oder mit dem Banküberfall? Das sollten wir möglichst schnell in Erfahrung bringen.«

Sabine wollte protestieren, doch Lynn kam ihr zuvor. »Ralph hat recht. Wir müssen die Fährten verfolgen, solange sie heiß sind. Da ist es nicht sinnvoll, wenn wir alles zu dritt machen. Der oder die Täter hatten ohnehin schon jede Menge Zeit, Spuren zu verwischen. Wir sollten ihnen nicht noch mehr Gelegenheit dazu bieten.«

Sabine gab sich geschlagen. »Also gut. Einverstanden.«

Zumindest führte das Arrangement dazu, dass Ralph und Lynn nicht den ganzen Tag zusammenhingen. Und sie selbst konnte dafür sorgen, dass sich die Missstimmung zwischen Lynn und ihr nicht zu etwas auswuchs, das man nicht mehr beheben konnte.

Dorfstelle Berich

In der Firma hatte man ihm mitgeteilt, dass Christian Erdmann mit dem Boot auf dem See war. Offenbar suchte er noch immer nach dem Auto seines Großvaters. Ralph fuhr hinunter zur Dorfstelle Berich. Er stellte den Lada an der Straße ab, direkt hinter Christian Erdmanns rotem Jeep, und ging zum Steg. Unterwegs hatte er sich ein belegtes Brötchen besorgt. Es schmeckte nach Pappe, der Frischkäse säuerlich. Die Gurkenscheiben waren wie Gummi. Angersbach schlang alles mit Todesverachtung hinunter. Zumindest das Magenknurren war damit fürs Erste beseitigt.

Er legte sich die Hand über die Augen und spähte über den See. Es war ein trüber Tag. Der See war eine bleigraue Masse. Graue Wolken zogen über den Himmel, nur hier und da fiel ein Sonnenstrahl hindurch und ließ die Wasseroberfläche kurz aufschimmern.

Ralph versuchte es noch einmal auf Erdmanns Handy und hatte Erfolg.

»Wo sind Sie?«, fragte er den Ingenieur.

»Auf Höhe Alt-Berich, auf der gegenüberliegenden Seite des Sees.«

Das entsprach in etwa dem, was sich Ralph ausgerechnet hatte, sofern Christian Erdmann die Suche seit gestern systematisch fortgesetzt hatte.

»Können Sie kurz zum Steg kommen?«

»Gibt es Neuigkeiten?«

»Das würde ich Ihnen lieber persönlich sagen.«

»Oh.« Eine Pause entstand, in der Ralph nur den Wind rauschen hörte. »Okay.« Erdmann drückte ihn einfach weg.

Angersbach kniff die Augen zusammen. In der Ferne erspähte er einen dunklen Punkt auf dem Wasser, der sich in seine Richtung bewegte und größer wurde. Kurz darauf erkannte er das Boot mit Christian Erdmann am Steuer. Ralph schluckte. Er hatte einen Kloß in der Kehle, der anschwoll, je näher Erdmann dem Steg kam.

Das Überbringen einer Todesnachricht war immer schwer. Man musste Mitgefühl zeigen, durfte sich zugleich aber nicht zu sehr erschüttern lassen. Abstand halten, objektiv bleiben, den klaren Blick bewahren, ohne kalt zu wirken. Bei jemandem, den man persönlich kannte und schätzte, war das um ein Vielfaches schwieriger.

Erdmann legte routiniert am Steg an. Ralph fing die Leine auf, die er ihm zuwarf. Er knotete sie an einem der kleinen

Poller fest. Erdmann hängte die Fender heraus. Er kletterte von Bord, löste mit einem entschuldigenden Lächeln Angersbachs Knoten und befestigte die Leine fachmännisch.

Dann standen sie einander gegenüber, die Hände tief in den Jackentaschen vergraben, die Herzen schwer.

»Es ist Opa Willi, nicht wahr?«, sagte Erdmann schließlich. »Der Tote aus dem Seegrab.«

Ralph musste sich ein paarmal räuspern, ehe er einen Ton hinausbekam. »Ja.«

Erdmann atmete tief ein. »Ich habe es befürchtet. Nachdem wir mehr als zehn Tage nichts von ihm gehört hatten.« Er fuhr sich mit der flachen Hand übers Gesicht. Sein Blick ging aufs Wasser hinaus. »Dann kann ich wohl aufhören zu suchen.«

»Wir müssen den Wagen trotzdem finden«, widersprach Angersbach. »Jetzt erst recht. Wenn er tagelang unter Wasser war, ist die Chance zwar nicht sehr groß, aber es könnten sich noch Spuren des Täters darin befinden.«

Christian Erdmann straffte sich. »Sie haben recht. Ich werde nicht ruhen, bis ich jeden Zentimeter des Sees abgesucht habe. Wenigstens das kann ich noch für ihn tun.« Er holte erneut tief Luft. »Ich hatte so gehofft, dass er es nicht ist. Dass es irgendeine andere Erklärung für sein Verschwinden gibt.« Erdmann blinzelte. Sein Adamsapfel bewegte sich auf und ab. Er zog die Hand aus der Tasche und wischte sich mit dem Handrücken über die Augen. »Warum bringt jemand einen alten Mann um, der im Rollstuhl sitzt?«

Angersbach suchte nach Worten. Er hätte nicht darauf bestehen sollen, Erdmann die Nachricht selbst zu überbringen, sondern Sabine und Lynn die Sache überlassen sollen. Jetzt musste er seine persönlichen Gefühle beiseiteschieben und Erdmann als möglichen Tatverdächtigen befragen.

»Geldgier«, sagte er endlich.

Erdmann lachte auf. »Opa Willi hatte doch kaum etwas. Der Hof hat fast nichts eingebracht, und die medizinische Versorgung ist teuer, wenn man zu Hause bleiben und nicht ins Heim will.«

»Er hatte sein Anwesen. Und das Land.«

Erdmann spähte den Hang hinauf in Richtung Bärental. »Die Böden taugen nichts mehr. Wenn man das Land umwidmen würde – Bauland statt landwirtschaftlicher Nutzfläche –, dann hätte es einen gewaltigen Wert. Aber etwas Derartiges ist meines Wissens nicht vorgesehen.« Er hob die Schultern. »Ich kenne mich da nicht gut genug aus. Das müssten Sie meine Frau fragen. Sie kommt heute Abend aus Frankreich zurück. Sie sagt, sie ist es leid, vor der ›Schutzmacht‹ davonzulaufen.«

Angersbach blieb bei dem Thema, das er angeschnitten hatte. »Sie wissen also nichts von den Probebohrungen, die Unger Bau vorgenommen hat?«

Erdmann runzelte die Stirn. »Nein.« Es klang eher wie eine Frage.

»Man hat eine Goldader entdeckt. Sie verläuft direkt unter dem Hof Ihres Großvaters.«

Erdmann lachte trocken. »Ich kann mir nicht vorstellen, dass Opa Willi eine Goldmine auf seinem Grund und Boden haben wollte.«

»Unger Bau wollte den Hof kaufen.«

Der Ingenieur schüttelte den Kopf. »Opa Willi hätte nie im Leben verkauft.«

Angersbach sagte nichts. Die logische Schlussfolgerung konnte Erdmann selbst ziehen.

Es dauerte nur ein paar Sekunden. »Sie meinen, das ist das Motiv?« Der Ingenieur strich sich übers Kinn. »Das würde ja bedeuten …« Er rückte die Mütze auf seinem Kopf zurecht. »Ich brauche das Geld nicht.«

»Sie nicht. Ihr Bruder dagegen …«

»Hat er von dem Gold gewusst?«

»Er sagt Nein.«

Erdmann schnaufte. »Klar, Kai bekommt den Pflichtteil. Aber er würde seinem Großvater nichts antun.« Er klang, als müsse er sich selbst davon überzeugen.

»Sind Sie sicher?«

»Ich bin mir sicher, dass es eine andere Erklärung gibt«, wich Erdmann aus. Er löste die Leine vom Poller und sprang ins Boot. »Ich suche weiter nach dem Wagen. Je eher wir eine Spur haben, desto besser, oder nicht?«

»Ja.« Angersbach legte den Kopf schief. »Finden Sie das eigentlich richtig? Dass Sie den Hof erben und Ihr Bruder nur den Pflichtteil?«

Erdmann lächelte schief. »Das war eben Opa Willi. Die Sache mit dem Erstgeborenen. Aber ich werde dafür sorgen, dass Kai die Hälfte von allem bekommt. Allerdings muss ich mir noch überlegen, wie ich ihn dazu bringe, das Geld vernünftig anzulegen.«

Ralph nickte. Da war noch eine Sache, die ihn beschäftigte. »Wie ist das mit Ihrer Frau? Hat sie keine Angst mehr? Oder haben Sie einen anderen Plan, wie Sie ihre Sicherheit gewährleisten können?«

Das Boot entfernte sich langsam vom Steg.

»Nein. Aber Laura meint, es sei auch nicht nötig. Sie hätte sich unnötig ins Bockshorn jagen lassen vom pubertären Gehabe der ›Schutzmacht‹. Ganz ehrlich? Ich bin mir da nicht sicher. Aber was soll ich tun? Haben Sie eine Idee?«

Angersbach schüttelte den Kopf. »Personenschutz können wir nicht leisten. Wir können nur das sichere Haus anbieten.«

Erdmann winkte ab. »Das habe ich ihr vorgeschlagen. Sie will es nicht.« Er zuckte resigniert mit den Schultern. »Dann bleibt wohl nur zu hoffen, dass sie sich nicht täuscht.«

Ralph sah zu, wie er den Motor startete und ablegte. Das Boot beschrieb eine Kurve, dann gab Erdmann Vollgas. Vor dem Bug baute sich eine Welle auf, achtern bildete das Wasser eine sprudelnde Schleppe. Erdmann stand am Steuer, beide Hände auf das Steuerrad gelegt, den Blick stur geradeaus gerichtet. Sein Punkt wurde immer kleiner und verlor sich im Nebelgrau, als sich neue dunkle Wolken vor die fahle Sonne schoben.

Angersbach zog sein Notizbuch hervor und studierte seine Aufzeichnungen. Außer Christian und Kai Erdmann profitierte niemand von Willi Erdmanns Tod. Höchstens die Fracking-Gesellschaft, die sich mit dem Erben vermutlich leichter einig wurde als mit dem alten Erdmann. Aber wenn Unger Bau tatsächlich nur eine geringe Gewinnmarge zu erwarten hatte, würden sie dafür wohl kaum einen Mord in Auftrag geben.

Hatte Erdmanns Tod also gar nichts mit der Goldader zu tun? Es musste ja kein geplanter Mord gewesen sein. Ebenso gut könnte jemand Erdmann im Streit erschlagen haben. Das war der Punkt, an dem die »Schutzmacht« ins Spiel kam.

Ralph klappte das Notizbuch wieder zu und ging zurück zum Wagen. Er konnte nur hoffen, dass Sabine und Lynn erfolgreicher waren als er. Sonst steckten sie in einer Sackgasse.

15

Waldeck

Während der kurzen Fahrt hatten sie geschwiegen. Sabine hatte überlegt, ob sie die Gelegenheit nutzen könnte, aber alles, was ihr einfiel, war einfach nur peinlich. Sollte sie Lynn vielleicht fragen, ob sie für Ralph mehr als nur Sympathie empfand? Oder ihr wie eine zickige Tussi in einem drittklassigen Film sagen, dass sie die Finger von ihrem Freund lassen sollte? Das eine war so unsinnig wie das andere. Wenn Lynn sich tatsächlich in Ralph verliebt hatte, war sie machtlos dagegen. Und ob Ralph sich auf Lynn einließ, lag nicht an ihr, sondern an ihm. Sabine musste Ralph und den Gefühlen, die er für sie hatte, vertrauen. Wenn das nur so einfach wäre!

Lynn hielt vor dem Hotel in Waldeck, in dem sie seit Beginn ihrer Ermittlungen am Edersee wohnten. Sie hatte recherchiert und herausgefunden, dass Hannah Bernstorf hier gemeldet war, eine der beiden jungen Frauen aus dem engsten Kreis der »Schutzmacht«. Das Hotel gehörte ihren Eltern.

Kaufmann ließ sich an der Rezeption die Schlüssel geben und fragte nach Hannah. Die Hotelangestellte setzte ein professionell bedauerndes Lächeln auf. »Frau Bernstorf ist nur an den Wochenenden hier«, erklärte sie. »Unter der Woche ist sie in Heidelberg beim Studium. Hotelmanagement.«

Lynn, die hinter Sabine stand, machte sich Notizen auf ihrem Tablet.

»Dann würden wir gerne mit ihren Eltern sprechen.«

Das Lächeln der Rezeptionistin saß wie festgeklebt. »In welcher Angelegenheit?«

Kaufmann zückte ihren Dienstausweis. »LKA. Wir haben ein paar Fragen.«

»Einen Moment bitte.« Die Hotelangestellte griff nach dem Telefon. Sabine musste anerkennen, dass sie sich hervorragend im Griff hatte. Sie trug ihr Anliegen vor, hörte kurz zu und beendete dann das Gespräch. »Herr Bernstorf erwartet sie. Einfach hier um den Tresen herum durch den Gang, die zweite Tür rechts.«

»Verbindlichsten Dank.« Sabine und Lynn folgten der Wegbeschreibung und standen gleich darauf vor einer mattierten Glastür. Eine tiefe Stimme forderte sie zum Eintreten auf.

Von Hannah Bernstorf hatten sie bereits zwei Gesichter gesehen, auf der Polizeistation Bad Wildungen im hellgrauen Businesskostüm, im Waldstück bei Goldacker in Tarnkleidung. Der Mann, der sie erwartete, passte zur ersten Variante. Bernstorf senior verkörperte den seriösen Hotelier, wie man ihn sich vorstellte. Gewellte graue Haare, gut sitzender Anzug, dezente Krawatte und ein Einstecktuch in der Brusttasche. Er begrüßte sie mit einem professionellen Lächeln.

Lynn und Sabine nahmen am runden Glastisch Platz. Durch das Fenster hatte man einen herrlichen Blick auf den Edersee. Das Hotel war am Ortsrand von Waldeck gelegen. Unterhalb der Hotelterrasse ging das Gelände in Wiesen über, ehe die Bäume begannen. Die Straße war dadurch abgeschirmt, der See nicht.

Bernstorf bot ihnen Getränke an. Sabine bat um einen Kaffee, schwarz, Lynn um einen grünen Tee. Bernstorf orderte beides telefonisch, ehe er sich zu ihnen setzte.

»Was kann ich für Sie tun?«

»Wir ermitteln im Mordfall Willi Erdmann«, erklärte Kaufmann. »Wir wollten eigentlich Ihre Tochter dazu befragen.«

»Willi ist tot?« Bernstorf machte ein betroffenes Gesicht. »Ermordet?«

»Er wurde erschlagen.« Dass jemand anschließend die Leiche mit Branntkalk und Abflussreiniger aufgelöst hatte, ließ sie weg. Sie wollte den Hotelier nicht mit unappetitlichen Details schockieren. Außerdem war es Täterwissen, mit dem sich im Zweifelsfall ein falsches Geständnis von einem echten unterscheiden ließ. Was in diesem Fall nachrangig schien. Sie hatten nicht einmal einen begründeten Tatverdacht und erst recht niemanden, der bereit war, ein Geständnis abzulegen.

»Das ist ja furchtbar. Dieser arme alte Mann. So viele Schicksalsschläge, und dann ein solches Ende.«

Kaufmann sah ihn interessiert an. »Wie meinen Sie das?«

Bernstorf zuckte mit den Schultern. »Ich bin in Waldeck aufgewachsen. Wir betreiben das Hotel in der vierten Generation. Früher haben wir viele unserer Lebensmittel vom Erdmann-Hof bezogen. Die hatten Hühner, Schweine und Kühe. Getreide natürlich, aber auch Kohl, Möhren und Kartoffeln. Willis Schwiegersohn hat sogar auf bio umgestellt. Das ist bei unseren Gästen gut angekommen.« Er hob entschuldigend die Hand. »Ich schweife ab. Hoteliers krankheit. Aber der alte Willi war eine Institution. Hat früh seine Eltern verloren, und dann der Unfall im Braunkohletagebau, als er gerade mal Anfang dreißig war. Beide Füße weg, das muss man sich mal vorstellen. Aber er hat gekämpft. Obwohl die Einschläge nicht aufgehört haben. Wirtschaftliche Schwierigkeiten, der frühe Tod des Bruders und wenige Jahre später der Tod von Willis Frau. Erst als seine Tochter zusammen mit dem Schwiegersohn den Hof übernommen hat, ging es wieder bergauf. Und dann vor drei Jahren dieser schreckliche Unfall, bei dem die beiden ums Leben gekommen sind. Daran ist er zerbrochen.« Bernstorf seufzte. »Früher war der Willi immer überall dabei,

Stammtisch, Gesangsverein, Ortsgruppe, aber nach dem Unfall hat er sich zurückgezogen. Ist verbittert geworden. Das kann man ja auch verstehen.«

»Wir haben gehört, Ihre Tochter und ihre Freunde von der ›Schutzmacht‹ hatten Kontakt zu ihm.«

»Ach, die ›Schutzmacht‹.« Bernstorf schnitt eine unglückliche Grimasse. »Das ist der Einfluss von Lennard. Kein guter Umgang, aber was wollen Sie machen? Unsere Tochter ist erwachsen.«

Es klopfte an der Tür. Eine Frau betrat den Raum, ein Tablett mit Kaffee und Tee in der Hand. Sie trug ein beigefarbenes Kostüm mit braunen Applikationen und passende Pumps. Blonde Locken fielen ihr über die Schultern. Das Gesicht war stark geschminkt. Sie sah definitiv nicht aus wie eine Hotelangestellte.

»Meine Frau Marlene«, stellte Bernstorf sie vor.

Marlene stellte die Tassen auf den Tisch und setzte sich zu ihnen. »Worum geht es?«

»Willi ist tot. Die Polizei«, Bernstorf deutete auf Sabine und Lynn, »untersucht die Verbindung zur ›Schutzmacht‹.«

Marlene runzelte die Stirn. Der Zusammenhang erschloss sich ihr offensichtlich nicht.

»Er wurde ermordet«, erklärte Sabine.

»Erschlagen«, präzisierte ihr Mann.

»Mein Gott, wie schrecklich.« Marlene kniff die Augen zusammen. »Sie denken aber nicht, dass unsere Tochter und ihre Freunde etwas damit zu tun haben?«

»Lennard Unger würde ich alles zutrauen«, warf ihr Mann ein.

Seine Frau sah ihn tadelnd an. »Die jungen Leute toben sich ein bisschen aus. Sie suchen ihren Platz in der Welt. Wir leben hier auf dem Dorf, da gibt es nicht so viele Möglichkeiten, wie man seine Zeit verbringen kann.«

»Sie veranstalten Schießtrainings im Wald und verbreiten rechte Parolen«, warf Lynn ein. »Laura Erdmann-Janssen und ihr Kollege aus Goldacker schätzen die Aktivitäten als so besorgniserregend ein, dass sie mit allen Mitteln gegen die Gruppe vorgehen.«

Marlene wedelte den Einwand beiseite. »Laura hat immer Angst, dass man sie als nicht konsequent genug wahrnimmt. Die Erdmanns haben ja eine unrühmliche Vergangenheit. Diesen Onkel von Willi, der ein Nazibonze war. Nach Kriegsende hat er sich mit einem Haufen Gold nach Südamerika abgesetzt, heißt es.«

Kaufmann nickte. Die Geschichte hatten sie schon gehört. Noch ein Faden in dem Goldteppich, den sie hier knüpften.

»Sie macht da aus einer Mücke einen Elefanten«, fuhr Marlene fort. »Nur weil die jungen Leute ein paar gedankenlose Sprüche klopfen, muss man sie nicht als Neonazis abstempeln.«

»Bei Lennard bin ich mir da nicht so sicher«, warf ihr Mann ein.

Seine Frau stöhnte. »Er kann ihn nicht leiden«, sagte sie zu Sabine und Lynn.

»Lennard kommt öfter mal mit seinem Onkel zum Essen oder auf ein Bier zu uns«, erklärte Bernstorf. »Wir beschäftigen mehrere Mitarbeiter mit Migrationsgeschichte. Wenn ich sehe, wie Lennard sie behandelt, kommt mir die Galle hoch.«

»Stimmt«, sagte Marlene. »Das ist nicht schön. Aber Hannah teilt seine Ansichten nicht.«

»Bist du dir da so sicher?«

»Sie sind jung. Sie probieren sich aus. Das wird sich alles einrenken. Hannah studiert in Heidelberg, und anschließend geht sie ein paar Jahre ins Ausland, um Berufserfahrung zu sammeln. Wenn wir uns zur Ruhe setzen, übernimmt sie das Hotel. Bis dahin ist Lennard längst aus ihrem Leben verschwunden.«

»Hoffen wir es.«

»Lennard studiert in Frankfurt Jura«, erklärte Marlene. »Er wird früher oder später in die Firma seines Vaters einsteigen. Dann ist er weit weg.«

Bernstorf korrigierte den Sitz seines Krawattenknotens.

»Wie war das nun mit Willi Erdmann und den jungen Leuten?«, hakte Lynn nach. Sie nippte an ihrem Tee, während sie in der anderen Hand den Eingabestift für das Tablet hielt, das sie auf den Knien balancierte.

»Als Kinder waren Hannah, Kilian und Alicia oft auf dem Hof«, erklärte Marlene. »Haben dort ein bisschen geholfen, um sich ein Taschengeld zu verdienen. Hannah und Alicia waren ganz wild darauf. Damals hatten die Erdmanns noch Pferde. Die Mädchen durften reiten.«

»Lennard war nicht dabei?«

»Der kam erst später dazu. Es hat da wohl irgendwelche Vorfälle bei ihm zu Hause gegeben. Genaueres weiß man nicht. Nur dass Lennard zu seinem Onkel geschickt wurde. Er hat dann hier zusammen mit Hannah und ihren Freunden die Schule gemacht. Die haben zu ihm aufgesehen, weil er aus der großen Stadt kam. Dortmund, glaube ich. Oder Essen?« Marlene zuckte mit den Schultern.

»Der Kontakt zu Willi Erdmann bestand immer noch?«, blieb Lynn am Ball.

»Ich glaube schon.« Marlene sah zu ihrem Mann. »Sie haben ihn gelegentlich besucht, oder nicht?«

Bernstorf nickte.

»Das ist es, worum es der ›Schutzmacht‹ eigentlich geht«, behauptete Marlene. »Soziales Engagement. Sie verpacken es nur ein bisschen martialisch, weil das cooler ist.«

Sabine tauschte einen Blick mit Lynn. Mütter waren selten objektiv, aber Marlene Bernstorf erschien ihr besonders blauäugig.

»Könnte es da zum Streit gekommen sein?«

Marlene zuckte mit den Schultern. »Kann sein. Aber wenn, dann wären sie einfach nicht mehr hingegangen. Bestimmt hätten sie den alten Mann deswegen nicht erschlagen.«

Kaufmann hatte das Gefühl, dass sie hier nicht weiterkamen.

»Können Sie uns sagen, wo wir die anderen finden? Lennard, Alicia und Kilian?«

»Lennard ist unter der Woche in Frankfurt. Alicia hat einen Job als Kellnerin in einem Lokal direkt an der Staumauer. Es heißt ›Am Rand‹. Die öffnen um sechzehn Uhr«, Marlene schaute auf die Uhr, »also in einer halben Stunde. Und Kilian ist in der Küche.«

Lynns Eingabestift schwebte in der Luft. »In der Küche?«

»Er hat eine Lehre als Koch gemacht«, erklärte Bernstorf. »Er arbeitet bei uns.«

       *   *   *

In seiner Kochmontur sah er vollkommen anders aus als mit der Tarnkleidung, die er bei ihren letzten Begegnungen getragen hatte. Die weiße Jacke ließ ihn weniger roh wirken, die HJ-Frisur war unter der Kochmütze verborgen. Er schien sich bei seiner Arbeit wohlzufühlen. Von der unterschwellig aggressiven Haltung, die er bisher an den Tag gelegt hatte, war nichts zu spüren.

Sie standen im Gang hinter dem Hotelrestaurant, neben der Tür zur Küche, die sie aus Hygienegründen nicht betreten durften. Die Nachricht, dass es sich bei dem Toten aus dem See um Willi Erdmann handelte, schockierte ihn offensichtlich.

»Scheiße.« Er wischte sich die Hände an der Kochhose ab, ehe er sich mit dem Handrücken über die Augen fuhr. »Das hat er nicht verdient.«

»Sie hatten eine gute Beziehung zu ihm?«, fragte Sabine.

Kilian nickte. »Bei mir zu Hause war oft schlechte Stimmung. Mein Alter säuft. Meine Mutter versucht ihm alles recht zu machen, aber er rastet trotzdem regelmäßig aus. Brüllt rum und macht alles Mögliche kaputt.«

»Schlägt er Ihre Mutter? Oder Sie?«, fragte Lynn.

»Nein. Okay, ein paarmal ist ihm die Hand ausgerutscht. Aber meistens macht er sie nur mit Worten fertig.« Er atmete tief ein. »Bei Willi war es besser. Wir durften auf dem Sofa sitzen und fernsehen. Er hatte immer Bier und Chips da. Also später, als wir älter waren, vorher war es Cola.«

»Was für ein Mensch war er?«

Kilian dachte darüber nach. »Ein guter Typ. Mit klaren Ansichten und immer geradeheraus.«

»Dieselben Ansichten, die Sie bei der ›Schutzmacht‹ haben?«

Kilian war auf der Hut. »Ich weiß nicht, was Sie meinen.«

»Er hat den Zweiten Weltkrieg miterlebt. Er war noch klein, aber er war bei der Hitlerjugend«, sagte Sabine. »Er war zwölf, als der Krieg vorbei war.«

»Stimmt«, bestätigte Kilian.

»Hat er darüber gesprochen?«

Kilian zuckte mit den Schultern. »Er hat gesagt, dass sie gute Sachen gemacht haben. Straßen repariert, den Bauern bei der Arbeit geholfen, sich um Kriegsversehrte gekümmert. Sie haben auch geholfen, den Staudamm wieder aufzubauen, 1943, nachdem er bei einem Bombenangriff schwer beschädigt worden war.«

»Wie stand er zu Migranten? Oder zur gleichgeschlechtlichen Liebe?«

»Keine Ahnung.«

Sabine glaubte ihm nicht. »Und wie stehen Sie dazu?«

»Dazu habe ich keine Meinung.« Kilian neigte den Kopf in Richtung Küchentür. »War's das? Ich muss weiterarbeiten.«

»Gleich.« Kaufmann blätterte in ihrem Notizbuch. »War Herr Erdmann in letzter Zeit anders als sonst? Hat er Ihnen etwas erzählt? Von Besuchern vielleicht oder von anderen Dingen, die ihn aufgewühlt haben? Von einem Kaufangebot für den Hof zum Beispiel?«

Kilian grinste und schob sich die Kochmütze zurecht. »Nee. Wer soll den denn kaufen? Da wächst doch nicht mal mehr Gras.«

Von der Goldader und der Offerte von Unger Bau wusste Kilian offenbar nichts. Ob für Lennard dasselbe galt? Als Sohn des Firmeninhabers saß er schließlich an der Quelle.

»Gab es Streit?«

»Nein. Wir haben uns prima verstanden. Als ich ihn das letzte Mal gesehen habe, war alles okay.«

»Wann war das?«

Kilian überlegte. »Vorletzte Woche. Am Dienstag, glaube ich. Wir hatten Rouladen auf der Karte und jede Menge übrig, weil eine Reisegruppe nicht gekommen war. Ich habe ihm ein paar vorbeigebracht, weil er die so gerne gegessen hat.«

»Gut.« Lynn zückte ihr Tablet. »Wo waren Sie gestern am frühen Nachmittag? So gegen vierzehn Uhr?«

»Hä?« Kilian kratzte sich unter der Kochmütze am Kopf. »Zu Hause. Meine Schicht fängt um fünfzehn Uhr an. Um zwei habe ich was gegessen und mir was auf Netflix angesehen. Aber die Knochen sind doch nicht erst gestern aufgetaucht.«

»Gefunden haben wir sie am Dienstag«, bestätigte Lynn. Heute war Donnerstag.

»Eben. Dann war Willi gestern doch schon tot.«

»Es geht nicht um den Mord. Es geht um den Banküberfall.«

»In Sachsenhausen, meinen Sie? Damit habe ich nichts zu tun.«

»Kennen Sie Justin Büchner?«

»Klar. Das ist Kais bester Kumpel, schon seit der Schule.«

»Gehört er auch zu Ihrem erlesenen Kreis?«, fragte Lynn.

»Hä?«

»Zur ›Schutzmacht‹«, übersetzte Sabine.

»Ach so. Nee. Justin ist bei den Grünen.« Der Tonfall war derselbe, als würde er gerade feststellen, dass die Suppe komplett versalzen war.

»Hat Kai das nicht gestört? Oder hatte Justin ein Problem damit, dass Kai bei der ›Schutzmacht‹ ist?«

»Der gehört ja gar nicht so richtig dazu. Das ist eigentlich nur, weil wir uns öfter bei seinem Opa treffen. Seit Kai dort wohnt, hockt er halt auch dabei. Aber für Waffen hat er nichts übrig. Er ist ein hundsmiserabler Schütze.« Kilian rückte seine Kochmütze zurecht. »Kai interessiert sich auch nicht für Politik. Na ja, und Justin macht einen auf tolerant.«

»Okay.« Sabine wusste nicht, was sie noch fragen sollte. Sich zu erkundigen, was Kilian sich bei Netflix angesehen hatte, erübrigte sich. Früher hatte man anhand des Fernsehprogramms Rückschlüsse darauf ziehen können, ob jemand die angegebene Sendung tatsächlich gesehen hatte. Heutzutage, wo alles jederzeit abrufbar war, half das nicht weiter.

»Danke«, sagte Lynn. »Sie können jetzt weiterarbeiten.« Sie wandte sich an Sabine. »Fahren wir zu Alicia Hebestreit?«

Kilian, der schon auf dem Rückweg in die Küche war, drehte sich zu ihnen um. »Was wollen Sie von Alicia?«

»Ihr dieselben Fragen stellen, die wir Ihnen auch gestellt haben.«

»Sie wird Ihnen nichts anderes sagen als ich.« Er kaute auf der Innenseite seiner Wange. »Es wäre gut, wenn Sie nicht bei ihrer Arbeit auftauchen. Sie hat sowieso schon Ärger mit dem Chef.«

»Warum?«

Kilian öffnete und schloss die Hände. »Angeblich hat sie in die Kasse gegriffen.«

»Das hat sie Ihnen erzählt?«

Kilian sah sie finster an. »Klar. Sie ist meine Freundin.«

»Sie sind ein Paar?«, fragte Lynn überrascht.

»Ja. Das sage ich doch.«

»Gut. Dann wissen Sie sicher auch, wann sie Pause macht.«

»Um sechs.«

»Rufen Sie sie an. Sagen Sie ihr, sie soll sich um sechs mit uns auf der Staumauer treffen.«

Kilian sah nicht begeistert aus, aber er nickte. »Mache ich.« Damit drehte er sich um und verschwand in der Küche.

Lynn wischte durch ihre Notizen. »Für den Mord an Willi Erdmann kommen alle vier infrage, für den Banküberfall nur Kilian und Alicia. Sofern es stimmt, dass sich Hannah und Lennard an ihren jeweiligen Universitäten aufhalten. Ich lasse das prüfen.« Sie zog ihr Smartphone hervor. »Kilians Alibi ist nichts wert«, sagte sie, während sie auf einen Kontakt tippte. »Mal sehen, was Alicia zu sagen hat.« Ihr Anruf wurde entgegengenommen. »Hallo, Oliver«, flötete sie. »Hier ist Lynn. Ich hätte einen kleinen Auftrag für dich.« Sie bat ihn, die Handydaten von Hannah Bernstorf und Lennard Unger zu checken, um festzustellen, wo sie sich am Mittwochnachmittag aufgehalten hatten.

»Wer ist Oliver?«, fragte Sabine, nachdem sie das Gespräch beendet hatte.

»Ein Kommilitone aus dem Einstiegslehrgang beim LKA«, sagte Lynn. »Er sitzt bei uns in der IT.«

»Diese Datenabfrage – das ist doch nicht legal, ohne richterlichen Beschluss.«

Lynn lächelte. »Es geht aber schneller, als wenn wir die Kollegen in Heidelberg und Frankfurt bitten, die Sache auf kon-

ventionellem Weg zu klären. Oliver macht das gerne für mich.«
Sie kicherte. »Er ist ein bisschen in mich verschossen.«

»So?« Sabine verspürte ein Aufflackern von Hoffnung.
Wenn es da schon jemanden in Lynns Leben gab ...

»Ist aber überhaupt nicht mein Typ«, ruinierte Lynn den
Moment sogleich. »Viel zu brav und bieder. So ein richtiger IT-
Nerd eben.«

»Was wäre denn dein Typ?«, fragte Sabine.

»So jemand wie Ralph«, sagte Lynn prompt. »Ein Mann, der
mit beiden Beinen im Leben steht. Nicht so aalglatt, sondern
mit Ecken und Kanten. Dieser raue Charme – das gefällt mir.«

Sabine zog ihr Smartphone hervor und tat so, als würde sie
ihre Nachrichten checken, damit Lynn ihren Gesichtsausdruck
nicht sehen konnte. Das war nicht das, was sie hatte hören wollen!

Bärental, Erdmann-Hof

Ralph Angersbach stellte den Lada Niva auf dem Hof ab. Es
war erst einen Tag her, dass die Spurensicherung die Gebäude
unter die Lupe genommen hatte und Kai Erdmann zu seinem
Kumpel Justin gezogen war. Trotzdem schien in der kurzen
Zeit der Verfall rasant vorangeschritten zu sein. Die schmutzigen Fenster wirkten wie schwarze Löcher. Das Haus schien
unter der Last der vermoderten Schieferplatten auf dem Dach
in sich zusammenzusinken. Der rostige alte Traktor sah aus
wie ein Gerippe. Angersbach musste an ein Geisterhaus denken. Als wäre mit Erdmanns Tod auch die Seele des Hofs entwichen.

Er entfernte das Polizeisiegel an der Tür und trat in den
dunklen Flur. Die Kollegen von der Kriminaltechnik hatten al-

les genau unter die Lupe genommen. Ralph wollte den Raum trotzdem noch einmal auf sich wirken lassen. Gestern war es nur ein Verdacht gewesen, dass es sich bei der Seeleiche um Willi Erdmann handelte. Sie hatten nach Kampfspuren gesucht, nach Hinweisen darauf, dass sich hier im Haus ein Verbrechen ereignet hatte. Heute hatten sie Gewissheit. Die Spuren mussten noch einmal neu gelesen werden.

Ralph zog sein Handy hervor und studierte die Fotos, die ihm die Kollegen geschickt hatten. Die Stellen, an denen die Blutspritzer und -flecken gefunden worden waren, waren mit Nummerntafeln markiert. Sehen würde man sie auch im Dunkeln nicht mehr. Das Luminol hatte sich längst zersetzt. Angersbach schloss die Augen und beschwor die Erinnerung vor seinem geistigen Auge herauf.

Jemand hatte Willi Erdmann angegriffen. Ihn an die Wand gedrängt. Und ihm dann den Schädel eingeschlagen.

Was war danach passiert? Erdmann hatte vermutlich im Rollstuhl gesessen. Darauf deutete auch die Höhe der Blutspritzer an der Wand hin. Er musste auf dem Stuhl zusammengesackt sein. Vielleicht war er auch herausgefallen.

Der Täter musste ihn anschließend zu der Wanne befördert haben, in der er den Körper aufgelöst hatte. Die Badewanne im Haus kam nicht infrage, das hatten sie gestern schon geklärt, wohl aber die große Zinkwanne in einem der Stallgebäude. Die Kollegen von der Spurensicherung hatten sie entdeckt, als Sabine, Lynn und er bereits bei Christian Erdmann in der Firma gewesen waren.

Sie hatten festgestellt, dass es im Stall und in der Wanne reichlich Blutspuren gab – weitaus mehr, als dass sie von einem einzelnen Menschen stammen konnten. Die Kollegen gingen davon aus, dass hier früher geschlachtet worden war. Ob es sich bei den Spuren ausschließlich um Tierblut handelte oder sich auch menschliches Blut darunter befand, war schwer festzustellen. Die Kriminaltechniker arbeiteten daran, aber es würde eine Weile dauern, bis sie ein Ergebnis hatten.

Säcke mit Branntkalk oder Flaschen mit Abflussreiniger hatten sie nicht gefunden. Der Täter hatte diese Dinge verschwinden lassen, genau wie das Auto und den Rollstuhl. Er war gründlich und umsichtig vorgegangen.

Passte das zu Kai Erdmann? Konnte ein Einzeltäter diese Aufgabe überhaupt bewältigen?

In der Theorie klang es einfach, das Fleisch von den Knochen abzulösen. Die Zutaten dafür, den Branntkalk und den Abflussreiniger, bekam man in jedem Baumarkt. Die Sache selbst war aber eine fürchterliche Sauerei. Der Täter musste Stunden gebraucht haben, um den Fleischbrei wegzuspülen. Die Kollegen hatten in der Garage einen Hochdruckreiniger entdeckt, der sich gut dafür eignen würde. Spuren, die belegten, dass es so gewesen war, gab es jedoch nicht.

Trotzdem schien die Situation eindeutig. Der Täter hatte den Toten in den Stall geschleppt oder mit dem Rollstuhl dorthin geschoben. Er hatte ihn in die Wanne bugsiert und mit Branntkalk und Abflussreiniger überschüttet. Mit dem Hochdruckreiniger hatte er so lange nachgespült, bis nur noch die Knochen übrig waren. Die hatte er dann in einen Sack gestopft und zum Grab im See gebracht.

Warum ausgerechnet dorthin? Weil er ein Versteck gesucht hatte, in dem die Überreste mit ziemlicher Sicherheit niemals entdeckt werden würden? Oder gab es noch einen anderen Grund?

Zumindest würden sie bald wissen, ob der Täter das Auto und den Rollstuhl anschließend im See versenkt hatte. Christian Erdmann war unermüdlich mit seiner U-Boot-Drohne unterwegs und ging dabei so sorgsam und systematisch vor, dass er auf keinen Fall etwas übersehen würde.

Angersbach setzte sich in den Sessel, der sich der Wand mit den Blutflecken gegenüber befand. Er versuchte sich Willi Erdmann in seinem Rollstuhl vorzustellen, mit den amputierten Beinen unter der Wolldecke. Was hatte er getan, um jemanden so weit zu bringen, dass er brutal auf einen hilflosen alten Mann einschlug?

Kai hatte ausgesagt, dass er seinen Großvater allein im Haus zurückgelassen hatte, um ihm sein Schmerzmittel zu besorgen. Das war vor genau zwei Wochen gewesen. Sie hatten nachgefragt; der Arzt und die Apothekerin hatten bestätigt, dass Kai dort gewesen war. Hatte Erdmann zu diesem Zeitpunkt noch gelebt? Oder war er schon tot gewesen, und Kai hatte versucht, sich ein Alibi zu besorgen?

Laut Kais Aussage war sein Großvater verschwunden gewesen, als er aus der Apotheke zurückkam. Das Ganze konnte kaum länger als eine Stunde gedauert haben. Zu wenig Zeit, um den Toten im Stallgebäude in Brei zu verwandeln. Bedeutete das, dass nur Kai als Täter infrage kam? Oder hatte der Täter den Leichnam in Willis Auto abtransportiert und irgendwo anders aufgelöst, und die Spuren in der Scheune stammten tatsächlich nur vom Schlachten der Schweine, die es früher auf dem Hof gegeben hatte?

Angersbach stöhnte. So viele Fragen und so wenig Hoffnung auf Antworten. Würde dies einer der Fälle werden, die sich einfach nicht lösen ließen? Aber man durfte die Flinte nicht zu früh ins Korn werfen. Vielleicht fanden ja auch Sabine und Lynn etwas heraus. Oder Christian Erdmann entdeckte den Wagen, der ihnen sein Geheimnis offenbaren würde.

16

Das Café »Am Rand« lag direkt an der Randstraße, unmittelbar neben der Staumauer. Vom verglasten Wintergarten aus hatte man einen unverstellten Blick auf das Bauwerk. Es war imposant, eine gewaltige Mauer, die einen ganzen See festhielt. Sabine hatte im Netz nachgesehen. Es handelte sich um eine Schwergewichtsmauer, die allein durch ihr Gewicht die Eder aufstaute. Vierhundert Meter lang, an der tiefsten Stelle sechsunddreißig Meter breit, während es oben auf der Krone nur sechs Meter waren. 1943 war die von 1908 bis 1914 erbaute Mauer bei einer Bombardierung schwer beschädigt worden. Zweitausend Zwangsarbeiter, Kriegsgefangene aus ganz Europa sowie Angehörige des Reichsarbeitsdienstes und der Hitlerjugend hatten die Talsperre noch im selben Jahr wieder instand gesetzt.

Heute diente die Mauer zur Regulierung des Wasserstands in Oberweser und Mittellandkanal und zur Stromerzeugung.

Sabine wandte sich an Lynn, die statt auf die Mauer auf ihr Smartphone starrte. »Irgendwas Neues?«

Bevor Lynn antworten konnte, kam die Kellnerin an den Tisch. Dunkelhaarig, eine Seite kahl geschoren, die andere schulterlang. Alicia Hebestreit. Sie sah sich rasch nach allen Seiten um und beugte sich dann zu Sabine und Lynn hinunter.

»Ich dachte, wir wollten uns um sechs auf der Staumauer treffen«, zischte sie. »Ich will keinen Ärger.«

Lynn lächelte sie an. »Wir möchten nur etwas trinken und vielleicht eine Kleinigkeit essen. Die Fragen stellen wir Ihnen später.«

»Okay.« Alicia richtete sich wieder auf und zog ihren Block hervor. »Was darf es sein?«

Sabine bestellte Kaffee und ein Stück Apfelstrudel mit Vanilleeis und Sahne, Lynn einen Tee. Alicia notierte ihre Wünsche und entfernte sich mit einem aufgesetzten Lächeln.

Es war natürlich kein Zufall, dass sie ausgerechnet hierhergekommen waren, um die Zeit bis zu ihrem Treffen zu überbrücken. Alicia sollte wissen, dass sie ein Auge auf sie hatten.

»Den Mord an Erdmann kann sie nicht begangen haben«, überlegte Lynn. »Jedenfalls nicht allein. Sie hätte die Leiche nicht aus dem Haus schaffen können. Erdmann hat sicher sechzig Kilo gewogen, auch ohne Beine. Das ist mehr, als Alicia auf die Waage bringt.«

»Vielleicht ist sie Gewichtheberin«, witzelte Sabine.

»Ist sie nicht. Auf Instagram hat sie als Hobbys Schminken, Styling, Tattoos und ihren Kater angegeben.«

»Woher weißt du das? Ich dachte, die Profile sind nicht öffentlich.«

Lynn zuckte mit den Schultern. »Deshalb folge ich ihr jetzt.«

»Unter deinem echten Namen?«

Lynn hob nur die Augenbrauen.

»Also hast du einen Fake-Account. Wie nennst du dich?«

»Mausi Maus.«

»Und sie hat die Anfrage angenommen?«

»Hat sie.« Sie zwinkerte. »Jeder Follower zählt.«

Alicia kam mit einem Tablett und servierte Lynn ihren Tee, Sabine Apfelstrudel und Kaffee. Sabine wartete, bis die Kellnerin wieder außer Hörweite war.

»Was sind deine Hobbys? Die von Mausi Maus, meine ich.«

»Reisen, Pferde und Sonnenuntergänge. Das kommt immer gut an. Die Fotos habe ich mir im Netz zusammengesucht.«

Sabine blickte in die Richtung, in die Alicia verschwunden war. »Ich habe keine Tattoos bemerkt.«

»Sei froh. Die willst du nicht sehen.«

»So schlimm?«

»Auf dem rechten Oberarm hat sie ihren Kater. Pinky. Links ein Gummibärchen und eine Teekanne.« Lynn schüttelte den Kopf. »Ich meine, im Ernst. Wer lässt sich eine Teekanne auf den Arm tätowieren? In Farbe, wohlgemerkt.«

»Keine Ahnung.« Sabine hatte nie darüber nachgedacht, sich ein Tattoo stechen zu lassen. Selbst zu den Ohrlöchern hatte sie sich damals nur mühsam durchgerungen. Sie hatte immer das Gefühl gemocht, unversehrt zu sein. Schlimm genug, dass von einem ihrer gemeinsamen Fälle mit Ralph eine feine s-förmige Narbe auf ihrer Brust zurückgeblieben war. Aber es hätte schlimmer kommen können. Ihr Peiniger hatte ein ganzes Wort geplant, sieben weitere Buchstaben. Ralph hatte ihn rechtzeitig gestoppt.

»Ich habe ein Seepferdchen.« Lynn schob ihren linken Ärmel hoch und zeigte Sabine das kleine Tattoo auf der Innenseite des Unterarms. »Mein kleiner Freund. Es leistet mir Gesellschaft, wenn ich mich einsam fühle.«

Sabine musste schlucken. Lynn sah nicht aus wie eine Frau, die auf die Gesellschaft einer Zeichenfigur angewiesen war. Aber was wusste sie schon?

»Schießen steht nicht bei Alicias Hobbys?«, fragte sie, um die Befangenheit zu vertreiben.

»Nein.« Lynn schob den Ärmel wieder herunter. »Überhaupt nichts über die ›Schutzmacht‹.«

»Hast du dir die Seiten der anderen auch angesehen?«

»Ich habe gar nicht alle gefunden. Auch Instagram ist bei der Generation Z nicht mehr der Topfavorit.«

»Ach so? Ich dachte, wenigstens das stünde noch hoch im Kurs.«

»Eher TikTok und Snapchat. Das sind die Plattformen der jungen Generation.«

»Okay.« Sabine war erst zweiundvierzig, aber neben Lynn fühlte sie sich alt. Ob Ralph das auch so sah? Hatte er deshalb ein Auge auf Lynn geworfen?

Lynns Smartphone summte. Sie wischte über das Display und lächelte. »Oliver hat das gecheckt. Hannah Bernstorf ist seit Sonntagabend in Heidelberg, Lennard Unger in Frankfurt. Die Handys haben sich seitdem in verschiedene Funkmasten im jeweiligen Stadtgebiet eingeloggt. Die beiden sind also wirklich dort, nicht nur ihre Handys.«

»Das heißt, für den Banküberfall kommen nur Kilian und Alicia infrage. Sofern Alicia kein Alibi hat.«

»Büchner hat gesagt, es war eine Einzelperson. Ein großer und kräftiger Mann. Die Beschreibung passt nicht auf Alicia.«

Sabine blickte zum Tresen, wo die Kellnerin damit beschäftigt war, gespülte Gläser ins Regal zu räumen. »Sie könnte draußen gewartet haben. Mit dem Fluchtfahrzeug. Oder Büchner hat gelogen.«

»Wenn er mit drinhängt, würde das Sinn ergeben«, bestätigte Lynn.

Sabine widmete sich ihrem Apfelstrudel. Das Vanilleeis war bereits angetaut. Sie tauchte ein Stück Kuchen hinein und dekorierte es mit etwas Sahne, ehe sie es in den Mund schob. »Hm. Lecker.« Sie kaute und schluckte. »Machst du dir nichts aus Kuchen?«

Lynn zuckte mit den Schultern. »Ich versuche, mich gesund zu ernähren.«

Richtig. Die beiden Vegetarier. Sabine nahm den nächsten Bissen vom Apfelstrudel. Zu süß, fand sie plötzlich und spülte mit schwarzem Kaffee nach.

Schluss jetzt, ermahnte sie sich selbst. Was war denn nur mit ihr los? Lynn war eine sympathische junge Frau, und Ralph und sie mochten einander. Sie sollte sich darüber freuen, statt überall Gespenster zu sehen.

»Kann Oliver auch feststellen, wo sich das Handy von Kai Erdmann eingeloggt hat? Letzte Woche Donnerstag, und gestern Nachmittag?«

»Kann er.« Lynn nippte an ihrem Tee. »Bringt allerdings nicht viel. Bärental und Waldeck liegen zu nah beieinander. Er ist im selben Funkmast eingeloggt, egal ob er sich hier oder auf dem Hof seines Großvaters aufhält. Zum Zeitpunkt des Banküberfalls war sein Handy in Goldacker, aber das wussten wir ja schon. Da hatte er sein Vorstellungsgespräch bei der Museumsmühle.«

Richtig. Sabine ärgerte sich, dass sie den Überblick verloren hatte, während Lynn ihn auch ohne ihr Tablet mühelos zu behalten schien.

Lynn schob ihre leere Teetasse beiseite. »Büchner und die ›Schutzmacht‹ liegen offenbar nicht auf einer Wellenlänge. Ideologisch, meine ich. Würde er Kilian und Alicia trotzdem einen Tipp geben?«

»Wenn er Geld braucht.«

»Guter Punkt.« Lynn tippte wieder auf ihrem Smartphone. »In der Datenbank ist er nicht«, sagte sie gleich darauf. »Wenn er vorbestraft wäre, würde er ja nicht bei der Bank arbeiten. Die Eltern betreiben einen Schreibwarenladen hier in Waldeck. Keine Geschwister. Und seine Wohnung sah nicht so aus, als würde er einen ausschweifenden Lebensstil pflegen.«

»Trotzdem könnte er in Schwierigkeiten stecken. Spielsucht, Wettschulden, riskante Anlagegeschäfte.«

»Klar.« Lynn schaltete das Smartphone aus. »Vielleicht hat Kai die Sache eingefädelt. Er hat Büchner und Kilian zum Mitmachen überredet und sich selbst ein wasserdichtes Alibi verschafft.«

Sabine aß den Rest von ihrem Apfelstrudel. »Möglich. Aber ohne Beweise …« Sie legte die Gabel beiseite. »Wie sieht es denn mit den Finanzen von Christian Erdmann und Laura Erdmann-Janssen aus?«

Lynn winkte der Kellnerin, dass sie zahlen wollte. »Das ist nicht so trivial ohne richterlichen Beschluss.«

»Den bekommen wir nicht.«

Lynn warf einen Blick auf die Rechnung, die Alicia ihr hinlegte, und hob ihr Handy. »Ich übernehme das.«

»Moment. Da muss ich das Gerät holen.« Alicia ging zum Tresen und kam gleich darauf mit dem Lesegerät zurück. Lynn zahlte mit dem Handy, Sabine bedankte sich für das Gespräch. Alicia nickte nur knapp und eilte davon.

Sabine sah auf die Uhr. »Wir haben noch eine Stunde.«

»Ich dachte, wir machen einen Spaziergang«, sagte Lynn. »Um den Kopf ein bisschen frei zu bekommen.«

»Einverstanden.« Sabine stand auf und zog die Jacke über, die sie über die Stuhllehne gehängt hatte.

Bärental, Erdmann-Hof

Als er aus dem Haus trat, war es vollständig dunkel geworden. Kein Mond am Firmament, und von den Sternen war hinter der Wolkendecke kaum etwas zu sehen. Eine Außenbeleuchtung, so wie auf dem Anwesen seines Vaters, gab es hier auf dem Hof offenbar nicht. Jedenfalls keine, die sich automatisch einschaltete. Ralph Angersbach zog sein Smartphone hervor und aktivierte die Taschenlampe. Er richtete den Strahl auf den festgestampften Boden zu seinen Füßen und bewegte sich mit vorsichtigen Schritten. Jetzt bloß nicht in irgendein Loch treten oder über ein herumliegendes Werkzeug stolpern! Ein verstauchter oder gebrochener Knöchel würde ihm gerade noch fehlen.

Irgendwo rechts von ihm war ein seltsames Geräusch zu hören. Ein Knurren, oder vielleicht auch ein Schrei. Von einem Käuzchen oder einem anderen Vogel? Oder war es für die nachtaktiven Tiere noch zu früh?

Angersbach blieb stehen und ließ das Licht der Handylampe über die Büsche und Hecken wandern, die das Gelände umgaben, dann zum Haus und zur Scheune. Hinter den Gebäuden begann der Wald. Das Geräusch könnte auch von dort gekommen sein. Gab es hier Wölfe? Vor drei Jahren, als sie in der Knüllwaldregion ermittelt hatten, hatte es Meldungen über die Sichtung der Raubtiere gegeben, aber das hatte mit dem Fall zusammengehangen und war ein Fake gewesen. Oder nicht?

Ralph beeilte sich, die restlichen Schritte zu seinem Wagen zurückzulegen. Er hatte ihn fast erreicht, als ihn eine Reflexion innehalten ließ. Beim Laufen hatte er das Smartphone geschwenkt, und der Lichtstrahl war unter den alten, verrosteten Traktor gefallen.

Angersbach wechselte das Smartphone in die linke Hand und griff mit der rechten nach dem Pistolenholster. Er öffnete den Knopf und ließ die Finger über der Waffe schweben. Wenn ihn wirklich ein Wolf angreifen sollte, würde er schießen.

Er näherte sich dem vorsintflutlichen Traktor und kniff die Augen zusammen. Ganz sicher war er sich nicht. Hatte die Zugmaschine beim letzten Mal nicht anders gestanden? Mit der Schnauze in Richtung Hofeinfahrt? Jetzt zeigte der Kühlergrill zum Haupthaus.

War der Traktor noch fahrtüchtig? Und was hatte die Reflexion ausgelöst?

Angersbach richtete die Taschenlampe auf den Boden unter dem Traktor. Bröckelige, braungraue Erde. Sie war weniger verdichtet als auf der restlichen Fläche. Was kein Wunder wäre, wenn jemand den Traktor rangiert hätte. Aber wozu sollte man das tun? Ralph beugte sich ein bisschen weiter vor, und dann sah er es.

Der Erdboden war nur eine dünne Schicht. Darunter befand sich eine dicke Metallplatte. Dunkel und rostig, nur an einer Stelle gab es einen Kratzer, der hell schimmerte. Genau diese Stelle musste Ralph zufällig mit seiner Lampe erfasst haben!

Er ließ sich auf die Knie nieder und schob mit der Hand die lockere Erde beiseite. Die Geräusche aus dem Wald hatte er ausgeblendet, die Waffe am Gürtel vergessen. Das Jagdfieber hatte ihn erfasst. Er tastete nach den Rändern der Platte und stellte fest, dass sie etwa einen Meter lang und einen halben Meter breit war. Anheben konnte er sie nicht, weil ein Rad des Traktors darauf stand.

Angersbach richtete sich wieder auf. Er musste den Traktor dort wegbekommen. Vielleicht steckte der Schlüssel ja? Ralph leuchtete in die Fahrerkabine. Von einem Zündschlüssel war nichts zu sehen. Er trat einen Schritt zurück und maß das alte Gefährt mit Blicken. Besonders groß und schwer wirkte der Traktor nicht.

Ralph ging zu seinem Wagen und startete den Motor. Er manövrierte den Lada so, dass er mit dem Heck zur Schnauze des Traktors stand. Anschließend holte er das Abschleppseil aus dem Kofferraum. Das eine Ende befestigte er an der Anhängerkupplung des Niva, das andere an der Vorderachse des alten Traktors. Das erschien ihm am sichersten, an einer anderen Stelle würde er womöglich die rostigen Teile abbrechen.

Zurück am Steuer, gab er vorsichtig Gas. Doch es war, als hätte er den Lada an einem Betonklotz verankert. Ralph trat das Gaspedal weiter durch. Der Motor röhrte, das Abschleppseil ächzte, und durch das offene Seitenfenster vernahm Angersbach ein Geräusch, das ihn fürchten ließ, die Anhängerkupplung könnte abreißen.

»Verdammt!« Fluchend nahm er den Fuß vom Gas und wischte sich den Schweiß von der Stirn. Irgendwie musste das blöde alte Ding doch zu bewegen sein!

Er probierte es noch einmal. Wieder wurde der Lärm ohrenbetäubend. Dann gab es plötzlich einen Ruck. Der Lada machte einen Satz nach vorn, der alte Traktor hüpfte hinterher. Für eine Sekunde schoss Ralph das Bild durch den Kopf, wie die Landmaschine durch die Heckscheibe in seinen Wagen sprang.

Ihm wurde erst klar, dass er längst mit dem Fuß auf der Bremse stand und den Motor abgewürgt hatte, als der Lärm mit einem Schlag aufhörte. Plötzlich war es so still, als hätte die Welt aufgehört zu existieren. Die Bäume, die im Scheinwerferkegel vor dem Niva auftragten, sahen bedrohlich aus. Angersbach atmete tief durch. Sein Herz hämmerte. Das Blut pulsierte in seinen Adern. Sein ganzer Körper war derart von Adrenalin überflutet, dass er zitterte.

Er kletterte aus dem Wagen, löste das Abschleppseil und warf es in den Kofferraum. Anschließend startete er den Motor und wendete den Lada. Den Motor schaltete er aus, die Scheinwerfer ließ er an. Erneut stieg er aus dem Wagen.

Der Traktor stand jetzt neben der Metallplatte.

Angersbach nahm das Stemmeisen aus dem Kofferraum und hob die Platte so weit an, dass er die Finger darunterschieben konnte. Er drückte die Platte hoch, bis sie senkrecht stand, und stieß sie dann von sich weg. Mit einem dumpfen Knall landete sie auf dem Boden. Eine Wolke aus Staub und Erde stieg auf. Vor Ralph öffnete sich ein dunkles Loch.

Er nahm das Smartphone wieder zur Hand und leuchtete hinein.

Im Inneren stand eine Metallkiste. Nicht besonders groß, ungefähr wie eine Packung Kopierpapier. Ralph griff danach und hob sie heraus. Das Gewicht stimmte auch in etwa. Aber es würde wohl kaum jemand fünfhundert Blatt Kopierpapier in einem Erdloch verstecken.

Die Kiste war mit einem Vorhängeschloss gesichert. Angersbach steckte sein Smartphone weg und setzte die Brechstange an.

Natürlich rutschte ihm die Kiste weg. Er stellte den Fuß darauf und probierte es erneut.

Dieses Mal glitt die Brechstange ab. Weil er den Schwung nicht stoppen konnte, knallte sie ihm gegen die Stirn.

»Au, verdammt«, fluchte er. Das würde eine schöne Beule geben!

Wütend schob er das flache Ende der Brechstange erneut zwischen Schloss und Bügel. Es knirschte und knackte. Dann sprang das Schloss ab.

»Na also«, grunzte Ralph und warf die Brechstange beiseite. Er hockte sich hin und öffnete die Kiste.

Darin lag ein schwarzer Samtbeutel. Angersbach zog die Schnüre auf, mit denen er verschlossen war, und richtete den Strahl der Handytaschenlampe auf den Inhalt.

Edertal

Alicia Hebestreit kam auf der Staumauer auf sie zugeeilt. Sabine und Lynn hatten einen Spaziergang am See gemacht. Geredet hatten sie nicht, obwohl es eine gute Gelegenheit gewesen wäre. Doch Lynn war die ganze Zeit mit ihrem Smartphone beschäftigt gewesen, und Sabine wusste nach wie vor nicht, was sie sagen sollte. Die Eifersucht nagte beharrlich an ihr. Sabine versuchte, sie wegzudrücken, doch es funktionierte nicht. Vielleicht sollte sie Julia Durant anrufen? Die hatte mehr Erfahrung mit Beziehungen und könnte ihr womöglich sagen, wie sie mit diesen albernen und ärgerlichen Gefühlen umgehen sollte.

Im Augenblick musste sie sich allerdings auf den Fall konzentrieren.

»So. Da bin ich.« Die junge Frau verschränkte die Arme vor der Brust. Sie hatte eine dick gefütterte dunkle Jacke übergezogen, aber statt die Knöpfe zu schließen, hatte sie sich darin eingewickelt. Trotzdem schien sie zu frieren. Kein Wunder bei den dünnen Strumpfhosen und den Pumps, die sie als Kellnerin zum kurzen Rock tragen musste. Um sich vollständig umzukleiden, war die Pause vermutlich zu kurz.

»Danke, dass Sie gekommen sind.«

Alicia kramte in der Jackentasche nach Zigaretten und zündete sich eine an. Sie inhalierte tief und ließ den Rauch in einer langen Fahne entweichen, während sie über den dunklen See blickte, dessen Oberfläche im Licht der Staumauerillumination glänzte. Ein bunter Regenbogen, der sich auf dem Wasser spiegelte.

»Kilian hat gesagt, Sie fragen wegen des Banküberfalls?«, stieß Alicia zusammen mit einer Rauchwolke aus.

Sabine hatte eigentlich zuerst über Willi Erdmann reden wollen, doch letztlich war es egal. »Unter anderem.«

»Wie kommen Sie darauf, dass wir etwas damit zu tun haben?« Alicia zog an ihrer Zigarette. Die Glut fraß sich rot glühend durch das dünne Papier und den Tabak.

Lynn hielt ihr Tablet parat. »Warum sagen Sie uns nicht einfach, was Sie gestern Nachmittag zwischen vierzehn und sechzehn Uhr getan haben?«

Alicia kniff die Augen zusammen. Ob wegen des Rauchs oder wegen der Frage, hätte Kaufmann nicht zu sagen vermocht.

»Ich hatte mich kurz hingelegt. Die Arbeit ist anstrengend.«

»Sie waren also zu Hause und haben geschlafen. Kann das jemand bezeugen?«

»Nur mein Kater.«

Lynn warf Sabine einen vielsagenden Blick zu. Wahrscheinlich dachte sie an Alicias farbenfrohe Tattoos.

»Sie sind mit Kilian Schneider zusammen?«, fragte Kaufmann.

»Das wissen Sie doch.« Alicia zog heftig an ihrer Zigarette.

»Aber Sie haben keine gemeinsame Wohnung.«

»Das mit uns ist noch frisch. Außerdem wohnen wir beide günstig. Eine größere Wohnung ist teuer. Wir haben noch nichts Passendes gefunden.«

»Also suchen Sie danach?«

Die Kellnerin schnaufte. »Was geht Sie das an?«

»Wir versuchen nur, uns ein Bild zu machen.«

Alicia schüttelte den Kopf. »Wenn Sie sonst keine Fragen haben? Meine Pause ist zu schade für so was. Außerdem ist mir kalt.« Sie ließ die heruntergebrannte Zigarette fallen und trat sie mit dem Absatz aus.

Lynn deutete auf die Kippe. »Wären Sie so freundlich, das aufzuheben und in den Mülleimer zu werfen?« Sie lächelte. »Naturschutz. Sie wissen schon.«

Alicia verdrehte die Augen, kam der Aufforderung aber nach.

»Wir wüssten gern, wie Sie zu Willi Erdmann standen«, sagte Lynn und wischte über ihr Tablet.

Alicia fingerte eine weitere Zigarette aus der Packung. »Er war so was wie ein Ersatzopa für uns. Wir konnten immer zu ihm kommen, wenn wir wollten. Am Kamin sitzen, was trinken und reden. Alles das, was zu Hause nicht geht.«

Sabine dachte daran, was Ralph ihr über Willi Erdmann erzählt hatte. Seiner Beschreibung nach war er nicht gerade das, was sie sich unter einem gütigen Großvater vorstellte. Allerdings hatte sie ihn nicht persönlich kennengelernt. Vielleicht wäre ihr Eindruck dann ein anderer gewesen.

»Nur bei Ihnen? Oder bei den anderen auch?«, erkundigte sich Lynn.

»Bei uns allen.« Alicia zündete die Zigarette an und inhalierte tief. »Hannahs Eltern haben nur ihr Hotel im Kopf. Bei Lennards Vater ist es die Firma. Und Kilian …«

»Sein Vater hat ein Alkoholproblem, richtig?«

»Ja.«

»Was ist es bei Ihnen?«, fragte Kaufmann.

Alicia nahm einen Zug von ihrer Zigarette und starrte auf die orangefarbene Glut, die in der Dunkelheit leuchtete. »Meine Mutter ist alleinerziehend. Ich habe drei Schwestern. Halbschwestern. Jede von uns hat einen anderen Vater. Meine Mutter hat ständig neue Männer.«

»Sie mussten sich oft um Ihre Geschwister kümmern?«

»Habe ich getan.«

»Willi Erdmann war also Ihre Zuflucht«, sagte Lynn. »Deshalb hat es Sie auch nicht gestört, dass er Sie instrumentalisiert hat.«

Alicia krauste die Stirn. »Er hat was?«

»Er hat Ihnen seine politischen Ansichten aufgedrängt, und Sie haben sie umgesetzt.«

»Nein.«

»Nein?«

»Hören Sie.« Alicia zog den Mantel enger. »Kilian hat gesagt, ich soll den Mund halten, aber ich habe die Schnauze voll. So viel kann uns die Erdmann-Janssen gar nicht zahlen, dass ich mir diesen Scheiß länger anhängen lasse.«

Sabine und Lynn tauschten einen verständnislosen Blick.

»Das müssen Sie uns erklären.«

Alicia seufzte. »Wir haben überhaupt keine politischen Ambitionen. Aber Laura hat sie. Sie will sich unbedingt für höhere

Aufgaben empfehlen. So hat sie es ausgedrückt. Es war ihre Idee. Kai war sofort Feuer und Flamme. Er ist ein Spinner, und er ist ständig klamm. Kilian und ich waren natürlich auch nicht abgeneigt. Wir verdienen beide nicht viel. Und Lennard und Hannah hat die Show gefallen.«

»Worin genau bestand die Idee?«, fragte Sabine, obwohl sie langsam eine Ahnung bekam.

Alicia wollte die Zigarette fallen lassen, besann sich aber dann. Sie knibbelte die Glut ab, die über die Staumauer in den See geweht wurde, ein feiner orangefarbener Streifen, der in die bunten Lichter der Illumination taumelte. Den leeren Filter warf sie in den Mülleimer.

»Wir sollten für ein bisschen Aufruhr sorgen, damit sich Laura mit ihrem mutigen Kampf gegen rechts profilieren kann«, erklärte sie. »Hat ja auch geklappt. Sie war rasch in den Medien, und ich glaube, sie ist auch schon für einen Posten im Landtag im Gespräch.«

Lynn schnaubte. »Dann war das also alles nur Theater? Die rechten Parolen? Die Drohbriefe?«

Alicia zuckte mit den Schultern.

»Wie viel hat sie Ihnen bezahlt? Und wer war alles daran beteiligt?«

Alicia wand sich ein wenig. »Fünfhundert. Für jeden von uns. Also für Kai, Lennard, Kilian, Hannah und mich.«

»Ich verstehe, dass das für Kai, Kilian und Sie ein Anreiz war. Aber Hannah? Ihre Eltern sind wohlhabend. Und Lennard strebt immerhin eine juristische Karriere an.«

»Die hatten einfach Spaß dabei. Über seine Karriere hat sich Lennard bestimmt keine Gedanken gemacht. Wozu auch? Der übernimmt die Firma seines Vaters, egal ob er sein Studium schafft oder nicht.«

»Was ist mit den Schüssen auf Laura Erdmann-Janssen?«

»Mit den Schüssen haben wir nichts zu tun.« Alicia schien eine weitere Zigarette hervorholen zu wollen, ließ es aber sein. »Wir sind keine Neonazis.«

»Und Willi Erdmann?«

»Ach, der.« Alicia lächelte mitleidig. »Der hat dem Leben nachgetrauert, das er damals hatte, als er noch jung war. Zwei gesunde Beine und die ganze Zukunft vor sich. Hat das alles ein bisschen verklärt, aber das kann man ja verstehen.«

Sabine kaute nachdenklich auf der Innenseite ihrer Wange. Was Alicia ihnen erzählte, klang plausibel. Aber war es die Wahrheit? Und wer hatte auf die Politikerin geschossen, wenn das Motiv nicht ihr Kampf gegen rechts gewesen war?

Sie mussten dringend mit Laura Erdmann-Janssen sprechen. Hatte Ralph nicht gesagt, dass sie am Abend aus Frankreich zurückkommen würde?

»Was glauben Sie, wer Willi Erdmann ermordet hat?«, erkundigte sie sich.

»Keine Ahnung.« Alicia zog die Schultern hoch. Kaufmann sah, dass sie fröstelte. »Ich weiß nur, dass er es nicht verdient hat.« Sie warf einen Blick auf ihr Smartphone. »War's das? Ich muss wieder rein, sonst kriege ich Ärger.«

»Bitte.« Kaufmann machte eine einladende Handbewegung.

Alicia ging mit langen Schritten über die Staumauer davon. Auf halber Strecke blieb sie stehen. Das Feuerzeug flammte auf, über ihrem Kopf stieg eine Rauchwolke auf. Dann eilte sie weiter.

Lynn verstaute ihr Tablet. »Glaubst du das? Dass Laura Erdmann-Janssen die jungen Leute dafür bezahlt hat, ein bisschen rechtes Theater zu veranstalten, damit sie mehr Aufmerksamkeit bekommt?«

»Ich weiß nicht.« Kaufmann dachte an ihre Begegnung mit der Ortsvorsteherin. Laura hatte einen integren Eindruck auf sie gemacht. Doch was hieß das schon? »Falls es stimmt, hat sie womöglich auch jemanden engagiert, der bei der Einweihung der Mühle auf sie schießt. Das würde erklären, warum sie hinterher so unfassbar cool war.«

Lynn nickte nachdenklich. »An wen denkst du?«

»Kai.«

»Hatte der nicht ein Alibi?« Lynn scrollte auf dem Tablet durch ihre Notizen.

»Von seinem Großvater. Der könnte auch mit drinstecken. Wenn das ein abgekartetes Spiel war … Oder Kai hat ihn einfach unter Druck gesetzt. Wenn sich sein Enkel nicht mehr um ihn gekümmert hätte, wäre er aufgeschmissen gewesen.«

»Und die Waffe?«

»Hat Laura Erdmann-Janssen vielleicht selbst besorgt und anschließend wieder verschwinden lassen.«

»Hm.« Lynn schaltete das Tablet aus und verstaute es in der Handtasche. »Wir sollten mit Philipp Rösner sprechen, Lauras Kollegen aus Goldacker. Und mit ihrem Mann natürlich. Vielleicht kann er uns weiterhelfen.«

Kaufmann sah auf die Uhr. »Ja. Morgen.« Für heute Abend hatte sie andere Pläne. Sie wollte mit Ralph reden.

Erst jetzt fiel ihr auf, dass sie schon eine Weile nichts mehr von ihm gehört hatte. Sie zog ihr Smartphone hervor und tippte auf den Kontakt.

»Hallo, Sabine«, meldete sich Ralph gleich darauf. Er klang beschwingt. Im Hintergrund waren Stimmen zu hören und das Geräusch eines laufenden Motors. »Ihr müsst unbedingt herkommen.«

»Wo bist du denn?«

»Auf dem Erdmann-Hof«, verkündete Angersbach. »Ich habe Gold gefunden.«

17

Bärental, Erdmann-Hof

Die Kollegen von der Spurensicherung hatten Scheinwerfer aufgestellt, die den Hof in ein grelles Licht tauchten. Im Fokus standen der rostige alte Traktor und ein Loch, das sich neben dem rechten Hinterrad im Boden befand. Ein Stück entfernt war ein Klapptisch aufgebaut worden, auf dem eine Reihe matt glänzender Objekte lag.

Ralph Angersbach begrüßte Sabine und Lynn mit einem breiten Lächeln und führte sie zum Tisch. »Das dürfte das Gold sein, das im Netz angeboten wird.«

Kaufmann betrachtete die dünnen Barren. Wobei das Wort irreführend war. Es waren keine klobigen, kiloschweren Goldbarren, wie man sie aus Filmen kannte. Die gab es natürlich auch, aber für Transport und Handel waren die kleineren sehr viel besser geeignet. Die Stücke, die hier vor ihr lagen, waren vielleicht drei Zentimeter breit, fünf Zentimeter lang und zwei Millimeter dick. Das waren die Maße, die Justin Büchner auch für die gestohlenen Goldbarren aus der Bank in Sachsenhausen angegeben hatten. Allerdings hatten diese hier eine Patina, einen leichten rötlichen Schimmer, der vermuten ließ, dass sie deutlich älter waren, und eine Prägung, die auf den legalen Barren der Bank ganz gewiss nicht angebracht war.

Oben befand sich ein Reichsadler, der einen Kranz mit innen liegendem Hakenkreuz in den Fängen hielt. Darunter stand: »Deutsche Reichsbank. 50 Gramm Feingold«.

Lynn runzelte die Stirn. »Sind die echt?«

»Keine Ahnung. Das muss ein Experte beurteilen.«

»Wo bekommen wir den her? Jetzt, um diese Zeit?«, fragte Kaufmann und sah auf die Uhr. Es war bereits nach zwanzig Uhr.

Angersbach grinste. »Ist schon unterwegs.«

Wie aufs Stichwort fuhr ein Wagen auf den Hof, ein in die Jahre gekommener VW Passat, soweit Sabine es erkennen konnte. Mit der Farbe war sie sich im Zwielicht hinter den grellen Scheinwerfern nicht ganz sicher. Es konnte grün, braun oder schwarz sein, auf jeden Fall fast bis zur Unkenntlichkeit verblichen.

Der Wagen stoppte neben den Bussen der Spurensicherung. Die Scheinwerfer wurden ausgeschaltet, die Fahrertür geöffnet. Ein Mann mit lockigen braunen Haaren in Outdoorkleidung stieg aus und setzte einen Cowboyhut auf, ehe er auf sie zukam.

»Mark Gräber«, erkannte Kaufmann. »Der Leiter des Goldmuseums.«

»Er ist der Beste, den wir im Moment kriegen können«, sagte Ralph.

Sabine wusste, dass er recht hatte. Sicherlich gab es irgendwo beim LKA oder BKA in Wiesbaden Spezialisten für Edelmetalle, aber bis einer von ihnen hier war, würde viel Zeit vergehen, und vermutlich könnten sie ohne entsprechendes Equipment ohnehin nicht viel ausrichten. Besser war es, wenn sich Gräber den Fund unverbindlich ansah und sie die Barren dann mit der Polizeipost nach Wiesbaden ins Labor schickten.

Gräber begrüßte sie freundlich und beugte sich neugierig über die Barren. »Darf ich die anfassen?«

»Wenn Sie sich Handschuhe überziehen.« Angersbach hielt dem Museumsleiter einen Karton mit Einweghandschuhen hin.

Gräber zerrte sie über die Finger und nahm einen der Goldbarren. Er betrachtete ihn mit zusammengekniffenen Augen. Ralph, Sabine und Lynn schauten gespannt zu.

»Und?«, drängte Ralph.

»Haben Sie eine Lupe?«

»Klar.« Angersbach sah sich um und winkte einem der Kollegen von der Spurensicherung. »Lupe!«, brüllte er über den Hof. Lynn legte demonstrativ die Hände über die Ohren. Ralph grinste verlegen. »Entschuldigung. Das ist das Adrenalin.«

»Schon gut.«

Sie sahen zu, wie sich einer der Kriminaltechniker näherte und Gräber eine Lupe überreichte. Der untersuchte den Barren erneut von allen Seiten.

»Ist das Gold alt oder neu?«, fragte Ralph.

Gräber ließ die Lupe sinken. »Das kann man nicht sagen. Weder mit bloßem Auge noch mit irgendwelchen anderen Untersuchungsmethoden. Gold verändert sich nicht. Es altert, verwittert und rostet nicht. Bei Münzen, manchmal auch bei Barren gibt es eine leichte Patinierung, einen rötlichen Schimmer, der gewöhnlich am Rand beginnt und zur Mitte wandert. Ursache sind in diesen Fällen Einflüsse der Umgebung, Partikel, die sich auf der Oberfläche ablagern, oder Reaktionen der Kupfer- oder Silberanteile im Gold. Je reiner das Gold ist, desto weniger dieser Prozesse finden statt. Hier handelt es sich um Neunhundertneunundneunziger, also nahezu reines Gold.«

»Und was ist das hier?« Angersbach deutete auf den dünnen, rötlichen Schimmer.

»Das sieht aus, als hätte jemand eine Substanz aufgetragen, die das Gold älter aussehen lassen soll, als es ist.«

»Okay.« Kaufmann war enttäuscht. »Also kann man nicht feststellen, ob die Barren aus dem Dritten Reich oder aus neuerer Zeit stammen?«

Gräber grinste sie an. »Die sind eindeutig nicht aus dem Dritten Reich.« Er hielt ihr den Barren unter die Nase. »Sehen Sie es nicht?«

Sabine starrte auf den kleinen Barren. »Nein. Was denn?«

»Der Adler«, half Gräber ihr auf die Sprünge.

Sabine zuckte mit den Schultern. Sie kam sich vor wie in der Schule. Gräber war der Lehrer, sie die Schülerin, der die offensichtliche Antwort einfach nicht einfiel.

Lynns Kopf schob sich neben ihren. »Er sieht in die falsche Richtung«, stellte sie fest. »Nach rechts, vom Betrachter aus gesehen, nicht nach links.«

»Richtig.« Gräber strahlte sie an. »Der Adler ist spiegelverkehrt. Das Hakenkreuz übrigens auch. Da hat jemand bei der Herstellung des Prägestempels Mist gebaut. Keine Seltenheit. Im Netz finden sich haufenweise nachgemachte Goldbarren mit falscher Prägung.«

»Aber den Nazis wäre das nicht passiert.« Ralph nickte Lynn anerkennend zu und schnalzte mit der Zunge. Sabine biss sich auf die Lippen. Warum hatte sie das nicht gesehen?

»War das bei den Barren, die im Darknet angeboten wurden, genauso?«, erkundigte sich Angersbach.

»Nein. Definitiv nicht.« Lynn zog ihr Tablet aus der Tasche und öffnete eine Datei. »Hier.« Sie zeigte Ralph das Foto eines Goldbarrens, auf dem Adler und Hakenkreuz korrekt geprägt waren.

»Gut.« Kaufmann massierte sich die Schläfen. »Die Dinger hier sind also nachgemacht.«

»Schlecht nachgemacht«, fügte Mark Gräber hinzu.

»Aber es ist echtes Gold.«

»Ja.« Gräber wog den Barren in der Hand. »Das Gewicht stimmt. Eine Nachbildung aus Silber oder Kupfer wäre deutlich leichter.«

»Angenommen, es handelt sich um die Beute aus dem Banküberfall. Wie hätte man dann die Prägung auf die Barren bekommen?«, fragte Sabine.

»Das ist nicht so schwer«, erklärte der Museumsleiter. »Gold hat einen hohen Schmelzpunkt, ist aber relativ weich. Man braucht nur einen passenden Stempel, den man sich leicht im Netz besorgen kann. Ich habe mir das spaßeshalber mal angeschaut, da gibt es tatsächlich Angebote, erstaunlicherweise auch solche mit falschen Vorlagen. Mit entsprechendem Druck kann man das Gold prägen. Mit einem umgebauten Wagenheber zum Beispiel oder einer Weinpresse.«

»Seht euch mal um, ob ihr so etwas findet«, bat Angersbach den Kollegen von der Spurensicherung, der immer noch neben ihnen stand und dem Gespräch interessiert lauschte.

»Geht klar.« Der Kollege entfernte sich.

»Die Barren, die aus der Bank gestohlen wurden, müssen doch auch eine Prägung gehabt haben«, bemerkte Lynn.

»Klar. Ohne Prägung geht kein Goldbarren auf den Markt«, bestätigte Gräber.

»Also hat der Täter die neue Prägung darüber gesetzt?«

»Das würde man sehen.« Gräber drehte den Barren in der Hand. »Ich vermute, er hat die Naziprägung auf der Rückseite angebracht und die Prägung auf der Vorderseite entfernt.«

»Und wie?«

»Da gibt es eigentlich nur eine Methode. Königswasser.«

Nicht nur Sabine, auch Ralph sah den Museumsleiter ratlos an. Lynn dagegen lächelte. »Das ist ein Gemisch aus konzentrierter Salzsäure und konzentrierter Salpetersäure.«

»Wo kriegt man das her?«, fragte Angersbach.

»Keine Ahnung.« Gräber zuckte mit den Schultern. »Wahrscheinlich übers Darknet. Heutzutage gibt es ja kaum noch etwas, das man nicht irgendwie beschaffen kann.«

»Mist.« Ralph betrachtete die leere Rückseite des Goldbarrens. »Ohne die Prägung können wir nicht beweisen, dass es die Barren aus dem Banküberfall sind.«

Mark Gräber lächelte verschmitzt. »Da würde ich mir keine Sorgen machen. Die Barren sind offensichtlich nur oberflächlich behandelt worden. Die sichtbaren Erhebungen der Prägung lassen sich damit beseitigen, aber das Material verdichtet sich auch unter der Oberfläche unterschiedlich. Ihr Labor kann das mit Sicherheit feststellen. Das ist nicht viel anders, als wenn man abgefeilte Fahrgestell- oder Waffennummern wieder sichtbar macht.«

Das war für die Spezialisten in der Kriminaltechnischen Untersuchungsstelle in der Tat Routine.

»Gut.« Angersbach ließ den Blick über den Hof schweifen. »Was meint ihr? War es der Bankräuber, der diese Goldbarren gefälscht und das Nazigold im Netz angeboten hat?«

»Davon würde ich ausgehen«, bestätigte Kaufmann. »Wobei das Angebot ja schon viel länger im Netz ist. Hat er vorher schon mal irgendwo Gold geklaut? Oder gekauft? Und warum macht er dann beim Prägen so einen dummen Fehler? Die Goldbarren im Angebot waren doch nicht spiegelverkehrt.«

»Könnte doch sein«, sagte Lynn. »Wenn man das Gold regulär kauft und zu Nazigold umprägt, hat man einen netten Gewinn. Und dann ist er gierig geworden und hat gedacht, dass die Gewinnspanne noch viel größer ist, wenn er für das Gold gar nichts bezahlt.«

»Oder er hat es andersrum gemacht«, schlug Angersbach vor. »Erst irgendwelche Bilder ins Netz gestellt, um zu testen, ob es Interessenten gibt, und als er Käufer gefunden hatte, das Gold besorgt.«

»Möglich«, stimmte Sabine zu.

»Kai Erdmann kann es nicht gewesen sein«, erinnerte Lynn die beiden. »Er hat ein Alibi.«

»Richtig. Das Vorstellungsgespräch«, sagte Gräber.

Sabine biss sich auf die Lippen. Vor lauter Jagdfieber hatte sie vollkommen ausgeblendet, dass der Museumsleiter nicht zum Team gehörte. Er war ein Zivilist. Auf keinen Fall sollten ihm Ermittlungsdetails zu Ohren kommen.

Ralph und Lynn hatten offenbar dieselbe Erkenntnis. Angersbach bat Gräber, den Goldbarren zurück zu den anderen zu legen, und bedankte sich für seine Unterstützung. Er begleitete den Geologen zu seinem Wagen und wechselte noch ein paar Worte mit ihm.

»Kai war es nicht«, nahm Lynn den Faden wieder auf. »Lennard Unger und Hannah Bernstorf auch nicht, die waren an ihrem jeweiligen Studienort. Bleiben Kilian Schneider und Alicia Hebestreit. Irgendjemand aus Kais Umfeld muss es gewesen sein. Wer sonst sollte das Gold ausgerechnet hier verstecken?«

Kaufmann gab ihr recht.

»Die stecken alle unter einer Decke«, sagte Ralph, der wieder zu ihnen zurückgekehrt war. Er rieb sich das Kinn. »Vielleicht hat es ja überhaupt keinen Bankräuber gegeben. Justin Büchner könnte das alles inszeniert haben. Er könnte in der Nacht in aller Ruhe die Stellwände aufgebaut haben. Als seine Kollegin in die Mittagspause gegangen ist, hat er das Kabel durchtrennt und die Wände wieder abgebaut. Anschließend hat er den Tresor leer geräumt und die Beute im Kofferraum seines Wagens verstaut. Er hat doch ein Auto?«

Lynn hatte bereits ihr Tablet in der Hand. »Ja. Einen Mini Cooper, acht Jahre alt.«

»Danach hat er die Polizei gerufen«, spann Angersbach den Gedanken weiter. »Ich nehme an, niemand ist auf den Gedanken gekommen, sein Auto zu durchsuchen?«

»Du auch nicht«, bemerkte Sabine.

Ralph winkte ungeduldig ab. »Nein. Da kommt man ja auch erst mal nicht drauf. Aber es könnte so gewesen sein.«

Kaufmann dachte darüber nach. »Ja«, gab sie zu.

»Wir müssen uns die vier noch einmal vornehmen«, sagte Ralph. »Kai, Justin, Alicia und Kilian.«

Sabine warf einen Blick auf ihr Smartphone. Es war bereits nach neun.

»Wir haben auch noch was«, sagte sie und erzählte Ralph von Alicias Aussage.

»Die Ortsvorsteherin soll die Sache mit der ›Schutzmacht‹ inszeniert haben, um ihre politische Karriere voranzutreiben. Glaubst du das?« Angersbach schüttelte den Kopf.

»Es ist eine Spur, der wir nachgehen müssen«, entgegnete Kaufmann. Sie fühlte sich plötzlich erschöpft.

»Morgen.« Lynn strich ihr über den Arm. »Es war ein langer Tag, und wir sind hier noch nicht fertig.« Sie besprach sich mit einem der Kriminaltechniker und wies ihn an, die Goldbarren einzupacken und nach Wiesbaden ins LKA bringen zu lassen. Während sie damit beschäftigt waren, kam ein Kollege auf sie zu, der ein ungewöhnlich geformtes Gerät in der Hand trug. Im ersten Moment hielt Sabine es für ein Mikroskop, doch als er näher kam, stellte sie fest, dass es statt des Okulars einen Handhebel besaß.

»Hier.« Der Kollege präsentierte Angersbach das Gerät.

»Was ist das?« Ralph neigte den Kopf zur Seite.

»Eine Kniehebelpresse. Zum Nieten und Pressen. Müsste locker reichen, um einen flachen Goldbarren zu prägen.«

»Fingerspuren?«

»Das lassen wir im Labor checken.«

Angersbach bedankte sich. Der Kollege verstaute das Gerät in einem großen Tatortbeutel mit Clipverschluss.

»Langsam kommt Bewegung in die Sache.« Lynn lächelte zufrieden. Ihre Wangen waren gerötet, doch das konnte auch an der eisigen Luft liegen.

Sabine hatte das Gefühl, festzufrieren, wenn sie noch lange hier stehen musste.

»Lasst uns ins Hotel fahren«, schlug Ralph vor. »Die Kollegen schicken uns den Bericht, wenn sie hier fertig sind. Es ist nicht nötig, dass wir uns alle den Tod holen.«

Sabine und Lynn stimmten zu.

»Außerdem habe ich Hunger«, ergänzte Ralph und sah zu Lynn. »Taugt das vegetarische Angebot bei euch im Hotel etwas?«

»Ja. Die haben einiges auf der Karte, und bis jetzt war alles sehr lecker.«

»Super.« Angersbach schob sich zwischen Sabine und Lynn und legte jeder der Frauen einen Arm um die Schultern. »Ich lade euch ein.«

»Fein.« Sabine rang sich ein Lächeln ab. Das bedeutete dann wohl, dass sie einen weiteren Abend mit Lynn und Ralph verbringen und gute Miene zum bösen Spiel machen musste. Eine Gelegenheit, in Ruhe mit ihm zu reden, würde sich dagegen wohl nicht ergeben.

18

Goldacker

Ralph Angersbach dröhnte der Schädel. Dabei hatte er sich geschworen, nicht zwei Abende hintereinander denselben Fehler zu begehen. Aber nach dem leckeren Essen in der gemütlichen warmen Gaststube hatte er seine guten Vorsätze über Bord geworfen.

Sabine war wie am Abend zuvor früh ins Bett gegangen. Ralph hatte eigentlich nach Hause fahren wollen, doch Lynn hatte ihn überredet, zu bleiben. Wie sinnvoll war es, mitten in der Nacht nach Gießen zu fahren, nur um am nächsten Morgen dieselbe Strecke in umgekehrter Richtung zurückzulegen? Die Musik spielte hier am Edersee.

Also hatte Ralph sich ein Zimmer genommen, und Lynn hatte eine Flasche Rotwein geordert. Später war eine zweite dazugekommen. Bis nach Mitternacht hatten sie zusammengesessen und geredet. Erst über den Fall, dann über private Dinge. Ralph hatte viel gelacht. Er hatte sich lange nicht mehr so wohl und entspannt gefühlt.

Die Quittung hatte er bekommen, als um halb sieben der Handywecker geklingelt hatte. Ein hartnäckiger Schmerz direkt über der Nasenwurzel, der sich auch mit zwei Schmerztabletten nicht vertreiben ließ. Und dann noch einmal, als er mit leichter Schlagseite zum Frühstücksbüfett gegangen war. Sabine hatte ihn mit großen Augen angesehen. Ralph hatte stammelnd seine Erklärung abgegeben, doch Sabine hatte ihn nicht ausreden lassen.

»Du bist mir keine Rechenschaft schuldig«, hatte sie erklärt und war zu den abgedeckten Schalen mit Rührei und Schinken abgewandert. Dermaßen viel von dem Schinken hatte sie auf ihren Teller gehäuft, dass Ralph von dem Geruch beinahe übel geworden war, als sie zusammen am Tisch saßen. Am liebsten hätte er den Platz gewechselt, doch damit hätte er sich wohl endgültig ins Abseits katapultiert.

Lynn dagegen hatte ausgesehen wie das blühende Leben. Die Haut frisch, das Lächeln sonnig, die Augen wach und neugierig. Mit einer großen Schale Obstsalat, einem kleinen Müsli und einem Glas Orangensaft war sie zu ihnen gekommen.

Ralph war froh darüber gewesen. Das Schweigen zwischen Sabine und ihm hatte etwas Belastendes. Lynn hatte sofort ihr Tablet hervorgeholt. Sie hatten ihr weiteres Vorgehen besprochen und entschieden, als Erstes Justin Büchner und Kai Erdmann zu befragen. Die beiden schienen ihnen mit ziemlicher Sicherheit die zentralen Figuren beim Bankraub und bei der Goldfälschung zu sein.

Justin Büchner trug bereits seinen Anzug mit der Sparkassenkrawatte, als er ihnen die Tür öffnete.

»Sie?« Er warf einen Blick zurück in die Wohnung. »Wollen Sie zu Kai?«

»Wir möchten mit Ihnen beiden sprechen«, erklärte Kaufmann.

In Büchners Gesicht zuckte ein Muskel. »Ich muss zur Arbeit.«

Lynn lächelte freundlich. »Wir haben Ihrer Kollegin Bescheid gesagt, dass Sie später kommen.«

»Aha?« Büchner verschränkte die Arme vor der Brust. »Das geht so aber nicht.«

Lynn lächelte weiter. »Ich denke schon. Wir müssen uns Ihre Wohnung ansehen. Und Ihren Wagen.«

»Was?«

Lynn hielt ihm ihr Smartphone hin. »Wir haben einen Durchsuchungsbeschluss.«

Sie hatte noch am Abend zuvor mit dem zuständigen Staatsanwalt telefoniert, der den Antrag beim Ermittlungsrichter gestellt hatte. Der Beschluss war gekommen, als sie beim Frühstück gesessen hatten.

Justin starrte auf das Display. »Ist das gültig? Muss das nicht so ein Papier sein?«

»Das geht heutzutage alles digital«, klärte Lynn ihn auf. »Genau wie bei Ihnen in der Bank.«

»Okay.« Büchner trat endlich beiseite.

Ralph, Sabine und Lynn gingen durch den Flur ins Wohnzimmer, wo sich Kai Erdmann gerade auf dem Sofa aus der Decke schälte. Er trug ein verwaschenes T-Shirt mit ausgeleiertem Kragenbündchen und rot-weiß gestreifte Boxershorts. Seine Haare waren zerzaust, die Augen gerötet, das Kinn mit Bartstoppeln bedeckt.

»Was wird das?«, fragte er, während sein Blick zwischen den Beamten hin und her huschte.

»Hausdurchsuchung«, verkündete Ralph knapp.

»Wieso?« Kai setzte sich aufrecht hin, was ihm augenscheinlich Mühe bereitete. Offenbar hatte er am Vorabend genau wie Ralph dem Alkohol zu sehr zugesprochen.

»Wir haben den begründeten Verdacht, dass Sie am Überfall auf die Bank in Sachsenhausen beteiligt waren«, erklärte Lynn. »Sie beide.«

Justin schüttelte den Kopf. Kai schnaufte. »Ich habe ein Alibi.«

»Für die Zeit des angeblichen Überfalls, ja.« Darüber hatten sie am Abend im Restaurant noch einmal gesprochen. Kai könnte bereits in der Nacht die Stellwände aufgebaut und den Kabelschacht aufgesägt haben. Den Rest hatte dann Justin während der Mittagspause seiner Kollegin erledigt.

»Sie haben gemeinsame Sache gemacht, stimmt's?« Ralph merkte, dass er in seine alte Bulldozer-Strategie zurückfiel, aber mit dem Dröhnschädel fiel es ihm schwer, subtil zu sein.

»Wie kommen Sie denn darauf?«

»Wir haben einen Teil der Beute gefunden«, erklärte Ralph. »Auf dem Hof Ihres Großvaters.«

Wenn er gedacht hatte, Kai würde bei dieser Nachricht einknicken, hatte er sich getäuscht.

»Na und?« Der junge Mann ließ sich auf dem Sofa zurücksinken. »Was beweist das?«

»Vermutlich.« Lynn berührte Ralph am Arm. »Wir haben vermutlich einen Teil der Beute gefunden.«

»Ja.« Ralph fuhr sich übers Kinn, das nicht weniger stoppelig war als das von Kai Erdmann. Die Zähne hatte er sich notdürftig mit den Fingern geputzt, aber Rasierzeug hatte er so früh am Morgen nicht auftreiben können.

Kai lachte. »So. Vermutlich.« Er legte den Kopf schief. »Was genau haben Sie denn gefunden?«

»Goldbarren mit einer Prägung, wie sie im Dritten Reich verwendet wurde. Reichsadler und Hakenkreuz.« Ralph nahm Kai ins Visier. »Allerdings ist es eine Fälschung, und eine stümperhafte noch dazu. Der Adler schaut in die falsche Richtung.«

»Was?« Kai fuhr zu Justin herum. »Du hast doch …« Er biss sich auf die Lippen.

Angersbach sah den Bankangestellten an, dem das Schuldbewusstsein ins Gesicht geschrieben stand.

Sabine schlug ihr Notizbuch auf. »Ich schlage vor, Sie erzählen uns die Wahrheit. Das könnte sich strafmildernd auswirken.«

Kai verschränkte die Arme. »Ich habe nichts zu sagen.«

Justin leckte sich die Lippen. Er versuchte offenbar, ebenso cool zu sein wie sein Kumpel, doch es gelang ihm nicht.

»Scheiße«, platzte es aus ihm heraus. »Wegen dir verliere ich meinen Job.«

Kai sah ihn böse an. »Den verlierst du, weil du die Klappe nicht halten kannst.«

Lynn lächelte. »Herr Erdmann? Begleiten Sie mich in die Küche? Ich koche uns eine Kanne Kaffee. Und meine Kollegen unterhalten sich in der Zwischenzeit mit Herrn Büchner.«

»Da will ich dabei sein.« Kai verschränkte bockig die Arme vor der Brust.

»Das wird nicht gehen«, teilte ihm Ralph mit. »Wir befragen Sie ab sofort nicht mehr als Zeugen, sondern vernehmen Sie als Verdächtige.«

»Ich habe nichts gemacht«, beteuerte Kai.

»Schön. Dann haben Sie sicher auch kein Problem damit, unserer Kollegin in der Küche Gesellschaft zu leisten.«

Kai kaute einen Moment darauf herum. Schließlich stand er auf und verließ den Raum. In der Tür drehte er sich zu Lynn um. »Kommen Sie?«

Lynn klemmte sich ihr Tablet unter den Arm.

»Ihr trinkt nur Kaffee«, zischte Sabine ihr zu. »Die Vernehmung übernehmen wir.«

»Klar.« Lynn wirkte irritiert wegen des scharfen Tonfalls, und Ralph war es ebenfalls. War irgendetwas zwischen den beiden Frauen vorgefallen, von dem er nichts mitbekommen hatte? Aber im Moment gab es Wichtigeres. Wahrscheinlich war es ohnehin besser, wenn er sich nicht einmischte.

Lynn und Kai verschwanden im Flur. Kaufmann drückte die Wohnzimmertür hinter ihnen zu. Büchner setzte sich in den Sessel. Kaufmann und Angersbach nahmen ihm gegenüber auf dem Sofa Platz, nachdem Sabine die zerwühlte Decke und das Kopfkissen beiseitegeschoben hatte.

»Also, Herr Büchner«, sagte sie. »Dann erzählen Sie mal.«

Der Bankangestellte holte ein paarmal tief Luft. Er zerrte an seiner Krawatte, die ihn einzuengen schien. Dann richtete er den ausgestreckten Finger zur Wohnzimmertür. »Es war seine Idee«, schnaufte er. »Ich wollte nur helfen.«

Sabine und Ralph holten ihre Notizbücher hervor. »Das bräuchten wir etwas genauer.«

Büchner massierte sich die Schläfen. »Es war wegen seinem Großvater. Der hat Kai erzählt, dass sein Onkel damals im Krieg Goldbarren versteckt hat. Willi hat sie nie holen können, weil er diesen Unfall hatte, bei dem er die Beine verloren hat. Er hat zu Kai gesagt, er kriegt das Gold, wenn er sich um ihn kümmert.«

Angersbach tauschte einen Blick mit Sabine. Die Geschichte klang ziemlich hanebüchen, und er hatte auch keine Ahnung, wo sie hinführen sollte.

»Kai hat angefangen, im Netz nach Abnehmern zu suchen. Er hat eine Seite erstellt und das Nazigold angeboten, so wie Opa Willi es ihm beschrieben hatte. Passende Bilder findet man ja problemlos. Er hat unglaublich gute Angebote gekriegt. Er hat auch damit angegeben, dass er echte Nazibarren hätte. Bei der ›Schutzmacht‹. Sie wissen schon.« Büchner seufzte. »Jedenfalls hat Opa Willi ihn verarscht. Es gab gar keine Goldbarren. Angeblich soll irgendjemand anders in der Zwischenzeit das Versteck geräubert haben, aber ich glaube, das Ganze war ein Ammenmärchen. Willi hatte einfach Angst, dass Kai ihm nicht länger den Arsch abwischt.«

Kaufmann blinzelte. »Und dann?«

»Kai wollte sich nicht blamieren. Und er wollte das Geld, das man ihm im Darknet für das Gold geboten hat. Das war weitaus mehr als der reine Materialwert. Man glaubt ja gar nicht, wie viele Leute immer noch scharf auf diesen Nazikram sind.«

»Also …« Sabines Stift schwebte über dem Papier.

»Also hat er mich gefragt, ob ich ihm helfen kann. Erst habe ich abgelehnt. Ich hätte auch gar nicht gewusst, was ich tun könnte. Aber dann hat dieser Kunde die Goldbarren bestellt …«

»Und da ist der Plan in Ihnen gereift.«

»Wir haben uns einen Prägestempel mit Reichsadler und Hakenkreuz besorgt und eine Kniehebelpresse. Kai hat den Kabelschacht aufgesägt, und ich habe Nicoles Mittagspause genutzt, um die Stromleitung zu kappen und Geld und Gold aus dem Tresor zu holen und im Kofferraum meines Autos zu verstecken.« Er schüttelte den Kopf. »Das war alles so einfach. Kein Mensch ist auf die Idee gekommen, dass ich es getan haben könnte.«

Angersbach hob die Augenbrauen.

»Jedenfalls nicht gleich.« Büchner sackte in sich zusammen. »Was passiert denn jetzt?«

»Sie sagen uns, wo wir die restliche Beute finden. Das Geld. Wir nehmen Sie in Gewahrsam. Der Ermittlungsrichter wird vermutlich Untersuchungshaft anordnen. Man wird Sie anklagen, aber Ihr Geständnis kann sich strafmildernd auswirken.«

Büchner schluchzte auf und schlug sich die Hände vors Gesicht. Seine Schultern bebten.

»Scheiße«, jammerte er. »Und das alles nur wegen Kai.«

»Ganz so selbstlos waren Sie nicht«, bemerkte Kaufmann gallig. »Das Hauptmotiv war ja wohl Ihre Gier.«

Angersbach warf ihr einen überraschten Blick zu. War das die Frau, die sonst immer so sanftmütig und verständnisvoll mit Zeugen und Verdächtigen umging?

»Was?« Sabine sah ihn böse an.

»Nichts.« Angersbach hob die Hände. Ganz sicher wollte er nicht zur Zielscheibe ihres Ärgers werden. Da war es ihm lieber, wenn Justin Büchner diese Rolle übernahm.

»Wo ist das Geld?«, fragte er den Bankangestellten.

Büchner ließ die Hände sinken. »Sie sitzen drauf.«

»Bitte?« Ralphs Strategie hatte Erfolg, Sabines Aufmerksamkeit war wieder bei Justin.

»In den Sofakissen«, erklärte dieser.

Kaufmann und Angersbach sprangen auf und rissen die Sitzkissen vom Sofa. Sie zogen die Reißverschlüsse auf. Zusammen mit dem Schaumstoff quollen ihnen dicke Bündel mit Geldscheinen entgegen.

Ralph holte einen Tatortbeutel aus der Tasche und stopfte sie hinein. Kaufmann griff zum Smartphone. »Ich bestelle die Kollegen ab. Die Durchsuchung können wir uns sparen.«

Angersbach hob den Beutel hoch. »Ist das alles?«

»Ja.« Büchner starrte mit wässrigen Augen auf die Scheine. »Knapp fünfzigtausend. Das war der Deal. Kai bekommt das Gold, ich das Bargeld.«

»Haben Sie ihm geholfen, die Barren umzuprägen?«

»Nein. Das hat er allein gemacht. Vorletzte Nacht. Da ist er weggefahren und hat die Sachen mitgenommen. Die Presse, die Schablone und das Gold. Ich nehme an, er war damit auf dem Hof von seinem Opa.«

Angersbach schwenkte den Beutel. »Sie machen einen schlechten Schnitt«, bemerkte er. »Das Gold ist doppelt so viel wert wie die Scheine hier.«

Büchner zuckte mit den Schultern. »Ich wollte nichts damit zu tun haben. Mit dem ganzen Nazischeiß und den Typen, die Kai da im Darknet aufgetan hat, die seine Barren kaufen wollten.« Er lachte heiser. »Wenn die herausfinden, dass die Dinger gefälscht sind, gibt es Ärger. Ich habe keine Lust, nachts auf der

Straße zusammengeschlagen zu werden, weil ich mich mit den falschen Leuten angelegt habe. Dafür gibt es von denen zu viele.«

»Okay.« Angersbach schlug eine neue Seite in seinem Notizbuch auf. »Ihre Beteiligung am Banküberfall wäre damit geklärt. Wie steht es mit dem Mord an Willi Erdmann?«

»Was?« Büchner starrte ihn aus geröteten Augen an. »Damit habe ich nichts zu tun.«

»Und Kai?«

»Auch nicht. Warum sollte er seinen Opa umbringen?«

»Weil er ihn reingelegt hat zum Beispiel.«

»Quatsch.«

Kaufmann nickte. »Gut. Es kommt gleich ein Streifenwagen. Die Beamten bringen Sie nach Gießen ins Untersuchungsgefängnis.« Sie deutete auf die Tür zum Schlafzimmer. »Packen Sie ein paar Sachen zusammen. Sie werden eine Weile dort bleiben.«

Justin Büchner schluckte. »Scheiße.« Er stand schwerfällig auf und wankte auf die Schlafzimmertür zu wie ein Betrunkener. »So eine Scheiße.« Angersbach konnte sehen, dass er von Schluchzern geschüttelt wurde.

Sabine Kaufmann schlug mit einem Knall ihr Notizbuch zu. »Die Einsicht kommt ein bisschen spät.«

Ralph gab einen nichtssagenden Laut von sich. War das irgendeine verklausulierte Botschaft an ihn? Wenn ja, verstand er sie nicht.

Sabine Kaufmann knirschte mit den Zähnen. Sie war wütend. Auf Ralph und Lynn, vor allem aber auf sich selbst. Es gelang ihr nicht, Berufliches und Privates zu trennen. Seit sie die beiden beim Frühstück getroffen hatte, fragte sie sich, wie der Abend verlaufen war. Offenbar hatten sie wieder reichlich dem Rotwein zugesprochen und vertrauliche Gespräche geführt.

Oder war da noch mehr gewesen? Die Angst, ausgebootet worden zu sein, war so stark, dass sie sich kaum konzentrieren konnte. Sie hatte ihre Gefühle nicht im Griff. Und sie verhielt sich unprofessionell. Das durfte so nicht weitergehen. Bei Kai Erdmanns Vernehmung musste sie ihre Sinne beisammenhaben. Schließlich ging es nicht nur um den Banküberfall und das falsche Nazigold, sondern auch um Mord. Auf keinen Fall durfte sie zulassen, dass Kai damit davonkam, weil sie selbst angeschlagen war.

Sie tat so, als wäre sie intensiv mit ihren Notizen beschäftigt, während sie auf den Streifenwagen warteten, der Justin Büchner abholen sollte. Der Bankangestellte hockte auf dem Sessel, den gepackten Koffer zu seinen Füßen. Er schluchzte leise vor sich hin und schnäuzte sich dann und wann in ein Taschentuch, das bereits vollkommen feucht und zerfleddert war.

Ralph stand am Fenster und starrte auf die Straße, als gäbe es hier in Goldacker irgendetwas Aufregendes zu sehen. Schließlich drehte er sich um und begann die Schubladen der Wohnzimmerschränke zu öffnen. Büchner blinzelte, protestierte aber nicht. Angersbach griff in eine Schublade und beförderte ein Päckchen Taschentücher hervor, das er Büchner zuwarf.

»Danke«, schniefte der Bankangestellte und nahm sich ein frisches. Angersbach kehrte zum Fenster zurück.

»Ah. Endlich«, sagte er und ging zur Wohnungstür.

Zwei uniformierte Beamtinnen betraten den Raum. Angersbach setzte sie kurz in Kenntnis. Büchner stand auf und griff nach seinem Koffer. Die beiden Beamtinnen führten ihn ab.

Ralph öffnete die Küchentür und winkte Lynn und Kai Erdmann herein.

Erdmann setzte sich in den Sessel, Kaufmann und Angersbach aufs Sofa. Lynn brachte Kaffeebecher und Kanne und schenkte ein. Anschließend hockte sie sich neben Ralph auf die Sofalehne und zog ihr Tablet hervor.

»Bitte, Herr Erdmann«, sagte sie. »Erzählen Sie.«

Kai streckte die Beine aus und lehnte den Kopf an die Rückenlehne. »Ich wüsste nicht, was.«

Kaufmann ballte die Fäuste. Sie wollte hier fertig werden. Kais Aussage aufnehmen, ihn genau wie seinen Kumpel Justin in Untersuchungshaft bringen lassen und dann endlich mit Ralph reden. Wenn diese Sache mit Lynn noch länger zwischen ihnen stand, würde sie verrückt werden.

»Ihr Freund Justin hat ein Geständnis abgelegt«, informierte Angersbach den jungen Mann.

»So?«

»Er hat zugegeben, dass er Geld und Gold aus der Bank entwendet hat.«

Kai schüttelte leicht den Kopf. »So was. Das hätte ich ihm gar nicht zugetraut.«

»Herr Erdmann, bitte. Sie haben gemeinsame Sache gemacht.«

Kai kratzte sich am Kinn. »Sagt er das?«

Sabine begriff, dass er es ihnen nicht leicht machen würde. Folgte er einfach nur seiner Intuition? Oder hatte er Justin absichtlich provoziert, weil er ihn zum Sündenbock machen wollte?

»Er sagt, dass Sie ihn angestiftet haben«, erklärte Angersbach. »Weil Sie dringend ein paar Goldbarren brauchten.«

Kai blinzelte träge. »Wozu?«

Ralph wiederholte, was Justin Büchner ihnen erzählt hatte.

»Und diesen Schwachsinn glauben Sie?« Kai gab seine lässige Pose auf und setzte sich aufrecht hin. »Am Ende denken Sie auch noch, ich hätte Opa Willi ermordet, weil er mich verarscht hat?«

»War es so?«

»Nein.« Kai sah sie aus seinen blauen Augen an, als könnte er kein Wässerchen trüben. »Natürlich nicht.«

»Nur damit ich das richtig verstehe.« Ralphs Stimme klang zornig. »Sie behaupten, Justin Büchner hätte den gefakten Banküberfall alleine geplant und durchgeführt? Ihr Opa hat Ihnen nichts von irgendwelchen versteckten Goldbarren aus dem Dritten Reich erzählt, und Sie haben auch keine solchen Barren im Netz angeboten?«

»So ist es.« Ein feines Lächeln erschien auf Kais Lippen. »Oder können Sie irgendwas davon beweisen?«

Kaufmann konnte sehen, dass Angersbach innerlich kochte.

»Wir haben die Goldbarren auf dem Hof Ihres Großvaters gefunden«, schimpfte er.

»Da war ich seit vorgestern nicht mehr«, gab Kai zurück. »Seit Sie dort alles auf den Kopf gestellt und mich weggeschickt haben. Ich dachte, ich darf den Hof erst wieder betreten, wenn Sie es mir sagen. Deswegen hocke ich ja hier in Justins Bude.«

»Die Barren haben sich in einer Grube unter dem alten Traktor befunden.«

Kai zuckte mit den Schultern. »Der Schlüssel für den Traktor hängt im Flur am Brett. Und die Haustür steht immer offen, das habe ich Ihnen ja gesagt.«

»Wir haben eine Kniehebelpresse gefunden.«

»So?« Kai strich über seine Hose. »Keine Ahnung, wofür Opa Willi so was gebraucht hat. Was genau macht man denn mit diesem Knie-Dings?«

»Man könnte die Presse benutzen, um Goldbarren zu prägen.«

Kai lächelte. »Habe ich aber nicht.«

Sabine Kaufmann seufzte. Die Kollegen hatten auf dem Hof weder einen Prägestempel noch Hinweise auf das Königswasser entdeckt, mit dem die ehemaligen Vorderseiten der Goldbarren behandelt worden sein mussten. Die Untersuchung der Barren stand noch aus. Sie war sich zwar sicher, dass die Kollegen Spuren der alten Prägung finden würden, doch damit ließ sich nur beweisen, dass die Barren aus dem Banküberfall stammten, mehr nicht. Auf der Kniehebelpresse waren keine Fingerabdrücke. Derjenige, der sie benutzt hatte, hatte Handschuhe getragen. Kai konnte also behaupten, dass es sein Freund Justin gewesen war oder irgendjemand sonst. Vielleicht stimmte das ja sogar? Womöglich hatte Kai Erdmann tatsächlich nichts mit der Sache zu tun, sondern jemand anderes von der »Schutzmacht«?

Wie auch immer, Justin Büchner hatte ihn beschuldigt, mit ihm gemeinsam den Banküberfall inszeniert zu haben. Das reichte für eine vorläufige Festnahme, und der Ermittlungsrichter würde nicht zögern, Untersuchungshaft anzuordnen. Flucht- und Verdunklungsgefahr bestand allemal.

»Noch eine Frage.« Kaufmann fixierte den jungen Mann. »Hat Ihre Schwägerin Sie für Ihre Aktionen mit der ›Schutzmacht‹ bezahlt?«

Kai sah sie ratlos an. »Was ist das für ein Quatsch? Warum sollte sie das tun?«

»Der Kampf gegen rechts macht sich gut auf ihrer Agenda.«

»Die ›Schutzmacht‹ ist nicht rechts. Laura hat sich da einfach nur reingesteigert.« Kai grinste. »Ehrlich. Wenn sie uns dafür bezahlt hätte, hätte ich bestimmt nicht Nein gesagt. Aber das hat sie nicht.«

Kaufmann stand auf. »Also gut, Herr Erdmann. Dann unterhalten wir uns auf dem Präsidium weiter.« Hier und jetzt würden sie nichts mehr in Erfahrung bringen. Ihr Gefühl, dass Kai hinter allem steckte, nützte nichts, solange sie keine Beweise hatte.

Ralph und Lynn erhoben sich ebenfalls. Sie sahen genauso frustriert aus, wie Sabine sich fühlte.

»Wieso auf dem Präsidium?« Auf Kais Gesicht zeichnete sich leichte Panik ab.

»Wir nehmen Sie vorläufig fest. In der Zelle können Sie noch einmal in aller Ruhe Ihre Geschichte überdenken.«

Kai hatte den Schock bereits überwunden. »Ich habe Ihnen alles gesagt«, erklärte er. »Aber wenn Sie mir ein paar Tage Kost und Logis auf Staatskosten spendieren wollen, ist das auch okay. Mein neuer Job fängt erst im Januar an. Und jetzt, wo Opa Willi nicht mehr ist …«

Sabine wandte sich angewidert ab und zog ihr Smartphone hervor, um einen weiteren Streifenwagen anzufordern. Was stimmte mit diesem jungen Mann bloß nicht?

»So ein Mist«, schimpfte Ralph Angersbach, als sie wieder auf der Straße standen und dem Wagen hinterhersahen, der Kai nach Gießen brachte. »Ich dachte wirklich, wir hätten ihn im Sack.«

Lynn scrollte auf ihrem Tablet. »Vielleicht sagt er die Wahrheit.«

»Das glaubst du doch selbst nicht!«, schnauzte Sabine.

Lynn hob die sorgfältig gezupften Augenbrauen. »Hast du schlecht geschlafen?«

»Schlecht geträumt«, gab Sabine zurück. »Da war eine Frau, die mir meinen Freund ausgespannt hat.«

Lynn schlang sich mit einer Hand den weichen grauen Schal höher um den Hals, während sie mit der anderen das Tablet hielt und darauf wartete, dass sich eine Verbindung aufbaute. Über ihnen zogen dicke schwarze Wolken über den Himmel, die das komplette Sonnenlicht schluckten.

»So?«, fragte sie abwesend und studierte stirnrunzelnd eine Tabelle, die sie geöffnet hatte. »Dann kannst du ja froh sein, dass es nur ein Traum war.«

»War es das?«, fragte Sabine giftig.

Angersbach blinzelte. Glaubte Sabine allen Ernstes, dass er etwas mit Lynn anfangen würde?

»Hör mal«, setzte er an, wurde aber von Lynn unterbrochen, die offenbar nichts von der Bombe mitbekommen hatte, die Sabine direkt neben ihr platziert hatte.

»Das müsst ihr euch ansehen.« Sie hielt Ralph und Sabine das Tablet hin.

Sabine knirschte mit den Zähnen. »Was ist das?«

»Eine Aufstellung der finanziellen Verhältnisse der Familie Erdmann. Hat mir Oliver gerade geschickt.«

»Das ist einer unserer IT-Kollegen«, erklärte Kaufmann mit falscher Freundlichkeit. »Er erledigt gern ein paar Dinge für Lynn auf dem kurzen Dienstweg, weil er ein Auge auf sie geworfen hat.«

»Ich aber nicht auf ihn«, stellte Lynn klar und tippte aufs Display. »Ich weiß schon, dass das nicht in Ordnung ist, aber anders hätten wir diese Informationen nicht bekommen. Der Ermittlungsrichter hätte der Einsichtnahme in die Bankdaten niemals zugestimmt. Das wäre aber schade gewesen.«

Angersbach versuchte, sich auf die Zahlen zu konzentrieren. »Was sagt uns die Aufstellung denn?«

»Dass die Erdmanns keinesfalls so gut dastehen, wie es scheint. Laura Erdmann-Janssens Konto befindet sich weit in den Miesen, und das Haus am See ist mit einer fetten Hypothek belastet. Bei Christian Erdmann ist alles im Lot, aber größere Ersparnisse hat er nicht. Wenn ihr mich fragt, bewegen sich die beiden am Rande der Privatinsolvenz.«

»Siehst du?« Sabine schenkte Ralph einen triumphierenden Blick.

»Dafür gibt es bestimmt eine Erklärung«, gab Ralph zurück. »Vielleicht haben sie noch andere Konten.«

»Möglich.« Lynn runzelte die Stirn. »Das hier ist interessant.

Laura Erdmann-Janssen hat in den letzten Monaten mehrfach größere Beträge auf ein Schweizer Nummernkonto überwiesen.«

»Also sind sie doch nicht pleite«, konstatierte Ralph.

»Sofern es ihr eigenes Konto ist. Aber seltsam ist es schon.«

»Allerdings.« Kaufmann blätterte in ihren Notizen.

»Warum fragen wir sie nicht einfach?«, schlug Angersbach vor.

Sabine schnaubte. »Glaubst du, sie legt freiwillig ihre Finanzen offen? Dass wir bereits über die prekären Verhältnisse Bescheid wissen, können wir ihr ja nicht sagen.«

»Hast du eine bessere Idee?«

»Wir sprechen mit Philipp Rösner. Dem Ortsvorsteher von Goldacker«, fügte sie mit Seitenblick auf Angersbach hinzu. »Er hat eng mit Laura Erdmann-Janssen zusammengearbeitet.« Ihre Augen funkelten. »Vielleicht bekommen wir von ihm Informationen, die uns nützen, wenn wir uns mit Christian und Laura Erdmann unterhalten.«

War das nun das Jagdfieber? Oder wollte Sabine die Freundschaft untergraben, die sich zwischen Ralph und dem Ingenieur anbahnte? Weil er ihr offenbar beim Knüpfen der Freundschaft mit Lynn in die Quere gekommen war?

Ralph hatte keine Ahnung. Er würde wohl bald mal in Ruhe mit Sabine reden müssen, auch wenn er solche Gespräche hasste. Aber so konnte es nicht weitergehen.

Philipp Rösner saß in seinem Büro in Goldacker über einen Stapel Papiere gebeugt. Sabine fand, dass er aussah wie das Klischee eines Politikers. Grauer Anzug mit Krawatte, die blonden Haare seitlich gescheitelt und ordentlich gekämmt, das Kinn glatt rasiert. Lynn hatte herausgefunden, dass er neununddreißig Jahre alt war. Verheiratet, zwei Kinder im Alter von sieben und zehn Jahren. Kaufmann dachte, dass er älter aussah, was auch an der funzeligen Beleuchtung liegen mochte. Rösner hatte statt der Deckenleuchte die altmodische Schreibtischlampe mit Tiffany-Schirm eingeschaltet, die ein merkwürdiges rotgrünes Licht warf.

Rösner erhob sich, als sie den Raum betraten. »Guten Tag. Wie kann ich Ihnen helfen?«, fragte er jovial, mit exakt jenem Schmelz in der Stimme, wie ihn so viele Politiker perfekt beherrschten.

Lynn übernahm die Vorstellungsrunde.

»Polizei? Wegen der Schüsse auf Laura?«

Kaufmann überlegte, ob sie ihn dazu ebenfalls hätten vernehmen sollen. Aber er war ja nicht vor Ort gewesen, und Täter und Motiv waren Lynn und ihr offensichtlich erschienen. Kein Grund, ihre Arbeit nicht gründlich zu machen, dachte sie jetzt. Aber was sie vor drei Wochen versäumt hatten, konnten sie jetzt ja nachholen.

»Wir hätten ein paar Fragen«, sagte sie vage.

»Bitte.« Rösner deutete auf die Sitzgruppe in der Ecke. Grüner Plüsch mit dunklen Holzlehnen und ein massiver Holztisch, passend zum Ambiente der Amtsstube mit den vertäfelten Wänden und der Galerie ehemaliger Ortsvorsteher. »Möchten Sie etwas trinken?«

Alle drei lehnten ab. Rösner, der bereits nach dem Telefonhörer gegriffen hatte, legte ihn zurück auf die Station und setzte sich zu Ihnen. »Was möchten Sie wissen?«

»Wie gut kennen Sie Frau Erdmann-Janssen?«

Rösner runzelte die Stirn. »Ich verstehe nicht ganz …« Sein Blick wanderte zu dem Foto auf seinem Schreibtisch. Es zeigte Rösner mit Frau und Kindern.

»Nein. Wir wollen nicht unterstellen, dass Sie eine Affäre haben«, beeilte sich Lynn zu versichern. »Es geht nur darum, dass wir uns ein besseres Bild von Ihrer Kollegin machen möchten.«

»Okay.« Rösner entspannte sich. »Laura ist – wie soll ich das sagen? Politikerin aus Leidenschaft und Berufung, das trifft es vielleicht am besten. Sie hat große Pläne. Einen Sitz im Landtag, vielleicht sogar im Bundestag.«

»Was würde sie dafür tun?«

»Sie leistet hervorragende Arbeit. Früher oder später wird man auf sie aufmerksam werden.«

»Weil sie so engagiert gegen rechts kämpft?«

»Unter anderem.«

»Sie macht sich damit nicht nur Freunde.«

»Natürlich nicht. Das tut man als Politiker nie.« Wieder wanderte sein Blick zum Schreibtisch, dieses Mal zu dem Papierstapel, der darauf lag.

»Bekommen Sie auch Drohbriefe?«, fragte Sabine.

»Was? Nein.« Rösner lachte unfroh. »Das sind Beschwerdebriefe. Sie glauben gar nicht, worüber sich manche Leute aufregen. Gerade hatte ich ein Schreiben von jemandem, der verlangt, dass die Rettungswagen eine Strecke fahren, die nicht an seinem Haus vorbeiführt, weil ihn das Sirengeheul stört. Ist das zu fassen?«

»Zurück zu Laura Erdmann-Janssen«, bat Ralph. »Können Sie sich vorstellen, dass ihre Auseinandersetzung mit der ›Schutzmacht‹ inszeniert ist?«

Rösner blinzelte. »Ich verstehe nicht.«

»Wir haben eine Zeugin, die behauptet, Frau Erdmann-Janssen würde die jungen Leute dafür bezahlen, dass sie sich als Neonazis aufspielen. Damit sie sich mit ihrem Kampf gegen rechts profilieren kann.«

»Das ist doch ausgemachter Unsinn«, fuhr Philipp Rösner auf. »Laura ist absolut integer. Eine aufrechte, geradlinige Frau, die sagt, was sie denkt. Sie wird sich profilieren, da bin ich mir absolut sicher. Solche Spielchen hat sie nicht nötig.« Er kniff die Augen zusammen. »Glauben Sie im Ernst, sie würde jemanden engagieren, der auf sie schießt, damit sie Karriere machen kann?«

Sabine dachte an den Kollegen ihrer Freundin Julia Durant, Frank Hellmer, der gerne die kotzenden Pferde zitierte.

»Nein«, erklärte Rösner kategorisch. »So etwas würde Laura nicht tun.« Er legte den Kopf schief. »Was sagt sie denn selbst dazu?«

»Wir haben noch nicht mit ihr gesprochen. Sie ist erst gestern Abend aus Frankreich zurückgekommen.«

»Richtig. Sie hat mir nach den Schüssen an der Goldmühle eine Nachricht geschickt, dass sie eine Weile untertaucht. Weil Sie ihr dazu geraten haben und weil Christian darauf gedrängt hat.« Er lächelte triumphierend. »Das hätte sie wohl kaum getan, wenn die Schüsse ein Fake gewesen wären.«

»Wenn sie die Scharade aufrechterhalten wollte, schon«, konterte Sabine. »Alles andere hätte sie unglaubwürdig erscheinen lassen.«

Rösner stöhnte leise. »Reden Sie mit ihr. Dann werden Sie begreifen, dass Sie sich täuschen.«

»Hm.« Lynn, die eifrig auf ihrem Tablet getippt hatte, blickte auf. »Können Sie uns vielleicht etwas zu den finanziellen Verhältnissen von Frau Erdmann-Janssen sagen?«

Rösners Augen huschten kurz durch den Raum, ehe er sie mit einem Lächeln ansah. »Laura hat eine Menge Geld in die Ehe eingebracht, soweit ich weiß.«

»Gab es in letzter Zeit Schwierigkeiten?«

Rösner strich sein Sakko glatt. Kaufmann hatte den Eindruck, dass er sich mit einem Mal unwohl fühlte, auch wenn er sich Mühe gab, sein Unbehagen zu überspielen.

»Wenn ja, hat sie mir nichts davon gesagt.« Er räusperte sich. »Warum fragen Sie?«

»Routine«, erwiderte Lynn. »Womit verdienen Sie denn Ihr Geld?«

Rösner deutete vage aus dem Fenster über die Straße. »Wir haben einen Laden für Elektroreparaturen.«

»Den habe ich gesehen«, warf Angersbach ein.

»Lohnt sich das heutzutage noch?«, erkundigte sich Lynn. »Wegen der Wegwerfmentalität, meine ich.«

Rösner wiegte den Kopf. »Hier auf dem Land ist das anders. Da bringen die Leute ihre Sachen noch zur Reparatur. Toaster, Kaffeemaschine, Mikrowelle. Das sind meistens nur ein paar Handgriffe. Für ein paar Euro sind die Sachen wieder zu gebrauchen. Das ist günstiger, als ein neues Gerät zu kaufen. Außerdem haben wir uns in den letzten Jahren zunehmend auf Computer und Handys spezialisiert. Da kommt ständig jemand. Man glaubt gar nicht, wie oft so ein Handy in der Toilette landet oder der Laptop aus dem Bett fällt. Aber gut für uns. Allein mit dem Austausch von Displays machen wir ordentlich Umsatz.«

»Wer ist wir?«

»Mein Bruder Olaf und ich. Wir führen den Laden gemeinsam.«

»Reichtümer erwerben Sie dabei aber nicht.«

Rösner hob ein wenig pikiert das Kinn. Dann zuckte er mit den Schultern. »Nein. Ehrlich gesagt kommt mir die Aufwandsentschädigung als Ortsvorsteher und Stadtverordneter sehr gelegen. Denn Sie haben schon recht: Die Zeiten, in denen so ein Laden problemlos zwei Familien ernährt hat, sind vorbei.«

»Dann sind Sie ein bescheidener Mann.« Sabine hatte recherchiert und herausgefunden, dass die Aufwandsentschädigung für Ortsvorsteher in Orten mit mehr als fünfhundert

Einwohnern knapp zweihundertfünfzig Euro betrug. Für die Mitgliedschaft in der Stadtverordnetenversammlung gab es noch einmal fünfundachtzig Euro extra.

Rösner zuckte mit den Schultern. »Wir brauchen nicht so viel.«

Er klang glaubwürdig, doch Sabine entging nicht das Zucken des rechten Augenlids. Rösner war womöglich neidisch auf die gut situierte Laura Erdmann-Janssen.

»Sie wissen also nichts von finanziellen Sorgen Ihrer Kollegin?«, kam Lynn auf das Thema zurück.

»Nein.« Rösner stand auf. »Aber wenn sie Probleme hatte, hätte sie das wahrscheinlich auch nicht mit mir besprochen.«

»Mit wem dann?«

»Mit ihrem Mann? Die beiden stehen einander sehr nahe.«

»Dann sollten wir wohl mit ihm sprechen.«

»Ja. Das sehe ich auch so.« Rösner bewegte sich in Richtung Tür. Ein deutliches Zeichen, dass er sich wünschte, sie würden gehen.

Sie taten ihm den Gefallen.

»Nicht sehr aufschlussreich«, grummelte Angersbach, als sie wieder auf der Straße standen.

»Findest du?« Kaufmann verstaute ihr Notizbuch in der Handtasche. »Ich bin mir sicher, dass er mehr weiß, als er gesagt hat.«

Ralph schob die Hände in die Jackentasche und sah zum Himmel. Die Wolkendecke hatte sich geschlossen, und wie aus dem Nichts fielen dichte weiße Flocken zur Erde.

»Schnee!« Lynn hob die Hände und formte mit ihren Handschuhen eine Schale, in der sie die Flocken auffing. »Wie schön.« Ihr Gesicht leuchtete. »Vielleicht bekommen wir dieses Jahr weiße Weihnachten.«

»Darauf kann ich verzichten«, grummelte Ralph.

Sabine grinste. Sie wusste, dass er Weihnachten mindestens ebenso hasste wie Schnee und Eis. Er war mal auf einer Eisplatte ausgerutscht und hatte sich den Fuß übel verstaucht. Seitdem bewegte er sich nur noch mit äußerster Vorsicht durch die weiße Pracht. Am liebsten verließ er die Wohnung gar nicht, solange es schneite.

Sie selbst mochte Schnee. Die klare, reine Luft und die Helligkeit, wenn sich das Licht auf dem strahlenden Weiß brach. Hier am See musste es besonders schön sein. Vielleicht blieben sie ja noch ein paar Tage und kamen in den Genuss verschneiter Wälder.

Lynn warf die aufgefangenen Flocken in die Luft. »Was jetzt?«, fragte sie. »Fahren wir zu Laura Erdmann-Janssen?«

Kaufmann und Angersbach nickten.

Lynn streifte die Handschuhe ab und zog ihr Smartphone hervor. Sie tippte auf einen Kontakt und wartete. Als das Gespräch angenommen wurde, meldete sie sich höflich und erkundigte sich, ob Laura Erdmann-Janssen im Büro war.

»So? Aha. Danke.« Sie verabschiedete sich, steckte das Smartphone weg und zog die Handschuhe wieder über. »Sie ist zu Hause«, sagte sie zu Kaufmann und Angersbach. »Sie hat eine E-Mail geschickt, dass sie heute vom Homeoffice aus arbeitet, weil sie gestern erst spät nach Hause gekommen ist.«

»Also fahren wir nach Rehbach«, sagte Kaufmann.

Sie sah, dass es Angersbach nicht behagte, seinem neuen Freund Christian Erdmann zu dritt auf die Pelle zu rücken. Aber es gab nicht viel, was er dagegen einwenden konnte.

»Wollen wir direkt dorthin?«, fragte er. »Oder erst in diesem Steakhouse einen Burger essen? Das liegt doch quasi auf dem Weg.«

Lynn wandte sich an Sabine. »Was meinst du? Ich habe schon wieder Hunger. Und die Ortsvorsteherin läuft uns nicht weg.«

Klar, dass sich Ralph und Lynn wieder einmal einig waren! Sabine hätte am liebsten frustriert auf den Boden gestampft, doch das wäre lächerlich gewesen.

»Ja, warum nicht?«, sagte sie leichthin. »Ich könnte auch etwas essen. Vielleicht ein dickes Steak. So richtig schön blutig.«

Ralph und Lynn verzogen angewidert das Gesicht. Sabine freute sich klammheimlich. Auch wenn es nur eine alberne kleine Rache war. Sie würde sich das Steak schmecken lassen.

19

Rehbach

Als sie das Lokal verließen, fiel der Schnee in dicken Flocken zur Erde, so dicht, dass es wie ein Vorhang wirkte. Angersbach zog die Beanie aus der Tasche und setzte sie auf. Es war nur ein kleines Stück bis zum Parkplatz, wo der Lada stand, doch als sie beim Wagen ankamen, hatten sich unzählige Flocken an die Vorderseite seiner Wetterjacke geheftet. Der Boden war bereits mit einer dünnen weißen Schicht bedeckt, und der Schnee klebte an Ralphs dünnen Halbschuhen. Warum hatte er sich nicht längst neue Winterstiefel besorgt?

Er öffnete die Wagentüren, und sie kletterten rasch hinein, Sabine auf den Beifahrersitz, Lynn auf die Rückbank. Angersbach startete den Motor, schaltete die Scheinwerfer ein und lenkte den Niva auf die Randstraße. Das Licht brach sich in den weißen Flocken. Die Scheibenwischer kamen kaum gegen die Massen an. Er konnte nur ein paar Meter weit sehen. Was für ein Scheißwetter!

»Ist das nicht wunderschön?«, seufzte Lynn auf dem Rücksitz, als sie die Ederbrücke überquerten. »Der erste Schnee. Ich liebe es, wenn die Landschaft ganz in Weiß getaucht ist, so zart und unberührt, bevor irgendjemand seine Fußspuren darin hinterlassen hat.«

»Ja. Ganz lieblich«, bestätigte Sabine mit einem falschen Lächeln zu Ralph. Er sah sie kurz an, ehe er den Blick wieder auf die Straße richtete. Was hatte er ihr eigentlich getan?

Die Reifen des Niva knirschten auf dem Schnee, als er auf den Vorplatz der Erdmann-Villa fuhr. Er stellte den Wagen vor der Garage ab, deren Tore heute geschlossen waren. Gemeinsam mit Sabine und Lynn ging er zur Haustür und drückte auf den Klingelknopf.

Sekunden später wurde die Tür aufgerissen. Angersbach erschrak, als er Christian Erdmann sah. Der Ingenieur war leichenblass. Die Augen waren weit aufgerissen und gerötet, die Haare zerrauft. Erdmanns Stirn war mit kaltem Schweiß bedeckt. Die beiden oberen Knöpfe des weißen Hemds standen offen, die Krawatte baumelte locker um seinen Hals.

»Oh, Gott sei Dank«, keuchte er. »Gut, dass Sie so schnell kommen konnten.«

Ralph, Sabine und Lynn tauschten rasch einen Blick.

»Was ist denn passiert?«, fragte Sabine alarmiert.

»Meine Frau.« Erdmann holte rasselnd Luft. »Sie ist weg.«

»Dürfen wir vielleicht hereinkommen?«, fragte Lynn.

»Selbstverständlich.« Erdmann trat beiseite und führte sie ins Wohnzimmer mit den Panoramafenstern.

Sabine stieß einen leisen Pfiff aus, als sie die Aussicht sah. Der Schneesturm fegte über den See, wirbelte das Wasser auf und ließ die weißen Flocken in dichten Schwaden über der Oberfläche tanzen. Es war in der Tat atemberaubend, doch Angersbach hatte keinen Blick dafür. Er folgte Erdmann zu einem der Sessel und legte ihm die Hand auf die Schulter, als der Ingenieur hineinsank. Sämtliche Energie schien aus seinem Körper gewichen zu sein.

Lynn sah ebenfalls nur kurz hinaus. Dann holte sie ihr Tablet hervor und schaltete es ein. »Was heißt weg?«

»Sie ist gestern Abend aus Frankreich zurückgekommen.« Christian Erdmann schluckte. »Sie war müde, also sind wir gleich ins Bett gegangen. Wir haben heute Morgen zusammen gefrühstückt, und dann bin ich kurz ins Büro. Zum Mittagessen war ich wieder hier. Laura wollte von zu Hause aus arbeiten, aber als ich zurückgekommen bin, war sie nicht da. Ich habe versucht, sie auf dem Handy zu erreichen, aber sie geht nicht ran.« Er zog das Smartphone aus der Hosentasche, tippte auf einen Kontakt und stellte auf laut.

Sie konnten den Klingelton hören. Dann sprang die Mailbox an. »Dies ist der Anschluss von Laura Erdmann-Janssen. Ich bin im Moment nicht erreichbar. Hinterlassen Sie bitte eine Nachricht, ich rufe Sie umgehend zurück.« Ein Piepen ertönte. Erdmann brach die Verbindung ab.

»Sind Sie sicher, dass sie das Telefon dabeihat?«, erkundigte sich Lynn.

Erdmann nickte. »Ich habe überall danach gesucht. Ich habe sie auch mehrfach angerufen, weil ich dachte, ich könnte das Klingeln hören. Aber da war nichts.«

»Vielleicht ist der Akku leer.«

Erdmann schüttelte den Kopf. »Laura lädt das Handy immer, sobald der Akkustand unter fünfzig Prozent ist.«

»Sie könnte es vergessen haben, nach der anstrengenden Rückfahrt aus Frankreich gestern.«

»Ja.« Erdmann nickte, doch Angersbach konnte sehen, dass er nicht daran glaubte.

»Was ist mit ihren Sachen? Hat sie irgendetwas mitgenommen?«, fragte Lynn weiter.

»Nein.« Erdmann fuhr sich mit der flachen Hand übers Gesicht. »Es ist alles da. Geld, Papiere, Kreditkarten. Ihr Wagen steht in der Garage. Die Fahrräder sind da, und das Boot auch.« Der Ingenieur deutete aus den bodentiefen Fenstern zum Steg, wo die Segeljacht im Schneetreiben dümpelte, abgedeckt mit einer weißen Persenning, den silbernen Mast in den Himmel gereckt.

»Also ist sie zu Fuß unterwegs.«

»Wohin denn?« Erdmann klang zunehmend verzweifelt. »Hier ist doch weit und breit nichts.«

»Was ist mit den anderen Häusern?«, fragte Sabine, die bisher nur nachdenklich aus dem Fenster geschaut hatte.

»Da habe ich nachgefragt. Wir haben keinen besonders engen Kontakt zu den Nachbarn. Im Sommer grillen wir gelegentlich zusammen, und zu Weihnachten machen wir Wichtelgeschenke. Das ist aber auch schon alles.«

»Trotzdem könnte Ihre Frau dorthin gegangen sein, weil sie Gesellschaft haben wollte.«

»Sicher. Deshalb habe ich ja angerufen.« Erdmann verlor langsam die Geduld. »Sie ist bei keinem der Nachbarn.«

»Okay.« Lynn machte sich Notizen auf dem Tablet. »Was denken Sie, was passiert ist?«

Christian Erdmann schluckte schwer. Er schaute auf seine Hände, die er auf den Knien verknotet hatte. »Ich glaube … Ich fürchte … Nach allem, was passiert ist … Die Drohbriefe, die Schüsse und der Mord an Opa Willi …« Er holte zitternd Luft. »Jemand muss sie entführt haben.«

Ralph sah sich im Raum um. Sauber und aufgeräumt, genau wie bei seinem letzten Besuch. Alles stand an seinem Platz und war akkurat arrangiert.

»Gibt es Hinweise darauf?«, fragte Lynn. »Kampfspuren in einem der anderen Zimmer?«

»Nein. Die Entführer müssen sie überrumpelt haben. Vielleicht jemand, der sich als Paketbote oder als Polizist ausgegeben hat.«

Lynn machte sich eine Notiz. »Gibt es ein Erpresserschreiben? Oder einen Anruf?«

Erdmann schüttelte den Kopf. »Ich glaube nicht, dass sie Geld wollen.«

»Sondern?« Kaufmann musterte den Ingenieur.

Erdmann leckte sich die Lippen. »Sie wollen ... sie aus dem Weg räumen«, flüsterte er heiser. »Genau wie Opa Willi.«

»Wer?«

Erdmann sprang plötzlich auf. »Ich dachte, das wäre klar!«, brüllte er. »Die verdammten Spinner von der ›Schutzmacht‹. Die haben auf Laura geschossen, und jetzt bringen sie zu Ende, was vor ein paar Wochen nicht geklappt hat.« Der Ingenieur schwankte und sank zurück auf den Sessel, als hätte der kurze Ausbruch seine letzte Energie aufgezehrt. Er schlug sich die Hände vors Gesicht. Sein ganzer Körper wurde von Schluchzern geschüttelt.

Angersbach kaute auf der Unterlippe. Er konnte kaum mit ansehen, welche Qualen Christian Erdmann litt. Eigentlich war es zu früh, um Alarm zu schlagen. Eine Entführung war weiß Gott nicht die einzige Erklärung dafür, warum eine erwachsene Frau nicht zu Hause war. Aber auf der anderen Seite war da die Vorgeschichte: die Schüsse bei der Museumsmühle und der tote Willi Erdmann. Alles in allem reichte es wohl, um das große Besteck anzufordern. Ralph verständigte sich wortlos mit Sabine, die ihm zunickte.

»Wir lassen die Kriminaltechnik kommen.« Sie hockte sich vor den Ingenieur und nahm seine Hände. »Herr Erdmann? Bitte. Sie dürfen jetzt nicht die Nerven verlieren. Wir brauchen Ihre Hilfe.«

Ihm liefen die Tränen über das Gesicht. »Alles, was Sie wollen. Hauptsache, Sie bringen mir Laura zurück.«

Angersbach griff nach seinem Smartphone und forderte ein Team der Spurensicherung an.

Sabine tätschelte Erdmanns Hand. »Wann genau sind Sie heute aufgestanden? Wann haben Sie gefrühstückt? Und zu welcher Uhrzeit haben Sie das Haus verlassen?«

»Ich war um halb sechs wach«, erklärte Erdmann. »Ich habe geduscht, Kaffee gekocht und den Frühstückstisch gedeckt.

Laura ist gegen sechs heruntergekommen. Wir haben ungefähr eine halbe Stunde zusammengesessen. Um halb sieben bin ich losgefahren. Ich wollte meine Arbeit rasch erledigen und möglichst bald wieder zu Hause sein.«

Sabine nickte. »Was ist mit der Videoüberwachung?«, fragte sie. »Ich habe draußen die Kameras gesehen.«

Erdmanns Gesicht verzerrte sich vor Schmerz und Selbstvorwürfen. »Die Festplatte ist defekt. Es gibt keine Aufzeichnungen. Ich wollte das längst reparieren lassen, aber in der ganzen Aufregung mit Opa Willi habe ich es vergessen.« Er schlug sich hart mit der Faust gegen den Kopf, einmal, zweimal, dreimal, bis Sabine seinen Arm zu fassen bekam und ihn herunterzwang.

»Bitte, Herr Erdmann. Es bringt nichts, wenn Sie sich zerfleischen.«

»Es ist meine Schuld. Wenn ich daran gedacht hätte, hätten wir jetzt ein Bild der Täter.«

»Vielleicht«, schränkte Sabine ein. Sie dachte nach. »Was ist mit der Alarmanlage?«

Erdmann atmete einige Male tief durch. Sabine machte Lynn ein stummes Zeichen, einen Arzt anzufordern. Erdmann brauchte dringend ein Beruhigungsmittel.

Lynn trat ein paar Schritte beiseite, um zu telefonieren. Erdmann sah Sabine mit geröteten Augen an. »Die hat nicht ausgelöst. Wir haben eine direkte Leitung zur Notrufzentrale. Wenn es einen Alarm gegeben hätte, hätte die Polizei ein paar Minuten später vor der Tür gestanden, und ich hätte eine Nachricht aufs Handy bekommen.« Er schluckte. »Das heißt, sie hat den Tätern selbst die Tür geöffnet und sie hereingelassen, richtig?«

»Würde sie das tun, wenn es jemand von der ›Schutzmacht‹ war?«

»Ja.« Erdmanns Mund verzog sich unglücklich. »So war sie. Sie hatte keine Angst. Wenn einer von denen hergekommen wäre und gesagt hätte, er wolle reden, hätte sie sich darauf eingelassen.«

Kaufmann runzelte die Stirn. »Nachdem sie annehmen musste, dass einer der jungen Leute auf sie geschossen hat?«

»Sie hat immer an die Macht der Worte und an Versöhnung geglaubt. Sie hat nie begriffen, dass es Menschen gibt, die gar keine Versöhnung wollen.«

»Vielleicht hatte sie auch deshalb keine Angst, weil sie wusste, dass sie von der ›Schutzmacht‹ nichts zu befürchten hat?«, mischte sich Lynn ein, die ihr Telefonat beendet hatte.

Christian Erdmann runzelte die Stirn. »Wie meinen Sie das?«

»Uns liegt eine Zeugenaussage vor, der zufolge der Konflikt zwischen Ihrer Frau und der ›Schutzmacht‹ nur inszeniert gewesen sei. Sie soll die jungen Leute dafür bezahlt haben, um ihre Karriere zu pushen.«

»Was ist denn das für ein Unfug?« Erdmann sah aus, als wollte er wieder aufspringen, doch offenbar fehlte ihm die Kraft dazu. »Wie können Sie meiner Frau etwas Derartiges unterstellen?«

Lynn zuckte mit den Schultern. »Es wäre eine plausible Erklärung, auch für ihr Verschwinden. Ihre Frau könnte selbst dafür gesorgt haben, dass es keine Aufzeichnungen und keinen Alarm gibt, um einen falschen Anschein zu erwecken. Deshalb sieht man auch keine Kampfspuren.«

Erdmann funkelte sie wütend an. »Wollen Sie damit andeuten, meine Frau hätte ihre eigene Entführung vorgetäuscht?«

»Es wäre nicht das erste Mal, dass so etwas vorkommt.«

»Zu welchem Zweck?«, brüllte der Ingenieur. »Was hätte sie davon?«

»Eine hohe Aufmerksamkeit, in der Öffentlichkeit und in der Partei. Eine Politikerin, die engagiert gegen rechts kämpft und keine Kompromisse macht. Erst wird auf sie geschossen, dann wird sie entführt, aber sie gibt nicht auf. Wenn sie in ein paar Tagen wieder auftaucht, weil sie sich angeblich selbst befreien konnte, ist ihr die Anerkennung ebenso sicher wie die Publicity.«

Erdmann starrte sie an. »Heißt das, Sie wollen nicht nach ihr suchen? Was ist denn, wenn Sie sich irren?«

»Selbstverständlich suchen wir nach ihr«, beschwichtigte Sabine ihn. »Aber wir müssen sämtliche Möglichkeiten in Betracht ziehen.«

Angersbach wusste, dass sie recht hatte, aber er schaffte es kaum, sich zurückzuhalten. Die Anspannung im Raum war unerträglich. Er wollte Christian Erdmann helfen, doch im Augenblick gab es nichts, was er tun konnte.

Der Ingenieur sah ihn über Sabines Kopf hinweg an. »Bitte. Finden Sie meine Frau«, flehte er. »Ich weiß nicht, wie ich ohne Laura weiterleben soll.«

Angersbach zwang sich, den Blick nicht abzuwenden. »Wir tun alles, was in unserer Macht steht«, sagte er.

Erdmann stützte den Kopf in die Hände. Es war nur der Bruchteil einer Sekunde gewesen, doch Ralph hatte die Hoffnungslosigkeit in seinem Blick gesehen.

»Bleibst du hier und wartest auf die Spurensicherung?«, fragte er Sabine. »Ich fahre nach Gießen. Ich muss wissen, ob die Leute von der ›Schutzmacht‹ etwas damit zu tun haben.« Er wandte sich an Lynn. »Kommst du mit?«

»Klar.« Lynn verstaute rasch ihr Smartphone in der Tasche und schnappte sich den Schal, den sie über eine Sessellehne gehängt hatte.

Sabines Miene war nicht zu deuten, aber sie nickte. Sie war vermutlich nicht glücklich über die Aufteilung, doch in einer Situation wie dieser siegte ihre Professionalität.

»Fahrt«, sagte sie tonlos. »Ich kümmere mich hier um alles.«

20

Gießen

Während der Fahrt war das Schneetreiben immer dichter geworden. Zeitweise hatte Ralph das Gefühl gehabt, sich in einer weißen Parallelwelt zu bewegen. Lynn neben ihm auf dem Beifahrersitz hatte sich mit ihrem Tablet beschäftigt und geschwiegen. Weil sie ihn beim Fahren nicht stören wollte? Oder weil es ihr leidtat, dass sie Christian Erdmann derart unter Druck gesetzt hatte?

Ralph wusste es nicht, und er hatte auch keine Zeit, darüber nachzudenken. Die zunehmend schwierigeren Straßenverhältnisse forderten seine volle Konzentration. Er war froh, mit dem Lada ein zuverlässiges und geländegängiges Fahrzeug zu besitzen, das ihn auch bei dieser Witterung nicht im Stich ließ. Trotzdem verspürte er Erleichterung, als sie endlich auf den Hof des Präsidiums rollten. Seine Augen brannten, und sein Nacken war verspannt.

Angersbach stieg aus und schlug die Wagentür zu. Lynn schlang ihren Schal ein paarmal um den Hals und eilte hinter ihm her.

Sie hatten angerufen und darum gebeten, dass Kai Erdmann in den Vernehmungsraum gebracht wurde. Dort saß er nun, die Arme verschränkt, die Beine ausgestreckt. Vor ihm auf dem Tisch standen eine angebrochene Dose Red Bull und eine leere Burgerverpackung. Über den Service hier konnte er sich jedenfalls nicht beschweren.

»Was wollen Sie?«, fragte er bockig.

Lynn setzte sich und legte ihr Tablet vor sich auf den Tisch. Angersbach blieb stehen. Er zog die Wetterjacke aus und stützte sich mit den Händen auf die Stuhllehne. »Man hat uns gesagt, dass Sie auf anwaltlichen Beistand verzichten?«

»Weil ich keinen brauche.«

»Schön. Dann sind Sie bereit, mit uns zu reden?«

»Ich kann Ihnen nichts anderes sagen als heute Morgen. Ich habe nichts mit dem Banküberfall und dem Mord an Opa Willi zu tun. Das mit der Bank war Justin. Wer Opa Willi erschlagen hat, weiß ich nicht.«

Angersbach blieb ruhig. »Deshalb sind wir nicht hier. Diesmal geht es um Ihre Schwägerin.«

»Laura?« Kais Miene wirkte aufrichtig verblüfft. »Was ist mit ihr?«

»Sie ist verschwunden.«

»Klar. Sie ist untergetaucht, nachdem irgendwer auf sie geschossen hat. Das hat mir mein Bruder erzählt.«

»Sie ist gestern Abend zurückgekehrt.«

»Wieso sagen Sie dann, dass sie verschwunden ist?«

»Weil sie nicht zu Hause war, als Ihr Bruder heute Mittag aus der Firma gekommen ist.«

»Dann ist sie im Büro. Sie kann nicht ohne ihre Arbeit.«

»Dort ist sie nicht.«

Kai zuckte mit den Schultern. »Einkaufen? Beim Friseur? Im Fitnessstudio?«

»Ihr Bruder hat überall herumgefragt. Mittlerweile haben ein paar Kollegen von uns dasselbe getan. Keine Spur von ihr.«

»Dann ist sie eben woanders hingefahren.«

»Ihr Auto steht in der Garage. Sie hat weder Geld noch Papiere oder ihre Kreditkarte dabei. Nur ihr Handy.«

»Damit kann man auch bezahlen und Fahrkarten kaufen.«

Angersbach nickte. Vollkommen ausschließen ließ sich das nicht. Aber warum sollte Laura Erdmann-Janssen so rasch nach ihrer Ankunft wieder abgereist sein, und das auch noch so überstürzt, dass sie keine persönlichen Dinge mitgenommen hatte, und ohne ihrem Mann Bescheid zu geben?

»Ihr Bruder glaubt, dass man seine Frau entführt hat«, erklärte Lynn.

»Entführt?« Kais Blick huschte von rechts nach links, als suche er nach einer Fluchtmöglichkeit.

Angersbach zog den Stuhl unter dem Tisch hervor und setzte sich dem jungen Mann gegenüber.

Kai blinzelte. »Sie glauben, ich hätte etwas damit zu tun? Wie hätte ich das anstellen sollen? Sie haben mich heute Morgen einkassiert. Seitdem sitze ich hier fest.«

»Sie hätten vorher die Gelegenheit gehabt. Ehe wir Sie bei Ihrem Freund Justin aufgesucht haben. Sie wissen, dass Ihr Bruder früh am Morgen ins Büro geht. Sie hätten Laura abpassen können, unmittelbar nachdem er das Haus verlassen hatte.«

»Wozu?«

»Sagen Sie es uns. War sie eine unliebsame Zeugin? Oder wollen Sie Ihren Bruder erpressen?«

»Nein.« Kai krauste die Stirn. »Eine Zeugin? Wofür denn?«

»Dafür, dass die Sache mit der ›Schutzmacht‹ ein abgekartetes Spiel war.«

»Ach, das.« Kai verdrehte die Augen. »Ich habe Ihnen doch schon gesagt, dass es nicht stimmt. Mir hat sie jedenfalls kein Geld angeboten.«

»Vielleicht hat sie den Deal mit einem von den anderen gemacht?«

Kai hob die Schultern. »Keine Ahnung. Ich gehöre nicht zum inneren Zirkel.«

»Aber Sie wollten gerne richtig dazugehören, nicht wahr? Deshalb haben Sie die Geschichte mit dem Nazigold erfunden.«

»Das hat Ihnen Justin erzählt, stimmt's?« Kai sah aus, als wollte er auf den Boden spucken, ließ es aber sein. »Das ist Quatsch. Das hat er sich ausgedacht, um seinen Kopf aus der Schlinge zu ziehen. Dabei dachte ich, er wäre mein Freund. Ein echter Freund.« Er gab einen verächtlichen Laut von sich. »Beim Geld hört die Freundschaft auf. So ist es doch?«

Angersbach verschränkte die Hände auf dem Tisch. »Haben Sie heute Morgen das Haus verlassen? Waren Sie bei Ihrer Schwägerin?«

»Nein. Ich habe Laura vor drei Wochen das letzte Mal gesehen. Da war sie auf dem Hof und hat Essen für Opa Willi vorbeigebracht.«

»Okay.« Ralph tauschte einen Blick mit Lynn. Er war sich ziemlich sicher, dass Kai ihnen nicht die Wahrheit sagte. »Wir lassen Sie zurück in Ihre Zelle bringen. Wenn Sie mit uns reden wollen, sagen Sie Bescheid.«

»Klar.« Kai schlug lässig die Beine übereinander. »Wie lange dürfen Sie mich hier festhalten? Achtundvierzig Stunden?«

Angersbach erhob sich. »Sie bleiben so lange, bis die Ermittlungen abgeschlossen sind. Der zuständige Richter hat Untersuchungshaft angeordnet.«

Kais triumphierendes Lächeln fiel in sich zusammen. Ralph verspürte einen kurzen Moment der Genugtuung. Angesichts der vielen offenen Fragen und der Sorge um Laura und Christian Erdmann verschwand das Gefühl allerdings rasch wieder.

Sie waren gerade auf dem Weg zu seinem Büro, als sich sein Smartphone meldete.

»Hallo, Ralph«, ertönte die Stimme seines Vaters. »Ich habe dich im Netz entdeckt. Du ermittelst wegen dieser entführten Politikerin, Laura Erdmann-Janssen?«

Angersbach fluchte leise. Wie um alles in der Welt war diese Information an die Öffentlichkeit gelangt?

»Der Ehemann hat einen Hilferuf online gestellt«, erklärte Johann Gründler. »Sieht aus, als hätte er mächtig die Hosen voll. Deswegen hat er das Video wahrscheinlich auch auf dem Klo gedreht. Jedenfalls nehme ich an, dass es das Bad ist, was man im Hintergrund sieht, auch wenn der Raum größer ist als mein Wohnzimmer. Verdammt schick, mit weißem Marmor und vergoldeten Wasserhähnen. Und einem Panoramafenster. Wenn man in der Badewanne sitzt, kann man über den halben Edersee schauen. Das würde mir auch gefallen.«

Lynn, die offensichtlich mitbekommen hatte, was Ralphs Vater sagte, scrollte bereits auf ihrem Tablet. Im nächsten Moment hatte sie das Video gefunden.

»Das muss er heimlich gemacht haben«, sagte sie. »Sabine hätte das niemals zugelassen.«

»Deswegen das Bad«, stimmte Angersbach ihr zu. »Wahrscheinlich hat er sich dort eingeschlossen.«

»Sabine hat offensichtlich nichts davon gemerkt, sonst hätte sie uns informiert.« Lynn tippte auf dem Tablet und schickte das Video an Sabine. Anschließend startete sie es.

Christian Erdmann bat die Entführer seiner Frau eindringlich um ein Lebenszeichen. Er flehte sie an, ihr nichts zu tun, und versicherte, jede Forderung zu erfüllen, wenn er Laura nur wohlbehalten zurückbekam.

Ralph seufzte. Er konnte Erdmann verstehen, aber mit dieser Aktion tat er weder sich noch seiner Frau einen Gefallen. Und ihnen schon gar nicht.

Lynn scrollte weiter. »Da. Er hat das Video auch auf seiner Facebook-Seite, zusammen mit einem Foto von dir.«

Angersbach betrachtete das Bild mit zusammengekniffenen Augen. Es zeigte ihn an der Reling des Boots von Erdmanns Firma, den Blick über den Edersee zur Staumauer gerichtet. Erdmann musste es gemacht haben, als sie gemeinsam nach Opa Willis Auto gesucht hatten.

»Gut getroffen«, verkündete Johann Gründler an seinem Ohr. »So ein Boot passt zu dir. Solltest du dir anschaffen. Ich würde auch mal mit hinausfahren.«

»Hör zu«, sagte Ralph. »Ich muss Schluss machen. Wir besuchen dich, wenn der Fall geklärt ist.«

»Wir?«

»Sabine und ich. Wir ermitteln gemeinsam.«

»So? Das war aber nicht ihre Stimme, die ich im Hintergrund gehört habe.«

»Nein. Das ist Lynn, eine Kollegin von Sabine im LKA. Sabine ist noch am Edersee. Wir sind in Gießen und vernehmen einen Verdächtigen.«

»Bringt sie mit, wenn ihr kommt«, sagte der alte Gründler. »Du weißt, ich lerne gerne neue Leute kennen. Und viel Erfolg bei der Suche. Ich hoffe, ihr findet Laura Erdmann-Janssen. Politikerinnen wie sie sind selten. So konsequent und engagiert. Ich habe ihre Posts zum Rechtsdrall in der Gesellschaft gelesen. Beeindruckend. Kein Wunder, wenn sie sich damit Feinde gemacht hat.«

»Hm. Bis dann also.« Ralph drückte seinen Vater weg. Wenn der alte Gründler anfing, über Politik zu schwadronieren, fand er so schnell kein Ende. Dafür hatte Ralph jetzt keine Zeit, und er musste auch nicht überzeugt werden. Was ihre Einstellung anging, waren sie sich einig. Vater und Sohn eben, auch wenn sie sich erst sehr spät im Leben kennengelernt hatten.

»Klingt nett, dein Vater«, bemerkte Lynn. »Und er hat recht. Jemand wie Laura Erdmann-Janssen hat sicher viele Feinde. Aber ich bin mir trotzdem nicht sicher. Trachten ihr die jungen Leute wirklich nach dem Leben? Oder hat sie den Kampf mit der ›Schutzmacht‹ tatsächlich getürkt?«

»Ich weiß es auch nicht.« Angersbach steckte sein Telefon ein und dachte nach. »Wir sollten mit Justin Büchner reden. Er ist – oder war – Kais bester Freund. Wenn er den Eindruck hat, dass er seine Lage damit verbessern kann, erzählt er uns vielleicht etwas.«

Rehbach

Sabine Kaufmann starrte auf ihr Handy. Das konnte doch nicht wahr sein!

Christian Erdmann hatte behauptet, ihm wäre schlecht. Er müsse kurz zur Toilette und sich kaltes Wasser über die Handgelenke laufen lassen. Sabine hatte natürlich nichts dagegen gehabt. Der Mann war ein Nervenbündel, und ihre erfolglosen Versuche, ihn zu beruhigen, hatten sie zunehmend frustriert.

Der Arzt war da gewesen, nachdem Ralph und Lynn weggefahren waren. Er hatte Erdmann einen Tranquilizer gespritzt, doch das Mittel hatte offensichtlich keinen großen Effekt gehabt. Sabine hatte gedacht, dass es dem Ingenieur vielleicht guttäte, wenn er ein paar Minuten allein sein konnte. Stattdessen hatte er im Bad ein Video gedreht und ins Netz gestellt, in dem er die Entführer bat, sich zu melden und ihm seine Frau unbeschadet zurückzubringen!

Natürlich verstand sie, was ihn bewegte. Aber ihre Arbeit wurde dadurch unnötig erschwert, wenn nicht sogar unmöglich gemacht.

Sie stieg die Treppe hinauf und klopfte an die Tür, hinter der sie das Badezimmer vermutete. »Herr Erdmann?«

Sie hörte ein Rascheln und Poltern, dann Schritte. Christian Erdmann öffnete die Tür und steckte den Kopf heraus. »Verzeihen Sie. Es hat ein wenig länger gedauert.«

»Klar. Bis so ein Video gedreht ist. Und dann mussten Sie es ja auch noch ins Netz stellen und mit Ihrer Facebook-Seite verlinken.«

»Das wissen Sie schon?« Erdmann sah ein wenig beschämt aus.

»Was um alles in der Welt haben Sie sich dabei gedacht?« Sabine wollte sachlich bleiben, doch es gelang ihr nicht. »Wissen Sie überhaupt, was Sie da angerichtet haben?«

»Ich musste etwas tun. Ich kann nicht einfach hier sitzen und abwarten.« Er sah sie trotzig an. »Es schadet doch nicht.«

»Doch. Genau das tut es.« Kaufmann knirschte mit den Zähnen. »Jetzt ist es nur noch eine Frage der Zeit, bis die Presse vor der Tür steht. Jeder unserer Schritte wird öffentlich gemacht werden, ehe wir ihn überhaupt getan haben. Der Entführer wird bestens über alles informiert sein. Zugleich wird die Auswahl möglicher Übergabeorte verdammt klein, falls es um eine Lösegeldforderung geht, weil der Täter überall die Presse vermuten muss. Und es werden sich jede Menge Leute melden. Zeugen, die angeblich etwas gesehen haben, und wahrscheinlich auch Trittbrettfahrer, die versuchen, das Lösegeld zu kassieren, obwohl sie mit der Entführung nichts zu tun haben. Das alles kostet uns Zeit und wertvolle Ressourcen, die wir nicht für die Suche nach Ihrer Frau einsetzen können.«

»O Gott.« Erdmann wurde bleich. »Daran habe ich nicht gedacht. Ich wollte nur helfen.«

»Sie hätten vorher mit mir reden sollen.«

»Ja.« Er fuhr sich durch die Haare. »Es tut mir leid.«

Sabine seufzte. Es nützte nichts. Das Kind war in den Brunnen gefallen. Erdmann deshalb Vorwürfe zu machen brachte sie nicht weiter. Sie konnte ja verstehen, weshalb er es getan hatte.

»Kommen Sie.« Sie winkte ihn die Treppe hinunter. Durch das schmale Fenster neben der Haustür konnte sie sehen, wie die Busse der Spurensicherung vorfuhren. Die Reifen knirschten auf dem frischen Schnee, der mittlerweile mehrere Zentimeter hoch lag. Sabine öffnete den Kollegen die Tür.

Die Beamten trugen ihre Ausrüstung herein und schlüpften im Flur in ihre weißen Plastikanzüge. Wären sie draußen unterwegs, würden sie jetzt nahtlos mit der Umgebung verschmelzen. Die umliegenden Häuser waren bereits nicht mehr zu sehen. Ein unwirklich weißer Himmel dehnte sich über dem Ort. Der Schnee rieselte unentwegt. Das war ein zusätzliches Problem. Wenn die Straßen nicht mehr befahrbar waren, konnte auch keine Lösegeldübergabe stattfinden. Auf der anderen Seite würden die Täter nicht weit kommen, wenn sie zu fliehen versuchten, und die dicke Schneeschicht würde es erschweren, eine Leiche verschwinden zu lassen.

Sabine schluckte bei dem Gedanken, dass Laura Erdmann-Janssen bereits tot sein könnte. Die Frau hatte sie mit ihrer Haltung und Courage beeindruckt. Wobei mittlerweile nicht mehr klar war, ob nicht alles nur Theater gewesen war. Doch Sabine wollte das nicht glauben. Laura hatte aufrichtig auf sie gewirkt, nicht wie jemand, der um jeden Preis Karriere machen wollte.

Auf der anderen Seite stellte sich die Frage, warum Alicia eine solche Geschichte hätte erfinden sollen. Vielleicht weil die jungen Leute glaubten, sich damit vor Strafverfolgung schützen zu können? Sie würden es herausfinden, doch im Augenblick gab es Dringenderes zu tun.

Die Kollegen von der Kriminaltechnik verteilten sich im Haus und suchten nach Spuren, die Aufschluss darüber geben konnten, was mit Laura Erdmann-Janssen passiert war. Kaufmann ging mit Christian Erdmann in die Küche. Der Ingenieur stand eine Weile mit hängenden Schultern vor den Küchenschränken. Dann öffnete er eine Tür und nahm eine Flasche Rum heraus.

»Ich trinke normalerweise nicht. Schon gar nicht tagsüber. Aber auf den Schock …« Er drehte die Flasche auf.

Sie erwartete, dass er sie an den Mund setzen würde, doch er besaß den Anstand, sich ein Glas aus dem Schrank zu nehmen. Er kippte es in einem Zug hinunter und schüttelte sich. »Grauenhaft«, sagte er und schenkte das Glas erneut voll. »Das Zeug benutzt unsere Haushälterin normalerweise zum Backen. Aber die guten Sachen sind im Wohnzimmer, und da sind Ihre Kollegen.«

»Hm.« Erwartete er, dass sie hinüberging, um ihm etwas Schmackhafteres zu besorgen? Aber vermutlich war es nur der Schock. Er plapperte, damit die Angst ihn nicht am Kragen packte und durchschüttelte.

Sabine öffnete die Küchenschränke und fand eine Teekanne und mehrere Kartons mit Teebeuteln. Sie entschied sich für Kamille, damit machte man nichts falsch.

»Ich koche uns einen Tee«, sagte sie und füllte Wasser in den Wasserkocher. »Das hilft besser als Schnaps. Der verträgt sich auch nicht mit dem Beruhigungsmittel, das der Arzt Ihnen gespritzt hat. Und Sie brauchen einen klaren Kopf, falls der Entführer sich meldet.«

»Sie haben recht.« Erdmann schüttete den Inhalt des Glases in den Ausguss und setzte sich an den Küchentisch. Seine Augen hafteten an ihr, während sie zwei Teebeutel in die Kanne hängte und mit kochendem Wasser übergoss, die Becher auf den Tisch stellte und ihm gegenüber Platz nahm. Sie hätte ihm gern etwas Tröstliches gesagt, aber sie wusste nicht, was. Dass sich niemand gemeldet hatte, war ein schlechtes Zeichen. Die meisten Entführer nahmen innerhalb weniger Stunden nach der Tat Kontakt auf. Taten sie es nicht, ging es gewöhnlich nicht um ein Lösegeld. Dann hatte irgendjemand Laura Erdmann-Janssen verschleppt, um Gott weiß was mit ihr zu tun. Sabine konnte nur hoffen, dass sie keine grässlichen Schmerzen erlitt.

Gießen

Sie mussten nicht lange warten, bis zwei Justizbeamte Justin Büchner im Präsidium ablieferten. Der Bankangestellte sah mitgenommen aus, die blonden Haaren strähnig, das Kinn von Bartstoppeln bedeckt. Statt seines akkuraten Anzugs trug er eine schwarze Stoffhose und ein grünes Hemd, das dunkle Flecken unter den Achseln aufwies. Ein leichter Schweißgeruch ging von ihm aus. Die Ereignisse des gestrigen Tages und die Nacht in der Zelle waren offensichtlich ein Schock für ihn gewesen. Büchner war nicht der Erste, der darauf mit Lethargie reagierte. Trotzdem staunte Angersbach, wie rasch aus dem adretten Bankangestellten eine Gestalt geworden war, die geschlagen und abgerissen wirkte.

Büchner ließ sich müde auf den Stuhl im Vernehmungsraum sinken. Angersbach schob ihm einen Plastikbecher mit Kaffee hin.

Lynn setzte sich an die Schmalseite des Tisches und holte ihr Tablet hervor.

»Sie wissen, dass Sie das Recht auf anwaltlichen Beistand haben?«, fragte Ralph.

Justin nippte an seinem Kaffee und hob kurz den Blick. »Ja. Aber ich kann mir keinen Anwalt leisten.«

»Ihre Eltern haben doch einen Schreibwarenladen. Könnten die Sie nicht unterstützen?«

»Die halte ich da lieber raus. Wir haben kein so tolles Verhältnis. Und am Ende werfen sie mir bloß vor, wie geschäftsschädigend diese Sache für sie ist.«

»Sie bekommen einen Pflichtverteidiger, wenn Sie das möchten.«

Büchner zuckte mit den Schultern. »Was nützt das jetzt noch?«

»Er kann Sie beim Prozess vertreten und Sie bei den Vernehmungen beraten.«

»Dann kann er ja dazukommen, wenn ich vor Gericht muss«, entgegnete Justin gleichgültig. »Jetzt ist es eh egal. Ich habe Ihnen schon alles gesagt.«

»Sie bleiben also dabei, dass Kai Erdmann Sie zu dem vorgetäuschten Bankraub angestiftet hat?«

»Ja.«

»Warum haben Sie mitgemacht?«

»Ich wollte mir ein Segelboot kaufen.« Wieder schaute er auf. »Wissen Sie, wie das ist, wenn man in einer Urlaubsregion lebt? Den ganzen Sommer über kommen Leute, die Taschen voller Geld, und lassen es sich gut gehen, während ich tagein, tagaus in der Bank hocke.«

»Immerhin können Sie nach Feierabend an den Strand gehen.«

»Ja. Und dann sehe ich die Boote. Die schlanken Masten, die weißen Segel und das Glitzern der Sonne auf dem Wasser. Die Leute, die Spaß haben und lachen. Und ich kann nur danebenstehen und zusehen, weil sämtliches Geld, mit dem ich jeden Tag zu tun habe, nicht mir gehört.«

»Und Kai?«

»Der hatte die Schnauze voll. Immer nur den Altenpfleger für seinen Opa spielen, und dann bekommt er nicht mal ein Gehalt oder einen Vorschuss auf das klägliche Erbe. Er wollte abhauen, glaube ich. Oder vielleicht wollte er auch nur bei seinen neuen Freunden von der ›Schutzmacht‹ angeben. So genau weiß man das nie bei ihm.«

»Sie sind schon lange befreundet?«

»Seit der Grundschule. Da waren mal ein paar Jungs, die mich fertigmachen wollten. Kai hat auf mich aufgepasst. Ich habe mich mit Nachhilfe revanchiert. Ohne mich hätte er die Schule nicht geschafft.« Justin seufzte. »Das mit dem Banküberfall war nur so eine Spinnerei. Wir hatten uns ein paar Netflix-Videos angesehen und Bier getrunken. Zu viel Bier. Wir fanden den Plan witzig, aber ich habe das nicht ernst gemeint. Ich dachte, Kai sieht das genauso. Stattdessen war er total davon besessen. Er hat nicht aufgehört, mich zu bedrängen, und irgendwann habe ich nachgegeben.«

»Obwohl Sie wussten, dass Sie Ihren Job und Ihre Zukunft aufs Spiel setzen.«

Justin ließ den Kopf hängen. »Ich dachte, der Plan sei narrensicher.« Er starrte auf seinen Kaffeebecher. »Wenn Kai das Gold besser versteckt hätte ...«

»Sie hätten nicht damit leben können«, kürzte Angersbach die Sache ab. »Sie sind nicht der Typ dafür.« Sonst hätte Büchner wohl kaum bei erstbester Gelegenheit ein Geständnis abgelegt.

Der Bankangestellte schnitt eine unglückliche Grimasse. »Ich bin eben nicht so tough wie Kai.«

»Das hätten Sie sich früher überlegen sollen.« Angersbachs Mitleid hielt sich in Grenzen. »Ihr Freund leugnet übrigens nach wie vor. Er will Ihnen die ganze Schuld in die Schuhe schieben.«

»Kommt er damit durch?«

»Das liegt an Ihnen. Wenn Sie uns helfen …«

»Wie denn? Ich habe Ihnen doch schon alles gesagt.«

»Es gibt eine neue Entwicklung. Laura Erdmann-Janssen ist verschwunden.«

Büchner blinzelte. »Die Politikerin? Kais Schwägerin?«

»Richtig. Wir gehen davon aus, dass sie entführt wurde.«

»Und Sie denken, Kai hätte etwas damit zu tun?«

»Er oder seine Freunde von der ›Schutzmacht‹.«

Büchner schüttelte den Kopf. »Die tun doch nur so cool. Große Klappe und nichts dahinter.«

»Sicher?«

Büchner kaute auf seiner Unterlippe. »Na ja. Lennard ist schon ziemlich durchgeknallt. Dem würde ich einiges zutrauen. Und Kilian …«

»Ja?«

»Der rastet schnell aus. Ich bin Kai mal heimlich in den Wald gefolgt, weil ich wissen wollte, was die da eigentlich machen. Kilian hat mich erwischt und mir eine reingehauen. Ich hatte wochenlang eine dicke Lippe.« Er berührte mit den Fingern seinen Mund, als würde er den Schmerz immer noch spüren.

»Hat Kai mal etwas erzählt? Über die Konflikte zwischen der ›Schutzmacht‹ und seiner Schwägerin?«

»Nein. Er hat immer ein großes Geheimnis daraus gemacht. Deswegen bin ich ihm ja hinterhergegangen.« Büchner zuckte mit den Schultern. »Danach war eine ganze Weile Funkstille zwischen uns. Irgendwann haben wir uns wieder getroffen, aber über das Thema haben wir nicht geredet. Das war Sperrgebiet.«

»Okay.« Ralph sah zu Lynn, die auf ihrem Tablet tippte. »Wissen Sie, ob Kai heute den gesamten Morgen in Ihrer Wohnung war?«

»Klar. Ich meine … nein. Er war da, als ich aufgestanden bin, aber vorher könnte er natürlich weg gewesen sein. Wenn ich schlafe, höre ich nichts.«

»Wann genau war das?«

»Um halb acht. Ich frühstücke nicht. Nur Zähneputzen und eine schnelle Dusche, und dann los zur Arbeit.«

»Wann fangen Sie an?«

»Um halb neun. Die Bank öffnet um neun. Um kurz nach acht gehe ich aus dem Haus.«

Das entsprach den Angaben, die Sabine von Büchners Kollegin Nicole Meyer bekommen hatte, als sie die Frau vorgewarnt hatte, dass sie in den nächsten Tagen in der Bank allein würde zurechtkommen müssen.

Angersbach rechnete nach. Christian Erdmann hatte um sechs mit seiner Frau gefrühstückt und um halb sieben das Haus verlassen. Kai Erdmann war um halb acht in Justins Wohnung gewesen, wo sie ihn eine halbe Stunde später festgenommen hatten. Damit blieb eine Stunde, für die Kai kein Alibi hatte. Der Weg von Goldacker nach Rehbach war nicht weit, am frühen Morgen vielleicht zehn Minuten, maximal eine Viertelstunde mit dem Auto. Kai käme damit theoretisch für die Entführung infrage. Laura Erdmann-Janssen würde ihm ohne Argwohn die Tür geöffnet haben, schließlich war er ihr Schwager. Allein konnte er die Sache jedoch kaum bewerkstelligt haben, dafür war das Zeitfenster einfach zu eng. In einer halben Stunde schaffte man es nicht, eine entführte Frau in ein sicheres Versteck zu bringen, und Kai besaß nicht einmal einen Wagen. Es sei denn, er hätte den Škoda von Opa Willi benutzt, was allerdings hochriskant gewesen wäre. Und das Problem mit dem engen Zeitfenster blieb.

»Wenn es eine echte Entführung ist und Kai mit drinsteckt, muss er einen Komplizen haben«, stimmte ihm Lynn zu, nachdem sie Justin Büchner von den Justizbeamten hatten abholen lassen, die ihn zurück ins Untersuchungsgefängnis brachten.

»Kilian Schneider«, sagte Angersbach. Justin zufolge war der Koch gewaltbereit und skrupellos. Und Lennard Unger fiel schon deshalb aus, weil er sich zurzeit in Frankfurt aufhielt. »Hat er ein Auto?«

Lynn nahm ihr Smartphone zur Hand und telefonierte mit der Zulassungsstelle. »Ja«, sagte sie anschließend. »Einen alten Opel Corsa.«

Ralph dachte nach. Kilian hätte Kai am frühen Morgen bei Justin Büchner abgeholt haben können. Die beiden waren zusammen nach Rehbach gefahren. Kai hatte Laura aus dem Haus gelockt, Kilian hatte sie überwältigt. Danach hatte er Kai wieder bei Büchner abgesetzt und Laura in ein Versteck gebracht.

Wenn es stimmte: Wo mochte er sie gefangen halten? Und worin bestand der Plan? Um ein Lösegeld schien es nicht zu gehen, sonst hätte der junge Mann längst eine Forderung gestellt.

Rehbach

Sie schwiegen, während sie an ihren Bechern nippten. Vor dem Küchenfenster fiel der Schnee in dichten Schwaden vom Himmel. Das Telefon hatte mehrfach geklingelt, doch Erdmanns Hoffnung auf ein Lebenszeichen von seiner Frau hatte sich rasch zerschlagen. Es waren nur Journalisten gewesen, die Informationen wollten. Sabine Kaufmann hatte die Verbindung jedes Mal rasch unterbrochen. Die Kollegen von der Kriminaltechnik hatten eine Fangschaltung installiert, und die Leitung durfte nicht blockiert sein, falls sich die Entführer tatsächlich meldeten.

Das Klingeln an der Haustür ignorierten sie. Es waren weitere Reporter. Dem ersten hatte Kaufmann die Tür vor der Nase zugeschlagen. Den nachfolgenden hatte sie gar nicht erst geöffnet.

Durch die offene Küchentür konnte sie über den Flur ins Wohnzimmer sehen, wo die Kollegen von der Spurensicherung beschäftigt waren. Bisher hatten sie nichts entdeckt, sonst hätten sie ihr Bescheid gesagt.

Was mochte sich hier am Morgen ereignet haben? Christian Erdmann war in der Firma gewesen. Die Videoüberwachung hatte nicht funktioniert, und der Alarm war nicht ausgelöst worden. Was dafür sprach, dass Laura Erdmann-Janssen die Entführer selbst hereingelassen hatte. Es musste jemand sein, den sie kannte und dem sie vertraute. Ihr Schwager Kai Erdmann war der wahrscheinlichste Kandidat. Das sahen auch Ralph und Lynn so, die bereits auf dem Weg waren, um Kilian Schneider zu befragen, den sie für Kais Komplizen hielten. Kai hatte geleugnet, doch das hatte Sabine nicht anders erwartet. Justin Büchner dagegen gab sich Mühe, seine Fehler wiedergutzumachen. Das alles erschien stimmig, und trotzdem störte Sabine etwas an dem Bild.

Lag es nur daran, dass Ralph und Lynn sich wieder einmal so wunderbar einig waren? Oder hatte das Jucken in ihrem Hinterkopf eine andere Ursache?

Laura und Christian Erdmann steckten bis zum Hals in Schulden. Hatte Laura vielleicht gar nicht mit der »Schutzmacht« paktiert, sondern gemeinsam mit ihrem Ehemann einen verwegenen Plan ausbaldowert? Sabine sah nicht, wie eine vorgetäuschte Entführung etwas an der prekären finanziellen

Lage ändern sollte, doch vielleicht gab es ja Schwarzgeld, das man auf diese Weise waschen konnte?

Würde der Ingenieur sich zu einer Straftat hinreißen lassen, um seine Frau und sich selbst vor der Insolvenz zu retten? Kaufmann hatte Mühe, sich die beiden als Verbrecherpärchen vorzustellen. Sowohl die Politikerin als auch ihr Mann wirkten absolut integer. Aber wenn einem der Arsch auf Grundeis ging, konnte man seine Moral schon mal über Bord werfen.

Blieb die Frage der Durchführbarkeit. Sabine hatte in der Firma angerufen. Erdmanns Sekretärin hatte bestätigt, dass Christian Erdmann bereits im Büro gewesen war, als sie gegen halb acht gekommen war. Gegen halb eins war er wieder gegangen.

Ralph, Lynn und sie selbst waren um halb zwei hier eingetroffen. Christian Erdmann konnte zu diesem Zeitpunkt nicht länger als eine halbe Stunde zu Hause gewesen sein. Zu wenig Zeit, um eine vorgetäuschte Entführung zu inszenieren. Wenn, dann müsste das Ganze bereits am frühen Morgen stattgefunden haben.

Einen Unfall konnten sie mittlerweile ausschließen, Lynn hatte zu sämtlichen Polizeistationen und Krankenhäusern in der Umgebung Kontakt aufgenommen, und wenn Laura nur einen Spaziergang gemacht hätte, müsste sie jetzt, am späten Nachmittag, längst zurück sein.

Kaufmann tippte eine Nachricht an Lynn. *Wann hat Laura Erdmann-Janssen die Mail geschickt, dass sie heute im Homeoffice arbeiten will?*

Die Antwort kam binnen Sekunden. *Kurz nach sechs.*

War diese Mail die Ouvertüre zu einem ausgeklügelten Plan gewesen?

Sabine musterte den Ingenieur, der gedankenvoll in seinen Becher starrte. Tiefe Furchen hatten sich in sein Gesicht gegraben. Über seinen Augen lag ein feuchter Schleier. Er wirkte ängstlich und erschöpft.

Sah so ein Mann aus, der mit seiner Frau einen draufgängerischen Plan durchzog, um seine Existenz zu retten? Wenn ja, dann war Erdmann ein exzellenter Schauspieler.

Oder stimmte es doch, was Alicia Hebestreit behauptet hatte? Machte Laura Erdmann-Janssen mit der »Schutzmacht« gemeinsame Sache, und die vorgetäuschte Entführung war das große Finale, so wie Lynn es im ersten Augenblick vermutet hatte?

Sabine schüttelte den Kopf. Laura Erdmann-Janssen war keine Betrügerin. Alicia hatte den Kopf aus der Schlinge ziehen wollen, das war alles. Die Anschuldigungen waren aus der Luft gegriffen.

Sie spürte, wie ihr die Kehle eng wurde. Wenn das Ganze kein Fake, sondern eine echte Entführung war, sorgte sich Christian Erdmann zu Recht. Dann befand sich seine Frau in höchster Gefahr.

21

Bärental

Kilian Schneider wohnte ganz in der Nähe des Erdmann-Hofs, nur ein paar Hundert Meter Luftlinie entfernt. Es war eine schmuddelige Ecke, dagegen konnte auch die weiße Schneedecke nichts ausrichten. Auf den Straßen war sie schon zu Matsch geworden, der stellenweise wieder festgefroren war, aber auf dem Hinterhof und dem von hier aus sichtbaren Golfplatz war sie unberührt.

Im Erdgeschoss musste sich früher ein Ladengeschäft befunden haben. Jetzt war das große Schaufenster mit Zeitungspapier zugeklebt, die ehemalige Ladentür mit Brettern vernagelt. Der Eingang befand sich an der Seite. Es gab mehrere Klingelknöpfe, aber nur ein Namensschild.

Angersbach drückte auf die Klingel und wartete. Lynn schoss währenddessen Fotos vom Hinterhof. Dort standen mehrere Garagen und Schuppen.

»Könnte doch sein, dass sie Laura Erdmann-Janssen hierher gebracht haben«, erklärte sie auf Ralphs fragenden Blick hin. »Wenn es kein Fake war, sondern eine echte Entführung.«

Angersbach zog fröstelnd die Schultern hoch. Falls sich die Politikerin in einem der Gebäude befand, musste sie rasch gerettet werden, sonst würde sie erfrieren. Er drückte noch einmal auf den Klingelknopf. Im nächsten Moment ertönte der Summer.

Ralph schob die Tür auf, und sie stiegen die Stufen im Treppenhaus hinauf. Es war düster und schmutzig.

Kilian stand im ersten Stock in der halb geöffneten Wohnungstür. Er trug Boxershorts und ein fleckiges T-Shirt. Seine Augen waren gerötet, die schwarzen Haare hingen ihm fettig ins Gesicht. Entweder war er krank, oder er hatte am Abend zuvor zu tief ins Glas geschaut.

»Sie?«, fragte er heiser. »Was wollen Sie denn noch?«

»Nur ein paar Fragen«, sagte Lynn und lächelte ihn an.

»Von mir aus. Kommen Sie rein.« Er drehte sich um und ging zurück in die Wohnung, ohne sich darum zu kümmern, ob sie ihm folgten.

Angersbach nahm rasch die Räume in Augenschein. Ein düsterer Flur mit einer Tapete, die mit grünen Schlangenlinien bedruckt war, ein Bad mit orangefarbenen Fliesen mit Blumenmuster, eine Küche mit massiven Holzschränken, ein Wohnzimmer mit einer blau und rosa gemusterten Tapete. Nicht der Geschmack eines jungen Mannes, soweit Angersbach das beurteilen konnte.

Kilian hatte sich auf dem Sofa ausgestreckt und eine bunte Wolldecke bis zum Kinn hochgezogen. Er schnäuzte sich in ein altes Stofftaschentuch. Einige weitere lagen, feucht und zusammengeknüllt, auf dem Boden neben ihm.

»Erkältet?«, fragte Lynn mitfühlend.

»Hm.« Kilian schniefte. »Bernstorf besteht darauf, dass wir die Hintertür immer offen lassen, damit die Küchendünste nicht ins Lokal ziehen. Dadurch arbeiten wir permanent im Durchzug. Ich habe ihm schon hundertmal gesagt, dass ich mir bei der Kälte den Tod hole, aber es interessiert ihn nicht.« Er zuckte mit den Schultern. »Dafür muss er die nächsten Tage ohne Koch auskommen. Ich habe mich krankgemeldet.«

Angersbach setzte sich ihm gegenüber in einen Sessel. Lynn musterte den zweiten Sessel skeptisch, ehe sie Mantel und Schal ablegte und ebenfalls Platz nahm.

»Wo waren Sie heute Vormittag?«, fragte sie und zückte ihr Tablet.

Schneider sah sie ärgerlich an. »Haben Sie nicht zugehört? Ich bin krank.«

»Sie haben eine Erkältung. Damit kann man durchaus aus dem Haus gehen.«

»War ich aber nicht.«

Angersbach dachte an die Gebäude im Hinterhof, in denen man sich mehr holen würde als nur eine Erkältung. »Hätten Sie etwas dagegen, wenn wir uns bei Ihnen umsehen?«

»Bitte.« Schneider breitete die Hände aus.

Ralph unternahm einen schnellen Gang durch die Wohnung. Entgegen dem ersten Eindruck war sie sauber, nur die Einrichtung war alt, abgesehen vom gut gefüllten Edelstahlkühlschrank und dem modernen Herd, die nicht zum Rest der rustikalen Küche passten. In den Regalen standen Unmengen von Gewürzgläsern, über dem Herd hingen Kochgerätschaften sauber aufgereiht an Haken. Ansonsten gab es nicht viel zu sehen. Ein Schrank im Wohnzimmer enthielt einen Ordner mit Zeugnissen und offiziellen Dokumenten, ein weiterer eine Sammlung alter Spielkonsolen und jede Menge Kabel. Außer Kilian hielt sich niemand in der Wohnung auf.

»Dürfen wir uns auch die anderen Etagen ansehen? Und die Gebäude auf dem Hinterhof?«

»Solange Sie nicht erwarten, dass ich mitkomme. Bei dem Dreckswetter gehe ich nicht vor die Tür.«

»Kein Problem.«

»Die Schlüssel sind in der Küchenschublade. Probieren Sie sich einfach durch.«

»Danke.« Angersbach öffnete die Schublade. Im Grunde erübrigte es sich, nachzusehen. Wenn er Laura Erdmann-Janssen in einem der Gebäude festhielt, würde sich Kilian wohl kaum so kooperativ zeigen. Oder war das der Trick? Hoffte Kilian, dass sie ihr Vorhaben aufgaben, wenn er sich nicht sperrte?

»Was für ein Geschäft war das früher?«, erkundigte sich Lynn gerade, als Ralph ins Wohnzimmer zurückkehrte.

»Eine Änderungsschneiderei«, erwiderte Kilian Schneider. »Mein Opa war Schneider. Ja, haha. Sparen Sie sich die Witze, davon habe ich in der Schule genug gehört.«

»Schneider ist ein ehrenwerter Beruf, genau wie Koch«, sagte Angersbach.

»Hm. Erzählen Sie das mal den feinen Schnöseln, die sich hier überall rumtreiben.«

»Solche wie Lennard Unger und Hannah Bernstorf?«

»Quatsch. Die sind in Ordnung. Die behandeln mich nicht wie Dreck.«

»Wie sind Sie zu dem Haus gekommen?«

»Mein Opa hat es mir vererbt. Damit ich von meinen Eltern wegkann.«

Angersbach erinnerte sich, in Sabines und Lynns Berichten gelesen zu haben, dass Kilians Vater Alkoholiker und cholerisch, womöglich auch gewalttätig war.

»Sie müssten mal renovieren«, sagte er.

»Ich habe wenig Geld. Das Haus war ziemlich heruntergekommen, als ich es geerbt habe. Mein Opa hat die letzten Jahre nicht mehr viel tun können. Gicht. Er hat den Laden dichtgemacht und von seinem Ersparten gelebt. Er wollte auf keinen Fall ins Heim. Hat auch geklappt. Kurz bevor sein Geld alle war, hat ihn ein Schlaganfall erwischt. Er ist hier im Flur umgekippt. Ich habe ihn am nächsten Tag gefunden.«

»Das tut mir leid. Wie alt waren Sie da?«, erkundigte sich Lynn mitfühlend.

»Sechzehn. Zwei Jahre musste ich warten, aber an dem Tag, an dem ich achtzehn geworden bin, bin ich zu Hause ausgezogen. Seitdem wohne ich hier.«

Angersbach hielt die Schlüssel hoch, die er in der Küchenschublade gefunden hatte. »Kommst du mit?«

»Klar.« Lynn verstaute ihr Tablet in der Handtasche und nahm Mantel und Schal vom Sessel. Gemeinsam gingen sie ins Treppenhaus.

»Wo fangen wir an? Auf dem Dachboden? Im Ladengeschäft? Oder mit den Gebäuden im Hinterhof?«

»Dachboden«, sagte Lynn. »Da ist es wärmer als in der Garage oder im Schuppen.« Sie neigte den Kopf in Richtung Wohnung. »Könnte ja sein, dass ihn nur seine Erkältung bisher davon abgehalten hat, eine Lösegeldforderung zu stellen.«

Angersbach brummte. Die Erklärung erschien ihm nicht sonderlich plausibel. Auf der anderen Seite hatte man schon die verrücktesten Dinge erlebt.

Die Treppe zum Dachboden war steil, das Schloss klemmte. Ralph stocherte mit dem Schlüssel darin herum, bis es endlich mit einem rostigen Klicken nachgab.

»Klingt nicht so, als würde es oft benutzt«, sagte Lynn. Sie klang enttäuscht.

»Sehen wir trotzdem nach.« Ralph stieß die Tür auf. Lynn schnappte nach Luft.

»Du liebe Güte.« Sie machte ein paar Schritte in den Raum hinein. »Das ist ja unglaublich.«

Das war es in der Tat. Der Dachboden war vollgestopft mit alten Nähmaschinen, Schneiderpuppen, mit Stoffbahnen zugehängten Schränken und Kleiderstangen auf Rollen, an denen Hosen, Röcke, Blusen, Hemden und Mäntel hingen.

»Das ist das reinste Museum.« Lynn betrachtete mit leuchtenden Augen die schwarzen Nähmaschinen, die große Laufräder an den Seiten und Fußpedale als Antrieb hatten. »So eine hätte ich immer gerne gehabt. Nähen ist ein Hobby von mir. Aber mir fehlt der Platz.«

Angersbach warf ihr einen überraschten Blick zu. Lynn sah nicht aus wie eine Frau, die eine Affinität zum Handarbeiten hatte.

»Schauen wir nach, ob es hier irgendwo ein Versteck gibt.« Ralph ging entschlossen voran und schob eine der dicht behängten Kleiderstangen beiseite. Eine Staubwolke stieg von den Kleidern auf. Der Staub kitzelte ihn in der Nase, und er musste ein paarmal herzhaft niesen.

»Gesundheit«, sagte Lynn von der anderen Seite, wo sie sich durch das Kleiderdickicht arbeitete.

Fünf Minuten später trafen sie sich wieder am Eingang, Hosen und Jacken staubbedeckt. Jetzt schniefte auch Lynn. Ihre Augen waren gerötet und tränten.

»Hier ist niemand«, sagte sie.

»Nein.« Ralph trat in den Hausflur. Lynn zog die Tür hinter sich ins Schloss, Ralph verriegelte sie.

»Probieren wir es im Laden.« Lynn nahm ein Taschentuch aus der Handtasche und schnäuzte sich. Sie hielt Ralph die Packung hin. »Willst du auch eins?«

»Ja. Danke.« Für einen Moment standen sie einfach im düsteren Treppenhaus und lächelten sich an. Dann übernahm ihr Pflichtbewusstsein wieder die Führung.

Das Ladengeschäft war im Gegensatz zum Dachboden komplett leer. Nur der Tresen mit der Registrierkasse erinnerte daran, dass sich hier früher ein Betrieb befunden hatte. Die Bodenfliesen waren mit einer dicken Staubschicht bedeckt.

»Hier war seit Jahren kein Mensch mehr«, stellte Lynn fest. »Sonst gäbe es Schuhabdrücke im Staub.«

Angersbach stimmte ihr zu. »Sehen wir uns draußen um.«

Sie traten aus dem Haus und atmeten gierig die frische Luft ein. Sie war eiskalt und feucht vom Schnee, der nach wie vor vom Himmel rieselte, aber eine Wohltat nach dem ganzen Staub im Laden und auf dem Dachboden.

Gemeinsam gingen sie zu den Garagen hinüber.

»Sie ist nicht hier, oder?«, fragte Lynn, während Angersbach den passenden Schlüssel suchte. »Das wäre ja auch viel zu riskant. Kai und Kilian wissen, dass wir die ›Schutzmacht‹ im Visier haben. Die hätten sich ein besseres Versteck ausgedacht.«

»Davon gehe ich aus«, bestätigte Ralph. »Nachsehen müssen wir trotzdem.«

Er fand den Schlüssel für die rechte der beiden Garagen und zog das Tor auf. Im Inneren stand der alte Opel Corsa, der auf Kilian Schneider zugelassen war.

Angersbach seufzte. Aber er hatte ja nichts anderes erwartet. Er machte einen weiteren Garagenschlüssel ausfindig und zog am Griff der linken Garage. Das Tor schwang mit einem lauten Quietschen nach oben.

Lynn starrte auf den Wagen, der in der Garage stand, ein nachtblauer Škoda Fabia mit einem Rollstuhlaufkleber an der Heckscheibe. »Ja, leck mich doch am Arsch.«

Ralph hob die Augenbrauen. Die Ausdrucksweise passte nicht zu einer Frau wie Lynn. Aber in der Sache hatte sie recht.

Rehbach

Sabine Kaufmann las ungläubig die Nachricht auf ihrem Handy.

»Was ist los?«, fragte Christian Erdmann drängend. Er saß ihr immer noch gegenüber, den leeren Becher fest mit beiden Händen umklammert. »Haben Sie eine Spur von meiner Frau?«

»Nein.« Sabine ließ das Smartphone sinken. »Meine Kollegen haben den Wagen Ihres Großvaters gefunden.«

»Den Škoda?« Erdmann sah sie aus rot geränderten Augen an. »Wo?«

»In einer Garage, die zum Haus von Kilian Schneider gehört.«

»Schneider? Wer ist das?«

»Einer der jungen Männer von der ›Schutzmacht‹.«

»Also doch.« Erdmann knallte unvermittelt die Hand auf den Tisch. Sabine zuckte zusammen.

»Aber warum? Opa Willi hat ihnen immer Zuflucht gewährt. Wieso bringen die ihn um?«

Kaufmann hob hilflos die Schultern. »Vielleicht gab es Streit? Oder einer der jungen Leute wollte Geld, das Ihr Großvater nicht herausgerückt hat?«

»Und deshalb erschlägt man einen alten Mann, der im Rollstuhl sitzt?«

Sabine dachte an Alicias Behauptung, dass Erdmanns Frau mit den jungen Leuten paktierte, um ihre Karriere zu befördern. War Willi Erdmann dahintergekommen? Hatte sie ihn getötet, nachdem er ihr gedroht hatte, die Sache öffentlich zu machen? Und jetzt war sie untergetaucht, weil sie nach ihrer Rückkehr aus Frankreich erfahren hatte, dass Willis Gebeine gefunden worden waren?

»Ihre Frau und Ihr Großvater – haben die sich gut verstanden?«, fragte sie.

Christian Erdmann drehte den Becher in den Händen. Erst nach einer ganzen Weile schien die Frage zu ihm durchzudringen. »Nein«, sagte er. »Laura fand seine Ansichten schrecklich. Sie hat ihn einen Faschisten genannt. Natürlich nur, wenn er nicht dabei war. Aber Willi wusste, was sie von ihm hielt.«

»Und umgekehrt?«

Erdmann dachte eine Weile nach. »Ich glaube, er hat Laura bewundert. Weil sie nicht gekuscht, sondern für ihre Überzeugungen gekämpft hat. In letzter Zeit war er allerdings eher genervt. Er meinte, sie übertreibe und sei geradezu fanatisch mit ihrem Kampf gegen rechts. Er mochte die jungen Leute von der ›Schutzmacht‹ und konnte nicht begreifen, warum Laura derart erbittert gegen sie vorgeht.« Er betrachtete nachdenklich seine schlanken Finger. »Es stimmt, sie war wirklich davon besessen.«

»War Ihr Großvater ein Faschist?«

Erdmann winkte ärgerlich ab. »Ach was. Er ist im Krieg groß geworden, und da sind ein paar Dinge hängen geblieben. Redewendungen und dumme Sprüche. ›Es war ja nicht alles schlecht‹, und solcher Kram. Das war keine politische Überzeugung, eher Gedankenlosigkeit.«

»Wusste Ihre Frau, dass wir die Gebeine Ihres Großvaters im Grab in Alt-Berich gefunden haben?«

»Nein.« Erdmann runzelte die Stirn. »Ich wollte es ihr erzählen, wenn sie aus Frankreich zurück ist. Ich bin aber nicht dazu gekommen.«

Was nicht bedeutete, dass Laura Erdmann-Janssen nichts davon gewusst hatte. Aber konnte sie sich die Politikerin wirklich als Mörderin vorstellen, die den Großvater ihres Mannes erschlug und seinen Leichnam mit Branntkalk und Rohrreiniger auflöste? Nein, lautete die ehrliche Antwort. Außer Acht lassen durfte sie die Möglichkeit trotzdem nicht.

Sabine seufzte. Sie hatte das Gefühl, sich im Kreis zu drehen. Aber jetzt, wo Willi Erdmanns Wagen aufgetaucht war, würde irgendjemand reden müssen. Sie hoffte, dass sie dann endlich die Wahrheit erfuhren.

Ralph Angersbach öffnete die Wohnungstür mit Kilians Schlüssel. Er baute sich vor dem jungen Mann auf, der immer noch in die Decke gewickelt auf dem Sofa lag. »Stehen Sie auf und ziehen Sie sich an. Wir nehmen Sie fest.«

Kilian presste sich den Handballen gegen die Stirn. »Ich kann nicht. Ich habe Kopfschmerzen, und mir ist schlecht.« Er blinzelte. »Was haben Sie gesagt? Sie wollen mich festnehmen? Warum denn das?«

»Sie stehen unter Verdacht, Willi Erdmann getötet zu haben.«

»Was?« Kilian blieb der Mund offen stehen. »Wie kommen Sie auf den Scheiß?«

»Wir haben seinen Wagen in Ihrer Garage gefunden«, teilte ihm Lynn mit, die hinter Ralph ins Wohnzimmer getreten war.

»Seinen Wagen?« Ralph konnte sehen, wie es in Kilians Kopf arbeitete. »Keine Ahnung, wie der dahin kommt. Ich bin jedenfalls nicht damit gefahren. Könnte ich gar nicht. Der hat so eine komische Handschaltung statt Gaspedal und Bremse.«

»So schwer ist das nicht.« Lynn lächelte.

»Ich war es aber nicht.«

Lynn holte ihr Tablet hervor. »Da kommt einiges zusammen: Die Drohbriefe und die Schüsse auf Laura Erdmann-Janssen. Der Totschlag oder Mord an Willi Erdmann. Und jetzt noch die Entführung.«

»Moment mal.« Kilian schob die Wolldecke beiseite und setzte sich auf. Er presste die Hände an die Schläfen. »Ich weiß überhaupt nicht, wovon Sie reden.«

»Sie und Ihre Freunde haben Laura Erdmann-Janssen Todesdrohungen geschickt. Sie haben auf sie geschossen. Weil das nicht geklappt hat, haben Sie sie zu Hause überfallen und verschleppt.«

»Das ist doch dummes Zeug«, schnaufte Kilian.

»Was genau?«

»Ich habe Opa Willi nichts getan. Und die Tussi habe ich auch nicht angerührt.«

»Aber?«

»Mein Gott.« Kilian nahm eines der feuchten Stofftaschentücher vom Boden und wischte sich den Schweiß von der Stirn. »Wir haben ihr ein paar Briefe geschrieben, weil sie nicht aufgehört hat, uns das Leben schwer zu machen. Dabei ist das alles ganz harmlos. Aber sie hat so getan, als wären wir die neue SS.«

»Das Ganze war also kein Fake?«

»Wie? Fake?«

»Laura Erdmann-Janssen hat Sie nicht dafür bezahlt?«

»Wofür bezahlt?«

»Dafür, dass Sie die Neonazis spielen.«

Kilian sah Angersbach an, als hätte er nicht alle Tassen im Schrank. »Warum hätte sie das tun sollen?«

»Wer politisch erfolgreich sein will, braucht einen Gegner.«

»Nein.« Kilian stützte den Kopf in die Hände. »Wir wollten bloß unsere Ruhe haben, aber sie hat nicht aufgehört, uns die Polizei auf den Hals zu hetzen, weil wir angeblich etwas Ungesetzliches tun.«

»Wie kommt das Auto von Willi Erdmann in Ihre Garage?«, wechselte Ralph das Thema.

»Ich weiß es nicht!«, heulte Kilian. »Ehrlich.«

Angersbach war nicht so gut darin wie Sabine, die Mimik und Gestik von Verdächtigen zu lesen, aber er war sich ziemlich sicher, dass Kilian Schneider die Wahrheit sagte.

»Die Kollegen von der Spurensicherung werden den Wagen untersuchen«, teilte Lynn dem jungen Mann mit.

»Sie werden keine Spuren von mir finden«, sagte Kilian. »Ich habe nie in dem Ding gesessen.«

»Haben Sie Feinde?«

»Ich? Nee. Wieso?«

Lynn verdrehte angesichts seiner Begriffsstutzigkeit die Augen. »Wenn Sie es nicht waren, hat der Täter Erdmanns Auto in Ihrer Garage geparkt, um Ihnen die Sache anzuhängen.«

»Was?« Kilian schob sich die schwarzen Haare aus der Stirn. »Scheiße, wer macht denn so was?« Er blinzelte, und seine Augen huschten durch den Raum.

»Jemand, der Zugriff auf den Garagenschlüssel hat.« Angersbach neigte den Kopf in Richtung Küche.

»Klar. Logisch.« Kilian kaute an seinem Daumennagel.

»Wer war in den letzten Wochen hier?«, half Lynn ihm auf die Sprünge.

»Alicia. Lennard. Und Hannah.«

»Sonst niemand?«

»Nein.« Kilian wischte sich mit der Hand übers Gesicht. Plötzlich wurde sein Blick starr. »Doch. Kai. Vor ein paar Wochen. Er brauchte Hilfe bei seiner Website.«

»Was für eine Website?«, fragte Lynn freundlich.

Kilian schnaufte. »Ach, scheiße.« Er schlug sich mit der Faust gegen die Stirn.

»Sie sollten die Wahrheit sagen, Herr Schneider«, empfahl ihm Ralph. »Wenn Sie uns jetzt helfen, wird sich das strafmildernd auswirken.«

»Okay.« Kilian holte ein paarmal tief Luft. »Kai wollte im Darknet Nazigold verticken. Sein Opa hatte da angeblich irgendwo was versteckt. Ich habe mit ihm die Angebotsseite gebastelt. Danach habe ich nichts mehr von der Sache gehört. Bis vorgestern. Da hat er mir spätabends ein Selfie mit einem von diesen Barren in der Hand geschickt, damit ich ihm endlich glaube, dass es die Dinger wirklich gibt.«

»Haben Sie das Foto noch?«

»Klar.« Er holte sein Smartphone hervor und zeigte es ihnen.

Angersbach tauschte einen raschen Blick mit Lynn. Damit würden sie Kai drankriegen.

»Das war vermutlich ein Goldbarren aus dem Banküberfall in Sachsenhausen«, sagte Lynn.

»Nee.« Kilian schüttelte den Kopf. »Der hatte eine Prägung. Reichsadler und Hakenkreuz.« Er grinste. »So was kriegt man heutzutage nicht mehr bei der Bank.«

»Die Prägung wurde nachträglich aufgebracht«, erklärte Angersbach. »Stümperhaft übrigens. Der Reichsadler schaut in die falsche Richtung.«

Kilian richtete den Blick zur Decke. »Kai ist so ein Idiot.«

»Also«, sagte Lynn. »Sie geben zu, Drohbriefe an Laura Erdmann-Janssen geschrieben zu haben. Sie leugnen aber, etwas mit den Schüssen auf sie, ihrem Verschwinden und dem Tod von Willi Erdmann zu tun zu haben.«

»Richtig.«

»Gut. Dann ziehen Sie sich jetzt bitte an. Es kommen gleich zwei Kollegen von der Schutzpolizei, die Sie in Gewahrsam nehmen. Außerdem wird sich die Spurensicherung hier umsehen.«

Kilian ließ den Kopf hängen. »Was für ein Mist. Und das alles nur wegen Lennard.«

Angersbach merkte auf. »Was meinen Sie damit?«

»Er hat damit angefangen. Dass wir diesen ›Schutzmacht‹-Kram aufziehen und uns an Willi Erdmann ranmachen. Angeblich würden wir seinem Onkel damit einen Gefallen tun, und der würde sich erkenntlich zeigen. Hat er auch. Wir durften in seinem Wald jagen und mit den Quads fahren. Aber wozu das alles gut sein sollte, weiß ich nicht. Das müssen Sie Lennard fragen.«

»Das werden wir«, versprach Angersbach. Auch wenn er glaubte, dass er die Antwort bereits kannte.

22

Waldeck

Ralph und Sabine waren die letzten Gäste im Hotelrestaurant. Vor den Fenstern war es stockfinster. Weiße Flocken trieben vorbei. Die dichten Schleier verdeckten den Blick auf den See und die Häuser am Ufer. Die Beleuchtung war schummerig, gelbes Licht, das dem Raum zusammen mit den dunklen Holzmöbeln und der goldrot gemusterten Tapete ein gemütliches Flair verlieh.

Lynn hatte Sabine abgelöst und würde über Nacht bei Christian Erdmann bleiben. Laura Erdmann-Janssen war nach wie vor verschwunden. Die Entführer hatten sich noch immer nicht gemeldet.

Sabine stocherte in dem Kaiserschmarrn, den sie sich als Nachtisch bestellt hatte. Die Portion war viel zu groß, eher ein Hauptgericht, genau wie der bislang einzige Kaiserschmarrn, den sie als Kind auf einer Reise mit ihren Eltern gegessen hatte, irgendwo in der Nähe von Salzburg. Damals, als ihre Mutter noch gesund und ihre Eltern noch glücklich miteinander gewesen waren. Bevor ihr Vater sich nach Spanien abgesetzt hatte und ihre Mutter abgeglitten war, erst in die Schizophrenie, dann in die Alkoholsucht. Der Gedanke an Hedwig schmerzte nach wie vor, doch seit einiger Zeit schoben sich auch schöne Erinnerungen dazwischen. An lange Spaziergänge, Sommertage am Fluss und endlose Gespräche, nachts bei Kerzenlicht am alten Küchentisch. Irgendwann – bald – würde sie mit Ralph nach Bad Vilbel fahren und Hedwigs Grab besuchen.

Im Augenblick warteten sie auf Lennard Unger und Hannah Bernstorf, die übers Wochenende in ihren Heimatort kommen wollten. Die beiden waren gemeinsam mit Lennards Wagen unterwegs und irgendwo auf halber Strecke stecken geblieben, das hatten sie erfahren, als sie mit Hannahs Eltern telefoniert hatten. Das Schneechaos nahm mit jeder Stunde weiter zu. Die Straßen waren glatt, es hatte bereits reihenweise Unfälle gegeben, und in der Nacht würde es nicht besser werden.

»Was für ein Mist«, sagte Angersbach, der ihr mit ausgestreckten Beinen gegenübersaß und an seinem Espresso nippte.

»Ja.« Kaufmann schluckte den Bissen, den sie im Mund hatte, hinunter.

Die Kriminaltechniker hatten das Haus von Kilian Schneider auf den Kopf gestellt, die Nebengebäude und die beiden Fahrzeuge untersucht. Sie hatten keine einzige Spur von Laura Erdmann-Janssen gefunden. Was auch immer mit ihr passiert war, es gab keinen Beweis, dass Kilian etwas damit zu tun hatte. Es fanden sich auch keine Spuren von ihm in Willi Erdmanns umgebautem Škoda, dafür reichlich Fingerabdrücke, Haare und Fasern, die von Kai Erdmann stammten. Was nichts bewies, schließlich war er Willis Enkel und nach eigenen Angaben öfter mit Willis Auto gefahren, weil er selbst nur ein Moped besaß. Irgendwie musste er die größeren Einkäufe für seinen Großvater ja transportieren.

Darüber hinaus gab es Abdrücke und Fasern, die sie bisher nicht zuordnen konnten. Das war keine Überraschung, schließlich konnte Willi Erdmann den Wagen nicht selbst zum Haus von Kilian Schneider gebracht und in der Garage abgestellt haben. Von Alicia Hebestreit hatten sie bereits Vergleichssproben genommen. Die Auswertung stand noch aus. Auch der Polizeikurier kam bei der ungünstigen Witterung nicht durch.

Alicia war eingeknickt, als sie von der Entführung erfahren hatte. Sie hatte zugegeben, dass sie gelogen hatte. Laura Erdmann-Janssen hatte die »Schutzmacht« nicht engagiert, um für Publicity zu sorgen. Alicia hatte diese Geschichte erfunden, um nicht wegen ihrer Aktionen gegen die Politikerin belangt zu werden. Genau wie Kilian hatte sie zugegeben, dass sie der Ortsvorsteherin Drohbriefe geschickt hatten. Mit allem anderen wollte sie nichts zu tun haben.

»Dumm«, sagte Ralph. »Sie legt ein Geständnis ab, damit wir nicht glauben, sie hätte gemeinsam mit Laura Erdmann-Janssen eine Entführung vorgetäuscht. Dass sie dadurch in Verdacht gerät, sie wirklich entführt zu haben, kommt ihr gar nicht in den Sinn.«

»Was dafür spricht, dass sie tatsächlich nichts damit zu tun hat«, erwiderte Sabine und schob ihm den Teller mit dem Kaiserschmarrn hin. »Magst du noch?«

»Puh.« Ralph betrachtete die aufgehäuften Pfannkuchenstreifen, die mit jeder Menge Rosinen vermengt und mit reichlich Puderzucker bestreut waren. »Eigentlich bin ich satt.« Er hatte einen Kartoffelauflauf mit Brokkoli und Blumenkohl gegessen, der mit einer dicken Käseschicht bedeckt gewesen war. Sabine hatte sich für das Zanderfilet entschieden. Es war köstlich gewesen, allerdings hatte sie anschließend das Gefühl gehabt, nicht richtig satt geworden zu sein. Eine süße Kleinigkeit zum Magenschließen hatte ihr vorgeschwebt. Lecker war der Kaiserschmarrn auch. Aber eben nicht klein.

»Wir können uns den Rest einpacken lassen.« Kaufmann

zog den Teller zu sich heran. »Den kann man bestimmt prima in der Mikrowelle warm machen.«

»Gute Idee.« Angersbach strich sich durch die Haare. »Fragt sich nur, wann wir das nächste Mal nach Hause kommen.«

»Dann esse ich ihn eben kalt.« Sabine presste die Finger an die Schläfen. Ein pochender Kopfschmerz hatte sich eingestellt. Das passierte ihr in letzter Zeit öfter, wenn sie angestrengt nachdachte und keine Lösung fand.

Ralph zog sein Notizbuch hervor und blätterte darin. »Lennard und Hannah können mit dem Verschwinden von Laura Erdmann-Janssen nichts zu tun haben.«

»Hm.« Sabine trank einen Schluck von dem Weißwein, den sie sich zum Fisch bestellt hatte. Lynns Verehrer Oliver im LKA hatte das auf dem kurzen Dienstweg gecheckt. Die Handys von Lennard und Hannah waren bis zum frühen Nachmittag an ihrem jeweiligen Studienort eingeloggt gewesen. Anschließend hatte sich Hannah auf den Weg von Heidelberg nach Frankfurt gemacht, und seit dem späten Nachmittag bewegten sich die beiden Handys langsam in Richtung Edersee. Im Augenblick waren sie in der Nähe von Marburg. Wie lange es noch dauern würde, stand in den Sternen, denn es kam mittlerweile überall zu massiven Behinderungen.

»Sie könnten allerdings für den Mord an Willi Erdmann infrage kommen«, fuhr Angersbach fort. »Es muss jemand von der ›Schutzmacht‹ gewesen sein, der den Wagen in Kilians Garage abgestellt hat. Wer sollte sonst an den Schlüssel gekommen sein?«

Sabine stellte das Weinglas beiseite. »Und wer hat Laura Erdmann-Janssen entführt? Oder ist sie aus freien Stücken gegangen?« Auch das war immerhin möglich. Die Kriminaltechnik hatte keine Kampfspuren und auch sonst keine Hinweise im Haus der Erdmanns gefunden.

»Warum sollte sie das tun?« Angersbach schob die leere Espressotasse beiseite.

»Vielleicht hat sie neue Drohungen bekommen und ist in Panik geraten.«

»Hätte sie dann nicht wenigstens Geld und Papiere mitgenommen? Und den Wagen? Und ihrem Mann Bescheid gesagt? Es ergibt doch keinen Sinn, Hals über Kopf davonzulaufen, mit nichts als dem Handy dabei. Dem ausgeschalteten Handy, wohlgemerkt.« Alle Versuche, Laura Erdmann-Janssen zu orten, waren fehlgeschlagen.

»Stimmt.« Kaufmann pickte noch ein Stück Kaiserschmarrn vom Teller und schob es sich in den Mund.

Angersbach fuhr sich mit beiden Händen durch die Haare. Sie waren ein wenig zu lang, er musste mal wieder zum Friseur. Sabine betrachtete die grauen Strähnen und verspürte ein zärtliches Gefühl. Ralph wirkte immer mehr wie ein alter Wolf. Sie fand, dass es zu ihm passte.

»Zumindest wissen wir jetzt, dass Uwe Unger seinen Neffen und dessen Freunde instrumentalisiert hat«, sagte er. »Sie sollten sich mit ihrer rechten Gesinnung bei Willi Erdmann einschmeicheln. Um einen Ansatzpunkt zu finden, wie man ihn knacken kann, oder weil er gehofft hat, sie entdecken ein dunkles Geheimnis, mit dem er Erdmann erpressen kann. Unger hat vermutlich gehofft, dass er auf diese Weise doch noch an den Erdmann-Hof herankommt. Weil der Goldabbau lukrativer ist, als uns sein Geschäftsführer weismachen wollte.«

»Und dann hat er den Mord an Willi Erdmann in Auftrag gegeben, weil sein Plan nicht funktioniert hat?«

»Wer weiß?«

»Und die Entführung von Laura Erdmann-Janssen? Meinst du, Unger hat auch damit etwas zu tun?«

Angersbach zuckte mit den Schultern. »Klingt nicht sehr plausibel, stimmt's? Aber ausschließen kann man es nicht.« Er sah sich nach der Kellnerin um. Sie kam an den Tisch, als sie seinen Blick bemerkte. »Trinken wir noch einen Wein?«

»Ja.« Sabine leerte ihr Glas. »Einen roten.«

»Primitivo? Merlot? Oder einen Bordeaux?«, erkundigte sich die Bedienung.

»Wir nehmen den Primitivo«, entschied Ralph.

»Zwei Gläser? Oder eine Flasche?«

»Zwei Gläser«, sagte Sabine. »Die Flasche«, kam es im selben Moment von Ralph.

Sie sahen sich an und lachten.

»Zwei Gläser«, korrigierte Ralph an die Kellnerin gewandt. Als die junge Frau verschwunden war, fügte er hinzu: »Du hast ja recht. Wir dürfen morgen keinen Brummschädel haben.«

»Den habe ich ohnehin schon.«

»Wir gehen früh ins Bett«, schlug Ralph vor. »Vielleicht sehen wir klarer, wenn wir ausgeschlafen sind.«

Sabine schaute aus dem Fenster. Die ganze Geschichte war verworren, angefangen von den Goldbarren bis hin zu Laura Erdmann-Janssens Verschwinden. Irgendwie mussten all diese Dinge miteinander zu tun haben, und auf irgendeine Weise war Kai Erdmann in die ganze Geschichte verwickelt. Aber alles, was sie bislang hatten, waren Justin Büchners Geständnis, dass er Geld und Gold aus der Bank gestohlen hatte, Kilian und Alicia, die sich als Verfasser der Drohbriefe geoutet hatten, und der Wagen von Willi Erdmann, von dem man nicht wusste, wie er in Kilians Garage gelangt war. Drei lose Fäden, von denen man nicht wusste, wo sie endeten.

Die Kellnerin stellte die gut gefüllten Weingläser auf den Tisch. Sabine prostete Ralph zu und nippte an ihrem Glas. Sie wollte jetzt nicht mehr nachdenken. Vielleicht hatte Ralph ja recht, und am nächsten Morgen sah die Welt wieder anders aus. Erneut sah sie aus dem Fenster. Weißer würde sie auf jeden Fall sein. Schon jetzt schien alles zu Eis erstarrt. Die Luft und der Blick würden klarer sein. Wenn sie Glück hatten, nicht nur der auf den See.

23

Edersee, in der Nähe der Dorfstelle Berich

Die Schneedecke war an diesem frühen Morgen noch unberührt. Mindestens zehn Zentimeter dick, an der Oberfläche eine dünne Eisschicht, die unter ihren Stiefeln brach, als sie den Hang hinunterschlitterten. Felix jauchzte vor Vergnügen. Am liebsten hätte er ein Brett gehabt, auf dem er bis zum Ufer hätte rutschen können.

Niklas folgte ihm mit einem Abstand, der immer größer wurde. Er war größer und schwerer als Felix und sank deshalb tiefer ein. Seine Schritte waren mühsam, doch das war nicht der Grund dafür, dass er das Tempo verzögerte. Niklas hatte Schiss.

Felix hatte auf ihn einreden müssen wie auf ein krankes Pferd. Ob er nie wieder angeln gehen wollte, nur weil sie einmal einen alten Schädel aus dem Wasser gefischt hatten? Klar, es war ein Schock gewesen, aber wenn man darüber nachdachte, war es gar nicht mehr so schlimm. Der Schädel hatte hundert Jahre im Wasser gelegen. Nachdem sie ihn gefunden hatten, konnte er wieder ordentlich beigesetzt werden.

Niklas, der doch so unerschrocken aussah mit seiner Körperlänge von fast zwei Metern und den austrainierten Muskeln, hatte trotzdem gezaudert. Auf keinen Fall wollte er so etwas noch einmal erleben.

Felix hatte nicht nachgegeben. Man müsse sich seinen Ängsten stellen, sonst fräßen sie einen irgendwann auf. Gab es da nicht den

Spruch vom gestürzten Reiter, der so schnell wie möglich wieder aufsteigen musste? Schon wieder eine Pferdemetapher.

Schließlich hatte er Niklas überzeugt. Deshalb waren sie jetzt hier. Felix war bestens gelaunt. Er war davon überzeugt, dass sie an diesem Dezembersamstag einen dicken Fisch aus dem Wasser ziehen würden.

Sie machten das Boot klar, und Niklas setzte sich an die Riemen. Mit langen Schlägen brachte er sie auf den See hinaus. Es schneite immer noch, aber das störte sie nicht. Sie hatten sich dick angezogen und trugen warme Mützen und Handschuhe.

Felix sah zum Ufer. Der Blick vom Wasser aus über die tief verschneiten Hügel und Bäume war überwältigend. Eine Welt wie aus einem Märchenbuch, still und mit einer dicken Schicht Zuckerguss überzogen. Auf der anderen Seite des Sees ging gerade die Sonne auf. Das Licht war fahl und unwirklich. Es war eine tolle Stimmung, und Felix sah, dass auch Niklas auftaute.

Er grinste innerlich über die Redewendung. Wie konnte man bei dieser Eiseskälte auftauen?

Niklas ließ das Boot auslaufen und hängte die Ruder in die Vorrichtungen. Dann machten sie ihre Angelsachen klar. Felix warf seinen Haken aus.

Niklas zögerte. »Was, wenn doch?«, fragte er.

Felix seufzte. »Die haben die Gräber überprüft. Das stand im Netz. Die schadhafte Stelle ist ausgebessert. Da können keine Toten mehr herausgespült werden.«

»Okay.« Niklas warf seine Angel aus.

Eine ganze Weile lang starrten sie schweigend auf ihre Schwimmer, während die fahle Sonne langsam den Himmel emporkletterte. Dann zuckte Niklas' Angelschnur.

»Ich hab einen!« Seine Angst war vergessen. Er kurbelte hastig an der Angel und holte die Schnur ein. Im nächsten

Moment tauchte der Fang auf. Ein riesiger Hecht hing am Haken.

»Wow!« Felix starrte fasziniert auf den Fisch. »Was für ein Monstrum.«

»Hilf mir doch mal!« Der Hecht war so schwer und zappelte dermaßen, dass selbst der durchtrainierte Niklas Mühe hatte, ihn aus dem Wasser zu holen. Felix half ihm beim Kurbeln und hielt den Kescher bereit, um den Fisch aufzufangen.

»Mega«, sagte Niklas, als sie den Hecht endlich im Boot hatten. Er versetzte dem Tier einen Schlag auf den Kopf, der ihm einen raschen Tod brachte. Anschließend holte er sein Messer hervor, um ihn auszunehmen. Weil es mit den dicken Handschuhen nicht ging, zog er sie aus. Zu hastig, der linke glitt ihm durch die Finger und fiel ins Wasser. »Ach, Mist.«

»Den kriege ich.« Felix machte mit dem Kescher Jagd auf den Handschuh, doch der entwischte ihm ein ums andere Mal. Felix streckte sich und versuchte es erneut. Dieses Mal glitt der Handschuh in den Kescher. »Na also«, grinste er.

Er wollte sich gerade zu Niklas umdrehen, als ein harter Schlag das Boot erschütterte. Felix verlor das Gleichgewicht und landete auf den Knien. Der Kescher glitt ihm aus den Fingern. Felix wollte danach greifen und erstarrte.

Direkt vor ihm trieb eine Frau im Wasser und sah ihn aus weit aufgerissenen Augen an.

»Was war das denn?«, fragte Niklas hinter ihm.

Felix schluckte trocken. Seine Stimme versagte. »Eine ... eine Leiche«, krächzte er.

Wieder gab es einen Knall. Dieses Mal war es Niklas, dessen Knie nachgegeben hatten. Er fiel hart auf die Sitzbank, und seine Zähne schlugen krachend aufeinander. »Bitte. Sag mir, dass das ein Scherz ist. Das war nur ein Baumstamm, oder?«

Felix schloss die Augen. »Kein Scherz«, würgte er hervor.

Warum waren sie nicht zu Hause bei ihren Eltern im Bett geblieben? Oder, noch besser, in ihrer Wohnung in Kassel? Der Edersee brachte ihnen kein Glück.

24

Dorfstelle Berich, eine Stunde später

Niklas Wortmann hockte am Seeufer, das Gesicht in den Händen vergraben, und wippte unablässig auf den Fußballen vor und zurück. Felix Römer stand neben ihm, eine Hand auf Wortmanns Schulter, das Gesicht blass, vom Entsetzen und Schock gezeichnet.

Ralph Angersbach schüttelte den Kopf. Was für eine Ironie des Schicksals, dass die beiden jungen Männer zum zweiten Mal innerhalb von nur einer Woche einen Leichenfund gemacht hatten, den ersten am vergangenen Sonntag, den zweiten am heutigen Samstag! Ralph tastete sich gemeinsam mit Sabine den vereisten Hang hinunter.

Die Kollegen von der Schutzpolizei hatten den Bereich um den Bootssteg herum mit rot-weißem Flatterband abgesperrt, das sich in der schneeweißen Landschaft merkwürdig ausnahm. Auf dem Steg lag ein unförmiges Bündel unter einer weißen Schutzplane.

Römer und Wortmann hatten couragiert gehandelt. Sie hatten die Tote mit einer Leine gesichert und waren mit dem Leichnam im Schlepptau zum Ufer gerudert. Anschließend hatten sie die tote Frau auf den Steg gehievt und die Polizei verständigt. Erst danach war Niklas Wortmann zusammengeklappt.

Oben an der Straße traf ein Rettungswagen ein. Zwei Sanitäter eilten den Hang hinunter. Sie überholten Sabine und Ralph und kümmerten sich um die beiden jungen Männer.

Die Frau auf dem Steg brauchte keine Hilfe mehr. Der einzige Arzt, der sich noch mit ihr beschäftigen würde, war der Rechtsmediziner. Hackebeil war bereits unterwegs, genau wie die Kollegen von der Spurensicherung. Bis zu ihrem Eintreffen würde es allerdings noch dauern, bei der aktuellen Straßenlage länger als gewöhnlich.

Die Presse hatte offenbar noch keinen Wind davon bekommen, dass es hier etwas zu sehen gab, zum Glück. Auf reißerische Bilder und voreilige Schlagzeilen im Netz konnten sie verzichten. Angersbach gab den Polizisten an der Absperrung die Anweisung, sämtliche Unbeteiligten möglichst weit fernzuhalten.

Ihm war klar, dass sie auf die Kollegen warten sollten, ehe sie den Leichnam in Augenschein nahmen, doch das konnte er nicht. Seit sie die Nachricht erhalten hatten, dass eine tote Frau aus dem See geborgen worden war, fühlte sich sein Magen an, als würde ihn eine eiserne Hand zusammenpressen, und die Magensäure stieg in seiner Kehle hoch. Er musste jetzt sofort wissen, ob es sich bei der Toten um Laura Erdmann-Janssen handelte.

Angersbach machte beherzt die letzten Schritte und stapfte durch den knöcheltiefen Schnee zum Steg. Er zeigte den uniformierten Beamten seinen Ausweis und betrat die Planken. Sabine hielt sich direkt hinter ihm.

Ralph tauschte die dicken Winterhandschuhe gegen Latexhandschuhe und hob die Plane an.

Wasserleichen waren nicht schön, das wusste er aus seiner langjährigen Berufserfahrung. Die Tote aus dem Edersee bildete keine Ausnahme. Die Haut war wächsern und blass, an den Händen aufgequollen und schrumpelig. An Augenlidern und Lippen gab es Fraßspuren. In den dunklen Haaren und der feuchten Kleidung hatten sich Zweige und Algen verfangen. Das graue Businesskostüm war fleckig und hatte Risse. Am rechten Fuß trug die Tote einen hochhackigen Pump. Den linken hatte sie verloren, was sie in besonderer Weise verletzlich wirken ließ.

Angersbach blickte zu Sabine, die mit zusammengepressten Lippen neben ihm stand. »Ist sie das?«, fragte er.

»Ja.« Sabine sah ihn traurig an. »Das ist Laura Erdmann-Janssen.«

Ralph hatte im Grunde nichts anderes erwartet. Trotzdem traf ihn die Bestätigung wie ein Schlag in die Magengrube. Ihm graute davor, Christian Erdmann die schreckliche Nachricht zu überbringen.

Neben ihnen räusperte sich jemand. Es war einer der Sanitäter.

»Wir würden die beiden jungen Männer gerne mitnehmen. Sie sind völlig ausgekühlt, und dazu noch der Schock. Es wäre gut, wenn sie sich aufwärmen. Im Krankenhaus bekommen sie ein Beruhigungsmittel und Flüssigkeit, damit sich der Kreislauf wieder stabilisiert.«

»Klar«, gab Angersbach sein Einverständnis. »Wir melden uns bei ihnen, wenn wir noch Fragen haben.«

»Richte ich aus.« Der Sanitäter machte auf dem Absatz kehrt und ging zurück zu seinem Kollegen. Angersbach sah zu, wie sie Wortmann und Römer, die mittlerweile beide eine goldene Rettungsdecke um die Schultern trugen, nach oben zur Straße führten.

Für eine Sekunde wünschte er sich, er könnte sich ebenfalls wegbringen und umsorgen lassen.

Sabine deutete auf die Flecken auf der Kostümjacke der Toten. »Ist das Dreck? Oder Blut?«

»Keine Ahnung.« Ralph fühlte sich so erschöpft, dass er sich am liebsten auf den Steg gesetzt und den Kopf in den Händen vergraben hätte, so ähnlich, wie Niklas Wortmann es getan hatte. Er zog die Plane wieder über den Leichnam und ging zurück zum Ufer.

Sabine folgte ihm. »Hoffentlich kommen die Kollegen bald.«

Angersbach nickte. Er tauschte die Latexhandschuhe gegen die dicken Winterhandschuhe und zog den Reißverschluss der Jacke bis oben hoch, doch gegen die innere Kälte kam er nicht an. Sabine ging es offenbar genauso. Sie hatte die Arme um den Oberkörper geschlungen, um sich selbst zu wärmen, bibberte aber trotzdem. Ralph zog sie in die Arme und küsste ihre eiskalten Lippen. Sie schloss für einen Moment die Augen, ehe sie sich von ihm losmachte.

Dort, wo ihr Körper gewesen war, erschien ihm die Kälte jetzt noch intensiver. Trotzdem hatte sie recht. Sie durften sich nicht von ihren Gefühlen überschwemmen lassen, sondern mussten professionell bleiben.

Sabine drehte sich um und blickte über den See. »Was glaubst du? Ist sie aus dem Haus gegangen und vom Steg ins Wasser gestürzt? Weil sie einen Schwächeanfall hatte oder einen Herzinfarkt? Oder ist sie tatsächlich entführt und ermordet worden, und der Täter hat ihre Leiche im See versenkt?«

Angersbach folgte ihrem Blick. »Ohne Jacke, bei dem Wetter? Eher nicht. Andererseits ... Wir müssen uns über die Strömungsverhältnisse im See informieren«, erwiderte er. »Rehbach ist ziemlich weit weg von hier. Keine Ahnung, ob ein Leichnam so weit abtreiben kann. Und sie war jung, Anfang vierzig, nicht wahr? Zu jung für einen Herzinfarkt.«

Kaufmann rieb sich die Arme. »Sie könnte gestolpert und in den See gestürzt sein. Das Wasser ist eiskalt. Durch den Schock käme es vermutlich zu Bewusstlosigkeit und Atemstillstand.«

»Möglich.« Ralph zog die Beanie weiter über die Ohren. »Aber nach den Drohbriefen und den Schüssen auf sie glaube ich nicht, dass es ein Unfall war.«

»Nein.« Sabine seufzte. »Ich auch nicht.« Sie sah ihn fragend an. »Warten wir auf die Spurensicherung? Oder fahren wir rasch zu Erdmann?«

»Erst die Spurensicherung«, entschied Angersbach. »Ich will wissen, wie Hackebeil den Fall beurteilt.« Den anderen Grund behielt er für sich. Er fürchtete sich vor dem Moment, in dem er Christian Erdmann die Wahrheit sagen musste, und wollte ihn so lange wie möglich hinauszögern.

Als ob es dadurch leichter würde, dachte er, blieb aber bei seiner Entscheidung.

Sabine konnte er indessen nichts vormachen.

»Ich kann Lynn anrufen und sie bitten, Erdmann zu sagen, was passiert ist«, schlug sie vor.

»Nein.« Ralph hob rasch die Hand, als er merkte, dass er Sabine fast angebrüllt hatte. »Entschuldige. Aber ich muss das selbst tun«, fügte er in gemäßigtem Tonfall hinzu.

»Klar.« Sabine wandte sich ab. Angersbach verfluchte sich selbst. Im Moment schien er ihr beständig auf die Füße zu treten. Dabei gab er sich Mühe. Aber er konnte eben nicht aus seiner Haut.

Er trat hinter sie und legte ihr die Hände auf die Schultern. »Es tut mir leid. Ehrlich gesagt haut mich das alles ziemlich um.«

Sabine griff nach seiner Hand und hielt sie fest. »Schon gut.«

* * *

Als eine knappe Stunde später Hackebeils roter SUV und die Busse der Spurensicherung oberhalb des Hangs an der Straße hielten, waren Ralphs Füße in den dünnen Schuhen fast erfroren, obwohl er die Hälfte der Wartezeit damit verbracht hatte, auf der Stelle zu stampfen.

»Sie sind ja immer noch mit diesem völlig ungeeigneten Schuhwerk unterwegs«, bemerkte Hack, als er den Hang herunterkam, neugierig beäugt von ein paar Journalisten, die sich mittlerweile eingefunden hatten. Da sie keine Informationen bekamen und nichts sehen konnten, waren sie frustriert.

Angersbach schaute neidisch auf Hacks Raumfahreranzug und die dicken Stiefel. Sie besaßen Spikes, die sich tief in den schlüpfrigen Untergrund bohrten. »Ich komme einfach nicht zum Einkaufen«, gab er zurück.

Hack lachte meckernd. »Es gibt Onlineshops. Die liefern auch an den Edersee.« Er ging an Ralph vorbei zum Steg, wo er Sabine herzlich begrüßte. »So unerfreulich die Anlässe sind, so groß ist die Freude, Sie zu sehen.«

Er schaffte es tatsächlich, ihr mit dem Schmäh ein kurzes Lächeln ins Gesicht zu zaubern. »Ich freue mich auch, Sie zu sehen.«

Hack nickte und ging auf den Steg. »Also. Was haben wir denn?«

Zwei Kollegen der Spurensicherung, komplett in weiße Schutzkleidung gehüllt, eilten hinter ihm her. Sie hoben die Plane an und fotografierten die Tote.

»So, bitte sehr«, sagte der eine, als sie fertig waren.

Hackebeil legte das grüne Schaumstoffkissen, das er neuerdings häufig mitführte, auf den Steg und kniete sich neben die Tote. Er zog sein Diktiergerät aus der Tasche und schaltete es ein.

»Weibliche Person, Anfang bis Mitte vierzig«, sagte er laut.

»Laura Erdmann-Janssen«, warf Sabine ein. »Sie war einundvierzig.«

Hack sah kurz zu ihr auf. »Die Politikerin?«

»Ja.«

Hack nickte. »Waschhaut an den Händen, folglich längere Liegezeit im Wasser«, diktierte er weiter. »Fraßspuren an Augenlidern und Lippen.«

»Todesursache?«, fragte Angersbach.

»Was denken Sie?« Hack zog die ausgefransten Augenlider der Toten hoch und öffnete vorsichtig die angeknabberten Lippen. »Keine Petechien, kein Schaumpilz vor dem Mund.«

»Also kein Tod durch Ertrinken.«

»Das ist die naheliegende Vermutung, aber wir müssen die Obduktion abwarten und sehen, ob sie Wasser in der Lunge hat.« Er sah zu den beiden Kriminaltechnikern, die abwartend danebenstanden. »Helfen Sie mir, die Frau auf die Seite zu drehen.«

Gemeinsam bugsierten sie Laura Erdmann-Janssen in Seitenlage. Hack besah sich den Hinterkopf der Toten. »Ich erkenne eine Fraktur. Die Haare sind aber zu dicht, um Genaueres zu sagen.«

»Sturz oder Schlag?«, fragte Angersbach.

»Die Fraktur befindet sich deutlich oberhalb der gedachten Hutkrempe.«

»Also ein Schlag.« Mit der Hutkrempenregel war Angersbach vertraut. Verletzungen unterhalb der imaginären Hutkrempe rührten von einem Sturz her, Verletzungen, die sich weiter oben befanden, von Schlägen.

»Richtig.«

»Das heißt, die Frau wurde erschlagen und anschließend ins Wasser befördert?«

»Langsam.« Hack hob die behandschuhten Hände. »Das ist nur eine vorläufige Einschätzung.«

»Klar. Todeszeitpunkt?«

»Das lässt sich unmöglich feststellen. In dem eiskalten Wasser kühlt der Körper rasend schnell aus. Aber soweit ich weiß, hat die Dame vor vierundzwanzig Stunden noch gelebt, richtig?«

»Ja.« Die Berichte über die Entführung waren mittlerweile in sämtlichen Medien. Die Polizei hatte nicht viele Informationen herausgegeben, doch dass Laura Erdmann-Janssen irgendwann gestern Vormittag verschwunden war, war allgemein bekannt.

»Ich fürchte, viel weiter kann ich es auch bei der Obduktion nicht eingrenzen.«

»Jedenfalls können wir einen Unfall ausschließen.«

Hack wedelte mit dem Finger. »Der Schlag muss weder mit Absicht erfolgt sein, noch muss er todesursächlich gewesen sein.«

»Wie schlägt man jemanden ohne Absicht?«, fragte Ralph gallig. Der Fall ging ihm zunehmend an die Nieren. Er hatte meistens seine Mühe mit Hacks Humor, doch dieses Mal war er besonders dünnhäutig.

»Im Netz steht, Erdmann und seine Frau haben ein Segelboot«, erklärte der Rechtsmediziner sachlich. »Ein ungeschicktes Manöver, und schon kann einem der Baum gegen den Kopf knallen, und man stürzt ins Wasser.«

Ralph stutzte. Er hatte gedacht, Hack wolle ihn auf den Arm nehmen. »Halten Sie das für möglich?«

»Solange ich nicht obduziert habe, halte ich alles für möglich.«

Kaufmann, die bibbernd neben ihnen stand, schüttelte den Kopf. »Sie würde doch nicht in diesem Aufzug segeln gehen. Bei den Temperaturen.«

»Nicht jeder ist so vernünftig wie Sie«, gab Hack zurück. Er erhob sich und klemmte sich das Kniekissen unter den Arm. »Bestellen Sie den Leichenwagen. Wenn der Bestatter es schafft, mir den Leichnam bis heute Nachmittag anzuliefern, kann ich heute noch obduzieren.«

»Ich kümmere mich darum.« Kaufmann zog mit den Zähnen den rechten Handschuh von den Fingern und holte ihr Smartphone hervor.

»Ich hoffe, Sie kommen auch«, sagte Hack mit einem spöttischen Blick auf Ralph.

»Wenn die Straßenverhältnisse es zulassen.«

Der Rechtsmediziner lachte meckernd. »Sie fahren doch ein geländegängiges Auto. Da wird Sie so ein bisschen Schnee nicht abhalten.« Er winkte Sabine zu, die bereits den Bestatter am Apparat hatte, und stapfte hinauf zur Straße.

Sabine beendete ihr Gespräch. »Der Leichenwagen kommt. Ich sage den Kollegen, dass sie sich darum kümmern sollen.« Sie sah Ralph auffordernd an. »Das heißt, wir können jetzt zu Christian Erdmann fahren.«

»Okay.« Angersbach fühlte sich, als würde ihm jemand einen Zementsack auf die Schultern legen. Er holte tief Luft. »Bringen wir es hinter uns.«

25

Rehbach

Vor der Villa der Erdmanns lungerte eine Traube von Journalisten herum. Sabine Kaufmann sah hochgereckte Mikrofone mit Fellüberzug und Stangen mit Kameras, die auf das Haus gerichtet waren. Der Übertragungswagen eines Regionalsenders stand schräg auf dem Bürgersteig. Der Kameramann zeichnete den Livebericht einer jungen Reporterin in einer grünen Jacke mit Plüschkragen und einer Fellmütze auf dem Kopf auf.

Zu sehen war nichts. Die Haustür war geschlossen, und Erdmann hatte sämtliche Rollläden heruntergelassen.

Ralph und Sabine bahnten sich ihren Weg durch die Menge. Angersbach schubste einen besonders hartnäckigen Reporter aus dem Weg. »Machen Sie bitte Platz. Polizei.«

Sofort richteten sich sämtliche Mikrofone auf ihn. Die Journalisten riefen ihm ihre Fragen zu und versuchten, sich gegenseitig zu übertönen.

»Haben Sie schon eine Spur?«

»Kennen Sie den Aufenthaltsort von Frau Erdmann-Janssen?«

»Glauben Sie, dass wir es mit einem Verbrechen zu tun haben?«

»Wurde Frau Erdmann-Janssen entführt? Haben sich die Entführer gemeldet?«

Angersbach hob die Hand, um die Reporter zu stoppen. »Wir können zurzeit keine Auskünfte geben. Es handelt sich um eine laufende Ermittlung. Wenden Sie sich bitte an die Pressestelle.«

Ein kollektives Stöhnen war die Antwort.

»Bitte. Nur ein kurzes Statement«, bettelte eine besonders junge Journalistin.

»Tut mir leid.« Angersbach hatte es endlich geschafft, sich zur Haustür durchzukämpfen, und drückte auf den Klingelknopf. Kaufmann, die sich in seinem Windschatten bewegt hatte, atmete auf, als Lynn die Tür öffnete. Sie schlüpften rasch hinein. Lynn warf die Haustür hinter ihnen ins Schloss.

»Diese Geier«, schimpfte sie.

»Das ist meine Schuld.« Christian Erdmann stand in der Tür zum Flur. Blass und unrasiert, die Augen gerötet, die Haare wirr, das Gesicht von tiefen Falten durchzogen. »Wenn ich nicht diesen Aufruf ins Netz gestellt hätte …«

»Dann hätte die Presse trotzdem früher oder später Wind davon bekommen«, behauptete Sabine, auch wenn sie sich dessen nicht sicher war. Aber was nützte es jetzt noch, Christian Erdmann Schuldgefühle einzuflößen? Die Nachricht, dass seine Frau tot war, würde ihn schlimm genug treffen. Es sei denn, er wusste es längst. Dann wäre seine Videobotschaft kein Hilferuf gewesen, sondern Vernebelungstaktik.

Sabine schüttelte über sich selbst den Kopf. Noch stand nicht einmal fest, ob Laura Erdmann-Janssen aufgrund von Fremdeinwirkung gestorben war. Und selbst, falls ja, stand Christian Erdmann nicht ganz oben auf der Verdächtigenliste. Die Ehe der Erdmanns schien harmonisch gewesen zu sein. Kaufmann hätte sich vorstellen können, dass sie gemeinsam einen Plan ausgeheckt hatten, um der Schuldenfalle zu entgehen. Doch aus welchem Grund sollte Erdmann seine Frau getötet haben? Auf der anderen Seite war der Ehemann naturgemäß immer verdächtig. Die meisten Verbrechen fanden nun einmal

303

innerhalb der Familie aus persönlichen Motiven statt. In diesem Punkt war die Kriminalstatistik eindeutig.

»Kommen Sie herein. Wollen Sie einen Kaffee?« Erdmann winkte sie ins Wohnzimmer. Es war düster, weil die Rollläden jegliches Licht aussperrten. Erdmann hatte nur eine Stehlampe eingeschaltet, die den großen Raum nicht ausleuchten konnte. Ihm selbst schien es gleichgültig zu sein, genau wie seine äußere Erscheinung. Er verschwand kurz und kam gleich darauf mit einer Kanne und Tassen zurück, die er mit unbeholfenen Bewegungen füllte. Ein Schwall Kaffee ergoss sich über den Tisch. »Mist«, stöhnte er.

»Ich hole einen Lappen.« Lynn war schon auf dem Weg in die Küche.

Ralph nötigte Erdmann, auf dem Sofa Platz zu nehmen, und setzte sich ihm gegenüber in den Sessel. »Wir haben schlechte Neuigkeiten.«

Sabine sah ihm an, dass es ihm schwerfiel, aber er hatte wohl entschieden, nicht lange um den heißen Brei herumzureden.

Erdmann starrte ihn an. »Was?«

»Wir haben Ihre Frau gefunden. Sie ist tot.«

Erdmann saß wie versteinert. Nur am Zittern seiner Hände erkannte Kaufmann, dass er die Nachricht vernommen hatte.

»Wie?«, fragte er tonlos.

»Tot?«, kam es im selben Moment von der Küchentür her. Lynn stand mit ungläubiger Miene da. Den Lappen hatte sie vor Schreck fallen lassen.

»Zwei Angler haben heute Morgen ihren Leichnam entdeckt«, berichtete Sabine.

Lynn biss sich auf die Lippen. Es war nicht zu übersehen, dass sie enttäuscht, vielleicht auch verärgert war, weil man sie nicht informiert hatte, aber sie sagte nichts.

»Wir wissen noch nicht, wie es passiert ist«, erklärte Angersbach. Er beugte sich vor und griff nach Erdmanns Hand. »Es tut mir leid.«

Der Ingenieur schluckte. Eine Träne rann über seine Wange. Er entzog Ralph seine Hand, stand mit eckigen Bewegungen auf und machte ein paar Schritte in den Raum hinein. Sabine entdeckte das Bild, das auf der Anrichte stand, Erdmann im dunklen Anzug, seine Frau im Hochzeitskleid, beide mit einem glücklichen Lächeln auf den Lippen. Erdmann streckte die Hand danach aus, doch bevor seine Finger den Rahmen berührten, brach er zusammen. Er fiel auf die Knie, vergrub das Gesicht in den Händen und schluchzte hemmungslos.

Ralph, Lynn und Sabine tauschten unbehagliche Blicke.

»Wir sollten vielleicht einen Rettungswagen rufen«, schlug Lynn vor.

Sabine nickte. Lynn zog ihr Smartphone hervor.

Ralph erhob sich, ging zu Erdmann und kniete sich neben ihn auf den Boden. Er strich ihm unbeholfen über den Rücken und murmelte etwas, das Sabine nicht verstand.

Sie wusste nicht, wie lange sie in ihren Positionen verharrt hatten, als das Klingeln an der Tür sie erlöste. Ralph, der versuchte, den untröstlichen Witwer zu trösten, Lynn, die mechanisch den Tisch abwischte, obwohl er längst wieder trocken war, und Sabine selbst, die das Gefühl nicht loswurde, einer miserablen Theatervorstellung beizuwohnen. Irgendetwas an der Nähe zwischen Ralph und Christian Erdmann störte sie.

Lynn legte den Lappen beiseite und half Ralph, Erdmann auf die Füße zu ziehen und zum Sofa zu führen. Sabine hatte den Eindruck, auf der anderen Seite einer dicken Glasscheibe zu stehen. Die drei waren vereint in Trauer und Mitgefühl, während sie selbst vor allem eine nervtötende Unrast verspürte.

Sie eilte zur Tür und öffnete den Sanitätern, die bereits von den Reportern belagert wurden. Die beiden gingen ins Wohnzimmer, untersuchten Christian Erdmann und entschieden, ihn mitzunehmen.

»Der Mann hat einen Nervenzusammenbruch«, erklärte einer der Sanitäter überflüssigerweise.

»Wo bringen Sie ihn hin?«, fragte Kaufmann.

»Fritzlar. Hospital zum Heiligen Geist.«

»Ich fahre mit«, sagte Ralph und lief den Sanitätern hinterher, die Erdmann in die Mitte genommen hatten. Auf dem Weg zum Rettungswagen begleitete sie ein Blitzlichtgewitter. Als der RTW abgefahren war, wandten sich die Journalisten wieder der Haustür zu. Kaufmann knallte sie rasch ins Schloss.

Im Wohnzimmer wartete Lynn auf sie, den Lappen immer noch in der Hand. »Warum habt ihr mir nicht Bescheid gesagt?«

»Ralph wollte die traurige Nachricht persönlich überbringen.«

»Ich bin durchaus in der Lage, etwas für mich zu behalten.«

Sabine zuckte mit den Schultern. Lynn schüttelte den Kopf. Sie warf den Lappen beiseite, nahm Sabines Hände und zog sie zum Sofa.

»Was ist denn los?«, fragte sie, als sie beide in einer Sofaecke saßen. »Ich dachte, wir sind ein gutes Team. Aber in den letzten Tagen bist du so komisch. Habe ich irgendwas falsch gemacht? Wenn ich dir auf die Füße getreten bin, musst du es mir sagen.« Sie schluckte. »Ich dachte, wir könnten Freundinnen werden.«

»Das dachte ich auch«, brach es aus Sabine heraus. »Stattdessen drängst du dich zwischen Ralph und mich und machst ihm schöne Augen.«

Lynn starrte sie ungläubig an. Dann fing sie an zu lachen. »Das ist es? Du hast Angst, ich wollte dir Ralph ausspannen?«

»Willst du nicht?«

Lynn sah sie ernst an. »Nein. Ralph ist ein guter Typ. Aber doch nicht als Partner für mich. Ich hätte mir nur einen Vater wie ihn gewünscht.«

»Einen Vater?« Jetzt musste auch Sabine kichern. »Ach du liebe Güte.« Sie lächelte schief. »Ich fürchte, ich habe mich total zum Affen gemacht.«

»Du liebst ihn eben.«

»Ja.« Sabine verspürte plötzlich wieder die Zuneigung und Wärme, die in den letzten Tagen von ihrer Eifersucht blockiert gewesen waren.

Lynn nahm erneut ihre Hände. »Dann ist jetzt alles wieder gut zwischen uns?«

»Ja.« Sabine lächelte erleichtert.

»Wie schön.« Lynn umarmte sie kurz. Sie stand auf und lief im Wohnzimmer umher. »Was glaubst du, was mit Laura Erdmann-Janssen passiert ist?«

Kaufmann berichtete von Hackebeils vorläufigem Befund. »Vermutlich hat jemand sie niedergeschlagen und ins Wasser geworfen. Ob sie zu dem Zeitpunkt noch gelebt hat, wissen wir nicht.«

»Also haben diese Spinner von der ›Schutzmacht‹ zu Ende gebracht, was sie bei der Eröffnung der Museumsmühle begonnen haben?«

»Das wäre eine Möglichkeit.« Alles, was geschehen war, hatte irgendwie mit Kai Erdmann zu tun. So unschuldig, wie der junge Mann behauptete, war er mit Sicherheit nicht. Trotzdem konnte Sabine sich nicht vorstellen, dass er seine Schwägerin ermordet hatte. Vielleicht gab es noch ein Motiv, von dem sie nichts wussten?

»Kannst du Oliver noch einmal um einen Gefallen bitten?«, erkundigte sie sich.

»Klar.« Lynn grinste. »Jederzeit.«

»Ich wüsste gern, wie die Erdmanns ihre Finanzen geregelt haben. Gibt es ein Testament? Hatten sie eine Gütergemeinschaft?«

»Dafür brauche ich Oliver nicht. Das kann ich auch beim Finanzamt erfragen.« Lynn hatte ihr Smartphone schon in der Hand.

»Am Samstag?«, fragte Sabine skeptisch.

»Ach so. Das habe ich ganz vergessen.« Lynn zuckte mit den Schultern. »Ich versuche es trotzdem.« Gleich darauf hob sie den Daumen. »Es ist jemand da«, wisperte sie.

»Gütertrennung«, sagte sie zwei Minuten später nach einem kurzen Telefongespräch. Sie legte den Kopf schief. »Warum interessiert dich das? Für das Erbe spielt es doch keine Rolle.«

»Vielleicht wollte sich Laura von ihrem Mann trennen.«

»Und er hat sie getötet, damit er nach der Scheidung nicht mit leeren Händen dasteht? Dafür gibt es nicht das kleinste Indiz.« Sie tippte auf ihrem Smartphone und hielt es ans Ohr. Dieses Mal sprach sie mit Oliver, das entnahm Sabine den Flötentönen, die sie in den Hörer hauchte. »Danke dir«, sagte sie nach einer Weile und beendete das Gespräch. »Er kümmert sich darum, wie es mit einem Testament aussieht.« Sie krauste die Stirn. »Aber deine Theorie hinkt. Laura Erdmann-Janssen war quasi pleite. Christian geht so oder so leer aus.«

»Stimmt.« Daran hatte Sabine nicht mehr gedacht. »Also kein Mordmotiv.«

»Jedenfalls kein offensichtliches. Ich glaube ja sowieso, dass es die jungen Leute von der ›Schutzmacht‹ waren.«

»Fragen wir sie.« Sabine wollte mit einem Mal nur noch raus aus diesem Haus. Mit den geschlossenen Rollläden wirkte es trotz seiner Größe beengt, und sie hatte das Gefühl, zu ersticken.

Lynn neigte den Kopf in Richtung Haustür. »Was machen wir mit der Journaille?«

»Ignorieren. Die Nase hoch, den Blick geradeaus und so tun, als wären sie gar nicht da.«

Lynn lachte. Sie nahm Mantel und Schal von der Garderobe und wickelte sich darin ein. »Das kriege ich hin.«

Fritzlar

Ralph Angersbach trat aus dem Krankenhaus. Christian Erdmann hatte er in der Obhut der Ärzte zurückgelassen. Auch ein Gespräch mit einem Psychiater war bereits arrangiert. Angersbach war froh darüber. Er wollte Erdmann helfen, aber seine seelsorgerischen Qualitäten waren nicht sonderlich ausgeprägt, das wusste er.

Als er wieder im Schneegestöber stand, fragte er sich, was er jetzt tun sollte. Mit dem nächsten Zug nach Gießen fahren, um rechtzeitig zur Obduktion im rechtsmedizinischen Institut zu sein? Oder ein Taxi nehmen und sich zurück an den Edersee bringen lassen? Irgendwas stand zwischen Sabine und ihm. Angersbach hasste Beziehungsgespräche, aber wenn sie die Missstimmung nicht bald klärten, hatten sie womöglich in naher Zukunft gar keine Beziehung mehr.

Ehe er sich entschieden hatte, erklang eine Hupe. Eine schwarze Limousine rollte vor den Eingang der Klinik, ein Dienstfahrzeug des LKA Wiesbaden, wie ihm das Kennzeichen verriet. Am Steuer saß Lynn Burger. Der Wagen hielt direkt neben Ralph. Die Beifahrertür wurde aufgestoßen, und Sabine Kaufmann sprang heraus.

»Wir wollen nach Gießen und uns Kai Erdmann vorknöpfen«, erklärte sie. »Aber vorher müssen wir reden.« Sie zeigte auf die Klinik. »Ein Kaffee in der Cafeteria?«

»Ja.« Das war sicher nicht der beste Ort, doch Ralph wollte nicht wählerisch sein.

»Ich warte im Wagen auf euch. Auf dem Parkplatz«, rief Lynn durch die offene Tür.

»Wir kommen, so schnell es geht. Damit du nicht erfrierst.« Sabine schlug die Tür zu, und der Wagen rollte davon. Ralph zögerte kurz. Dann nahm er ihre Hand und ging mit ihr durch die langen Krankenhausflure. Sie folgten der Ausschilderung und saßen gleich darauf mit zwei Tassen Kaffee an einem Tisch in der hintersten Ecke der Cafeteria. Durch die großen Fenster blickte man auf die tief verschneite Landschaft.

»Ich war eifersüchtig«, sagte Sabine. »Ich dachte, zwischen Lynn und dir läuft was.«

»Wie bitte?« Ralph starrte sie an. Er hatte sich alles Mögliche ausgemalt, aber das nicht. »Das ist doch Quatsch. Es ist nur … Ich habe mir immer eine Tochter gewünscht. Lynn ist genauso, wie ich sie mir vorgestellt hätte. Ein bisschen wie Janine, aufgeweckt und geradeaus, und zugleich so zielstrebig und ernst. Dabei hat sie Humor. Und man kann gut mit ihr reden.«

»Ja.« Sabine sah aus dem Fenster. »So etwas Ähnliches hat sie auch gesagt.«

»Ehrlich?«

»Hm. Sie hat sich offenbar einen Vater wie dich gewünscht.« Ralph ahnte, dass er dümmlich grinste, aber er bekam es nicht aus dem Gesicht. »Dagegen hast du doch nichts?«

»Nein. Dagegen nicht.«

»Wogegen dann?«

»Gegen deine Verbrüderung mit Christian Erdmann.«

»Haben wir nicht beide immer gesagt, dass wir gerne mehr Freunde hätten? Du hast Lynn. Bei Christian Erdmann war von Anfang an Sympathie da. Ich könnte mir vorstellen, dass etwas daraus entsteht.«

»Er ist in unsere Ermittlungen verwickelt.«

»Das konnte ich nicht ahnen, als wir uns kennengelernt haben. Er war lediglich ein Experte, der uns geholfen hat.«

»Er war der Ehemann einer Frau, auf die geschossen wurde«, korrigierte Sabine. »Einer Frau, die jetzt tot ist, und er ist ein Verdächtiger.«

»Quatsch. Du glaubst doch nicht, dass Christian Erdmann seine Frau getötet hat?«

Sabine hielt den Blick auf ihre Kaffeetasse gerichtet. »Ich glaube, dass du nicht objektiv bist.«

»Das ist Blödsinn. Er hat kein Motiv. Und was die Freundschaft angeht, die sich zwischen uns anbahnt: Du solltest dich darüber freuen. Ich bin offener geworden und gehe auf Menschen zu, und das ist dein Verdienst.«

Sabine seufzte leise. »Darüber freue ich mich ja auch. Aber nicht in diesem Fall.«

Ralph knirschte mit den Zähnen. »Schön. Sag es mir. Warum hat Erdmann seine Frau umgebracht? Das Geld kann es nicht gewesen sein. Laura Erdmann-Janssen war pleite.«

»Vielleicht hatte er Angst, dass er für ihre Schulden einstehen muss.«

Ralph hob die Augenbrauen. »Im Ernst?«

Sabine zuckte mit den Schultern. »Ich weiß es doch auch nicht.«

»Aber ich.« Angersbach leerte seine Tasse. »All diese Dinge hängen zusammen, das Gold, die Entführung und die Morde an Willi Erdmann und Laura Erdmann-Janssen. Und der gemeinsame Nenner ist Kai Erdmann. Das hast du bisher auch immer so gesehen. Hast du deine Meinung geändert?«

Kaufmann machte eine vage Geste. »Noch steht nicht fest, ob es Mord war. Wir müssen die Obduktion abwarten.«

»Dann fahren wir jetzt nach Gießen und schauen, was Hackebeil zu sagen hat. Und danach knöpfen wir uns Kai Erdmann vor.« Ralph war weiß Gott kein Fan von Obduktionen, doch in diesem Fall brauchte er dringend Informationen, die ihm nur der Professor liefern konnte.

»Einverstanden.« Sabine trank ebenfalls ihren Kaffee aus. Sie standen auf, brachten die Tassen zu Geschirrrückgabe und standen sich im nächsten Moment mit leeren Händen und unsicheren Mienen gegenüber.

»Bist du mir noch böse?«, fragte Angersbach.

»Nein.« Sabine griff nach seiner Hand. »Und du?«

Ralph strich ihr eine Haarsträhne aus dem Gesicht. »Das kann ich gar nicht. Ich liebe dich.«

Sabine lächelte. »Ich dich auch.«

26

Gießen, Institut für Rechtsmedizin

Es war bereits später Nachmittag, als sie vor der Rechtsmedizin eintrafen. Nach einer kurzen Diskussion waren sie zunächst nach Rehbach zurückgefahren, um die Wagen zu tauschen. Ralphs Lada war für die schwierigen Straßenverhältnisse besser geeignet als die Limousine des LKA. Sabine hatte diesen Umstand bedauert. In der Limousine saß man bequemer, die Klimaanlage produzierte eine angenehme, gleichmäßige Wärme, nicht heiße Luft wie Ralphs Gebläse, und es gab eine Sitzheizung. Aber die Sicherheit ging vor.

Und tatsächlich war sie froh über die Entscheidung gewesen, als sie auf der vereisten Landstraße unterwegs gewesen waren. Sie hatten mehrere Fahrzeuge passiert, die im Graben gelandet waren, und andere, die mit ihren Autos auf dem spiegelglatten Untergrund einfach nicht vorankamen. Ralph, der oft ruppig fuhr, vor allem wenn er angespannt war, hatte sich von seiner besten Seite gezeigt. Er war konzentriert und umsichtig gefahren, mit einem moderaten Tempo, das den Straßenverhältnissen angemessen war.

Sie wollten gerade aus dem Wagen steigen, als sich Ralphs Handy meldete.

»Sekunde.« Er zog das Gerät hervor und nahm das Gespräch an. Sabine beobachtete ihn, wie er mit angespannter Miene dem Anrufer lauschte. Dann hellte sich sein Gesicht auf. »Gute Arbeit, Kollege«, sagte er, verabschiedete sich und wandte sich an Sabine und Lynn. »Das war die Kriminaltechnik. Sie haben die Goldbarren unter die Lupe genommen und aus dem verdichteten Material in den tieferen Schichten die ursprüngliche Prägung ablesen können. Es sind die Barren aus der Bank in Sachsenhausen.«

»Wusste ich es doch.« Lynn ballte triumphierend die Faust, und Sabine musste grinsen.

Angersbach steckte das Handy weg. »Also. Gehen wir.«

Sie betraten das rechtsmedizinische Institut durch den Hintereingang und liefen durch die langen Flure im Kellergeschoss zum Obduktionssaal.

Professor Wilhelm Hack stand über den Tisch gebeugt, auf dem der Leichnam von Laura Erdmann-Janssen lag. Man hatte sie bereits gewaschen und entkleidet.

»Ah!« Hack blickte auf und winkte ihnen mit der grün behandschuhten Hand. »Sie kommen genau richtig. Ich wollte gerade anfangen.«

Sabine sah, wie Ralph die Zähne zusammenbiss. Ihm wäre es sicher lieber gewesen, wenn Hack bereits fertig gewesen wäre. Lynn dagegen nahm sich Kittel und Mundschutz vom Haken neben der Tür und stellte sich direkt neben Hack. »Ist das in Ordnung für Sie? Oder störe ich?«

Hackebeil schenkte ihr ein Lächeln, wie man es selten bei ihm sah. »Ganz im Gegenteil«, entgegnete er charmant. »Ich freue mich, wenn sich jemand wirklich für meine Arbeit interessiert.« Seine Miene wurde spitzbübisch. »Der Kollege Angersbach hat ja leider einen schwachen Magen.«

»Dafür haben Sie einen Pferdemagen«, gab Ralph zurück.

»Wenn ich so ein Mimöschen wäre wie Sie, hätte ich meinen Beruf verfehlt.« Hack griff nach dem Mikrofon, das über dem Obduktionstisch baumelte, und zog es zu sich heran. Er nannte Datum und Uhrzeit und diktierte den Befund der äußeren Inaugenscheinnahme. Anschließend griff er zum Skalpell.

Sabine verharrte an ihrem Platz, ein paar Meter vom Autopsietisch entfernt. Sie hatte sich an diesen Teil ihres Berufs gewöhnt und gelernt, ihre Gefühle auszublenden und sich ganz auf die Sache zu konzentrieren. Normalerweise gelang ihr das recht gut, doch in diesem Fall hatte sie das Opfer gekannt. Vor ihrem geistigen Auge zogen die Bilder vorbei. Laura Erdmann-Janssen vor der Museumsmühle. Ihre Eröffnungsrede, der Spaziergang am Lehrpfad entlang, die Schüsse und die couragierte Haltung, die Laura Erdmann-Janssen gezeigt hatte. Sie war sich sicher gewesen, dass die »Schutzmacht« hinter dem Angriff steckte. Hatte sie recht gehabt? Und war die »Schutzmacht« auch für ihren Tod verantwortlich?

Hack hatte den Leichnam mittlerweile geöffnet und die Organe entnommen.

»Kein Wasser in der Lunge«, diktierte er ins Mikrofon und blinzelte Angersbach zu. »Das heißt, sie ist nicht ertrunken.«

»Danke. Auf diese bestechende Schlussfolgerung wäre ich allein nicht gekommen«, erwiderte Ralph bissig.

Lynn lachte, wurde aber sofort wieder ernst. »Also war die Kopfverletzung todesursächlich?«

»Davon gehe ich aus«, bestätigte Hack. »Andere Verletzungen sind nicht zu erkennen, und die Kopfwunde ist deutlich größer, als es zunächst den Anschein hatte.« Er deutete auf den Schädel, den man für die Obduktion kahl geschoren hatte. Ohne die schicke Pagenfrisur und mit den Augen, die sich wegen der ausgefransten Lider nicht richtig schließen ließen, sah Laura Erdmann-Janssen zerbrechlich aus.

»Das ist nicht nur eine Fraktur«, erläuterte der Rechtsmediziner. »Der Schädelknochen ist geborsten. Hier fehlt ein ganzes Stück. Etwa fünf mal fünf Zentimeter. Sehen Sie die Risse, die sich strahlenförmig von dort über den Schädel ausbreiten?«

Lynn nickte. Ralph und Sabine traten näher, um auch etwas sehen zu können.

»Ich tippe auf einen schweren Hammer«, erklärte Hack. »Ein entschlossener, wuchtiger Schlag. Der Lage der Verletzung nach von hinten. Das war fast so etwas wie eine Hinrichtung.«

»Das muss doch geblutet haben«, sagte Lynn.

»Allerdings«, bestätigte Hack. »Stark.«

»Im Haus der Erdmanns haben wir keine Blutspuren gefunden.«

»Dann ist sie vermutlich nicht dort umgebracht worden.«

»Also hat der Täter sie zuerst verschleppt und später ermordet«, mutmaßte Kaufmann.

Hack hob die behandschuhten Hände. »Das ist Ihr Ressort. Ich liefere nur die Fakten.«

Sie sahen zu, wie er den Schädel aufsägte und das Gehirn untersuchte. Sabine wunderte sich, warum er die übliche Reihenfolge verändert hatte. Normalerweise wurde zuerst der Schädel geöffnet und erst danach der Y-Schnitt vorgenommen, dem die Organentnahme folgte. Aber der Rechtsmediziner hatte sicher seine Gründe.

Hack hob das Gehirn aus dem Schädel und legte es in eine Schale. »Sehen Sie? Wir haben eine massive Quetschung, die durch den Schlag und die darauffolgende Einblutung entstanden ist, aber kein geronnenes Blut in der Wundhöhle.«

»Das heißt, das Blut ist nach außen abgeflossen«, folgerte Lynn.

»Richtig«, lobte der Rechtsmediziner und grinste Angersbach an. »Sie glauben gar nicht, was für eine Freude es ist, mit jemandem hier zu stehen, der meine Arbeit zu schätzen weiß.«

»Frau Kaufmann und ich schätzen Ihre Arbeit ebenfalls«, gab Ralph beleidigt zurück.

»Das weiß ich doch.« Hackebeil blinzelte Lynn mit dem gesunden Auge zu. »Nach all den Jahren fällt er immer noch auf meine Scherze herein.«

»Laura Erdmann-Janssen wurde also erschlagen und nach ihrem Tod in den See geworfen«, beendete Sabine die Frotzelei.

»So ist es.« Hack griff nach dem Mikrofon und diktierte den restlichen Befund. »Ich hoffe, Sie finden denjenigen, der ihr das angetan hat«, sagte er anschließend in einer seiner seltenen Anwandlungen von Mitgefühl.

»Das hoffe ich auch«, erwiderte Angersbach und sah seine Kolleginnen an. »Ich schlage vor, wir fahren ins Präsidium und knöpfen uns Kai Erdmann vor.«

Hack hob die Hände wie ein Pastor, der die Gemeinde segnen will. »Gehen Sie nur. Den Rest mache ich allein.«

Lynn sah aus, als bedauerte sie seinen Entschluss. Sie schien hin- und hergerissen, ob sie bleiben oder Kaufmann und Angersbach folgen sollte, entschied sich dann aber doch für die Polizeiarbeit.

»Danke«, sagte sie zu Hack, als sie Kittel und Mundschutz ablegte. »Das war sehr interessant. Ich hoffe, ich kann Ihnen bald mal wieder zusehen.«

»Wann immer Sie wollen.«

Ralph presste sich die Hand vor den Mund und verließ eilig den Obduktionssaal. Sabine folgte ihm mit Lynn in gemächlicherem Tempo. Sie hatte sich mit Ralph ausgesprochen, und die Sache war geklärt. Trotzdem empfand sie eine kleine Genugtuung, dass er mit Lynn nicht in allen Belangen auf einer Wellenlänge war.

Ralph Angersbach war froh, dass er dem Obduktionssaal entkommen war. Es war für ihn immer eine Herausforderung, sich währenddessen nicht von den Bildern der Hausschlachtungen überschwemmen zu lassen, die er als Kind erlebt hatte, und seinen Magen im Zaum zu halten. Dieses Mal hatte er sich gut geschlagen. Er bewunderte Lynn, die sich ohne Scheu an Hacks Seite gestellt und jeden seiner Handgriffe mit professionellem Interesse verfolgt hatte. Diese jungen Frauen heutzutage waren bemerkenswert, so zielstrebig und tough. Ihm gefiel diese frische, selbstbewusste Art, wie sie auch Sabine und seine Halbschwester Janine an den Tag legten. Starke Frauen. Ralph fand das allemal attraktiver als Frauen, die ihn augenklimpernd ansahen und sich hilflos und schwach gaben, um seinen Beschützerinstinkt zu wecken. Aber gab es die überhaupt noch? Außer im Kino war ihm lange keine solche Frau mehr begegnet.

Zwei Justizbeamte hatten Kai Erdmann in den Vernehmungsraum gebracht. Dieses Mal gab es kein Red Bull, nur Kaffee aus dem Pappbecher. Kai nippte daran, während er die gegenüberliegende Wand anstarrte. Die Nacht in der Zelle hatte Spuren hinterlassen. Kais Kleidung wirkte schmuddelig, das Haar fettig. Seine Augen waren gerötet, und die Lippen sahen aus, als hätte er heftig darauf herumgekaut. Als er nach dem Kaffeebecher griff, bemerkte Ralph, dass seine Fingernägel abgeknabbert und an den Rändern blutig waren.

Sie setzten sich dem jungen Mann gegenüber und schalteten das Aufnahmegerät ein.

Kai sah von einem zum anderen. »Haben Sie Laura gefunden?«

»Ja.«

»Na also.«

»Sie ist tot.«

»Was?« Kai fiel die Kinnlade herunter. »Wieso?«

Er wirkte ehrlich geschockt. Gut gespielt, aber trotzdem Theater, befand Ralph. Alle Fäden liefen bei Kai zusammen. Wer sonst sollte für die Schüsse auf Laura Erdmann-Janssen, die Geschichte mit dem Gold und den Tod von Willi und Laura verantwortlich sein?

»Sie wurde erschlagen und anschließend in den See geworfen«, teilte ihm Sabine mit. »Wir vernehmen Sie in diesem Fall wie auch im Fall Ihres Großvaters als Tatverdächtigen. Sie sollten wirklich einen Anwalt hinzuziehen.«

Kai starrte sie an. »Nein. Ich bin doch kein Mörder, verdammt.« Er fuhr sich mit beiden Händen durch die Haare. »Das mit Laura – damit habe ich nichts zu tun. Und das mit Opa Willi – das war ein Unfall.«

Angersbach lief ein Schauer über den Rücken. Endlich löste sich ein Stein aus der Mauer, gegen die sie seit Tagen anrannten.

»Erzählen Sie.« Sabine lehnte sich zurück. Sie wirkte freundlich und gelassen, obwohl sie ebenso angespannt sein musste wie er. Lynn hatte eine neutrale Miene aufgesetzt und hielt ihr Tablet bereit. Ralph gab sich Mühe, nicht vor Aufregung auf seinem Stuhl herumzurutschen.

»Opa Willi hatte mir versprochen, dass es sich für mich lohnt, wenn ich mich um ihn kümmere. Er hat mir erzählt, dass er damals bei Kriegsende beobachtet hat, wie sein Onkel Herrmann und seine Freunde einen Goldschatz versteckt haben. Herrmann war bei der SS und eine große Nummer bei den Nazis, hat er gesagt. Eigentlich wollte Opa Willi sich den Schatz selbst holen, aber während der Besatzungszeit ging es nicht, und danach kam immer irgendwas dazwischen. Dann hatte er diesen Unfall, bei dem er beide Beine verloren hat. Keine Chance mehr, irgendwelche Schätze zu bergen.«

Kai nippte an seinem Kaffee. Lynn machte sich Notizen.

»Ich habe ihn also gepflegt, aber er ist nicht damit herausgerückt. Erst als ich ihn unter Druck gesetzt habe. Er wollte es mir sagen, doch dann hat er einen Rückzieher gemacht. Ich war verdammt sauer. Ich hatte schon bei Lennard und seiner ›Schutzmacht‹-Truppe damit angegeben, dass ich Nazigold habe, damit sie mich aufnehmen. Ich hatte auch diese Seite im Darknet, und da haben ein paar Leute irre Summen für das Gold geboten.«

Sabine lächelte und schrieb etwas in ihr Notizbuch. Zumindest dieser Teil ihres Falls war geklärt.

»Vor ein paar Wochen, kurz bevor das mit den Schüssen auf Laura passiert ist, habe ich ihm ein Ultimatum gestellt. Den Hof wollte er mir ja nicht überlassen, also sollte er mir endlich sagen, wo das verdammte Gold ist. Schließlich hat er es mir verraten. Herrmann und seine Freunde haben es in einem der Gräber versteckt, an der Dorfstelle Berich. Damals, im Februar 45, war der Wasserstand so niedrig, dass die Gräber frei lagen.« Er lachte unfroh. »Deshalb war es auch so schwierig für Willi, später an das Gold heranzukommen. Die meiste Zeit liegen die Gräber unter Wasser. Und wenn sie auftauchen, kommen die Touristen, die das Edersee-Atlantis bestaunen wollen. So hat er es mir jedenfalls erklärt. Tatsächlich«, er kippte den Kaffee herunter und zerknüllte den Pappbecher in der Hand, »hat er mich verarscht. Ich habe die Grabplatte mit dem Wagenheber hochgestemmt, aber in dem Grab waren nur alte Knochen.« Er starrte auf die zerdrückte Papphülle.

»Und dann?«, fragte Sabine, da er nicht weitersprach.

»Ich habe das Grab wieder verschlossen und bin zum Hof gefahren. Wir hatten Streit. Opa Willi hat behauptet, er hätte nicht gelogen. Wenn das Gold nicht mehr da sei, müsse sein Onkel Herrmann es doch noch herausgeholt haben, bevor er sich nach Südamerika abgesetzt hat. Ich habe ihm nicht geglaubt. Ich habe ihn angebrüllt, dass er endlich die Wahrheit sagen soll. Er ist dabei geblieben. Ich bin immer lauter geworden, und er hat sich den Schürhaken geschnappt und nach mir geschlagen. Ich solle endlich die Klappe halten und mich mit dem Schicksal arrangieren, hat er gebrüllt. Da bin ich ausgerastet. Ich habe ihm den Schürhaken aus der Hand gerissen und auf ihn eingeprügelt. Ich war wie im Rausch.« Kai atmete schwer. »Nach ein paar Schlägen ist er aus dem Rollstuhl gekippt. Er lag da vor mir auf dem Boden, und ich war immer noch so wütend. Ich hätte ewig weiter auf ihn eindreschen können, aber irgendwas hat mich davon abgehalten. Ich bin nach draußen gelaufen und habe mir eine Zigarette angezündet. Ich wusste, dass ich einen Rettungswagen rufen musste. Ich wusste nur nicht, was ich denen sagen soll. Ich wollte nicht wegen Körperverletzung in den Knast.«

»Und dann?«, fragte Angersbach, als Kai nicht weitersprach.

»Als ich die Zigarette aufgeraucht hatte, bin ich wieder reingegangen. Ich dachte, vielleicht sieht es ja schlimmer aus, als es ist. Vielleicht kann ich selbst helfen. Ich bin ins Wohnzimmer gegangen. Opa Willi lag immer noch auf dem Boden. Seine Augen waren weit aufgerissen.« Kai fuhr sich mit der Hand über die Augen. »Ich habe mich neben ihn gekniet und nach seinem Puls gefühlt.« Er schüttelte den Kopf. »Nichts. Er war tot.«

»Was haben Sie danach getan?«

»Ich dachte, ich muss die Leiche beseitigen. Irgendwo hinschleppen konnte ich ihn nicht. Man denkt, es ist leichter, einen Mann ohne Beine zu tragen, aber in Wirklichkeit ist es fast unmöglich. Man kann ihn einfach nicht festhalten.«

»Sie haben ihn ins Bad gezerrt.«

Kai nickte. »Ich dachte, ich kann ihn in der Wanne auflösen. Opa Willi hatte alles mögliche Zeug in seinem Schuppen, auch verbotene Sachen. Branntkalk und Rohrreiniger, dachte ich. Damit müsste ich das Fleisch ablösen können. Ein Skelett ist leichter zu entsorgen.«

»Warum haben Sie sich gegen die Wanne im Bad entschieden?«

»Ich habe mir überlegt, dass es wahrscheinlich eine ziemliche Sauerei gibt. Und falls jemand vorbeikommt – Christian oder Laura, weil sie ihm irgendwas bringen wollen –, stehe ich quasi mit heruntergelassener Hose da. Außerdem kann das mit der Wanne ja auch schiefgehen. Man kennt das doch. Diese Szene aus *Breaking Bad*?« Er winkte ab. »Egal. Jedenfalls war mir eingefallen, dass es im Schuppen auch noch eine Wanne gibt. Von früher, vom Schlachten. Da würde es nicht mal auffallen, wenn man sie später untersuchte und Blutspuren fände.«

»Sie sind sehr umsichtig vorgegangen«, bemerkte Lynn.

»Ich schaue halt gern Serien. Und liebe True-Crime-Podcasts. Da lernt man eine Menge spannende Sachen.«

»Offensichtlich.« Sabine schrieb etwas in ihr Notizbuch. »Warum haben Sie die Knochen im Grab im Edersee versteckt?«

»Ich dachte, da sucht sie keiner. Wenn man sie irgendwo in den Wald wirft, stolpert früher oder später ein Wanderer darüber, oder irgendein Hund buddelt die Knochen aus. Die Gräber sind die meiste Zeit des Jahres unter Wasser, und in den letzten hundert Jahren hat sie niemand geöffnet.«

»Das wäre vermutlich auch jetzt nicht passiert, wenn Ihnen nicht der Schädel des rechtmäßig in dem Grab bestatteten Mannes davongerollt wäre.«

Kai stützte den Kopf in die Hände. »Ich wusste, dass ich irgendwas versehentlich weggekickt hatte. Ich konnte ja nicht

viel Licht machen. Ich hatte die Handytaschenlampe eingeschaltet und die Grabplatte mit dem Wagenheber hochgestemmt, genau wie ein paar Stunden zuvor. Ich habe Opa Willis Knochen ins Grab gelegt, und dann hat die Grabplatte
plötzlich gewackelt. Ich musste zur Seite springen, damit sie
mir nicht auf die Füße kracht. Dabei bin ich gegen irgendwas
getreten. Ich habe gespürt, wie das Ding weggerollt ist.«

»Warum haben Sie nicht nachgesehen?«

»Der verdammte Wagenheber war kaputtgegangen, deswegen ist die Platte auch zurückgefallen. Ich konnte sie nicht wieder anheben. Und oben auf der Straße sind die ersten Autos
aufgetaucht. Es war ja mittlerweile schon früher Morgen. Ich
wollte warten, bis sie vorbei sind, und dann den Bereich um
das Grab herum noch einmal absuchen, aber dann sind zwei
Männer den Hang heruntergekommen. Sie wollten offenbar zu
einem der Boote. Ich habe zugesehen, dass ich Land gewinne,
und bin nach Hause gefahren. Ich dachte, das Ding, was da
weggerollt ist, wird schon weggespült, wenn das Wasser im See
wieder steigt. Ich habe nicht damit gerechnet, dass es ausgerechnet der Schädel ist und dass er nur ein paar Tage später
auftaucht.«

Lynn tippte auf ihrem Tablet. »Warum haben Sie den Wagen
Ihres Großvaters in der Garage von Kilian Schneider geparkt?«

»Ich dachte, da findet ihn keiner. Ich wollte warten, bis die
Suche nach Opa Willi eingestellt wird, und ihn dann im See
versenken. Kilian benutzt die Garage nicht, und er schaut auch
nie hinein. Ich konnte ja nicht ahnen, dass sich die Polizei bei
ihm umsieht.«

»Sie hätten die Bank nicht überfallen dürfen.«

»Ich brauchte Geld. Damit ich abhauen kann, falls die ganze
Sache auffliegt. Die Leute im Netz haben so unglaubliche Sum-

men für das Nazigold geboten. Und Lennard hat auch gedrängelt. Er hat die Geschichte von Opa Willi nicht geglaubt. Er wollte Beweise. Also habe ich mit Justin den Plan für den Bankraub ausgeheckt.«

»Und Ihren Freund anschließend im Regen stehen lassen.«

»Ich kann doch nichts dafür, dass er sofort eingeknickt ist und alles gestanden hat. Ich springe ihm ja auch nicht hinterher, wenn er aus dem Fenster springt. Sie hatten keine Beweise gegen mich. Ich wollte nicht ins Gefängnis.«

»Das verstehe ich.« Kaufmann neigte den Kopf. »Wissen Sie eigentlich, dass der Reichsadler auf Ihren Goldbarren verkehrt war?«

»Wie, verkehrt?«

»Er guckt zur falschen Seite.«

»Ernsthaft?« Kai seufzte. »Das ist mir nicht aufgefallen. Ich habe mir das Equipment im Netz besorgt.« Er schüttelte den Kopf. »Ich meine, wer achtet denn auf so was? Man kann sich echt auf nichts verlassen.«

Sabine beugte sich vor und faltete ihre Hände auf dem Tisch. Sie sah Kai mitfühlend an. »Wie war das mit Laura? Ist sie hinter Ihr Geheimnis gekommen? Musste sie deshalb sterben?«

»Nein.« Kai rutschte auf seinem Stuhl so weit es ging nach hinten. »Damit habe ich nichts zu tun. Warum auch? Laura wusste nichts.«

»Sie hat Ihre Freunde von der ›Schutzmacht‹ verfolgt.«

»Deswegen haben wir ihr ein paar Drohbriefe geschrieben. Sonst nichts.«

Das stimmte mit den Aussagen von Kilian Schneider und Alicia Hebestreit überein. Wobei zumindest auf das, was Alicia sagte, nicht unbedingt Verlass war.

»Wer hat dann auf sie geschossen?«, fragte Angersbach.

»Ich weiß es nicht.«

Angersbach verständigte sich wortlos mit seinen Kolleginnen.

»Fürs Protokoll: Sie gestehen, dass Sie Ihren Großvater Willi Erdmann im Streit erschlagen haben. Sie geben weiterhin zu, gemeinsam mit Justin Büchner einen Banküberfall vorgetäuscht und sich Gold und Geld im Wert von etwa hundertfünfzigtausend Euro angeeignet zu haben. Das Gold haben Sie mit einer Schablone aus dem Netz zu Nazigoldbarren umgeprägt und unter dem alten Traktor auf dem Hof Ihres Großvaters versteckt. Sie geben auch zu, dass Sie Ihrer Schwägerin Laura Erdmann-Janssen Drohbriefe geschickt haben, bestreiten aber, etwas mit den Schüssen auf sie und mit ihrer Ermordung zu tun zu haben.«

»Ja.« Kai sah aus, als hätte ihn die schiere Menge der Anschuldigungen wie eine kalte Dusche getroffen, aber er nickte.

»Gut. Sie können das Protokoll später unterschreiben. Die Kollegen von der Justiz bringen Sie jetzt zurück in Ihre Zelle im Untersuchungsgefängnis. Ich rate Ihnen dringend, sich einen Anwalt zu nehmen.«

Angersbach erhob sich und holte die Justizbeamten herein. Sabine, Lynn und er sahen zu, wie sie Kai Erdmann abführten.

»Was für eine Geschichte«, stöhnte Lynn.

»Hm.« Sabine blätterte in ihren Notizen. »Wenn Kai nichts mit der Entführung und dem Tod der Ortsvorsteherin zu tun hat, wer dann?«

»Der harte Kern der ›Schutzmacht‹. Kai war ein Mitläufer, aber die anderen vier sind überzeugt von dem, was sie tun«, mutmaßte Lynn. »Laura Erdmann-Janssen ist erbittert gegen sie vorgegangen, und sie wollten sie aus dem Weg haben. Wie man das eben so macht, wenn man das Leben seiner Gegner als minderwertig erachtet.«

»Was ist mit Christian Erdmann?«

Angersbach verdrehte die Augen. Hatten sie das nicht besprochen?

»Er hat kein Motiv«, erinnerte Lynn sie, ehe Ralph etwas sagen konnte. Er lächelte ihr dankbar zu.

Sabine sah aus, als wollte sie in die Luft gehen, aber dann atmete sie nur tief durch. »Wie ihr meint.« Sie griff nach ihrem Smartphone. »Ich informiere den Staatsanwalt. Nach Kais Geständnis besteht kein Haftgrund mehr gegen Kilian Schneider, auch wenn er theoretisch für den Mord an Laura Erdmann-Janssen infrage kommt. Aber das ist ja nur eine Vermutung.«

Angersbach nickte.

Das Gespräch dauerte nicht lange. Offenbar verlief es so, wie sie es erwartet hatten. Der Untersuchungshaftbefehl gegen Kilian Schneider würde vermutlich noch am Abend aufgehoben werden, und der junge Mann durfte zurück nach Hause.

Sabine wollte ihr Smartphone gerade einstecken, als es erneut klingelte. Ohne aufs Display zu sehen, nahm sie das Gespräch an. »Ach, Professor Hack.« Sie blickte zu Ralph. »Der Kollege ist hier bei uns. Keine Ahnung, warum er nicht auf Ihren Anruf reagiert. Vielleicht ist sein Akku leer.«

Angersbach zog sein Smartphone aus der Tasche und drückte auf den Einschaltknopf. Das Display blieb schwarz. »Ach, verdammte Kacke.«

»Ja. Der Akku ist leer.« Sabine grinste. Im nächsten Moment änderte sich ihr Gesichtsausdruck. Sie sah erschrocken und betroffen aus. »Und das ist sicher?«, fragte sie und lauschte angespannt. »Ja. Danke.« Sie beendete das Gespräch und sah Ralph und Lynn um Fassung ringend an. »Hack hat die entnommenen Organe untersucht«, stieß sie hervor. »Laura Erdmann-Janssen war schwanger. In der fünften Woche.«

Wie sagte man einem Mann, dass er nicht nur seine Frau, sondern auch sein ungeborenes Kind verloren hatte? In diesem Moment war Sabine froh, dass Ralph sich verpflichtet fühlte, Christian Erdmann die traurige Nachricht zu überbringen. Aber vielleicht wusste Erdmann ja auch von der Schwangerschaft, und sie erzählten ihm nichts Neues. Wahrscheinlicher erschien Sabine allerdings, dass Laura Erdmann-Janssen es selbst noch nicht gewusst hatte. Mit Anfang vierzig dachte man doch nach fünf Wochen ohne Regelblutung nicht automatisch an eine Schwangerschaft, sondern an einen verzögerten Zyklus.

Sie hatten Christian Erdmann in Fritzlar am Krankenhaus abgeholt und brachten ihn nach Hause. Bei der Gelegenheit konnten sie auch gleich ihren Dienstwagen abholen. Die Ärzte hätten Erdmann gern über Nacht dabehalten, doch er hatte abgelehnt. Er wolle seiner verstorbenen Frau nah sein, und das könne er am besten im gemeinsamen Haus.

Während der Fahrt durch die verschneite Landschaft schwiegen sie. Es war kaum noch Verkehr. Nur ein paar Fahrer mit geländegängigen Wagen und die Räumfahrzeuge mit den orangefarbenen Blinklichtern waren unterwegs. Es war bereits dunkel, aber der Schnee reflektierte das Restlicht so effektiv, dass der Himmel beinahe weiß aussah.

Sie fuhren über die Randstraße am Affolderner See vorbei. Der kleinere Stausee unterhalb der Sperrmauer diente als Unterbecken für das Pumpspeicherkraftwerk Waldeck, zugleich aber auch als Speicherbecken für das Laufwasserkraftwerk Affoldern. Darüber hinaus wurde er wie der Edersee genutzt, die Wasserstände der umliegenden Flüsse und Seen zu regulieren.

Angersbach überquerte die Ederbrücke, fuhr durch Hemfurth und steuerte kurz darauf die Villa der Erdmanns in Rehbach an. Er parkte den Lada in der Einfahrt, direkt neben dem Dienstwagen des LKA.

Die Journalisten waren wie von Zauberhand verschwunden. Offenbar hatte sich die Nachricht vom Auffinden der Leiche herumgesprochen, und es gab neue Schlagzeilen zu schreiben, oder die Reporter hatten eingesehen, dass sie hier die ersehnte Story nicht bekommen würden.

Christian Erdmann, der neben Angersbach auf dem Beifahrersitz gesessen hatte, stieg umständlich aus. Mit schweren Schritten ging er zur Haustür und stocherte mit dem Schlüssel im Schloss herum. Er sah um Jahre gealtert aus, das Gesicht faltiger, die Haare grauer als noch am Morgen. Würde er einen weiteren Schock verkraften? Hätten sie ihm die Nachricht lieber im Krankenhaus überbringen sollen, wo medizinisches Personal verfügbar war? Jetzt war es zu spät. Sabine folgte Lynn und den beiden Männern ins Haus und zog die Tür hinter sich ins Schloss.

Rehbach

Ralph Angersbach führte Christian Erdmann zu einem der Sessel und nahm selbst im zweiten Platz, Erdmann direkt gegenüber. Sabine öffnete die Türen der Anrichte, wahrscheinlich auf der Suche nach einem Schnaps, den man dem Ingenieur anbieten konnte. Lynn hatte sich aufs Sofa gesetzt und versuchte sich an einer neutralen Miene. Ralph fand, dass es ihr gut gelang.

Er holte tief Luft. Diplomatie war nie seine Stärke gewesen, aber es gab ohnehin nichts, was die Tragik der Situation mildern konnte.

»Herr Erdmann«, sagte er. »Wussten Sie, dass Ihre Frau schwanger war?«

Erdmann, der an der Armlehne herumzupfte, blickte auf. »Schwanger? Nein.« Er blinzelte. »Mein Gott. Ausgerechnet jetzt.«

»Wie bitte?« Kaufmann unterbrach ihre Suche und sah zu ihm hinüber.

»Wir haben uns immer ein Kind gewünscht«, sagte Erdmann. »Und nun hat es offenbar endlich geklappt, und Laura konnte sich nicht einmal mehr darüber freuen. Ich meine«, er presste die Finger an die Schläfen, »weil sie es selbst nicht gewusst hat. Sonst hätte sie es mir ja gesagt.«

Ralph nickte verständnisvoll. Das war bitter.

Sabine wurde endlich fündig. Sie füllte ein Glas mit Himbeergeist aus einer teuer aussehenden Flasche und reichte es Erdmann.

Der Ingenieur kippte den Schnaps herunter und hielt Sabine das Glas hin, damit sie es erneut füllte. Dieses Mal trank er in zwei Schlucken und streckte erneut die Hand mit dem Glas aus. Sabine nahm es ihm ab. »Ich denke, das reicht.« Sie stellte die Flasche zurück in den Schrank. Das Glas ließ sie in ihrer Handtasche verschwinden. Erst jetzt fiel Ralph auf, dass sie Latexhandschuhe über die Finger gestreift hatte. Was um alles in der Welt sollte das werden?

Angersbach konzentrierte sich wieder auf Christian Erdmann.

»Wir haben noch eine schlechte Nachricht«, erklärte er.

Der Ingenieur sah ihn aus feuchten Augen an. »Was denn noch?«

»Ihr Bruder Kai hat zugegeben, dass er Ihren Großvater Willi im Streit erschlagen hat.«

»Kai?«

»Ja.«

»Aber warum?«

Angersbach erzählte ihm die ganze Geschichte, von den Nazigoldbarren, die sein Urgroßonkel Herrmann 1945 in einem Grab auf dem alten Bericher Friedhof versteckt hatte, bis zu Kais rasender Wut, weil das Gold nicht mehr da war.

Erdmann schüttelte den Kopf. »Mein Gott. Das hat er geglaubt?«

»Warum nicht?«

Der Ingenieur zuckte mit den Schultern. »Das waren doch alles groß angelegte Operationen, als die Nazis versucht haben, ihr Raubgold in Sicherheit zu bringen, mit jeder Menge Überwachung und präzisen Listen. Wie sollen da ein paar SS-Leute etwas abgezweigt haben?«

Lynn hatte zu diesem Thema recherchiert und Angersbach an ihren Erkenntnissen teilhaben lassen, deshalb wusste er die Frage zu beantworten.

»Allein auf dem großen Transport von Merkers nach Frankfurt, nachdem die Alliierten das Raubgold sichergestellt hatten, sind drei Lastwagen abhandengekommen. Keine einzelnen Barren, keine Kisten, sondern ganze Lkw. Auf der anderen Seite war es sicher nicht anders. Das waren chaotische Zeiten.«

»Gut, okay.« Erdmann hob die Hand. »Vielleicht stimmt die Geschichte. Aber er hätte sich denken können, dass das Gold nicht mehr dort ist. Sonst hätte Opa Willi es sich doch längst geholt. Bei all den Krisen, durch die sie mit dem Hof mussten.«

»Er ist nicht herangekommen mit seinen amputierten Beinen.«

Erdmann winkte ab. »Als der Krieg zu Ende war, war er zwölf, bei seinem Arbeitsunfall zweiunddreißig. Das sind zwanzig Jahre. Da hätte er doch eine Gelegenheit gefunden, sich das Gold zu holen, wenn es wirklich noch dort gewesen wäre.«

Angersbach musste zugeben, dass die Argumentation plausibel war. Und dass Christian Erdmann sich so in die Frage verbiss, lag vermutlich daran, dass es ihn von den anderen Themen ablenkte, vom Tod seiner Frau und seines ungeborenen Kindes. Letztlich spielte es keine Rolle. Kai hatte seinem Opa geglaubt, und als er das Grab leer vorgefunden hatte, jedenfalls ohne die erwarteten Kisten mit Gold, hatte er die Beherrschung verloren und seinen Großvater erschlagen.

Erdmann sank in seinem Sessel zurück und fuhr sich mit beiden Händen über das Gesicht. »Was passiert jetzt mit ihm?«

»Er bleibt bis zur Gerichtsverhandlung in Untersuchungshaft«, meldete sich Lynn vom Sofa aus zu Wort. »Die Anklage wird vermutlich auf Totschlag lauten, weil keine niederen Beweggründe vorliegen. Dann wäre es Mord. Die Höchststrafe liegt bei zehn Jahren. Vielleicht sieht der Richter mildernde Umstände. Angesichts der Schwere der Tat würde es mich allerdings nicht wundern, wenn er das Strafmaß ausschöpft.«

Angersbach blinzelte. Sabine hatte ihm erzählt, dass Lynn an der Akademie eine Musterschülerin gewesen war. Hatte sie nebenbei auch noch Jura studiert?

»Mein Gott.« Erdmann schüttelte den Kopf. »Ich muss das alles erst mal verdauen.«

Angersbach verstand die unausgesprochene Bitte und erhob sich. »Wir lassen Sie allein.«

Als sie vor dem Haus standen, zeigte er auf Sabines Handtasche. »Warum hast du das Schnapsglas eingesteckt?«

»Was denkst du? Ich gebe es in die Rechtsmedizin, für einen DNA-Abgleich.«

Ralph schnaubte. »Willst du unterstellen, Christian Erdmann sei nicht der Vater?«

»Ich unterstelle nichts«, gab Sabine ungeduldig zurück. »Ich möchte es einfach nur wissen. Schließlich haben wir einen ungeklärten Mordfall. Da kann jedes Detail von Bedeutung sein.«

Angersbach schüttelte den Kopf. »Du hast wirklich eine blühende Fantasie.« Er öffnete die Fahrertür des Lada, während Lynn den Dienstwagen des LKA entriegelte. »Kommst du mit mir?«, fragte er Sabine.

»Wenn du nach Gießen fährst?«

Ralph machte eine einladende Geste. »Eigentlich wollte ich hierbleiben. Aber dein Wunsch ist mir Befehl.«

»Fein.« Sabine kletterte auf den Beifahrersitz. »Dann können wir gleich bei der Rechtsmedizin vorbei und das Glas abgeben.« Sie winkte Lynn zu. »Morgen früh sind wir wieder hier.«

Lynn hob den Daumen und stieg ein. Ralph schob sich auf den Fahrersitz. Das würde eine Menge nervtötende Fahrerei werden. Aber wenn er damit Sabines Wohlwollen zurückgewann, war es die Sache allemal wert.

27

Gießen

Das Klingeln des Telefons riss ihn aus dem Schlaf. Ralph Angersbach streckte die Hand aus und tastete nach dem Smartphone, das irgendwo auf dem Nachttisch lag. Neben ihm regte sich Sabine.

»Angersbach«, meldete sich Ralph, als er das Handy und das grüne Hörersymbol endlich gefunden hatte. Den Namen des Anrufers konnte er ohne Brille nicht lesen.

»Hack«, erklang eine energische Stimme am anderen Ende. »Habe ich Sie geweckt?« Ralph konnte das Grinsen des Rechtsmediziners vor sich sehen.

»Ja«, brummte er.

»Gut«, erwiderte Hack. »Wenn ich schon am Sonntagmorgen für Sie arbeite …«

Angersbach fuhr sich mit der Hand durch die verstrubbelten Haare. »Sie haben die DNA vom Schnapsglas mit der des ungeborenen Kindes von Laura Erdmann-Janssen verglichen?«

Sabine setzte sich auf. Ralph schaltete das Handy auf Lautsprecher.

»Richtig«, sagte Hack. »Das Ergebnis ist eindeutig. Christian Erdmann ist nicht der Vater.«

»Was?« Ralph hätte beinahe das Handy fallen lassen.

»Ich sagte …«

»Ja, ja. Ich habe Sie verstanden.« Angersbach sah zu Sabine, die mit einem stillen Lächeln die Hände ausbreitete. *Ich hab's dir ja gesagt,* sollte das wohl heißen.

»Dann ist es ja gut. Richten Sie Frau Kaufmann aus, dass sie einen hervorragenden Riecher hat.«

»Danke«, sagte Sabine.

»Ah. Deswegen liegen Sie noch im Bett«, spottete Hack.

»Ja. Wir hatten uns eigentlich auf ein gemütliches Sonntagsfrühstück gefreut.«

»Tut mir leid, wenn ich Ihre Pläne durchkreuze.«

»Keine Sorge. Die Sache lässt uns ohnehin keine Ruhe.«

Sie verabschiedeten sich von Hack. Ralph legte das Smartphone zurück auf den Nachttisch und zog Sabine in seine Arme. »Woher hast du das gewusst?«, fragte er, nachdem er sie ausgiebig geküsst hatte.

»Ich habe gar nichts gewusst. Das war nur so ein Gefühl, weil Erdmann so merkwürdig reagiert hat.«

»Aha?« Angersbach war nichts Besonderes an Erdmanns Reaktion aufgefallen.

»Er hat es nicht gesagt, aber seine Miene wirkte so, als wäre es völlig ausgeschlossen, dass seine Frau schwanger war.«

Ralph löste sich von Sabine. Erst jetzt begann er, die Information zu verarbeiten. Es musste daran liegen, dass er noch gar nicht richtig wach gewesen war.

»Laura hat ihren Mann also betrogen«, überlegte er.

Sabine verdrehte die Augen. Diese Schlussfolgerung war so offensichtlich, dass sie keinen weiteren Kommentar erforderte.

»Aber Erdmann wusste nichts davon«, überlegte Ralph. »Sonst hätte er nicht so überrascht reagiert.«

Sabine wiegte den Kopf. »Vielleicht wollte er, dass wir genau das glauben.«

Ralph kniff die Augen zusammen. »Du meinst, Christian

Erdmann hat herausgefunden, dass seine Frau eine Affäre hat, und deswegen hat er sie ermordet?«

»Das ist das älteste Motiv der Welt. Eifersucht.«

»Nein.« Angersbach rieb sich den Hinterkopf, um endlich wach zu werden. »Er kann es nicht gewesen sein, darüber hatten wir doch schon gesprochen. Erdmann war im Büro, als seine Frau verschwunden ist. Das hat seine Sekretärin bestätigt.«

»Er könnte es früher getan haben?« Sabine schlug die Bettdecke zurück und stand auf. Sie kramte in ihrer Handtasche und zog ihr Notizbuch hervor. Angersbach betrachtete ihren schlanken Körper und die hübschen Brüste, die sich unter dem dünnen Nachthemd abzeichneten. Er wünschte, sie würde wieder zu ihm ins Bett zurückkommen, und sie hätten keinen Fall, den sie lösen mussten.

»Du hast recht«, stellte Sabine fest. »Er hätte sie nicht vorher töten können. Laura Erdmann-Janssen hat von zu Hause aus gearbeitet, während ihr Mann im Büro war. Lynn hat sich ihren Rechner angesehen. Sie hat eine Reihe von E-Mails verschickt.«

»Na also.«

»Allerdings kann man solche Mails fälschen. Sie zeitversetzt versenden oder den Zeitstempel manipulieren. Er hätte auch ihren Account hacken und die E-Mails von seinem Büro aus verschicken können.«

»Du meinst, es war ein von langer Hand geplanter Mord? Christian Erdmann hat darauf gewartet, dass seine Frau endlich aus Frankreich zurückkommt, und gleich am nächsten Morgen bringt er sie um?«

Sabine steckte ihr Notizbuch zurück in die Handtasche. »Wenn er die Wut über ihren Betrug die ganze Zeit in sich hineingefressen hat …«

Ralph knirschte mit den Zähnen. »Was hast du eigentlich gegen Christian Erdmann? Warum hast du dich so auf ihn eingeschossen? Nur weil ich ihn mag? Ich bin vielleicht nicht ganz objektiv, aber du bist es auch nicht. Erdmann ist schließlich nicht der Einzige, der als Täter infrage kommt. Was ist mit dem Liebhaber? Es könnte doch sein, dass sich Laura Erdmann-Janssen von ihm trennen wollte oder dass sie sein Kind nicht wollte. Und die ›Schutzmacht‹ sollten wir auch nicht vergessen. Womöglich haben sie ihre Drohungen ja doch wahr gemacht.«

Sabine biss sich auf die Lippen. »Okay. Vielleicht hast du recht.« Sie lächelte versöhnlich. »Lass uns zu Erdmann fahren und mit ihm reden. Und dann suchen wir Lauras Liebhaber.«

»Einverstanden.« Ralphs Wut verrauchte so schnell, wie sie gekommen war. Er sprang aus dem Bett und zog Sabine in die Arme. Sie schmiegte ihren Kopf an seine Schulter.

Eine Weile standen sie so. Dann löste sich Sabine von ihm. »Ich kriege kalte Füße.«

»Okay.« Ralph machte sich eine gedankliche Notiz. Zu Weihnachten würde er ihr ein Paar warme Pantoffeln schenken.

Rehbach

Christian Erdmann war nicht zu Hause. Sabine Kaufmann atmete tief durch. Sie fühlte sich wie ein Dampfkessel, der unter zu hohem Druck stand. Während der gesamten Fahrt hatte sie versucht, sich zusammenzureißen. Sie wollte Ralph nicht verletzen, aber sie war sich sicher, dass er vollkommen verblendet war. Aus ihrer Sicht war der Fall klar: Laura Erdmann-Janssen hatte ihren Mann betrogen. Christian Erdmann hatte es herausgefunden und sie getötet.

Beweise hatte sie allerdings nicht. Es sei denn, die Kollegen aus der IT konnten feststellen, dass die E-Mails, die Laura am Tag ihres Verschwindens verschickt hatte, gefälscht waren.

Während Ralph den Lada über die vereisten Straßen zum Edersee gesteuert hatte, hatte Sabine Nachrichten mit Lynn ausgetauscht. Vielleicht hatte ja auch Erdmanns Sekretärin gelogen, und der Ingenieur war überhaupt nicht im Büro gewesen?

Lynn hatte sich daraufhin auf den Weg gemacht, um die Sekretärin zu Hause aufzusuchen. Was bei der Befragung herausgekommen war, wusste Sabine nicht. Lynn hatte sich seit zwei Stunden nicht mehr gemeldet. Bisher hatte Sabine sich darüber keine Gedanken gemacht. Die Sekretärin wohnte in Korbach, und bei den derzeitigen Witterungsverhältnissen würde die Fahrt einige Zeit in Anspruch nehmen. Doch jetzt machte sie sich plötzlich Sorgen.

Sie zog ihr Handy hervor und wählte Lynns Nummer.

»Hallo, Sabine.« Lynn meldete sich schon nach dem ersten Klingeln. Im Hintergrund waren seltsame Geräusche zu vernehmen, das Röhren eines Motors und das Piepen von einem Baufahrzeug im Rückwärtsgang.

»Was ist passiert?«, fragte Sabine.

Lynn gab einen Laut von sich, der irgendwo zwischen Lachen und Weinen lag.

»Ich bin im Graben gelandet. Die Straße ist eine verdammte Eispiste, und dann noch die Steigungen. Plötzlich ging es steil bergab, und ich habe die Kurve nicht gekriegt.«

»Ist dir was passiert?«

»Nein. Alles okay. Der Airbag hat mich aufgefangen. Nur der Wagen ist ziemlich lädiert.«

»Ist ja nicht deiner«, tröstete Sabine sie. »Hauptsache, dir ist nichts passiert. Wie geht's dir denn?«

»Na ja, ein bisschen zittrig. Aber das ist ja normal. Der Schock. Ich besorge mir was Heißes zu trinken und konzentriere mich auf den Fall, dann wird es schon wieder.«

Sabine überlegte, ob sie weiter in Lynn dringen sollte. War es gut, ein solches Erlebnis einfach so beiseitezuschieben? Ein lautes Krachen lenkte sie ab.

»Was ist das für ein Lärm im Hintergrund?«, erkundigte sie sich.

»Die haben von einem der Höfe einen Bagger geholt, der das Auto aus dem Graben zieht. Der Abschleppwagen schafft das nicht auf der vereisten Straße.«

»Puh.« Sabine schnaufte. »Das ist heftig.«

»Wie gesagt. Es geht schon.«

»Okay.« Wenn es Lynn half, professionell zu bleiben, wollte Sabine das nicht untergraben. »Warst du schon bei Erdmanns Sekretärin?«

»Ja. Der Unfall ist auf dem Rückweg passiert.«

»Und?«

»Sie lügt nicht. Alles an ihrer Aussage ist stimmig. Erdmann war im Büro, als seine Frau verschwunden ist. Er hat gemeinsam mit seiner Sekretärin aufgeräumt. Sie war die ganze Zeit bei ihm.«

»Okay.« Sabine geriet ins Wanken. Natürlich blieb die Möglichkeit, dass Erdmann seine Frau gleich in der Nacht ihrer Rückkehr getötet und die Leiche beseitigt hatte. Aber hätte er dann am nächsten Morgen so unbefangen mit seiner Sekretärin arbeiten können, ohne dass die Frau etwas Ungewöhnliches bemerkte? Vielleicht hatte Ralph doch recht, und es war nicht Erdmann gewesen, der Laura getötet hatte, sondern ihr Liebhaber.

So oder so, sie mussten den Mann finden.

»Ich habe mit Philipp Rösner telefoniert«, sagte Lynn in ihre Gedanken hinein.

Sabine musste kurz überlegen.

»Der Ortsvorsteher von Goldacker«, erinnerte Lynn sie. »Der eigentlich die Rede an der Museumsmühle hätte halten sollen.«

»Richtig.«

»Ich habe mich mit ihm verabredet. Ich dachte, er weiß vielleicht etwas über Lauras Affäre. Er erwartet mich bei sich zu Hause, aber ich komme hier nicht weg.«

»Schick mir die Adresse aufs Handy«, sagte Sabine. »Wir fahren hin.«

»Mache ich. Ich muss mich jetzt um die Leute vom Abschleppdienst kümmern.« Lynn verabschiedete sich und drückte das Gespräch weg.

Sabine nahm ihr Handy von Ohr und sah auf das Display. Es dauerte nur ein paar Sekunden, dann traf Lynns Nachricht ein.

Ralph sah ihr über die Schulter. »Wo fahren wir hin?«, fragte er.

Sabine erklärte es ihm.

Goldacker

Philipp Rösners Haus stand am Ortsrand, mit Blick über bewaldete Hänge und schneebedeckte Wiesen und Felder. Ralph Angersbach verspürte die altvertraute Sehnsucht nach einem schönen Haus irgendwo auf dem Land. Am liebsten im Vogelsberg, doch es gab auch andere schöne Regionen. Je älter er wurde, desto mehr wünschte er sich, der Enge und Hektik der Stadt zu entkommen und aufs Land zu ziehen, wo es mehr Ruhe und Frieden gab. Zumindest wenn nicht gerade nach Gold gegraben, geschossen und gemordet wurde.

Es war ein kleines Haus, vielleicht die ehemalige Behausung eines Schäfers, aber gut gepflegt. Die Fassade war offenbar erst jüngst gestrichen worden. Sie verschmolz farblich fast mit dem schneebedeckten Dach. Die Fensterrahmen leuchteten in einem satten Rotbraun. Vom Vorgarten war nicht viel zu sehen, doch er schien Struktur zu haben.

Philipp Rösner war damit beschäftigt, die Auffahrt und den Fußweg zu räumen. Er hielt mit der Arbeit inne, als Kaufmann und Angersbach aus dem Wagen stiegen, und stützte sich auf die Schneeschaufel. »Hallo«, sagte er dumpf. »Ihre Kollegin hat schon angekündigt, dass Sie kommen.«

Ralph und Sabine erwiderten den Gruß.

Angersbach musterte den Ortsvorsteher. Von seinem Gesicht war nicht viel zu sehen, weil er eine dicke Jacke mit hochgeklapptem Kragen und eine tief in die Stirn gezogene Wollmütze trug. Trotzdem entdeckte Angersbach die traurigen Falten um Mund und Augen.

»Ich kann nicht fassen, dass Laura tot ist«, sagte Rösner. »Warum haben Sie nichts unternommen? Laura hat mir berichtet, dass sie Ihnen nach dem Anschlag von unseren Problemen mit der ›Schutzmacht‹ erzählt hat.«

»Wir haben die jungen Leute gründlich unter die Lupe genommen«, erklärte Sabine. »Es gab keine Beweise, dass sie etwas mit den Schüssen auf Frau Erdmann-Janssen zu tun hatten.«

Rösner sah sie grimmig an. »Und jetzt? Gibt es Hinweise, dass sie etwas mit ihrer Ermordung zu tun haben?«

»Im Augenblick gehen wir einer anderen Spur nach«, entgegnete Kaufmann ausweichend.

»Und dabei kann ich Ihnen helfen?«

»Das hoffen wir.« Angersbach machte einen Schritt nach vorn. »Wir haben Hinweise darauf, dass Frau Erdmann-Janssen eine Affäre hatte.«

Rösner runzelte die Stirn. »Wie darf ich mir das vorstellen?«

»Die Rechtsmedizin hat festgestellt, dass sie schwanger war«, erklärte Kaufmann.

»O nein.« Rösner seufzte tief. »Das hatte sie sich immer gewünscht.«

»Sie haben darüber gesprochen?«

»Wir waren gut befreundet.«

»Dann wissen Sie auch, wer Lauras Liebhaber war?«

Rösner schob die Schneeschaufel scharrend über die Zementplatten. Kaufmann und Angersbach sahen zu, wie er eine Bahn nach der anderen freilegte. Ralph hätte den Ortsvorsteher am liebsten am Kragen gepackt und geschüttelt, bis er verriet, was er wusste, aber Sabines mahnender Blick hielt ihn zurück.

Schließlich stützte sich Rösner schwer auf die Schaufel. Sein keuchender Atem bildete Dampfwolken in der kalten Luft. »Ich habe ihr versprochen, es für mich zu behalten.«

»Der Mann, mit dem sie die Affäre hatte, könnte ihr Mörder sein.«

»Mark?« Rösner lachte auf. »Nie im Leben.«

»Mark.« Sabine zückte ihr Notizbuch. »Und weiter?«

Rösner knirschte mit den Zähnen. Er ärgerte sich offensichtlich, dass er sich verplappert hatte.

»Herr Rösner, bitte. Sie wollen doch, dass wir den Mörder von Frau Erdmann-Janssen finden.«

Rösner stieß eine weitere Atemwolke aus. »Also gut. Er heißt Gräber. Mark Gräber.«

»Moment mal.« Kaufmann runzelte die Stirn. »Der Leiter der Museumsmühle? Der Geologe?«

»Ja. Die beiden haben sich bei der Planung des Goldmuseums kennengelernt. Es war Liebe auf den ersten Blick.«

»Also hatte Frau Erdmann-Janssen vor, sich von ihrem Mann zu trennen?«

Rösner trat unbehaglich von einem Fuß auf den anderen. »Das weiß ich nicht. Wir haben in der letzten Zeit nur noch das Nötigste miteinander geredet.«

»Ich dachte, Sie waren gute Freunde?«, fragte Ralph irritiert.

»Das waren wir, ja.« Rösner leckte sich die Lippen.

»Was ist passiert?«, erkundigte sich Sabine.

»Ich habe Laura eine Geldanlage empfohlen«, gestand Rösner. »Die Prognose war gut, aber die Aktie ist komplett abgestürzt. Ich habe auch Geld verloren, doch Laura hatte fast ihr gesamtes Vermögen investiert.« Er hob die Hände. »Ich hatte sie gewarnt. Man steckt nicht sein ganzes Geld in eine einzige Anlage, das ist viel zu riskant. Aber sie wollte nicht auf mich hören. Die Rendite hat sie gelockt.« Er verschränkte die Arme vor der Brust. »Es war ihre Entscheidung. Trotzdem hat sie hinterher mir die Schuld gegeben. Seither herrschte zwischen uns Funkstille.«

Angersbach überlegte, ob sich in diesem Konflikt ein Mordmotiv ausmachen ließ, aber wenn, dann hätte wohl Laura Erdmann-Janssen ein Motiv gehabt, nicht Philipp Rösner.

»Danke«, sagte Sabine und steckte ihr Notizbuch weg. »Dann sprechen wir mit Mark Gräber.«

Mühle am Steinbach bei Goldacker

»Jetzt wissen wir wenigstens, warum Laura Erdmann-Janssen pleite war«, sagte Ralph, als er den Lada wenige Minuten später auf dem Parkplatz der Museumsmühle abstellte. Das Museum war sonntags geöffnet, das hatte eine schnelle Recherche im Netz ergeben, und heute fand sogar eine Veranstaltung statt, ein Goldwaschwettbewerb. Auf dem Parkplatz stand eine ganze Reihe von Fahrzeugen. Von den Insassen war weit und breit nichts zu sehen.

»Die sind wahrscheinlich drinnen«, mutmaßte Sabine und strebte auf den Eingang des Museums zu.

Tatsächlich hatte man im großen Innenraum eine Rinne aufgebaut, die mit Wasser gefüllt war. Entlang der Rinne standen Kinder und Erwachsene, jeder mit einer Goldwaschpfanne in der Hand. Mark Gräber schleppte einen Sack heran und schüttete Sand ins Wasser.

»Ihre Aufgabe ist es, möglichst rasch dieses Gemisch aus Sand, Unkraut und Gold mit Ihrer Waschpfanne zu trennen. Sie haben fünfundvierzig Minuten Zeit. Wer am Ende das meiste Gold in seinem Röhrchen gesammelt hat, gewinnt den Hauptpreis.« Er stellte den Sack auf dem Boden ab und zückte eine Stoppuhr. »Also: Auf die Plätze. Fertig. Los.«

Die Teilnehmer schaufelten nun Goldsand aus der Rinne in ihre Waschpfannen und schöpften Wasser hinein, um den Sand herauszuspülen.

Als Gräber die beiden Kommissare entdeckte, winkte er ihnen zu und kam mit großen Schritten auf sie zu.

»Hallo«, begrüßte er sie freundlich. »Kann ich noch etwas für Sie tun?«

»Können wir reden?«, fragte Sabine. »Unter vier Augen?«

»Klar. Bitte.« Gräber ging ihnen voran in sein Büro. Wie beim letzten Mal setzten sie sich an seinen Schreibtisch. »Also?«

»Sie haben uns bei unserem letzten Besuch nicht gesagt, dass Sie Laura Erdmann-Janssen kennen«, ging Angersbach in die Offensive.

»Die kennt hier jeder. Sie ist die Ortsvorsteherin von Bärental und hat sich zusammen mit Philipp Rösner für das Goldmuseum starkgemacht.«

»Uns geht es mehr um Ihre private Beziehung«, unterbrach ihn Angersbach. Sabine fand, dass er in seine alte Bulldozer-Taktik zurückverfiel, aber im Moment hatte sie nichts dagegen. Sie wollte endlich Klarheit.

Der Geologe lächelte. »Ich weiß nicht, was Sie meinen.«

»Sie hatten eine Affäre mit Frau Erdmann-Janssen.«

»Sagt sie das?«

Ralph und Sabine tauschten einen raschen Blick. »Lesen Sie keine Zeitung?«

»Ich hatte mir ein Magen-Darm-Virus eingefangen. Die letzten drei Tage habe ich im Bett gelegen oder über der Kloschüssel gehangen. Heute Morgen ging es wieder einigermaßen, deswegen bin ich hergekommen. Zum Glück. Eigentlich sollte Kai Erdmann die Gruppe betreuen, aber er ist nicht aufgetaucht. Wenn ich im Bett geblieben wäre, hätten die Leute vor verschlossenen Türen gestanden.«

»Kai konnte nicht kommen. Er sitzt in Gießen in Untersuchungshaft.«

»So?« Gräber schüttelte den Kopf. »Dann hätte ich ihn wohl besser doch nicht eingestellt.«

»Herr Gräber.« Sabine sah den Geologen ernst an. »Wir müssen Ihnen eine traurige Mitteilung machen. Frau Erdmann-Janssen ist tot.«

»Was?« Der Mann mit den warmen braunen Augen und dem Dreitagebart wurde aschgrau im Gesicht. »Nein. Das kann nicht sein.«

»Erzählen Sie uns, was zwischen Ihnen und Frau Erdmann-Janssen war?«, fragte Sabine sanft.

Gräber schloss für einen Moment die Augen.

»Wir haben uns kennengelernt, als das Museum geplant wurde«, sagte er dann. »Wir wussten sofort, dass wir füreinander bestimmt waren. Laura war schon lange nicht mehr glücklich mit ihrem Mann. Wir wollten zusammen neu anfangen.«

Angersbach knurrte irgendetwas Unverständliches. Sabine warf ihm einen ärgerlichen Blick zu.

»Wie bitte?«, fragte Gräber.

»Nicht so leicht, so ein Neubeginn«, sagte Angersbach. »Ihre Freundin war pleite.«

»Ja.« Gräbers Gesicht rötete sich. »Weil ihr Kollege aus Goldacker ihr diese Aktien aufgeschwatzt hat. Ich habe sie gewarnt, sie soll nicht ihr ganzes Geld hineinstecken, aber sie meinte, sie könne Philipp vertrauen. Und dann war alles weg.«

»Die Geschichte haben wir anders gehört«, erwiderte Ralph bissig.

»Von Rösner, wie?« Gräber schüttelte den Kopf. »Der hat sich fein aus der Affäre gezogen. Ist selbst mit einem blauen Auge davongekommen, und Laura hat mit leeren Händen dagestanden.«

»Sie hat sogar die Villa mit einer Hypothek belastet. Ihr Neustart stand unter keinem guten Stern.«

Gräber zögerte. Dann lächelte er schief. »Jetzt kann ich es ja sagen. Wir hatten einen Plan, wie wir aus der Misere herauskommen.«

»So?«

»Ich habe den Großvater ihres Mannes überredet, mir seinen Hof zu verkaufen. Zu einem günstigen Preis, aber er hätte genügend Geld gehabt, um sich eine professionelle Pflegerin zu leisten, anstatt sich von seinem Enkel betreuen lassen zu müssen. Ich habe ihm zugesichert, dass ich den Hof bis zu seinem Tod nicht anrühre und er ein lebenslanges Wohnrecht genießt. Er war einverstanden.«

»Und wo war der Vorteil für Sie?«

»Laura hat einen ausgefuchsten Vertrag aufgesetzt. Er hätte es mir ermöglicht, die Goldader schon zu Willis Lebzeiten abzubauen, ohne dass ich die Bedingungen verletze. Die Schürfrechte wollte ich an Unger Bau verkaufen. Natürlich zu einem Vielfachen dessen, was ich für den Hof gezahlt habe.«

»Woher hatten Sie das Geld?«

»Aus der Hypothek, die Laura für das Haus aufgenommen hat. Sie hat es auf ein Schweizer Nummernkonto transferiert. Ich habe die Zugangsdaten.«

»Aber es ist nicht mehr zu diesem Kauf gekommen.«

»Nein. Als ich bei Willi Erdmann war, damit er den Vertrag unterschreibt, war er verschwunden. Und dann habe ich gehört, dass er ermordet wurde.«

»Sie werden das Geld zurückzahlen müssen, jetzt wo Frau Erdmann-Janssen tot ist.«

»Das ist mir gleichgültig«, sagte Gräber. »Was soll ich damit, ohne Laura?«

Sabine blätterte in ihrem Notizbuch. »Wussten Sie, dass Frau Erdmann-Janssen schwanger war?«

»Was?« Gräbers Augen blitzten für eine Sekunde freudig auf, ehe sie von tiefer Trauer überschattet wurden. »Nein. Das hat sie mir nicht gesagt.«

»Wahrscheinlich wusste sie es selbst noch nicht«, erklärte Kaufmann. »Sie war erst in der fünften Woche.«

»Ein Kind.« Gräbers Blick verlor sich in der Ferne. »Das haben wir uns so sehr gewünscht.«

»Wieso sind Sie sicher, dass das Kind von Ihnen ist?«, grätschte Angersbach dazwischen.

Gräber wandte ihm den Blick zu. »Lauras Mann ist nicht zeugungsfähig. Deshalb hatten sie ja keine Kinder.«

Sabine kritzelte eilig in ihrem Notizbuch. Das waren so viele Informationen, dass sie kaum hinterherkam.

»Hatten Sie Kontakt zu Frau Erdmann-Janssen, während sie in Frankreich war?«

»Nein.« Gräber schüttelte traurig den Kopf. »Ich habe sie zuletzt bei der Eröffnung der Museumsmühle gesehen. Als auf sie geschossen wurde. Ich dachte, sie vermeidet den Kontakt, damit ihr Mann nicht misstrauisch wird.«

»Was spielte das für eine Rolle, wenn sie sich ohnehin von ihm trennen wollte?«

»Laura hat eine politische Karriere angestrebt. Sie hatte Angst, dass ihr Mann ihre schmutzige Wäsche in der Öffentlichkeit wäscht. Sie wollte in aller Ruhe mit ihm reden und eine einvernehmliche Trennung erreichen.«

Kaufmann musterte den Geologen. Sagte er die Wahrheit? Oder hatte sich Laura Erdmann-Janssen entschieden, zu ihrem Mann zurückzukehren, und ihm den Laufpass gegeben?

»Sie haben also drei Wochen nichts von ihr gehört und sich nicht gewundert? Und auch nicht versucht, Ihre Freundin zu erreichen? Keine SMS oder Chatnachricht?«

Gräber wand sich ein wenig. »So war sie eben. Manchmal wollte sie in Ruhe gelassen werden, um ihre Gedanken ordnen zu können. Sie mochte es nicht, wenn ich sie dann kontaktiert habe. Sie meinte, ich würde klammern, so wie ihr Mann, und das bräuchte sie nicht noch mal.«

»Okay.« Sabine tauschte einen Blick mit Ralph. So richtig nachvollziehen konnte sie das nicht, aber wenn es für Gräber so gewesen war … »Gibt es jemanden, der bestätigen kann, dass sie die letzten drei Tage zu Hause im Bett gelegen haben?«

»Meine Schwester.«

»Die hat sie besucht?«

»Nein. Wir haben gechattet, per Video. Sie lebt in Chile. Aber sie kennt meine Wohnung. Sie hätte bemerkt, wenn ich irgendwo anders gewesen wäre. Und sie hat gesehen, wie dreckig es mir ging. Wir mussten unsere Gespräche mehrfach unterbrechen, weil ich ins Bad musste.« Er zog sein Handy hervor. »Wenn Sie mir Ihre Nummer geben, schicke ich Ihnen die Kontaktdaten.«

Sabine diktierte und hatte gleich darauf eine SMS mit einer langen Telefonnummer auf dem Smartphone.

»Okay, danke.« Sie massierte sich die Nasenwurzel. Sie wusste nicht, was sie Gräber noch fragen sollte. Ralph ging es offenbar nicht anders.

»War es das? Ich muss mich um die Gruppe kümmern«, sagte Gräber.

»Der Tod Ihrer Geliebten scheint Sie ja nicht besonders zu berühren«, versetzte Angersbach.

Gräber funkelte ihn an. »Wäre es Ihnen lieber, wenn ich zusammenbreche und Sie mich ins Krankenhaus bringen lassen müssten? Ich trauere, das dürfen Sie mir glauben. Aber das tue ich für mich allein.«

»Schon gut.« Sabine berührte Ralph am Arm, ehe er sich zu einem Hahnenkampf hinreißen ließ. Gräber wäre das vermutlich sogar recht gewesen, um seine innere Anspannung abzubauen. Aber Angersbach hätte sich nur selbst geschadet. »Wir danken Ihnen für Ihre Offenheit.« Sie zog Ralph mit sich durch den Raum, in dem die Gruppe eifrig Gold aus der Rinne auswusch, über den schmalen Flur und dann hinaus auf den Parkplatz.

Angersbach atmete tief durch, als sie neben dem Lada standen. Sein Blick suchte ihren.

»Ich weiß nicht mehr, was ich denken soll«, gestand er. »Wer von denen sagt die Wahrheit?«

»Keine Ahnung.« Sabine warf einen Blick auf die Uhr. Es war später Nachmittag, in Chile also früher Morgen. Rasch nahm sie ihr Smartphone zur Hand. »Ich rufe jetzt die Schwester an.« Sie wählte die chilenische Nummer und hatte gleich darauf eine fröhliche Frauenstimme am Apparat. Gräbers Schwester bestätigte, was er ihnen erzählt hatte – nicht nur die Magen-Darm-Grippe, sondern auch alles andere.

»Die beiden wollten uns bald mal in Chile besuchen. Sie haben sogar überlegt, hier zu heiraten«, berichtete sie. »Das hätte uns sehr gefreut, meinen Mann und mich.«

Sabine erklärte ihr, dass Laura Erdmann-Janssen tot war.

»Oje. Das wird ihn schrecklich treffen. Sie war seine ganz große Liebe. So ein schönes Paar.«

Sabine sprach der Frau ihr Mitgefühl aus und beendete das Gespräch.

»Wenn er mit Magen-Darm-Grippe im Bett lag, kann er Laura Erdmann-Janssen nicht entführt und getötet haben«, stellte sie fest.

»Christian Erdmann hätte es in der Nacht nach ihrer Rückkehr oder in den frühen Morgenstunden tun müssen, bevor er zur Arbeit gefahren ist«, sagte Ralph. »Nicht unmöglich, aber unwahrscheinlich.«

»Dasselbe gilt für Kai. Er hatte auch nur das schmale Zeitfenster am Morgen, bevor wir ihn festgenommen haben«, überlegte Kaufmann. »Ist das überhaupt möglich? Hätte er seine Schwägerin töten, ihren Leichnam im See entsorgen, den Wagen bei Kilian abstellen und rechtzeitig bei Justin Büchner sein können?«

Angersbach dachte darüber nach. »Die Stunde, die er zur Verfügung hatte, hätte er wahrscheinlich schon allein für die Wege gebraucht. Da bliebe kaum Zeit für den Mord und das Verschwindenlassen der Leiche. Er könnte sie höchstens auf den Steg gelockt, ihr dort den Hammer über den Kopf gezogen und sie anschließend ins Wasser gestoßen haben.«

Sabine machte sich eine Notiz. Sie mussten dringend mit jemandem sprechen, der sich mit den Strömungsverhältnissen im Edersee auskannte. Wenn sie wussten, von wo Lauras Leiche in die Nähe der Dorfstelle Berich getrieben sein könnte, konnten sie eingrenzen, welcher Tathergang infrage kam.

»Warum hätte Kai seine Schwägerin überhaupt töten sollen?«, fragte Angersbach in ihre Gedanken hinein.

»Vielleicht hat er von ihren Plänen mit Mark Gräber erfahren und seine Felle davonschwimmen sehen. Wenn sein Opa

Willi den Hof verkauft und das Geld ausgegeben hätte, für eine schicke Seniorenresidenz oder dergleichen, wäre für Kai nichts mehr übrig geblieben, nicht mal der Pflichtteil.« Sabine seufzte. »Trotzdem. Du hast recht. Ich kann mir bei Kai einiges vorstellen. Aber dass er derart zielstrebig und brutal vorgeht …«

Angersbach nickte. »Also doch die ›Schutzmacht‹?«

»Kilian und Alicia in diesem Fall«, schränkte Sabine ein. »Lennard und Hannah waren zum Zeitpunkt von Laura Erdmann-Janssens Verschwinden an ihren Studienorten. Dabei hätte ich es den beiden eher zugetraut.« Sie steckte ihr Notizbuch weg. Eigentlich hatten sie die beiden ja schon längst befragen wollen, doch dann war so viel anderes dazwischengekommen. »Hältst du das für möglich? Dass die beiden so fanatisch sind, dass sie Laura Erdmann-Janssen ermordet haben?«

Ralph zuckte mit den Schultern. »Man kann den Leuten nicht in den Kopf gucken.«

»Hm.« Sabine fühlte sich erschöpft. Sie hatten ein paar Antworten bekommen und einige Fragen geklärt, doch das Gefühl, dass sie im Nebel umherirrten, wollte nicht weichen.

»Lass uns zur Hütte von Uwe Unger fahren«, schlug Angersbach vor. »Ich vermute, die ›Schutzmacht‹ trifft sich dort. Ich möchte gerne wissen, wie die jungen Leute reagieren, wenn wir sie mit der Todesnachricht konfrontieren.«

»Einverstanden.« Sabine war froh, dass Ralph ihr die Entscheidung abnahm. »Ich sage Lynn Bescheid.« Sabine nahm ihr Smartphone und tippte auf den Kontakt.

Lynn meldete sich sofort. »Ich bin im Hotel«, erklärte sie. »Der Mann vom Pannendienst war so nett, mich hier abzusetzen, bevor er den Dienstwagen in die Werkstatt gebracht hat.«

Sabine berichtete ihr, was sie in den letzten Stunden herausgefunden hatten.

»Fahrt ruhig allein zur Hütte. Ihr seid ja schon fast dort. Ich suche in der Zwischenzeit jemanden, der uns über die Strömungsverhältnisse im Edersee Auskunft geben kann«, versprach Lynn. »Treffen wir uns anschließend hier?«

»Ja.«

»Prima. Dann warte ich im Restaurant auf euch.«

»Perfekt.« Sabine merkte, dass ihr Magen knurrte, aber das Mittagessen musste noch warten. Sie beendete das Gespräch und steckte das Handy weg.

Ralph zog sie in die Arme, und sie lehnte sich bei ihm an.

»Wir finden den Mörder von Laura Erdmann-Janssen, oder nicht?«, murmelte sie in den Stoff seiner Wetterjacke.

»Natürlich.« Ralph drückte sie ein wenig fester. »Da bin ich mir sicher.«

28

Goldacker

Die Zufahrt zu Uwe Ungers Hütte im Wald war nicht passierbar. Auf halber Strecke türmte sich eine Schneewehe vor ihnen auf. Angersbach überlegte, ob er sie mit dem Lada überwinden könnte.

»Vergiss es!«, bremste ihn Sabine, ehe er das Gaspedal durchtreten konnte. »Ich will nicht stecken bleiben. Das hatten wir schon mal.«

Ralph verdrehte die Augen. Er wusste natürlich, worauf sie anspielte. Ein Schlammloch auf einer Wiese. Aber das war eine halbe Ewigkeit her. Damals waren sie der Giftspur gefolgt und hatten eher widerwillig zusammengearbeitet. Auch wenn er sie seinerzeit schon attraktiv gefunden hatte, jedenfalls insgeheim.

»Wenn wir hier nicht durchkommen, ist auch sonst niemand durchgekommen.« Kaufmann wies aus dem Wagenfenster auf das dichte Schneetreiben, das wieder eingesetzt hatte. »Da sind weit und breit keine Reifenspuren zu entdecken. Ich nehme an, die ›Schutzmacht‹ trifft sich woanders. Im Hotel zum Beispiel.«

»Also kehren wir um.« Angersbach legte den Rückwärtsgang ein, legte den Arm auf die Rückenlehne und drehte sich nach hinten, um zu sehen, wohin er fuhr. Der Weg war schmal und an beiden Seiten von Schneewällen gesäumt. Irgendwann im Laufe der letzten Tage musste jemand geräumt haben, doch mittlerweile war die Schneedecke wieder dicht. Darunter konnten sich alle möglichen Tücken verbergen.

Sabine zog ihr Smartphone aus der Tasche. »Ich rufe Lynn an.«

Im nächsten Moment erklang die Stimme der Kollegin aus dem Handylautsprecher. »Ja, die sind tatsächlich hier im Hotel«, erklärte sie, nachdem Kaufmann von der blockierten Straße berichtet hatte. »Sie sind gerade eben gekommen. Im Augenblick sitzen sie in einem der Nebenräume und stecken die Köpfe zusammen.«

»Kannst du herausfinden, worüber sie reden?«

»Leider nein. Ich bin im Restaurant. Als sie mich entdeckt haben, hätten sie fast auf dem Absatz kehrtgemacht, aber dann haben sie so getan, als könnten sie kein Wässerchen trüben, und sind nach nebenan verschwunden. Die Tür haben sie sorgfältig hinter sich geschlossen, doch es ist eine Glastür. Ich kann sie sehen.«

»Was ist dein Eindruck?«

»Sie streiten. Lennard und Hannah scheinen wütend zu sein. Auf Kilian, aber offenbar auch auf Alicia.«

»Wir sind gleich bei dir.« Sabine überlegte. »Haben wir eigentlich schon Nachricht aus Düsseldorf?«

»Ja. Die Kollegen haben die Eltern von Laura Erdmann-Janssen informiert. Beide sind tief erschüttert.«

»Was sagen sie zur Ehe der Erdmanns?«

»Sie wussten nichts von einer Krise. Christian Erdmann sei ein guter Mann gewesen, meint die Mutter. Vielleicht nicht ganz standesgemäß, aber immerhin ein Glücksfall, so einen fürsorglichen und liebevollen Ehemann zu finden. Der Vater war ein wenig nüchterner. Ein bisschen zu soft fand er Erdmann, ohne den nötigen Biss. Sonst hätte er mehr aus seinen Talenten gemacht, meinte er. Auf jeden Fall waren sie sich einig, dass Erdmann ihrer Tochter niemals etwas angetan hätte. Er hat sie geliebt und alles für sie getan, das sagen beide übereinstimmend.«

»Okay. Danke dir.« Sabine beendete das Gespräch und sah zu Ralph, der sich zentimeterweise durch den schmalen Waldweg arbeitete. Kaufmann drehte sich ebenfalls nach hinten. »Geht das auch ein bisschen schneller?«, fragte sie ungeduldig.

»Wenn du willst, dass wir genauso im Graben landen wie Lynn.«

»Nein, danke.« Sie verschränkte die Arme vor der Brust und starrte durch die Windschutzscheibe.

Angersbach verspürte ein Kribbeln im ganzen Körper. Dieser Eiertanz auf dem schlüpfrigen Untergrund machte ihn fast wahnsinnig.

Endlich erreichte er das Ende des Waldwegs und konnte wenden. Er atmete auf und gab Gas.

Waldeck

Wenig später hielten sie vor dem Hotel. Sabine sprang aus dem Wagen, ehe Angersbach den Motor abgestellt hatte, und eilte hinein. Ralph lief ihr hinterher, glitt auf einer vereisten Pfütze aus und lag im nächsten Moment auf dem schneebedeckten Asphalt. Ein scharfer Schmerz schoss durch seinen rechten Knöchel.

»Verdammte Kacke.« Er rappelte sich auf und belastete vorsichtig den Fuß. Wieder raste eine Schmerzwelle vom Gelenk direkt in sein Gehirn.

Angersbach atmete konzentriert ein und aus. Mit zusammengebissenen Zähnen humpelte er zum Eingang des Hotels.

Sabine saß bereits bei Lynn in der Gaststube. Die beiden Frauen fixierten die Tür, hinter der die »Schutzmacht« tagte.

Ralph hängte die nasse Wetterjacke an die Garderobe. Auf dem Weg zum Tisch versuchte er, sich seinen Schmerz nicht anmerken zu lassen. Vergeblich.

»Was ist mit deinem Fuß?«, fragte Sabine.

»Umgeknickt. Ich bin auf dem Parkplatz ausgerutscht.«

»Mist.« Sie streckte die Hand aus. »Gib mir die Wagenschlüssel.«

»Wozu?«

»Damit ich den Verbandskasten holen kann. Du brauchst eine Bandage.«

Angersbach händigte ihr den Schlüssel aus. Kaufmann lief nach draußen.

Lynn zeigte auf die Glastür. »Die kriegen sich gerade richtig in die Haare da drinnen.«

»Dann ist das der perfekte Zeitpunkt, um sie noch einmal zu vernehmen. Wer wütend ist, macht Fehler.«

Sabine erschien mit dem Verbandskasten. »Zieh den Schuh aus«, forderte sie Ralph auf.

»Hier?« Er sah zu den umliegenden Tischen. Die meisten waren besetzt, doch die Gäste waren mit ihrem Essen beschäftigt. Niemand achtete auf Angersbach und seine beiden Kolleginnen.

»Nun mach schon.«

Ralph streifte Schuh und Socke ab. Der Knöchel war bereits dick geschwollen. Lynn warf einen Blick darauf und stand auf.

»Hochlegen und kühlen«, sagte sie und verschwand im Flur hinter der Gaststube. Gleich darauf kam sie mit einer Packung Tiefkühlerbsen zurück.

Angersbach legte das Bein auf einen freien Stuhl, Lynn drapierte die Erbsen auf seinem Knöchel.

»Ich dachte, wir vernehmen die ›Schutzmacht‹«, murrte er.

»Gleich. Erst kümmern wir uns um deinen Fuß. Die laufen ja nicht weg.«

Eine Kellnerin kam und nahm ihre Bestellungen auf. Kaufmann orderte zwei Tassen Kaffee, Lynn eine Apfelschorle. »Wir essen später.«

Die Kellnerin verschwand. Von irgendwoher ertönte der durchdringende Klingelton eines Handys. *Spiel mir das Lied vom Tod.*

Angersbach hob den Kopf. Das war doch seines! Lynn hatte ihm den Track aufgespielt. Er tastete seine Taschen ab und schaute dann zur Garderobe. Das Smartphone war in der Wetterjacke.

Lynn war bereits aufgestanden. »Ich hole es.«

Ralph hoffte, dass Sabine nicht wieder sauer werden würde, weil Lynn so besorgt um ihn herumschwirrte. Er linste zu ihr hinüber, doch sie war vollauf damit beschäftigt, die erregte Diskussion zwischen Lennard und seinen Freunden zu beobachten.

Lynn hatte das Smartphone bereits am Ohr und überreichte es Ralph, als sie zurück an den Tisch kam. »Professor Hack.«

Angersbach nahm das Handy und begrüßte den Rechtsmediziner. »Gibt es etwas Neues?«

»Sonst würde ich Sie nicht anrufen«, versetzte Hack.

»Und was?« Ralph war den Umgangston gewöhnt und ließ sich nicht abschrecken.

»Es geht um den Zustand des Leichnams von Laura Erdmann-Janssen. Es war mir schon bei der ersten Inaugenscheinnahme aufgefallen, aber ich konnte mir keinen Reim darauf machen.«

»Worauf?«

»Auf den Verwesungsgrad. Die gering ausgeprägte Waschhaut und das Fehlen von Leichenwachs waren ja deutliche Zeichen dafür, dass die Leiche nicht besonders lange im Wasser gelegen haben kann. Maximal vierundzwanzig Stunden.«

»Laura Erdmann-Janssen ist am Freitagmorgen verschwunden und am Samstagmorgen wieder aufgetaucht«, entgegnete Angersbach bissig. Sein Knöchel schmerzte, genauso wie sein angeschlagenes Selbstbewusstsein. Er hatte keine Lust auf Rätselraten. »Da hätte sie kaum länger im See liegen können.«

»So schien es.« Hack machte eine Pause, um sich Ralphs Aufmerksamkeit zu sichern. »Aber ich hatte trotzdem den Eindruck, dass die Verwesung schon weiter fortgeschritten war, als man es nach vierundzwanzig Stunden erwarten würde.«

Ralph kniff die Augen zusammen. »Wie das?«

»Ich will Sie nicht mit rechtsmedizinischen Details langweilen«, erklärte Hack. »Fakt ist: Der Tod ist nicht am Freitag oder Samstag eingetreten, sondern weitaus früher. Zum exakten Zeitpunkt kann ich noch nichts sagen. Der Leichnam war offensichtlich nicht der normalen Witterung ausgesetzt, sondern gut konserviert. Wir müssen das noch genauer untersuchen. Man könnte die Leiche bei Minustemperaturen gelagert haben, oder sie hat sich in einem luftdicht verschlossenen Raum befunden.«

»Moment.« Angersbach rieb sich die Stirn und zuckte zusammen, als er dabei versehentlich die Beule berührte, die er sich vor drei Tagen beim Öffnen der Goldkiste mit der Brechstange zugefügt hatte. »Sie meinen, Laura Erdmann-Janssen ist nicht erst gestern gestorben?«

»Das habe ich doch gerade gesagt, oder nicht?«, grummelte Hack. »Sie ist seit mindestens einer Woche tot, vielleicht auch schon länger. Wir können nicht einmal ausschließen, dass sie noch vor Willi Erdmann ermordet wurde.«

Angersbach schüttelte den Kopf. »Das kann nicht sein. Sie wurde am Freitagmorgen noch gesehen.«

Der Rechtsmediziner lachte keckernd. »Da hat dann wohl jemand gelogen.«

»Verdammt.« Ralph hätte vor lauter Frustration am liebsten geschrien. Er saß hier angenagelt auf dem Stuhl, an Kopf und Fuß lädiert, während ihm der Fall gerade um die Ohren flog. Von seiner neuen Freundschaft gar nicht zu reden.

»Ich melde mich wieder«, verkündete Hack heiter und drückte ihn weg.

Sabine und Lynn, die zumindest seinen Teil des Gesprächs mitbekommen hatten, starrten ihn an. »Christian Erdmann hat uns Märchen erzählt?«

Angersbach knirschte mit den Zähnen. »So sieht es aus.« Er tippte den Kontakt auf dem Smartphone an.

»Wir sollten persönlich mit ihm reden, nicht am Telefon«, warnte Sabine, doch da meldete Erdmann sich bereits.

»Ihre Frau war am Freitag nicht zu Hause«, schimpfte Ralph. »Sie haben nicht mit ihr gefrühstückt.« Er war so in Fahrt, dass er sich nicht bremsen konnte.

»Nein.« Erdmann klang verlegen.

»Wie war es dann?«

Sabine bedeutete ihm, das Telefon auf laut zu stellen, doch Angersbach ignorierte sie. Er wollte nicht, dass jeder hier in der Gaststube mitbekam, was Erdmann zu sagen hatte.

»Ich habe sie überhaupt nicht getroffen«, erklärte der Ingenieur. »Ich war am Donnerstagabend im Büro. Als ich nach Hause kam, war alles dunkel. Sie hatte mir geschrieben, dass sie zurückkommen würde, aber sie war nicht da. Ich habe gewartet. Irgendwann bin ich ins Bett gegangen.« Erdmann holte tief Luft. »Am nächsten Morgen war sie immer noch nicht da. Ich habe ihr einen Zettel geschrieben und bin zur Arbeit gefahren. Ich dachte, bis Mittag ist sie bestimmt zurück, aber das war nicht der Fall. Da habe ich angefangen, mir ernsthaft Sorgen zu machen. Ich habe versucht, sie zu erreichen, aber sie war wie vom Erdboden verschwunden.«

»Warum haben Sie uns das nicht gleich gesagt?«

»Ich weiß auch nicht. Ich habe mich so geschämt. Meine Frau versteckt sich in Frankreich, weil auf sie geschossen wurde, und als sie nach drei Wochen zurückkommt, bin ich nicht da.« Er schluckte, und seine Stimme wurde hart. »Hätte ich die verdammte Arbeit einfach sein lassen und stattdessen auf sie gewartet, würde sie vielleicht noch leben.«

»Wie kommen Sie darauf?«

»Sie muss irgendwann zu Hause gewesen sein, oder nicht? Schließlich hat man sie nicht in Frankreich gefunden, sondern hier. Die Entführer müssen sie erwischt haben, während ich weg war.«

»Möglich«, erwiderte Ralph zurückhaltend. »Aber dafür gibt es keinen Beweis. Vielleicht ist sie auch bereits auf dem Heimweg entführt worden.«

»Ja. Vielleicht.« Einen Moment schwiegen sie beide.

»Herr Erdmann«, sagte Ralph und ignorierte Sabine, die heftig gestikulierte. »Ist Ihnen bekannt, dass Ihre Frau eine Affäre hatte?«

»Das muss sie wohl. Sonst wäre sie nicht schwanger geworden.«

Also stimmte es, was Gräber über Erdmanns Zeugungsunfähigkeit gesagt hatte. Ralph wollte das Thema nicht vertiefen. »Seit wann wissen Sie davon?«

»Seit Sie mir erzählt haben, dass sie ein Kind erwartet hat.«

»Sie haben nichts davon geahnt?«

»Ich dachte, ich führe eine glückliche Ehe. Laura hat nie erwähnt, dass ihr irgendetwas fehlt. Und ein Kind … Ich wusste nicht, dass sie sich danach sehnt. Sie hatte doch so große Pläne.« Ralph hörte ein Schluchzen am anderen Ende. »Ich halte das alles nicht aus«, stöhnte Christian Erdmann. »Die Zweifel und die Selbstverwürfe, das macht mich verrückt. Sie müssen herausfinden, was mit ihr passiert ist. Bitte. Ich kann sonst nie wieder ruhig schlafen.«

»Wir tun, was in unserer Macht steht«, versicherte Angersbach und verabschiedete sich eilig. So sympathisch ihm Christian Erdmann war, mit diesen überbordenden Emotionen konnte er nicht umgehen. Und irgendetwas stimmte mit seiner Geschichte nicht. Wie hatte Laura ihm ihre Rückkehr ankündigen können, wenn sie zu diesem Zeitpunkt doch schon längst tot gewesen war? Oder hatte irgendjemand anders die Nachricht geschickt?

»Was hat er gesagt?«, erkundigte sich Sabine, als er das Handy wegsteckte. Ralph erzählte es ihr und Lynn.

»Er lügt«, befand Sabine, nachdem er fertig war. »Er hat sie umgebracht. Sie ist überhaupt nie nach Frankreich gefahren. Das hat er sich ausgedacht.«

»Sie hat Nachrichten geschickt«, widersprach Ralph. »Nicht nur an Erdmann, auch an ihren Kollegen Rösner und ihr Büro.«

»Das kann auch Christian Erdmann getan haben.«

Angersbach verschränkte die Arme. Er wollte nicht glauben, dass Erdmann ein Mörder war.

»Es könnte auch jemand anders gewesen sein, der die Reise vorgetäuscht hat«, meldete sich Lynn zu Wort. »Wenn Laura Erdmann-Janssen nicht erst seit gestern tot ist, sondern womöglich schon seit Wochen, sind sämtliche Alibis, die wir überprüft haben, nichts wert.«

»Richtig.« Angersbach sprang sofort auf den Zug auf. »Die Leute von der ›Schutzmacht‹ könnten einen zweiten Versuch unternommen haben, nachdem sie mit den Schüssen keinen Erfolg hatten. Sie haben ihr aufgelauert und die Leiche versteckt, damit man ihnen nicht auf die Schliche kommt. Und jetzt sind sie in Panik, weil der Leichnam unverhofft aufgetaucht ist.« Er zeigte auf die Glastür, hinter der die jungen Leute immer noch aufgeregt diskutierten.

»Und die haben dann auch die ganzen gefälschten Mails verschickt?«, fragte Sabine skeptisch. »Was ist eigentlich mit der Auswertung von Erdmann-Janssens Handy? Gibt es da was?«

»Nein. Das Handy war die letzten drei Wochen tot. Ausgeschaltet.«

»Also stimmt es, dass sie manchmal einfach abgetaucht ist und nicht gestört werden wollte, so wie es Gräber gesagt hat?«, fragte Ralph.

»Oder der Täter hat es ausgeschaltet«, bemerkte Sabine.

»Womöglich war es ihr Liebhaber, Mark Gräber«, überlegte Lynn. »Vielleicht hat sie ihm gesagt, dass sie zu ihrem Mann zurückgeht. Oder dass sie das Kind nicht will, weil es ihrer politischen Karriere im Weg steht.«

Sabine schnaufte. »Okay. Möglich ist alles.« Sie dachte kurz nach. »Gräber wird nichts sagen, solange wir nichts gegen ihn in der Hand haben. Aber vielleicht können wir die ›Schutzmacht‹ knacken.«

Das ließ sich Ralph nicht zweimal sagen. Er packte die Tiefkühlerbsen beiseite und wollte aufstehen.

»Warte.« Sabine nahm eine elastische Binde aus dem Verbandskasten und wickelte sie fachmännisch um seinen Fuß. Anschließend streifte sie ihm die Socke und den Schuh über. Es tat höllisch weh. Ralph biss sich auf die Innenseiten der Wangen, um sich nichts anmerken zu lassen. Als sie fertig war, erhob er sich und humpelte zur Glastür. Er klopfte an und öffnete die Tür im selben Atemzug. Sabine und Lynn folgten ihm.

Vier Köpfe drehten sich in ihre Richtung. Lennard runzelte missbilligend die Stirn. »Was wollen Sie hier? Das ist ein privates Treffen. Wir haben Sie nicht eingeladen.«

»Sie stehen im Verdacht, Laura Erdmann-Janssen getötet zu haben. Sie können sich jetzt und hier zur Sache äußern oder warten, bis wir einen Haftbefehl haben und Sie zur Vernehmung aufs Präsidium bringen lassen.«

»Hoho«, sagte Lennard, als wäre Ralph ein Pferd, das durchzugehen drohte. »Immer langsam.« Er strich mit einer lässigen Geste seine Tolle zurück. »Setzen Sie sich doch.«

Ralph, Sabine und Lynn nahmen den jungen Leuten gegenüber Platz.

»Wie man hört, wurde Laura Erdmann-Janssen am Freitag entführt, und am Samstag wurde ihre Leiche aus dem See geborgen«, sagte Lennard. »In dieser Zeit war ich in Frankfurt, und Hannah war in Heidelberg. Wir können nichts damit zu tun haben.«

»Aber wir, weil wir hier waren, oder was?«, motzte Kilian Schneider und wandte sich an die Kommissare. »Reicht es nicht, dass Sie mich einmal grundlos eingebuchtet haben?«

Lennard zuckte mit den Schultern. »Keine Ahnung, was ihr treibt, wenn wir nicht da sind.«

»Wir arbeiten«, spuckte Kilian. »Im Gegensatz zu Hannah und dir sind wir darauf angewiesen, Geld zu verdienen.«

Lennard breitete die Hände aus. »Dafür kann ich nichts. Das ist Schicksal.«

Angersbach unterbrach den Disput. Er hatte ohnehin das Gefühl, dass es nur Show war, um vom Thema abzulenken. »Laura Erdmann-Janssen ist nicht am Freitag oder Samstag gestorben. Sie ist schon länger tot. Mindestens eine Woche, vielleicht auch zwei oder drei. Wir gehen davon aus, dass sie relativ bald nach den Schüssen an der Museumsmühle getötet wurde.«

Die vier wurden ein wenig blass. Lennards lässige Haltung bröckelte. »Das heißt …«

»Es könnte jeder von Ihnen gewesen sein.« Lynn lächelte ihn freundlich an.

»Hören Sie.« Lennard setzte sich gerade hin. »Wir haben ein bisschen auf Fascho-Clique gemacht und Laura Erdmann-Janssen diese Drohbriefe geschrieben, weil mein Onkel uns darum gebeten hat. Er dachte, wir könnten uns so bei Willi Erdmann einschmeicheln und ihn dazu bringen, Onkel Uwes Kaufangebot anzunehmen, oder vielleicht irgendwas finden, das man gegen ihn verwenden kann, wenn wir erst mal Zugang zu seinem Haus haben.« Er hob die Hände. »Fragen Sie mich nicht, warum Onkel Uwe so scharf darauf war. Wir waren ja dann öfter dort. Der Hof ist total verfallen, und Kai sagt, die Böden taugen auch nichts mehr.«

»Er wollte an die Goldader«, klärte Lynn ihn auf.

Lennard blinzelte. »Willi Erdmann sitzt auf einer Goldader?«

»Saß.«

»Krass.«

»Wir haben Laura Erdmann-Janssen nichts getan«, mischte sich Hannah ein. »Bis auf die Briefe, aber das war alles. Wir haben nicht auf sie geschossen, und wir haben sie auch nicht ermordet. Wir sind doch nicht bescheuert.«

Die anderen drei nickten.

Ralph sah Sabine und Lynn an. Er glaubte den jungen Leuten, und seinen Kolleginnen ging es offensichtlich genauso.

»Gut. Wir bedanken uns für Ihre Offenheit«, sagte er und stand auf. »Aber wundern Sie sich nicht, wenn wir wiederkommen.«

»Wir sind hier«, erwiderte Lennard ernst. »Und wir helfen gern. Bei Mord hört der Spaß auf.«

Sabine Kaufmann kickte frustriert einen Stein beiseite, als sie das Hotel verließen. Sie drehten sich im Kreis und kamen dem Mörder von Laura Erdmann-Janssen keinen Schritt näher. Für Sabine stand fest, dass es Christian Erdmann war, doch ohne Beweise würden sie ihm nicht beikommen. Dass Ralph um jeden Preis an seine Unschuld glauben wollte und Lynn ihn dabei auch noch unterstützte, machte die Sache nicht einfacher.

»Was jetzt?«, fragte Ralph, als sie vor seinem Wagen standen. Der Schnee fiel in dichten Flocken vom Himmel. Auf dem Lada lag eine dicke Schicht, und der Himmel sah aus, als würde noch einiges dazukommen.

»Kannst du mit dem Fuß überhaupt fahren?«, erkundigte sich Lynn.

»Ich weiß nicht.« Angersbach wog unschlüssig den Autoschlüssel in der Hand. »Willst du?«

»Lieber nicht.« Lynn hob abwehrend die Hände. »Nicht bei dem Wetter. Eine Fahrt, die im Graben endet, reicht mir für den Tag.«

»Und du?« Ralph hielt Sabine den Schlüssel hin.

»Ich fahre nicht mit deinem Monstrum, das weißt du doch.«

»Warum bleiben wir nicht einfach hier?«, schlug Lynn vor. »Mit Mark Gräber und Kai Erdmann können wir auch per Videochat sprechen.«

Ralph krauste die Stirn. »Du meinst, das funktioniert? Eine Online-Vernehmung?«

»Warum nicht?«

»Es fehlen die unmittelbaren Eindrücke.«

»Aber es ist besser als nichts.«

»Wenn du meinst.« Angersbach richtete den Blick zum Himmel. »Vielleicht ist es wirklich besser, wenn wir mit dem Fahren bis morgen warten. Morgen früh kann ich mir auch ein Paar Krücken besorgen.«

Sabine sah ihn skeptisch an. »Willst du damit nicht lieber zum Arzt?«

»Ach was. Das geht schon wieder weg. Die Erbsen haben schon prima geholfen.«

»Wie du meinst.«

Zehn Minuten später saßen sie in Lynns Zimmer vor dem aufgeklappten Laptop. Auf dem Bildschirm war Mark Gräber zu sehen, der in seinem Büro im Goldmuseum war. Er wirkte erschöpft. Seine Augen waren gerötet. Offensichtlich hatte er getrauert, nachdem sie gegangen waren.

»Es gibt neue Erkenntnisse«, teilte Sabine ihm mit. »Laura Erdmann-Janssen ist nicht erst gestern gestorben, sondern offenbar schon vor längerer Zeit. Möglicherweise war sie gar nicht in Frankreich.«

Gräber hob den Kopf. »Deswegen konnte ich sie nicht erreichen. Und ich dachte schon …«

»Was?«

»Dass sie es sich vielleicht anders überlegt hätte.«

»Kann es sein, dass Ihre Freundin das Kind gar nicht wollte?«, mischte sich Angersbach ein.

Gräber verengte die Augen. »Ich habe Ihnen doch erzählt, dass sie sich immer ein Kind gewünscht hat.«

»Es wäre nicht so leicht, Kind und Karriere zu vereinbaren.«

»Andere schaffen es auch. Ich hätte sie unterstützt.«

»Sie wollte also nicht abtreiben?«

»Nein. Bestimmt nicht.«

»Also wussten Sie doch von der Schwangerschaft.«

Gräber schnaufte. »Sie drehen mir das Wort im Mund um. Ich habe es nicht gewusst. Aber ich bin mir sicher, dass Laura das Kind gewollt hätte.«

»Mit Ihnen? Oder wollte sie zu ihrem Mann zurück? Haben Sie sie deshalb ermordet?«

Dem Geologen liefen Tränen über die Wangen. Er zog ein Taschentuch hervor und wischte sie ab. »Ich habe sie geliebt. Ich hätte ihr niemals etwas antun können.«

Sabine nickte. Natürlich konnte sie sich irren, aber auf sie wirkte Gräber glaubhaft. Angersbach hatte offenbar denselben

Eindruck, oder ihm gingen die Fragen aus. Er sah ratlos zu Sabine und Lynn.

»Danke.« Sabine beugte sich vor. »Das war es fürs Erste. Wir melden uns bei Ihnen.«

Lynn beendete den Videocall und stellte die Verbindung nach Gießen her. Auf dem Bildschirm erschien Kai Erdmann, der in einem der Anwaltszimmer in der Untersuchungshaftanstalt saß, neben ihm der Pflichtverteidiger. Hinter ihm standen zwei Justizbeamte.

»Ich weiß nicht, was Sie noch wollen«, jammerte Kai. »Ich habe Ihnen alles gesagt.«

»Wir haben herausgefunden, dass Ihre Schwägerin schwanger war«, erklärte Sabine.

»Was? Ach, Scheiße.«

»Es wundert Sie nicht?«

»Warum sollte es? Die beiden sind eine halbe Ewigkeit verheiratet. Ich habe mich schon immer gefragt, weshalb sie keine Kinder haben.«

»Ihr Bruder ist nicht zeugungsfähig.«

»Hä?« Auf Kais Gesicht arbeitete es. »Kapier ich nicht. Sie haben doch gerade gesagt, Laura war schwanger, oder nicht?«

»Aber nicht von Ihrem Bruder.«

Kai hatte offensichtlich Mühe, die Neuigkeit zu verarbeiten. »Sie hatte einen anderen?«

»Ja.«

»Wen?«

»Das sind Ermittlungsdetails, über die wir nicht sprechen dürfen.«

»Was wollen Sie dann von mir?«

»Die Rechtsmedizin hat festgestellt, dass Ihre Schwägerin nicht erst seit gestern tot ist, sondern vermutlich schon seit mehreren Wochen.«

»Was?« Kai raufte sich die Haare. »Ich denke, sie war in Frankreich. Sie hat doch Nachrichten geschickt, hat Christian gesagt.«

Sabine ließ ihm Zeit, selbst die richtigen Schlussfolgerungen zu ziehen.

»Sie glauben, dass Christian sie umgebracht hat? Dass diese Frankreichreise nur vorgetäuscht war?«

»Halten Sie das für möglich?«

»Nein. *Ich* bin das schwarze Schaf in der Familie. Christian ist der korrekteste Typ, den man sich vorstellen kann. Und er hat Laura abgöttisch geliebt. Nie im Leben hätte er ihr etwas angetan.«

Ralph sah Sabine an und hob die Augenbrauen. *Siehst du,* sollte das wohl heißen.

»Und was ist mit Ihnen?«

Kai stöhnte. Sein Anwalt signalisierte ihm, dass er lieber schweigen solle, doch Kai ignorierte ihn. »Das hatten wir doch schon. Wir hatten ein bisschen Stress, weil sie wegen der ›Schutzmacht‹ genervt hat, aber deshalb bringe ich sie doch nicht um.«

»Okay.«

Ralphs Handy vibrierte. Er griff danach und nahm das Gespräch an.

»Entschuldigen Sie. Wir unterbrechen kurz«, sagte Sabine und machte Lynn ein Zeichen, die Verbindung auf Stand-by zu schalten.

Angersbach blinzelte, während er dem Anrufer lauschte. Kaufmann zeigte auf ihre Ohren, damit er das Handy laut stellte. Dieses Mal tat er es.

»Wir haben ein paar Laborergebnisse reinbekommen«, erklärte der Anrufer gerade. Es war Wilhelm Hack. »Sie dürfen sich bedanken, dass die Kollegen von der Kriminaltechnik auch am Sonntag unermüdlich schuften.«

»Wir schicken ihnen bei Gelegenheit einen Blumenstrauß«, witzelte Ralph.

»Was für Ergebnisse?«, fragte Sabine.

»Hallo, Frau Kaufmann«, begrüßte Hack sie. »Ist noch jemand da?«

»Ja, ich. Lynn Burger«, meldete sich Lynn.

»Schön. Das spart Arbeit.«

»Also. Was haben Sie?«, drängte Angersbach.

»Wir haben die Spuren am Leichnam von Laura Erdmann-Janssen analysieren lassen. Es ist Beton.«

»Beton?«

»Schlecht abgebundener Beton. Die Rückstände lassen vermuten, dass sich die Leiche zunächst in einer luftdicht verschlossenen Kammer befunden hat, in die nach einiger Zeit Wasser eingedrungen ist, weil sich der Beton aufgelöst hat.«

Kaufmann wandte sich an Angersbach. »Hast du nicht was von Reparaturarbeiten an der Staumauer gesagt?«

»Davon hat mir Christian Erdmann erzählt, ja. Seine Firma hat die Arbeiten ausgeführt.« Er kniff die Augen zusammen. »Und jetzt denkst du, er hat die Gelegenheit genutzt, um seine Frau dort einzumauern, nachdem er sie erschlagen hatte?«

Kaufmann sparte sich die Antwort und sah zu Lynn. »Wir müssen wissen, wann genau die Arbeiten durchgeführt worden sind und wann der Wasserstand wieder über die ausgebesserten Stellen hinaus angehoben wurde.«

Lynn hob die Hände. »Bei den zuständigen Ämtern kriege ich heute niemanden. Da müssen wir bis morgen warten.«

»Oder Christian Erdmann fragen«, sagte Angersbach.

»Das würde ich nicht tun«, entgegnete Sabine. »Ich möchte ihn nicht vorwarnen.«

Ralph verschränkte die Arme vor der Brust und schob trotzig das Kinn vor.

»Brauchen Sie mich noch?«, erkundigte sich Hack.

»Nein. Danke für die Information. Wir wünschen Ihnen einen schönen Sonntag.«

»Viel ist ja nicht mehr davon übrig. Aber zumindest den *Tatort* kann ich noch schaffen.« Hack lachte keckernd. Dann war die Leitung tot.

»Okay.« Kaufmann dachte nach.

Lynn zeigte auf den Laptop. »Wir haben Kai Erdmann noch auf Stand-by.«

»Nasser Beton könnte auch von der Grabstelle in Berich stammen«, platzte Ralph heraus. »Vielleicht hatte Kai die Leiche seiner Schwägerin in einem weiteren Grab versteckt.«

Kaufmann seufzte leise. Angersbachs beharrliches Festhalten daran, dass Christian Erdmann nicht der Täter war, ging ihr auf die Nerven. Aber ganz ausgeschlossen war seine Theorie nicht.

»Schalt ihn wieder zu«, sagte sie zu Lynn.

»Hallo«, grüßte Kai, als sich die Bilder wieder bewegten.

»Waren da noch mehr beschädigte Gräber auf dem Friedhof von Alt-Berich?«, fragte Angersbach.

»Wie? Noch mehr?« Kai fingerte an seinen Haaren herum. »Ach so. Sie meinen das angebliche Goldgrab. Das war nicht beschädigt. Das war ich, als ich versucht habe, es zu öffnen. Dabei ist der Zement weggebröselt.«

»Haben Sie versucht, weitere Gräber zu öffnen?«

Wieder gestikulierte der Anwalt, wieder ignorierte Kai ihn.

»Nein. Wozu? Opa Willi hat gesagt, es ist Nummer sieben, und die Zahl war noch einigermaßen zu erkennen.«

Der Anwalt verdrehte die Augen zur Decke.

»Er könnte sich getäuscht haben«, sagte Angersbach. »Vielleicht war seine Erinnerung falsch. Schließlich ist es etliche

Jahrzehnte her, dass die Nazis den Schatz dort versteckt haben sollen.«

Kai leckte sich die Lippen. »Sie meinen, das Gold ist noch da? In einem anderen Grab?«

Sabine bedachte Ralph mit einem Kopfschütteln. Das fehlte noch, dass Kai anfing, sämtliche Gräber zu öffnen.

»Ihr Großvater hat Ihnen doch gesagt, dass er nachgesehen und das Grab leer vorgefunden hat, weil die Nazis das Gold bereits abgeholt hatten«, erinnerte sie Kai.

»Aber wenn er sich getäuscht hat? Wenn er damals selbst im falschen Grab gesucht hat?«

»Wir werden das dem Nationalparkamt melden. Dort wird man entscheiden, ob man beim nächsten Niedrigwasser die Gräber öffnet und den Verdacht prüft.« Zum Glück würde Kai Erdmann bis dahin noch nicht wieder auf freiem Fuß sein und den Beamten in die Quere kommen.

»Ja. Super.« Kai verschränkte die Arme vor der Brust.

»Der Besitz wäre ohnehin strafbar, und der Verkauf auch. Auf Sie wartet bereits eine Anklage«, klinkte sich Lynn ein. »Sie sollten lieber darüber nachdenken, was Sie tun können, damit der Richter eine positive Prognose erkennt und die Strafe milder bemisst.«

Kai starrte auf die Tischplatte. »Klar.«

»Haben wir noch Fragen?«, erkundigte sich Lynn bei Sabine und Ralph. Ihr Finger schwebte bereits über der Laptoptaste, um die Videokonferenz zu beenden.

»Nein.« Sie schüttelten den Kopf.

»Gut«, sagte Lynn. »Danke, Herr Erdmann. Die Kollegen von der Justiz bringen Sie zurück in Ihre Zelle.« Sie drückte auf die Taste, und Kais Bild verschwand. »Also.« Sie setzte sich an den Rechner. »Wie gehen wir weiter vor?«

»Wir erfragen beim Nationalparkamt die genauen Daten«, sagte Sabine. »Das wollten wir ja gestern schon. Seit wann war der Wasserstand wegen der Reparaturarbeiten abgesenkt? Wann wurde der Pegel wieder angehoben?«

»Richtig.« Lynn nickte. »Heute müssten wir da jemanden erwischen.«

»Außerdem fordern wir Taucher an, die sich die Sache ansehen.«

»Erdmanns Firma hat Taucher«, warf Angersbach ein.

»Unabhängige Taucher«, präzisierte Sabine.

»Okay.« Lynn tippte.

»Wir brauchen außerdem sämtliche Nachrichten, die Laura Erdmann angeblich während ihres Frankreichaufenthalts verschickt hat. Vielleicht können die Kollegen von der IT feststellen, woher sie gekommen sind.«

Angersbach spielte mit seinem Handy. »Das ist alles Unsinn. Die Spurensicherung hat das Haus der Erdmanns auf den Kopf gestellt. Wenn Christian Erdmann seine Frau getötet hätte, müsste es irgendwo Blutspuren geben angesichts der massiven Kopfwunde, die Hackebeil festgestellt hat. Das steht auch im Obduktionsbericht.«

»Dann hat er sie eben irgendwo draußen erschlagen«, konterte Sabine bissig. Sie fühlte sich in die Ecke gedrängt, und das konnte sie überhaupt nicht leiden.

»Wir müssen seinen Wagen untersuchen«, schaltete sich Lynn ein. »Und das Boot. Wenn er es war, muss er sie ja irgendwie zur Staumauer transportiert haben.«

»Sehr gut.« Angersbach hob den Zeigefinger. »Die Kollegen sollen gleich morgen früh kommen. Wenn sie in den Fahrzeugen nichts finden, glaubst du mir vielleicht endlich, dass Erdmann nichts damit zu tun hat.«

»Hm.« Sabine sparte sich eine Antwort. »Ich gehe ins Bett.« Ausnahmsweise war sie froh, dass sie ein eigenes Zimmer hatte.

»Okay.« Ralph schien zu überlegen, ob er noch bei Lynn bleiben sollte.

»Ich mache das hier schnell noch fertig, dann gehe ich auch schlafen«, nahm ihm Lynn die Entscheidung ab.

»Dann bis morgen.« Ralph humpelte hinter Sabine her und zog die Zimmertür hinter sich zu.

Sabine blieb vor ihrer eigenen Tür stehen und wartete, bis Ralph sie eingeholt hatte. »Gute Nacht.«

»Wünsche ich dir auch.« Er hauchte ihr einen flüchtigen Kuss auf die Lippen und hinkte weiter zu seinem Zimmer.

Sabine sah ihm verstimmt hinterher. Warum konnten sie Berufliches und Privates nicht trennen?

Sie hielt die Schlüsselkarte an die Tür, stieß sie auf, als die grüne Lampe aufleuchtete, und knallte sie gleich darauf hinter sich zu.

»Dann eben nicht, Ralph Angersbach«, fluchte sie laut.

29

Waldeck

Als Ralph am nächsten Morgen die Treppe hinunterhumpelte, saßen Sabine und Lynn bereits am Frühstückstisch und steckten die Köpfe zusammen. Sie sahen aus, als wären sie sich einig. Ralph verspürte ein Grummeln im Magen. Er wollte nach wie vor nicht glauben, dass Christian Erdmann etwas mit dem Tod seiner Frau zu tun hatte. Aber er hatte sich unprofessionell verhalten. Sympathie und Mitgefühl waren etwas anderes als Intuition. Von Letzterem durfte er sich als Kriminalbeamter lenken lassen, von Ersterem nicht. Er musste versuchen, objektiv zu sein. Und er musste sich bei Sabine entschuldigen.

Sein Fuß verhakte sich an einer Teppichfalte, als er die letzten Stufen nahm. Angersbach verlor das Gleichgewicht. Er machte ein paar schnelle Schritte, um sich zu fangen. Den Sturz konnte er abwenden, landete jedoch unglücklich auf dem verletzten Fuß. Ein Schmerz wie ein Feuerstrahl schoss durch das lädierte Gelenk. Er hielt sich am Treppengeländer fest und stöhnte.

Der Schmerz ebbte langsam ab. Ralph machte einen vorsichtigen Schritt, doch sofort erfasste ihn die nächste Schmerzwelle. Keuchend blieb er stehen.

»Ralph? Alles in Ordnung?« Sabine und Lynn standen vor ihm und musterten ihn besorgt. Sabine strich ihm über den Arm.

»Ich bin auf der Treppe gestolpert und blöd mit dem Fuß aufgekommen«, erklärte er.

»Du musst zum Arzt«, entschied Sabine.

Ralph wollte protestieren, ließ es aber sein, als er Sabines Blick sah.

»Gib mir den Autoschlüssel.« Lynn streckte die Hand aus. »Neuer Tag, neues Glück.«

Sie stützten ihn rechts und links, und Ralph hüpfte auf dem gesunden Fuß zum Wagen. Kein leichtes Unterfangen auf dem vereisten Parkplatz, aber es gelang. Ralph atmete auf, als er endlich auf dem Beifahrersitz saß. Sabine nahm seine Hand.

»Lynn fährt dich. Ich warte auf die Kollegen. Spurensicherung und Taucher sind unterwegs. Ich sage euch Bescheid, wenn sich etwas ergibt.«

»Okay.« Ralph gefiel das gar nicht. Er wollte dabei sein, wenn die Kriminaltechniker sich Erdmanns Fahrzeuge ansahen. Aber er hatte wohl kaum eine Wahl.

Sabine schlug die Wagentür zu. Lynn startete den Motor und gab vorsichtig Gas.

»Nicht schlecht«, sagte sie, nachdem sie die ersten Kurven genommen hatten und auf der Landstraße in Richtung Fritzlar waren. »Dein Auto hat einen viel besseren Grip als der Dienstwagen des LKA.«

Ralph freute sich. Der Lada Niva war fast so etwas wie ein Teil von ihm. Wer ihn lobte, hatte einen Stein im Brett bei ihm. Doch das hatte Lynn ja ohnehin.

»Glaubst du auch, dass Christian Erdmann seine Frau ermordet hat?«, fragte er sie.

»Ich weiß es nicht.« Lynn dachte nach, während sie den Blick konzentriert auf die von Schneematsch bedeckte Straße gerichtet hielt. »Wenn er von dem Liebhaber und dem Kind wusste, hatte er ein Motiv. Aber er war so verzweifelt, als seine Frau verschwunden war. Das hat sich für mich nicht nach Theater angefühlt.« Sie zuckte mit den Schultern. »Wie auch immer. Letztlich spielt es keine Rolle, was wir glauben. Es geht um die Fakten. Wenn er schuldig ist, werden wir das früher oder später beweisen. Und wenn er unschuldig ist, auch.«

»Hm.« Angersbach schaute über die verschneiten Felder rechts und links der Straße. Lynn hatte recht. Er konnte sich entspannen. Sein Disput mit Sabine war absolut überflüssig. Sie mussten nur ihre Arbeit gut machen, dann würden sie sehen, wer von ihnen recht hatte, und könnten sich wieder versöhnen.

Fritzlar

Gut zwanzig Minuten später erreichten sie Fritzlar. Lynn stoppte vor dem Hospital zum Heiligen Geist, das mit der Kirche und dem Burgturm dahinter seltsam anachronistisch wirkte, während es, wie er von ihrem letzten Besuch hier wusste, im Inneren modern und perfekt ausgestattet war.

Lynn sprang aus dem Wagen und kehrte gleich darauf mit einem Pfleger zurück, der einen Rollstuhl schob. Wie peinlich war das denn? Aber Ralph blieb nichts anderes übrig, als sich von den beiden aus dem Wagen helfen und in den Rollstuhl bugsieren zu lassen.

»Ruf mich an, wenn du fertig bist«, sagte Lynn. »Dann hole ich dich ab.«

»Ich dachte, du bleibst hier und leistest mir Gesellschaft.«

Lynn lachte. »Das schaffst du schon. Ich will zum Staudamm und den Tauchern zusehen, während Sabine mit der Spurensicherung in Rehbach ist.«

»Okay.« Ralph bemerkte, dass der Pfleger große Ohren bekam, und verzichtete auf eine weitere Diskussion.

Lynn setzte sich hinters Steuer und fuhr davon. Der Pfleger schob Angersbach ins Foyer und beugte sich zu ihm hinunter. »Sie sind von der Polizei? Wegen der ermordeten Politikerin aus Bärental und dem alten Mann aus dem Grab in Alt-Berich? Glauben Sie, da treiben noch mehr Leichen im See? Wegen der Taucher, meine ich.«

Ralph stöhnte leise. Das kam davon, wenn die Presse zu früh involviert und alles in den Medien breitgetreten wurde. Man konnte nicht mehr in Ruhe ermitteln. Doch vielleicht konnte er die Neugier des Pflegers ja zu seinem Vorteil nutzen.

»Richtig«, sagte er. »Deswegen wäre es wichtig, dass ich hier nicht stundenlang im Wartezimmer sitze. Ich muss so schnell wie möglich zurück zu den Ermittlungen.«

»Kein Problem. Das kriegen wir hin.« Der Pfleger stoppte. »Wenn Sie mir ein paar pikante Details verraten.« Er kam um den Rollstuhl herum und hielt ihm die Hand hin. »Deal?«

Angersbach zögerte nur kurz. Dann ergriff er die Hand des Pflegers. »Deal.«

Rehbach

Sabine Kaufmann stand vor der Villa der Erdmanns und sah zu, wie die Kollegen der Spurensicherung die beiden Fahrzeuge untersuchten, erst Christian Erdmanns roten Jeep Compass Trailhawk, dann das silberne Mercedes-Cabriolet von Laura Erdmann-Janssen. Das Segelboot hatten sie bereits unter die Lupe genommen. Es lag offenbar seit Wochen unbenutzt am Steg. Weder an der Persenning noch irgendwo an Bord gab es Blutflecken oder frische Spuren.

Hinter einem der Fenster konnte sie Christian Erdmann erkennen. Er hatte sich auf die Fensterbank gestützt und sah mit traurigem Blick zu ihnen heraus.

Sein Verhalten hatte Sabines Überzeugung ins Wanken gebracht. Er hatte nicht das kleinste Anzeichen von Angst oder

Nervosität erkennen lassen, als sie mit dem Durchsuchungsbeschluss und den Kollegen von der Spurensicherung angerückt war. Möglicherweise war er ein Mensch, der sich unfassbar gut im Griff hatte oder seine Gefühle einfach abschalten konnte. Vielleicht bedeutete es aber auch, dass er wirklich nichts mit dem Tod seiner Frau zu tun hatte.

Sie fragte sich, warum sie sich so sehr dagegen sperrte. Ralph war schließlich kein Anfänger. Er hatte unzählige Ermittlungen geführt und Dutzende von Verbrechern hinter Schloss und Riegel gebracht. Vielleicht war er nicht immer ein Meister des Feingefühls, aber er hatte einen scharfen Blick. Wenn er zutiefst davon überzeugt war, dass Christian Erdmann unschuldig war, warum glaubte sie es dann nicht?

Irgendetwas an Erdmann hatte sie von Anfang an gestört. Oder war es nur ihre Eifersucht, genau wie bei Lynn? Weil sich Erdmann und Ralph so gut verstanden und auf dem Weg waren, Freunde zu werden? War sie diejenige, deren Blick verstellt war?

Nun, ab sofort würden sie die Fakten sprechen lassen, und am Ende des Tages wären sie schlauer.

Einer der Kriminaltechniker kam auf sie zu. »Nichts. In keinem dieser Fahrzeuge wurde jemals ein Tropfen Blut vergossen. Da hatte nicht mal jemand Nasenbluten.«

Verdammt!

»Wenn man eine Leiche sorgfältig genug einwickelt, tropft sie auch nicht«, überlegte sie laut.

»Nein.« Der Kriminaltechniker sah zur Villa. Sie erinnerte sich, dass er dabei gewesen war, als sie nach der vermeintlichen Entführung alles auf den Kopf gestellt hatten. »Aber wenn die Person hier im Haus getötet worden wäre, hätten wir irgendwo Spuren gefunden, auch wenn man sie später sorgfältig eingewickelt hat.«

»Und das haben wir nicht.«

»Richtig.« Der Kriminaltechniker legte fragend den Kopf schief. »Brauchen Sie uns noch?«

»Vielleicht«, sagte Sabine, obwohl sie keine Ahnung hatte, zu welchem Zweck. Sie wollte noch nicht aufgeben. »Könnten Sie mit Ihren Leuten etwas essen gehen, bis meine Kollegin mit den Tauchern fertig ist?«

»Gibt es hier irgendwo Burger?«

»Gleich um die Ecke ist eine Westernkneipe, da dürften Sie fündig werden. Hinter der Ederbrücke nach rechts und bei der nächsten Gelegenheit gleich wieder rechts. Ein Bikertreff mit riesigem Parkplatz. Sie können es nicht verfehlen.«

»Prima. Also machen wir es uns dort gemütlich.« Er sah auf die Uhr. »Zwei Stunden, maximal. Dann müssen wir zurück.«

Er ging zu seinen Kollegen, die sich aus den weißen Schutzanzügen schälten und ihre Sachen zusammenpackten.

»Sollen wir Sie mitnehmen?«, fragte er, als sie in die VW-Busse stiegen.

»Nein, danke. Ich bleibe noch ein bisschen hier. Meine Kollegin holt mich später ab.«

»Alles klar.«

Sabine sah zu, wie die Busse auf der schmalen Straße davonfuhren. Sie wandte sich zum Haus, und erneut traf sich ihr Blick mit dem von Christian Erdmann. Sollte sie klingeln und mit ihm reden? Aber er würde ihr nichts verraten, was sie nicht schon wusste. Sie nahm ihr Smartphone zur Hand und startete einen Videoanruf.

»Hi, Sabine.« Lynn Burger stand auf einer Terrasse mit Blick auf die Edertalsperre, als wäre sie im Begriff, ein hübsches Selfie für ihre Facebook-Seite aufzunehmen, oder wo man dergleichen heutzutage postete, wenn man in Lynns Alter war.

»Habt ihr schon was?«

Lynn drehte das Handy so, dass Sabine die Wasserfläche sehen konnte. Ein gelbes Schlauchboot schaukelte vor der Staumauer, kaum zu erkennen in einem dichten Nebel aus Schneeflocken, die vom Himmel rieselten und über den See fegten.

»Die Taucher sind jetzt unten. Bisher nichts«, hörte sie Lynns Stimme. »Wie sieht es bei dir aus?«

»Kein Blut, weder im Boot noch in Erdmanns Auto oder in dem seiner Frau.«

»Okay.« Lynns Stimme klang neutral. Sabine hätte nicht sagen können, ob sie erleichtert oder enttäuscht war.

Sie hielten den Kontakt. Sabine starrte auf ihr Smartphone. Das Bild schien zu verschwimmen. Sie sah nur noch das weiße Geriesel. Dann ließ der Schneefall plötzlich nach, und im selben Moment tauchte ein Kopf aus dem Wasser auf. Sabine erkannte schwarzes Neopren und eine wuchtige Taucherbrille. Der Mann hielt den Daumen hoch.

»Ich glaube, wir haben was«, sagte Lynn. Das Bild des Tauchers verschwand, als sie das Smartphone drehte. Sabine sah wieder das Gesicht der Kollegin, das vor Aufregung gerötet war – oder war es nur die Kälte? »Ich melde mich gleich wieder.« Das Display wurde für eine Sekunde schwarz, ehe sich das Fenster schloss und die Mitteilung »Anruf beendet« erschien.

Sabine trat ungeduldig von einem Fuß auf den anderen.

Nach zehn oder fünfzehn Minuten, die ihr wie eine Ewigkeit vorkamen, leuchtete das Display endlich wieder auf. Lynns Name stand auf dem Bildschirm. Sabine nahm das Gespräch rasch an.

»Die Taucher haben mehrere Stellen gefunden, an denen der Beton aufgeweicht ist, mit dem man sie nach der letzten Reparatur verschlossen hatte«, sagte Lynn.

Sabine ballte die Faust. Natürlich war das kein Beweis, dass Christian Erdmann etwas damit zu tun hatte. Aber wer sonst hätte sich dieses Versteck ausdenken sollen?

»Die Löcher sind groß genug, um einen menschlichen Leichnam darin unterzubringen«, berichtete Lynn weiter. »Während der Reparaturarbeiten lag dort ein Ponton. Man hätte die Leiche mit dem Boot herbringen und vom Ponton aus ablegen können. Zeitlich passt es. Die Reparaturarbeiten waren in vollem Gang, als auf Laura Erdmann-Janssen geschossen wurde. Zwei Tage später sind die letzten Baulöcher zubetoniert worden, ungefähr zehn Tage später war der Pegelstand so hoch, dass sowohl der Friedhof an der Dorfstelle Berich als auch die ausgebesserten Stellen im Staudamm unter Wasser standen. Die Taucher haben Proben vom aufgeweichten Beton genommen, die wir mit den Spuren an Laura Erdmann-Janssens Leiche vergleichen können. Damit lässt sich eindeutig feststellen, ob sie in einem der Baulöcher lag.«

»Okay.« Sabine rieb sich die Schläfen. »Ich gehe jetzt rein und rede mit Christian Erdmann.«

»Das ist alles kein Beweis«, bremste Lynn sie. »Er hatte Motiv, Mittel und Gelegenheit, aber es gibt keine einzige Spur, die ihn mit dem Mord in Verbindung bringt.«

Zu wenig für eine Anklage, die zum Erfolg führte. Nur aufgrund von Indizien würde man den Ingenieur nicht verurteilen.

»Was können wir denn noch tun?«, fragte Sabine frustriert.

»Ich habe eine Idee«, sagte Lynn. »Ich muss nur kurz telefonieren.«

Die Verbindung wurde unterbrochen. Sabine stand frierend vor dem Haus und wartete.

Gleich darauf meldete sich ihr Smartphone erneut.

»Ist die Spurensicherung noch in der Nähe?«, fragte Lynn ohne Vorrede.

»Ja. Die habe ich um die Ecke zum Mittagessen geschickt, falls wir sie noch brauchen.«

»Perfekt. Ich hole dich ab, und dann fahren wir zusammen mit den Kollegen dorthin.«

»Äh – wohin?«

»Überraschung.« Lynn drückte sie weg.

Was hieß das jetzt? Hatte Lynn eine vielversprechende Spur? Sabine fühlte sich so kribbelig, dass sie anfing, sich überall zu kratzen.

Zehn Minuten später hörte sie das unverkennbare Brummen von Ralphs Lada. Lynn stoppte vor der Villa und stieß die Beifahrertür auf. Sie schien sich mittlerweile mit dem Wagen wohlzufühlen.

Sabine kletterte auf den Beifahrersitz, und Lynn gab Gas. Sie fuhren durch Hemfurth, über die Ederbrücke, dann auf der Randstraße in Richtung Waldeck. Sabine schaute über den See, der unter einer dichten Wolke aus Schneegestöber lag. Die Scheibenwischer des Lada schafften es nur mit Mühe, die weißen Flocken, die sich auf die Windschutzscheibe setzten, beiseitezufegen.

Nieder-Werbe

Lynn fuhr an der Abzweigung nach Waldeck vorbei und blieb auf der Randstraße. Sabine, die langsam ins Schwitzen kam, zog den Reißverschluss ihrer Winterjacke auf. »Wo fahren wir denn nun hin?«

»Wir sind gleich da.«

Sie passierten ein Ortschild, *Nieder-Werbe*. Lynn schaltete das Navi ein und ließ sich in eine kleine Straße am Ortsrand lotsen. Vor einem Einfamilienhaus stoppte sie.

»Wer wohnt hier?«, erkundigte sich Sabine.

»Carsten Wolter.«

»Und wer ist das?«

Lynn grinste sie an. »Der Mann, der vor knapp drei Wochen das alte Auto von Christian Erdmann gekauft hat.«

Wieder verspürte Kaufmann ein Kribbeln im ganzen Körper, aber dieses Mal war es die Aufregung. »Vor knapp drei Wochen. Also nach den Schüssen im Wald?«

»So ist es. Fünf Tage nach den Schüssen und drei Tage nachdem Laura Erdmann-Janssen angeblich nach Frankreich gereist ist.« Lynn stieg aus. Sabine folgte ihr. Hinter ihnen hielt einer der Busse der Spurensicherung. Kaufmann hatte gar nicht gemerkt, dass er ihnen gefolgt war.

Die Haustür öffnete sich, ein Mann um die sechzig mit ordentlich gescheiteltem grauem Haar und modischer roter Steppjacke trat heraus. »Sind Sie Frau Burger vom LKA?«

»Ja.« Lynn stellte Sabine und die beiden Kriminaltechniker vor, die ebenfalls ausgestiegen waren. Die beiden schlüpften in ihre Schutzkleidung.

»Dann hole ich das gute Stück mal aus der Garage«, sagte Wolter. Er zog eine Fernbedienung hervor, und das Garagentor öffnete sich mit einem leisen Surren. Im Inneren stand ein schwarzer SUV mit dem blau-weißen Logo der Bayerischen Motorenwerke.

»Lassen Sie mich das bitte machen«, bat einer der Kriminaltechniker. Wolter überreichte ihm den Schlüssel, und der Kriminaltechniker fuhr den Wagen auf den Vorplatz.

»Herr Wolter ist ein Arbeitskollege von Christian Erdmann«, erklärte Lynn. »Erdmann hat ihm den Wagen zu einem günstigen Preis angeboten.«

»Warum?«, fragte Sabine. Der Wagen sah neu und gepflegt aus. Kein Fahrzeug, das man ohne Not verkaufen würde.

»Er hat mir erzählt, dass er sich in den neuen Jeep Compass Trailhawk verliebt hat«, erklärte Wolter. »Dabei hatte er den BMW erst ein halbes Jahr. Aber so ist das, wenn die Leute im Geld schwimmen, nicht wahr? Ich habe natürlich nicht Nein gesagt. Es war ein echtes Schnäppchen, und wenn er es so will …« Wolter zuckte mit den Schultern.

»Klar. Das würde jeder so machen«, bestätigte Lynn.

Sabine schaute sie neugierig an. »Wie hast du das herausgefunden?«

Lynn lächelte. »Ich hatte da so eine Idee. Deswegen habe ich bei der Zulassungsstelle angerufen. Et voilà …«

Sie sahen zu, wie die beiden Kriminaltechniker den Wagen unter die Lupe nahmen. Zuerst suchten sie alles gründlich ab, dann saugten sie Innenraum und Kofferraum mit einem Handstaubsauger aus. Zuletzt mischte einer der beiden in einer Flasche Luminol und besprühte die Sitze und die Innenauskleidung des Kofferraums damit. Im nächsten Moment leuchteten im Kofferraum zahllose bläuliche Flecken und Schlieren auf.

»Was ist das denn?«, fragte Wolter irritiert.

»Das ist Blut«, erklärte Lynn. »Wir müssen leider ein Stück aus dem Teppich herausschneiden. Wir brauchen eine Probe für einen DNA-Vergleich.«

Wolter nickte betroffen. Er war offenbar gut informiert und nicht auf den Kopf gefallen. »Das heißt, Christian hat sie ermordet?«, fragte er heiser. »Er hat ihren Leichnam mit diesem Wagen weggebracht? Und anschließend hat er ihn mir verkauft und sich einen neuen angeschafft, damit man keine Spuren bei ihm findet?«

»Wir müssen das Ergebnis der DNA-Analyse abwarten«, erwiderte Lynn defensiv. »Aber im Augenblick sieht es leider danach aus.«

»Mein Gott. Ich dachte immer … Christian und Laura, die waren ein Traumpaar. Ich habe ihn beneidet. Nicht weil sie so reich war, sondern weil sie einfach eine großartige Frau war. Engagiert und couragiert. Und attraktiv.«

Sabine und Lynn hatten keine Antwort für ihn. Sie wussten, dass es oft so war. Beziehungen, die voller Liebe und Hoffnung begannen, endeten in Zank und Streit, und manche in Mord und Totschlag.

»Wir fahren zurück«, sagte Sabine zu dem Kriminaltechniker. »Sie melden sich, sobald ein Ergebnis vorliegt?«

»Klar.« Der Beamte hatte bereits ein Teppichmesser in der Hand und schnitt ein blutbeflecktes Stück aus dem Kofferraumteppich heraus. Sein Kollege hielt einen Tatortbeutel bereit und verstaute das Beweisstück.

Lynn und Sabine stiegen in den Lada und machten sich auf den Weg zurück nach Rehbach. Unterwegs schwiegen sie und hingen ihren Gedanken nach. Erst als sie schon durch Hemfurth hindurch waren und sich Rehbach näherten, sagte Lynn: »Das wird Ralph nicht gefallen.«

30

Rehbach

Lynn parkte den Lada neben dem roten Jeep und dem Mercedes-Cabriolet, die immer noch auf dem Vorplatz parkten und mittlerweile von einer Schneeschicht bedeckt waren. Sabine fragte sich, warum Erdmann sie nicht in die Garage gestellt hatte. Lynn hatte ihm die Schlüssel zurückgegeben und ihm mitgeteilt, dass die Fahrzeuge freigegeben waren.

Von der anderen Seite näherte sich ein froschgrüner Fiat 500 und stoppte direkt vor dem Haus. Ein Mann, der viel zu groß für das kleine Auto wirkte, schlüpfte heraus. Er trug die weiße Kleidung eines Pflegers und blaue Crocs. Zu frieren schien er trotz der dünnen Sachen nicht. Offenbar hatte er eine Menge innere Wärme.

Der Pfleger ging um das Auto herum und öffnete die Beifahrertür. Ralph Angersbach faltete seinen langen Körper heraus. Der Pfleger griff in den Wagen und holte ein Paar Krücken hervor, die er Ralph reichte. Dann beäugte er neugierig die Villa.

Sabine und Lynn stiegen aus dem Lada und gingen den beiden entgegen.

»Ralph. Was ist mit dem Fuß?«, fragte Kaufmann.

»Zerrung.« Angersbach grinste. »Der Arzt hat mir einen stabilen Verband gemacht. Ich muss vorsichtig auftreten, aber mit den Krücken kann ich laufen.«

»Gut.« Sabine war erleichtert. Sie hatte befürchtet, dass ein

Band gerissen oder der Knöchel gebrochen sein könnte. »Wer ist das?« Sie deutete auf den Pfleger.

»Vincent. Er war so nett, mich herzufahren.«

»Ja, vielen Dank.« Kaufmann stellte sich dem Pfleger in den Weg. Die Sicht versperren konnte sie ihm nicht. Er überragte sie um fast einen Kopf. »Ich muss Sie jetzt bitten zu gehen. Wir führen hier eine polizeiliche Ermittlung durch.«

»Kein Ding.« Der Pfleger formte mit der Hand einen Telefonhörer. »Du erzählst mir später, wie die Sache ausgegangen ist, Ralph?«

»Klar, Vince.« Angersbach zeigte den erhobenen Daumen.

Der Pfleger stieg in den Fiat und startete den Motor. Kaufmann runzelte die Stirn. Es war nicht Ralphs Art, sich mit wildfremden Leuten zu verbrüdern.

»Haben sie dir Medikamente gegeben?«, fragte sie.

»Ein paar Schmerztabletten«, antwortete Ralph. »Wieso?«

Sabine neigte den Kopf in Richtung des grünen Fiats, der mit quietschenden Reifen davonbrauste.

»Ach so, Vince. Wir haben einen Deal. Er hat dafür gesorgt, dass ich in der Klinik nicht stundenlang warten musste, und dafür bekommt er ein paar Informationen, die noch nicht im Netz stehen. Natürlich nichts, was wir nicht ohnehin herausgeben würden.«

»Hm.« Sabine verzichtete darauf, diesen in mehrfacher Hinsicht zweifelhaften Deal zu kommentieren.

Lynn gab Ralph die Schlüssel für den Lada zurück. »Danke. Hat Spaß gemacht.«

Angersbach warf Sabine einen bedeutungsvollen Blick zu. Sie hatten früher häufig wegen des Wagens gestritten.

»Also.« Er stützte sich auf seine Krücken. »Habt ihr irgendwas herausgefunden?«

»Allerdings.« Kaufmann berichtete von den schlecht zubetonierten Löchern im Staudamm und den Blutspuren, die sie in Erdmanns ehemaligem Auto gefunden hatten.

Ralphs zufriedene Miene bröckelte. Sabine empfand Mitleid, konnte aber auch ein kleines Triumphgefühl nicht unterdrücken. Am Ende hatte sie recht behalten. Ihre Menschenkenntnis hatte sie nicht getrogen.

»Scheiße.« Angersbach sah zur Villa, dann wieder zu Sabine. »Tut mir leid. Ich habe mich komplett verrannt. Ich war mir so sicher, dass er nichts damit zu tun hat.«

Sabine wollte auf den Klingelknopf drücken, doch Ralph hielt sie zurück. »Bitte. Lass mich das machen. Wir haben keine eindeutigen Beweise. Er kann immer noch behaupten, dass irgendjemand anders die Leiche in einem der Baulöcher in der Staumauer versteckt und sein Auto benutzt hat.«

Kaufmann knirschte mit den Zähnen. Ralph hatte recht. Auch wenn der Fall für sie sonnenklar war. Vor Gericht würden sie kämpfen müssen.

»Ich rede mit ihm«, sagte Angersbach. »Wir haben einen guten Draht zueinander. Ich hole mir sein Geständnis. Das ist das Mindeste, was ich jetzt tun kann.«

Sabine wollte protestieren, doch Lynn legte ihr die Hand auf den Arm. »Lass ihn das machen. Wenn es nicht funktioniert, können wir Erdmann immer noch festnehmen und auf dem Präsidium vernehmen.«

Kaufmann schnaubte. »Also gut.« Sie ging mit Lynn zum Wagen zurück und beobachtete, wie Ralph an der Haustür klingelte. Eine Sekunde später öffnete sich die Tür, und Angersbach verschwand im Inneren der Villa.

»Was machen wir solange?«, fragte sie. »Setzen wir uns in den Wagen?«

»Geht nicht. Ich habe Ralph die Schlüssel zurückgegeben«, sagte Lynn.

»Mist.« Kaufmann stampfte mit den Füßen. »Sollen wir jetzt stundenlang in der Eiseskälte herumstehen?«

»Lass uns einen Spaziergang machen«, schlug Lynn vor. »Ich schicke Ralph eine Nachricht, dass er sich melden soll, wenn er mit Erdmann fertig ist.«

»Okay.« Es gefiel Sabine überhaupt nicht, durch den Schnee zu stapfen, während der Fall, in dem sie seit Wochen ermittelte, in die entscheidende Phase ging. Aber für Ralph war es wichtig, seinen Fehler wieder auszubügeln. Ihm zuliebe würde sie die eigenen Bedürfnisse zurückstellen.

Sie schlenderten den Strandweg hinunter und kamen zum Campingplatz, der sich direkt am Anleger befand. Von dort verkehrte in den Sommermonaten die Edersee-Fähre nach Scheid. Gleich daneben lagen die Stege des Universitätssegelclubs Kassel, wie ihnen ein Schild verriet. Die Boote standen jetzt im Winter aufgebockt am Ufer.

»Warum haben wir in Erdmanns Haus kein Blut gefunden?«, fragte Lynn und sah nachdenklich über den See. »Sie muss stark geblutet haben, den Spuren im Kofferraum seines Wagens zufolge.«

Sabine rief sich die Erdmann-Villa ins Gedächtnis. Sie verfügte über ein beinahe fotografisches Gedächtnis und konnte die einzelnen Räume fast bildlich vor sich sehen.

Die Wolkendecke riss für einen Moment auf. Das Sonnenlicht spiegelte sich auf dem Wasser und verwandelte die Oberfläche in einen Teppich aus silbernen Punkten. Sabine lief ein Schauer über den Rücken. Natürlich!

»Der Teppich!«, keuchte sie.

Lynn sah sie ratlos an.

»Im Wohnzimmer«, erklärte Sabine. »Da liegt ein strahlend weißer Teppichboden. Nagelneu, wenn du mich fragst.«

Lynns Augen weiteten sich. »Er hat nicht nur den Wagen

ausgetauscht, sondern auch die Bodenbeläge im Haus. Deshalb haben die Kollegen nichts gefunden. Weil sich das Blut nicht auf der Auslegeware befindet, sondern darunter.«

»Damit kriegen wir ihn.« Sabine hatte das Smartphone schon in der Hand und rief die Kollegen von der Spurensicherung an. Sie hielt sich den Finger ins freie Ohr, weil die Verbindung schlecht war. »Wo seid ihr? Schon auf halbem Weg nach Marburg? Tut mir leid, ihr müsst umkehren. Wir treffen uns vor der Erdmann-Villa in Rehbach.« Sie beendete das Gespräch und sah Lynn an. »Lass uns zurückgehen.«

Ralph Angersbach musterte Christian Erdmann, der ihm im Sessel gegenübersaß, einen Tumbler mit Whisky in der Hand, an dem er dann und wann nippte. Sein Blick war aus dem großen Panoramafenster auf das Schneetreiben über dem See gerichtet. Selbst jetzt, mit dem Wissen, dass Erdmann ein Mörder war, konnte Ralph nichts gegen die Sympathie tun, die er empfand. Was hatte diesen freundlichen Mann zu einer solch grausamen Tat getrieben?

»Erklären Sie es mir«, sagte er.

Erdmann stellte den Tumbler mit einer präzisen Bewegung auf den Tisch neben dem Sessel. Seine braunen Augen blickten traurig.

»Ich habe das alles nicht gewollt«, sagte er. Anscheinend hatte er beschlossen, reinen Tisch zu machen, jedenfalls unternahm er keinen Versuch, irgendetwas zu leugnen. »Als Laura mir gesagt hat, dass sie sich von mir trennen will ... dass sie ein Kind von einem anderen erwartet – da sind bei mir die Sicherungen durchgebrannt.«

»Sie haben sie nicht im Affekt getötet«, merkte Ralph an.

»Nein. Dafür bin ich wohl nicht der Typ. Ich habe es in mich hineingefressen.«

»Ihre Frau wollte die Scheidung.«

»Ja.« Erdmann nahm die Whiskyflasche und schenkte sich nach.

»Wenn sie das getan hätte, wären Sie leer ausgegangen. Sie hatten Gütertrennung vereinbart.«

»Lauras Eltern haben das verlangt.« Erdmann stellte mit einer wütenden Geste die Flasche zurück. »Laura hätte irgendwann die Kette von Juwelierläden geerbt. Ihre Eltern wollten nicht, dass ihr ein Habenichts das ganze Geld aus der Tasche zieht. Oder dass ich sie nur deswegen heirate.«

Angersbach erinnerte sich, dass Erdmann ihm schon bei ihrer ersten Begegnung davon erzählt hatte. »Also haben Sie beschlossen, Ihre Frau zu töten. Als Erbe gehört Ihnen alles.« Er legte den Kopf schief. »Sie wussten nicht, dass Ihre Frau ihr gesamtes Vermögen verspekuliert und das Haus mit einer Hypothek belastet hatte, stimmt's?«

»Nein. Das habe ich erst herausgefunden, als sie schon tot war.« Erdmann schnaufte wütend.

»Sie haben bei der Museumsmühle auf sie geschossen, richtig?«

»Ja.« Erdmann lächelte kurz. »Es war wie eine Einladung. Jeder wusste, dass sie Ärger mit der ›Schutzmacht‹ hatte. Sie hatte Drohbriefe bekommen. Es würde zu den Neonazis passen, eine Widersacherin einfach aus dem Weg zu räumen.«

»Was ist schiefgegangen?«

»Ich bin ein miserabler Schütze. Das war ich schon immer. Ich habe sie einfach nicht getroffen. Und nach dem dritten Versuch war der Aufruhr so groß, dass ich keine weitere Gelegenheit hatte. Ich musste mich verstecken.«

»Sie hatten Glück, dass niemand Sie entdeckt hat.«

Erdmann zuckte mit den Schultern. »So ist das im Leben. Mal hat man Glück, mal Pech.«

Ralph streckte das Bein aus. Der verletzte Fuß schmerzte und lenkte ihn ab, aber er musste sich konzentrieren. Irgendetwas an dieser Geschichte stimmte nicht. Gleich darauf fiel es ihm ein.

»Ihre Sekretärin hat bestätigt, dass Sie den gesamten Vormittag im Büro waren, während Ihre Frau die Museumsmühle einweihen sollte. Hat sie für Sie gelogen?«

Erdmann trank einen Schluck von seinem Whisky. »Nein. Ich habe sie überlistet. Ich bin aus dem Fenster geklettert. Direkt davor befindet sich eine Garage. Ich bin aufs Garagendach gesprungen und von dort auf den Boden. Anschließend bin ich mit dem Fahrrad zur Museumsmühle gefahren. Das Rad und das Gewehr hatte ich am Tag zuvor in der Garage deponiert. Nach den Schüssen bin ich zurückgefahren, habe das Rad und das Gewehr versteckt und bin wieder auf die Garage geklettert. Ich war gerade zurück in meinem Büro, als meine Sekretärin mit Kaffee und Kuchen kam.« Er hob die Hände. »Sie hat nichts gemerkt.«

»Woher hatten Sie ein Gewehr?«

Erdmann zuckte mit den Schultern. »Das war ein altes Jagdgewehr meines Vaters. Ich hatte es immer im Keller.«

Angersbach versuchte, seine verspannten Schultern zu lockern. »Ihr Plan war misslungen. Ihre Frau war noch am Leben. Aber Sie wollten nicht aufgeben. Die Reparaturarbeiten an der Staumauer waren in vollem Gange, und Sie wussten, dass die Löcher in ein paar Tagen zubetoniert werden würden. Es war die perfekte Gelegenheit.«

Erdmann nickte. »Ich musste es tun. Verstehen Sie das?«

Ralph machte eine Geste, die alles und nichts bedeuten konnte.

»Ich dachte, ich kann sie verschwinden lassen, ohne dass irgendjemand etwas merkt«, erzählte Erdmann.

»Sie haben sie erschlagen.«

»Ja.« Erdmann stellte das Glas beiseite. »Aber dann ist alles schiefgegangen. Die Wunde an ihrem Kopf hat wie verrückt geblutet. Die Plane, in die ich sie eingewickelt hatte, ist aufgerissen. Das Blut hat den ganzen Teppichboden besudelt. Als ich das verschnürte Paket zur Garage getragen habe, hat mich ein Nachbar gesehen. Und am nächsten Morgen habe ich Blutspuren im Kofferraum entdeckt.« Er breitete die Hände aus. »Wenn ich sie an diesem Tag als vermisst gemeldet hätte, wäre man mir sofort auf die Schliche gekommen.«

»Deshalb haben Sie behauptet, Ihre Frau wäre nach Frankreich gereist.«

Erdmann lächelte. »Ihre Kollegin und Sie hatten ihr empfohlen, sich irgendwohin zurückzuziehen, wo niemand sie findet.«

Angersbach sah ihn böse an. »Wir konnten ja nicht ahnen, woher die Gefahr in Wirklichkeit kam.«

Erdmann griff wieder nach seinem Glas. »So ist das. Glück und Pech.«

»Ihr Pech war, dass von dem Vermögen, das Sie sich nach dem Tod Ihrer Frau erhofft hatten, nichts mehr übrig war.«

Der Ingenieur kippte den Whisky herunter. »Das war ein harter Schlag, ja. Ich brauchte rasch Geld, um die Hypothek abzubezahlen, die Laura aufgenommen hatte.«

Ralph merkte auf. Er hatte eigentlich über den Morgen sprechen wollen, an dem Erdmann ihnen vorgespielt hatte, seine Frau wäre entführt worden. Doch offenbar gab es noch mehr zu erzählen.

Erdmann drehte das leere Glas in den Händen. »Ich dachte, der Hof von Opa Willi könnte mich retten. Ich wusste ja, dass er mich als Alleinerben eingesetzt hatte. Ich dachte, wenn ich den Hof verkaufe, reicht der Ertrag, um die Hypothek abzulösen.« Er lachte. »Dass Opa Willi sogar auf einer Goldader sitzt, wusste ich damals noch nicht. Das habe ich erst von Ihnen erfahren.«

Angersbach verspürte ein Grummeln im Magen. Der Tod von Willi Erdmann war geklärt. Kai hatte ihn aus Frust erschlagen. Oder nicht?

»Ich habe meinen Großvater beobachtet und auf eine günstige Gelegenheit gewartet«, erzählte Erdmann. »Und die kam schneller als gedacht. Ich habe gesehen, wie Kai und Willi sich gestritten haben. Keine Ahnung, worüber, aber das war mir auch gleichgültig. Kai hat wie von Sinnen auf ihn eingeprügelt. Irgendwann lag Opa Willi reglos auf dem Boden, und Kai ist wieder zu sich gekommen. Er hat den Schürhaken beiseitegeworfen und nach Opa Willis Puls getastet. Anschließend ist er nach draußen gewankt und hat sich eine Zigarette angezündet. Ich bin hineingeschlichen, um zu schauen, was er angerichtet hatte.« Er sah Angersbach mit einem Staunen in den Augen an. »Der zähe alte Bock hat tatsächlich noch gelebt.«

Ralph fühlte sich, als hätte ihm Erdmann in die Eingeweide getreten. »Sie haben ihm den Rest gegeben«, erkannte er.

Erdmann zuckte mit den Schultern. »So eine Chance bekommt man kein zweites Mal.«

»Sie haben versucht, sich unser Vertrauen zu erschleichen. Sie haben uns bei unseren Ermittlungen unterstützt und E-Mails versendet, die angeblich von Ihrer Frau stammten. Und als Sie das Gefühl hatten, dass genug Zeit ins Land gegangen war, haben Sie uns die Entführung vorgespielt.«

»Irgendwann musste ich Laura ja als vermisst melden, ohne dass es verdächtig erscheint.«

»Ihr Plan wäre aufgegangen«, sagte Ralph. »Wenn die Baufirma nicht geschlampt und minderwertigen Beton verwendet hätte, um die Baulöcher in der Staumauer zu verschließen. Dann wäre der Leichnam Ihrer Frau nie wieder aufgetaucht.«

»Wenn.« Erdmann schleuderte sein Whiskyglas ohne Vorwarnung an Ralphs Kopf vorbei gegen die Wand. Es gab ein hässliches Geräusch, aber das Glas zersprang nicht, sondern landete nur mit einem dumpfen Laut auf dem weichen Teppich.

»Pech.« Angersbach stammte sich aus dem Sessel und griff nach seinen Krücken. »Packen Sie ein paar Sachen ein. Wir bringen Sie ins Präsidium und nehmen dort Ihr Geständnis auf. Aufgrund der Schwere des Delikts wird der Ermittlungsrichter vermutlich Untersuchungshaft bis zur Verhandlung anordnen.«

Christian Erdmann stand ebenfalls auf und sah aus dem Fenster über den See. Wie mochte es sein, einer Zukunft hinter Gefängnismauern entgegenzusehen, wenn man einen solchen Ausblick gewöhnt war?

Erdmann drehte sich wieder zu ihm um. »Schade. Ich dachte wirklich, wir könnten Freunde werden.«

»Das dachte ich auch …«, setzte Ralph an und schrie auf, als Erdmann ihm unvermittelt gegen das Schienbein trat. Das Bein knickte unter ihm weg. Angersbach landete hart auf dem Boden. Sämtliche Neuronen feuerten Schmerzimpulse in sein Gehirn.

»Ich gehe nicht ins Gefängnis«, erklärte Erdmann und rannte zur Haustür.

Angersbach rappelte sich mühsam auf, angelte nach seinen Krücken und humpelte hinter ihm her, so rasch es ging.

Als er aus dem Haus trat, startete Erdmann gerade den Jeep und brauste an ihm vorbei in Richtung Hemfurth. Ralph sah sich hektisch um, doch Sabine und Lynn waren nicht hier. Er hinkte zum Lada, warf die Krücken in die Kabine und hangelte sich mühsam auf den Fahrersitz. Der Fuß schmerzte, als er den Motor startete und das Gaspedal durchtrat, aber irgendwie ging es. Mit zusammengebissenen Zähnen nahm er die Verfolgung auf.

Sabine Kaufmann sah gerade noch die Rücklichter von Ralphs Lada, als sie von ihrem kurzen Spaziergang zurückkamen. Wohin wollte er so eilig? Und wo war Christian Erdmann?

»Der Jeep ist auch weg«, stellte Lynn fest und zog ihr Smartphone hervor. »Ich gebe die Fahndung raus und lasse Erdmanns Handy orten.«

»Ich rufe Ralph an.« Sabine griff ebenfalls nach dem Smartphone, erreichte aber nur die Mailbox. »Verdammt. Ralph, melde dich bitte!«, sprach sie ihm aufs Band. »Was ist mit Erdmann? Wo fährst du hin?« Sie beendete die Verbindung und wartete, aber es kam kein Rückruf.

Besorgt lief sie zum Haus. Was war in der letzten halben Stunde passiert? Sie machte sich Vorwürfe, dass sie Ralph allein gelassen hatten. Das war absolut unprofessionell, umso mehr, weil er ganz offensichtlich befangen war. Hoffentlich war ihm nichts zugestoßen! Aber sie hatte gesehen, wie er mit dem Lada davongebraust war. Vermutlich war Erdmann auf der Flucht, und Angersbach verfolgte ihn. Doch warum ging er nicht ans Telefon?

Sie betraten die Villa durch die offen stehende Haustür. Spuren eines Kampfes konnte Sabine nicht entdecken. Nur ein Whiskyglas war in die Ecke vor dem Panoramafenster gerollt.

»Hilf mir mal.« Lynn hatte ihr Handy weggesteckt und zerrte an einer Ecke des weißen Teppichs.

Sabine verstaute ihr Smartphone in der Hosentasche, und sie schoben die wenigen Möbelstücke beiseite, die auf dem Teppich standen. Anschließend lösten sie ihn von der Leiste und rollten ihn auf. Darunter kam ein zweiter Teppich zum Vorschein, ebenfalls von guter Qualität, beige mit einem ausgeprägten Webmuster.

»Hallo?«, erklang eine Männerstimme aus dem Flur. »Jemand zu Hause? Hier ist die Spurensicherung.«

»Im Wohnzimmer«, rief Sabine zurück, und gleich darauf betraten zwei Kriminaltechniker den Raum.

»Ihr macht ja schon die ganze Arbeit«, lachte der eine und schwenkte die Flasche mit dem Luminol. »Kann es losgehen?«

»Bitte.«

Der Kriminaltechniker sprühte den Boden in gleichmäßigen Bahnen ein. Lynn nahm die Fernsteuerung vom Tisch und ließ die schweren Rollläden vor den Panoramafenstern herunter.

»Da.« Zwei Meter von der Wand entfernt leuchtete es bläulich. Der Kriminaltechniker sprühte weiter, und die blau leuchtende Fläche wurde immer größer, bis sie schließlich die Ausmaße eines länglichen Sofakissens hatte. Darum herum leuchteten weitere Spritzer.

»Er hat den Leichnam in irgendetwas eingewickelt, das einen Riss hatte«, meinte sein Kollege. »Das Blut ist ausgelaufen und hat ein bisschen gespritzt, als er die Leiche weggetragen hat.«

Sabine und Lynn nickten. Sie hätten die Spuren genauso interpretiert.

»Damit haben wir ihn«, sagte Lynn. »Egal ob Ralph ein Geständnis von ihm bekommen hat oder nicht.«

»Ja.« Sabine war erleichtert, dass Erdmann nicht davonkommen würde, aber sie konnte nicht aufhören, den Fleck anzustarren und sich vorzustellen, wie Laura Erdmann-Janssen dort gelegen hatte. Diese mutige, energische Frau, die es sich zum Ziel gemacht hatte, die Welt zu verbessern. Erschlagen vom eigenen Ehemann aus den niedrigsten aller Beweggründe. Eifersucht, Habgier und Neid. Sie hoffte, der Richter würde nicht nur die Höchststrafe verhängen, sondern auch anschließende Sicherungsverwahrung anordnen.

Das Klingeln des Smartphones riss sie aus ihren Gedanken.

»Wir haben das Handy von Christian Erdmann geortet«, sagte der Beamte am anderen Ende. »Es ist in den Funkmasten in Edertal eingeloggt.«

»Danke.« Sabine beendete das Gespräch und wandte sich an Lynn. »Erdmann ist in der Nähe der Staumauer.« Sie sah sich frustriert um. »Wenn wir ein Auto hätten, könnten wir hinfahren.«

»Wir könnten uns den Bus von der Kriminaltechnik leihen«, schlug Lynn vor. »Oder …«, ein verschmitztes Lächeln ging über ihr Gesicht. Sie verschwand im Flur und kam gleich darauf mit einem Funkschlüssel in der Hand zurück.

»Was ist das?«

»Der Schlüssel für das Mercedes-Cabriolet«, sagte Lynn. »Christian Erdmann hat ihn in die Schale im Flur gelegt, als ich ihn zurückgebracht habe. Seine Frau hätte sicher nichts dagegen, wenn wir uns den Wagen ausleihen, um ihren Mörder zu fangen.«

Sabine nickte. »Also los.«

Sie wollte Christian Erdmann fassen, aber noch viel mehr trieb sie die Sorge um Ralph an. Sie hoffte nur, dass er nichts Unüberlegtes tat. Mit seinem lädierten Fuß war er schließlich kaum einsatzfähig.

31

Edertalsperre

Christian Erdmann hielt auf dem Parkplatz des Terrassenhotels. Ralph Angersbach musste scharf bremsen, weil ihn ein entgegenkommender Kleinbus trotz mobilen Blaulichts und Martinshorns nicht abbiegen ließ. Als er gleich darauf auf den Parkplatz fuhr, hängte sich Erdmann gerade das Abschleppseil aus dem Kofferraum über die Schulter, schlug die Klappe zu und rannte zur Staumauer. Gleichzeitig vibrierte Ralphs Handy. Sabines Name erschien auf dem Display.

Angersbach nahm das Gespräch an, während er neben dem roten Jeep stoppte.

»Wir sind an der Edertalsperre, beim Terrassenhotel Seepromenade«, rief er, drückte das Gespräch weg und riss das Handy aus der Halterung. Er stopfte es in die Jackentasche, angelte nach den Krücken und nahm die Verfolgung auf. Sabine würde verstehen, dass er sich nicht mit Erklärungen aufhielt. Er hatte keine Hand frei, und er durfte keine Zeit verlieren. Er musste Christian Erdmann einholen.

Der Ingenieur lief unter dem Bogen des Torhauses hindurch zur Mitte der Talsperre. Angersbach verlor ihn für einen Moment aus den Augen, weil ihm das Gebäude den Blick versperrte. Als er gleich darauf unter dem Bogen heraustrat, stockte ihm der Atem.

Christian Erdmann hatte das Abschleppseil am Brückengeländer befestigt und sich das andere Ende um den Hals geknotet. Er selbst stand auf der Brüstung, die Arme ausgebreitet, den Blick hinunter auf den See gerichtet. Mit den Schneeflocken, die um ihn herumwirbelten, wirkte das Ganze so unwirklich wie eine Filmszene.

»Herr Erdmann!« Angersbach lief, so rasch es der gezerrte Knöchel und die Krücken zuließen. »Tun Sie das nicht!«

Erdmann wandte träge den Kopf. Er sah zu, wie Ralph näher kam. Als er ihn fast erreicht hatte, sprang der Ingenieur.

»Nein!« Angersbach warf die Krücken beiseite und rannte das letzte Stück. Sein Fuß feuerte wütende Schmerzimpulse, doch Ralph kümmerte sich nicht darum. Er beugte sich keuchend über die Brüstung und sah, dass der Ingenieur knapp fünf Meter unter ihm baumelte.

Die Verknotung des Seils konnte er nicht lösen. Abgesehen davon, dass Erdmann dann ins Wasser gestürzt wäre, hatte dieser das Seil in den Karabiner gehakt und durch sein Körpergewicht straff gezogen. Angersbach fluchte, weil er kein Taschenmesser dabeihatte, doch es hätte ohnehin viel zu lange gedauert, das stabile Seil durchzusäbeln. Und hätte ebenfalls einen Absturz zur Folge gehabt. Zum Hochziehen war Erdmann zu schwer, das wäre nur eine Option gewesen, wenn er bei Sinnen wäre und mitarbeitete. Und an einem Seil zu ziehen, das jemandem um den Hals lag, war ohnehin keine gute Idee. Sollte Erdmann noch leben, würden sich seine Überlebenschancen erheblich verringern, wenn man die Schlinge weiter zuzog. Runterklettern fiel ebenfalls aus. Nicht mit diesen Schmerzen, und auch sonst nicht. Das Einzige, woran er sich hätte festhalten können, wäre Erdmanns Seil, und er hätte zugleich sich selbst abstützen und Erdmann irgendwie nach oben drücken müssen. Aussichtslos. Es nützte auch nichts, Hilfe anzufordern. Bis die Rettung kam, wäre Erdmann längst an Hirnödem und Atemstillstand gestorben. Wenn ihm der Sturz nicht ohnehin das Genick gebrochen hatte. Ralph konnte bereits jetzt keine Lebenszeichen mehr erkennen. Erdmanns Körper schwang wie eine Puppe an der Wand der Staumauer. Regungslos. Es blieb also nichts anderes übrig, als ...

Angersbach zog die Dienstwaffe aus dem Holster und setzte die Mündung direkt auf das Seil. Zum Glück war es aus Kunststoff. An einem Stahlseil würde das Geschoss vermutlich einfach abprallen.

Er hielt den Lauf der Waffe schräg, sodass die Kugel weder Erdmann noch jemanden Unbeteiligten treffen konnte, sondern direkt im See landen würde. Erst jetzt fiel ihm auf, dass sich außer ihnen niemand hier aufhielt. Was angesichts der Kälte und des Schneetreibens kein Wunder war.

Ralph drückte ab. Das Seil franste aus, riss aber nicht. Er probierte es erneut, setzte die Mündung auf dieselbe Stelle wie zuvor und feuerte. Das Seil faserte auf, und beim dritten Schuss riss es entzwei. Christian Erdmann stürzte in die Tiefe, fünf, sechs Meter, ehe er ins Wasser eintauchte.

Ralph steckte die Pistole zurück und starrte in den See. Während er die Wasseroberfläche mit den Augen absuchte, zog er sein Handy hervor und wählte den Notruf. Der Kollege versprach, ein Boot der Wasserschutzpolizei und einen Rettungshubschrauber zu schicken.

Angersbach scannte weiter den vom Schneegestöber aufgewirbelten See. Sein Mut sank. Der Ingenieur war schon viel zu lange unter der Oberfläche.

Dann tauchte plötzlich ein Kopf aus dem Wasser auf. Erdmann schnappte nach Luft und ruderte mit den Armen.

Angersbach dachte nicht lange nach. Er warf Jacke und Pistolenholster beiseite und trat die Schuhe von den Füßen.

»Um Gottes willen! Was tun Sie denn da?«, rief eine Frauenstimme. Ralph wandte den Kopf und sah zwei Joggerinnen in

Leggins und Steppwesten, die über die Mauerkrone auf ihn zukamen.

»Polizei! Bleiben Sie zurück!«, schrie er und kletterte auf das Brückengeländer.

Beim Blick hinunter wurde ihm flau im Magen. Er hatte es nie gemocht, ins Wasser zu springen, nicht einmal vom Startblock, und ganz sicher nicht vom Sprungturm. Hier waren es gut und gerne zehn Meter. Vom Temperaturunterschied zwischen Schwimmbad und See gar nicht zu reden.

»Du schaffst das«, sprach er sich selbst Mut zu. Seine Klassenkameraden hatten dieses Abenteuer, an das er sich nie herangetraut hatte, schließlich auch überlebt. Den Rest blendete er lieber aus.

»Tun Sie das nicht!«, rief eine der Joggerinnen, die ihn fast erreicht hatten. »Das Wasser ist viel zu kalt.«

Angersbach ahnte, dass sie recht hatte, aber ihm blieb keine Wahl. Er musste wenigstens versuchen, Christian Erdmann zu retten. Mit Todesverachtung hielt er sich die Nase zu und sprang.

Es war kein eleganter Sprung. Ralph zappelte eine gefühlte Ewigkeit in der Luft, tauchte aber zumindest halbwegs senkrecht mit den Beinen voran ins Wasser ein.

Die Eiseskälte traf ihn wie ein Faustschlag und presste ihm sämtliche Luft aus den Lungen. Als sein Kopf wieder durch die Wasseroberfläche stieß, schnappte er hektisch nach Luft. Sein Herz begann zu rasen, seine Atmung beschleunigte sich auf ein ungesundes Maß. Zugleich war es fast unmöglich, Arme und Beine koordiniert zu bewegen. Seine Hände fühlten sich steif an, und die nassen Kleider zerrten ihn in die Tiefe. Wie sollte er so Christian Erdmann retten? Es war glatter Selbstmord gewesen, ihm hinterherzuspringen. Vom Kopf her war ihm das vollkommen klar gewesen. Aber was nützte das, wenn man den Instinkten folgte?

Es würde ihm nicht einmal gelingen, sich selbst in Sicherheit zu bringen. Mit den tauben Fingern und den Gliedmaßen, die sich schwer und unbeweglich anfühlten, würde er selbst eine kurze Strecke nicht bewältigen. Er würde ertrinken, weil er es nicht schaffte, sich über Wasser zu halten. Und wenn nicht das, würde ihn die Kälte töten.

Doch Ralph war nicht bereit, aufzugeben. Mit aller Kraft, die ihm geblieben war, begann er, Schwimmbewegungen auszuführen.

Er wusste nicht, wo er hinschwamm, doch da tauchte der Kopf von Christian Erdmann direkt vor ihm auf. Der Ingenieur schien bewusstlos. Er rührte sich nicht, und sein Körper drohte zu versinken. Angersbach fasste ihn unter den Schultern und drehte sich auf den Rücken. So bekamen sie beide Luft, aber ans Ufer bringen konnte Ralph ihn nicht. Er spürte, wie seine Kräfte mit jeder Sekunde nachließen und die Kälte seine Gliedmaßen taub machte. Von überallher kroch sie in seinen Körper. Es war nur eine Frage der Zeit, bis sie Herz und Lunge erreicht hätte. Dann würden Erdmann und er gemeinsam untergehen.

Er musste an das Finale von *Titanic* denken, an die zwei Liebenden, die sich loslassen mussten, damit zumindest einer die Chance hatte, zu überleben, dann an Sabine, mit der er sich den Film angesehen hatte. Waren das schon die Bilder, die im Moment des Todes vor dem geistigen Auge vorüberzogen?

Lynn steuerte das Mercedes-Cabriolet in Richtung Waldeck. Mit viel zu hoher Geschwindigkeit rasten sie die kurvige Straße an der Eder entlang. Sabine krallte die Finger in den Stoff ihrer Jeans. Das Cabriolet war nicht für eine Fahrt auf vereisten Pisten ausgelegt. Die Vernunft gebot, langsamer zu fahren. Doch Sabine wollte so schnell wie möglich zu Ralph. In ihrem

Magen grummelte es, und die schwarzen Wolken, die sich am Himmel ballten, schienen ihr wie Vorboten eines nahenden Unheils.

Sie atmete auf, als sie den Parkplatz des Terrassenhotels erreichten und Ralphs Lada und Erdmanns Jeep entdeckten. Aber wo waren die beiden Männer?

Sabine und Lynn stiegen aus dem Wagen und rannten zur Staumauer. Oben auf der Mauerkrone entdeckten sie zwei Gestalten im Schneegestöber. Sie beschleunigten ihre Schritte und eilten am Torhaus vorbei zur Mitte der Talsperre. Erst jetzt erkannte Kaufmann, dass es sich bei den beiden Personen nicht um Angersbach und Erdmann handelte, sondern um zwei Frauen in modischer Joggingkleidung, die angestrengt nach unten auf den See blickten.

Kaufmann lief auf die beiden zu. »Ist etwas passiert?«, keuchte sie.

Die beiden Frauen nickten. »Da ist ein Mann ins Wasser gesprungen«, erklärte die eine. Sie streckte den Arm aus und zeigte auf einen Punkt, der sich im See bewegte. Ein Kopf – oder waren es zwei?

Sabine durchfuhr ein eisiger Schreck. Ein Sprung ins kalte Wasser konnte schon ab einer Wassertemperatur von fünfzehn Grad lebensgefährlich sein. Der Edersee hatte zu dieser Jahreszeit höchstens fünf, eher noch weniger. Kälteschock, Schwimmversagen, Unterkühlung und Kreislaufzusammenbruch – das waren die Folgen, die binnen Minuten oder sogar Sekunden zum Tod durch Ertrinken führen konnten.

»Wir haben den Notruf gewählt«, erklärte die zweite Joggerin. »Man hat uns gesagt, dass die Wasserschutzpolizei bereits unterwegs ist, und ein Rettungshubschrauber auch.«

»Gut.« Kaufmann umklammerte die Brüstung und starrte auf die Wasseroberfläche. Sie war sich jetzt sicher, dass es zwei

Personen waren. Die eine hielt die andere im Rettungsgriff, war aber offenbar nicht in der Lage, sich zum Ufer zu bewegen. Das war es, was man lapidar als Schwimmversagen bezeichnete – die reduzierte Beweglichkeit, verursacht durch schlecht durchblutete Extremitäten infolge der Kälte. Zusammen mit der Hyperventilation und Panik durch den Kälteschock führte sie dazu, dass sich Personen im kalten Wasser nicht einmal zu einer nur wenige Meter entfernten Plattform retten konnten.

Erst jetzt entdeckte sie Ralphs Schuhe und Jacke, die achtlos weggeworfen neben der Brüstung lagen, an der das lose Ende eines Seils baumelte. Vor Sabines geistigem Auge setzten sich die Bilder wie von selbst zusammen. Ralph hatte Erdmann losgeschnitten, und dann war er ihm hinterhergesprungen. Im Grunde war ihr das von Anfang klar gewesen, doch ihr Gehirn hatte sich geweigert, die richtige Schlussfolgerung zu ziehen. Für eine Sekunde fühlte es sich an, als wäre sie selbst ins eiskalte Wasser gestürzt. Einer der Köpfe dort unten gehörte Ralph!

Im Schneetreiben über dem See zeichnete sich die Silhouette eines Schiffs ab. Gleich darauf schälte sich das Polizeiboot aus dem Winterweiß. Es hielt auf die beiden Schwimmer zu.

Ein Schlauchboot wurde zu Wasser gelassen. Zwei Polizisten zogen Angersbach und Erdmann hinein und hüllten sie in Rettungsdecken. Das Schlauchboot wurde am Kran zurück aufs Schiff gehievt, die beiden Männer an Bord notversorgt – jedenfalls nahm Sabine das an. Wirklich erkennen konnte sie es nicht, aber sie sah, dass auf dem Schiff hektische Betriebsamkeit herrschte, während es Kurs auf den Bootsanleger am Terrassenhotel nahm.

Sabine rannte los. Aus dem Augenwinkel sah sie, dass Lynn und die beiden Joggerinnen ihr folgten. Vermutlich waren alle drei besser trainiert als sie, auf jeden Fall deutlich jünger, aber

Sabine traf trotzdem als Erste am Steg ein, im selben Augenblick, als auch das Boot der Wasserschutzpolizei anlegte.

Sie hörte ein fernes Knattern, das sich rasch näherte und immer lauter wurde. Im nächsten Moment tauchte der Rettungshubschrauber über den schneebedeckten Baumwipfeln auf.

Die Wasserschutzpolizisten brachten Angersbach und Erdmann mit Rettungswannen an Land. Der Hubschrauberpilot setzte den Helikopter direkt auf den freien Bereich am Ufer. Notarzt und Sanitäter sprangen heraus und untersuchten rasch die beiden Männer. Sie legten Zugänge und verabreichten Medikamente. Sabine sah ihnen mit banger Anspannung zu. Am liebsten wäre sie zu Ralph gelaufen, hätte ihn festgehalten und nie wieder losgelassen, aber sie wusste, dass sie den Helfern nicht im Weg stehen durfte. Sie spürte, wie Lynn nach ihrer Hand griff, und erwiderte den Druck dankbar.

»Der zuerst«, bestimmte der Notarzt und wies auf Erdmann.

»Nein!«, rief Sabine. »Sie müssen sich um Kommissar Angersbach kümmern.« Sie zeigte auf Ralph.

Der Notarzt warf ihr nur einen kurzen Blick zu. »Wir entscheiden nach medizinischer Notwendigkeit.« Er gab den Sanitätern ein Zeichen. Sie hoben die Rettungswanne an, liefen geduckt mit Erdmann zum Hubschrauber und wuchteten ihn hinein. Der Notarzt blieb bei Ralph. »Der zweite Helikopter ist in ein paar Minuten hier«, fügte er beruhigend hinzu.

Sabine beobachtete mit hämmerndem Herzen, wie der Hubschrauber abhob und über den Wipfeln verschwand. Der Notarzt kümmerte sich um Ralph, der bewusstlos und leichenblass in der Rettungswanne lag. Lynn drückte Sabines Hand. Die beiden Joggerinnen standen wie festgewachsen und konnten den Blick nicht vom Geschehen lösen. Der Schnee fiel immer dichter vom Himmel. Die Zeit dehnte sich.

Dann endlich hörte Sabine das Geräusch eines weiteren Hubschraubers. Wie eine rot-weiß gestreifte Hummel materialisierte er sich über den Bäumen, nahm Kurs auf den See und landete im nächsten Augenblick auf dem Uferstreifen. Die Besatzung sprang heraus und trug Ralph zum Helikopter.

»Darf ich mitfliegen?«, fragte Sabine eilig.

Der Notarzt, der den Sanitätern folgte, blieb kurz stehen. »Wer sind Sie denn?«

»Eine Kollegin. Und …«, sie zögerte kurz, »seine Verlobte.«

»Bitte.« Der Notarzt winkte ihr, sich zu beeilen.

»Ich rufe dich an«, rief Sabine Lynn zu und rannte geduckt zum Hubschrauber. Die Sanitäter reichten ihr die Hände und halfen ihr hinein. Sabine sank auf den schmalen Sitz, den man ihr anwies. Die Seitentür des Helikopters wurde zugeschoben. Der Motor heulte auf, die Rotoren surrten. Sabines Magen sackte durch, als der Hubschrauber abhob. Sie sah aus dem Türfenster nach draußen. Der Edersee wurde rasch kleiner und verlor sich im Schneetreiben. Gleich darauf war er verschwunden.

32

Gießen, Universitätsklinikum, eine Woche später

Ralph Angersbach hatte immer noch das Gefühl, als steckten ihm Eiszapfen in sämtlichen Knochen, obwohl man ihm tagelang einen warmen Luftstrom unter die Bettdecke gelenkt hatte. Auch das hohe Fieber, das seinen Kopf drei Tage lang zum Glühen gebracht hatte, hatte die innere Kälte nicht vertreiben können. Aber die Ärzte waren zuversichtlich, dass sich alles normalisieren würde.

Er hatte Glück gehabt. Die schlimmsten Verletzungen waren nach wie vor die Beule am Kopf und sein gezerrter Knöchel, und der hatte sich dank der strengen Bettruhe gut erholt. Er hatte eine Erkältung bekommen, aber keine Lungenentzündung. Anders als Christian Erdmann, der nach wie vor intensivmedizinisch behandelt werden musste. Doch auch er würde es schaffen. Ralphs Sprung in den Edersee hatte ihn vor dem Ertrinken bewahrt. Der feige Abgang, den er geplant hatte, war ihm nicht gelungen.

Erdmann würde sich verantworten müssen, für einen Mordversuch und zwei Morde aus niederen Beweggründen. Nicht im Affekt, aus enttäuschter Liebe, sondern kalt und berechnend, einfach nur, weil er den Lebensstandard, den seine Frau ihm ermöglicht hatte, nicht hatte aufgeben wollen.

Der Mensch ist gar nicht gut, drum hau ihn auf den Hut, kam Ralph eine Liedzeile in den Sinn. Woher stammte das gleich noch mal? Brecht wahrscheinlich. *Die Dreigroschen-*

oper. Er sollte mal wieder ins Theater gehen. Sobald er auf den Beinen war, würde er Sabine fragen, ob sie Lust hatte.

Wie aufs Stichwort klopfte es an der Tür, die gleich darauf mit Schwung geöffnet wurde. Johann Gründler marschierte ins Krankenzimmer, wie gewöhnlich mit Birkenstocksandalen, weitem Baumwollhemd und der langen Weste aus braun gemusterter, grob gestrickter Wolle, die an griechische Schafhirten erinnerte. Zumindest trug er als Zugeständnis an die Jahreszeit dicke Wollsocken. Der graue Bart war wild wie immer. Die langen grauen Haare waren zu einem Pferdeschwanz zusammengefasst.

»Junge, Junge«, sagte er und zog sich einen Stuhl ans Bett. »Du machst Sachen.«

Sabine, die seinem Vater gefolgt war, setzte sich an die andere Bettseite und nahm Ralphs Hand. »Wie geht es dir heute?«

»Ich friere immer noch.«

Sabine schenkte ihm umgehend heißen Tee aus der Kanne auf seinem Nachttisch ein und reichte ihm die Tasse.

»Danke.« Ralph seufzte. Er wusste nicht, wie viele Liter Tee er mittlerweile schon in sich hineingeschüttet hatte.

»Ich hab was, das dich aufwärmen wird«, sagte der alte Gründler und zog sein Smartphone hervor. Er wischte über das Display und hielt es so, dass Ralph es gut sehen konnte.

Im ersten Moment musste er die Augen zusammenkneifen, weil das Bild so grell leuchtete. Dann erkannte er, dass es der australische Himmel war. Während hier tiefster Winter war, herrschte dort Hochsommer. Die Kamera schwenkte kurz über einen weißen Strand und kobaltblaues Wasser, dann kamen zwei Personen ins Bild.

»Hallo, Ralph!« Seine Halbschwester Janine und ihr Ehemann Morten winkten in die Kamera. »Wir sind ja so froh, dass du wieder auf den Beinen bist.«

Ralph wurde tatsächlich warm ums Herz. Er vermisste Janine. Damals, als er das Haus in Okarben und seine Halbschwester als Dreingabe geerbt hatte, war sie ein widerborstiger Teenager gewesen. Inzwischen war sie erwachsen geworden, eine tolle Frau mit einer großartigen Familie, in die sie hineingeheiratet hatte. Dass sie so weit weg von ihm lebte, machte ihn traurig, aber er war froh, dass sie glücklich war und er mittlerweile ein entspanntes und freundschaftliches Verhältnis zu ihr hatte.

»Jo sagt, du bist ein Held«, meldete sich Morten zu Wort. »Du hast diesem Mörder das Leben gerettet.«

Mo und Jo. Ralph wusste nicht, wer diesen Unsinn aufgebracht hatte, aber die beiden – Morten und der alte Johann Gründler – fanden es nach wie vor cool.

Ralph winkte ab. Mit Lob konnte er nicht gut umgehen. »Ich habe getan, was nötig war.«

»Du hast dich selbst in Lebensgefahr gebracht«, sagte Janine ernst. »Das ist mutig.«

»Und ein bisschen dumm«, murmelte Sabine halblaut neben ihm. Angersbach musste ihr insgeheim recht geben, doch gerade jetzt wollte er sich die Laune nicht verderben lassen.

Die Hand des alten Gründlers landete krachend auf Ralphs Schulter. »Er ist ein großartiger Junge, findet ihr nicht?«

»Absolut«, bestätigten die beiden von der anderen Seite der Erdkugel. Morten sah auf seine Armbanduhr. »Sorry, Ralph, wir müssen los. Meine Eltern erwarten uns zum Abendessen.«

Klar. In Melbourne war es zehn Stunden später als hier.

»Lasst es euch schmecken. Und grüßt schön.«

»Von mir auch!«, riefen der alte Gründler und Sabine synchron.

»Machen wir.«

Das Videofenster schloss sich. Ralph sah das Hintergrundbild seines Vaters, das Foto einer Anti-Atomkraft-Demonstration im Wendland, das aus den Achtzigern zu stammen schien, dazu ein Gewimmel von App-Icons.

»Was hast du da alles drauf?«, fragte er, während der alte Gründler das Smartphone in der Tasche seiner Schafhirtenweste versenkte.

»Was man halt so braucht«, erwiderte sein Vater schulterzuckend und zog einen Joint aus der anderen Westentasche. »Darf man hier rauchen?«

»Nein. Und vor allem keine Drogen«, sagte Ralph scharf.

Der alte Gründler grinste und steckte den Joint wieder weg. »Dein Wunsch ist mir Befehl.« Er hob den Finger. »Was ich noch sagen wollte: Bevor du Mordpläne schmiedest wie dieser Erdmann, weil du an mein Haus willst, gib mir Bescheid, ja?«

Ralph dachte an das schöne Haus im Vogelsberg, um das er seinen Vater glühend beneidete. »Warum? Willst du es mir dann überschreiben?«

»Nein.« Sein Vater blinzelte ihm zu. »Ich will mir eine kugelsichere Weste besorgen.«

Sabine lachte herzlich, und auch Ralph musste grinsen. Beinahe hätten sie darüber das Klopfen an der Tür überhört.

Lynn Burger steckte den Kopf ins Zimmer. »Hallo. Störe ich?«

»Nein.« Sabine winkte sie herein. Der alte Gründler musterte die blonde junge Frau im grauen Hosenanzug interessiert.

»Das ist Lynn Burger«, erklärte Ralph und neigte den Kopf in Richtung des alten Gründlers. »Mein Vater.«

Der erhob sich, nahm Lynns Hand und verbeugte sich formvollendet. »Johann Gründler«, stellte er sich vor. »Sie dürfen Johann sagen und Du.«

»Lynn. Wir können uns gerne duzen.« Sie schüttelte Gründlers Hand und positionierte sich am Fußende von Ralphs Bett, weil es keinen weiteren Stuhl im Zimmer gab. »Wie geht es dir?«

»Wird schon wieder.« Vor Lynn wollte er nicht jammern.

»Mein Sohn ist ein zäher Hund«, kommentierte Gründler und wandte sich an Sabine. »Ralph hat mir am Telefon von eurem Fall erzählt. Verrückte Geschichte, dieses angebliche Nazigold im Grab von Alt-Berich.«

»Vermutlich stimmt es«, sagte Sabine. »Jedenfalls hat Willi Erdmanns Enkel Kai fest daran geglaubt.«

»Und aus Wut, weil es dann doch nicht dort war, hätte er fast seinen Großvater erschlagen.« Gründler schüttelte den Kopf. »Was wird jetzt aus dem Jungen?«

»Ihn erwartet eine Anklage wegen schwerer Körperverletzung, aber da er seinen Großvater nicht getötet hat, bleibt er zumindest erbberechtigt«, erklärte Sabine. »Er bekommt den Hof. Wahrscheinlich verkauft er ihn an Unger Bau, damit sie ihre Goldmine bauen können.«

»Eher nicht«, sagte Lynn. »Die Lage hat sich geändert, das habe ich gerade erfahren. Die Leute von der Fracking-Gesellschaft haben neue Proben genommen. Kai hat sich mit ihnen in Verbindung gesetzt. Das Ergebnis dürfte ihm allerdings nicht gefallen haben. Die Goldader, die Mark Gräber entdeckt hatte, ist nur ein winzig kleiner Einschluss, gerade mal fünf, sechs Meter im Quadrat. Dafür lohnt es nicht mal, einen Bagger kommen zu lassen.«

Ralph verspürte Mitleid mit Kai, der sich vermutlich schon am Ziel seiner Träume gesehen hatte. »Was macht er dann?«, fragte er und nippte an seiner Teetasse. »Die Böden sind doch im Eimer.«

Lynn lächelte. »Ich habe gehört, dass er seinem Freund Justin einen Brief geschrieben und ihn um Entschuldigung gebeten hat. Den erwartet ja auch eine Haftstrafe wegen des Banküberfalls, aber wenn sie beide wieder raus sind, können sie sich gemeinsam etwas aufbauen. Kai hat ihm da wohl etwas vorgeschlagen, was sie auf dem Hof aufziehen könnten. Irgendein Umweltprojekt oder eine Touristenattraktion.«

Sabine lachte ungläubig. »Da bin ich gespannt.«

»Ich auch«, sagte Lynn.

»Und die ›Schutzmacht‹? Dieser dumme, geschichtsvergessene Verein?«, erkundigte sich der alte Gründler.

»Hat sich aufgelöst«, berichtete Lynn, die nach Erdmanns Selbstmordversuch noch ein paar Tage am Edersee geblieben war, um die Ermittlungen abzuschließen, während Sabine nicht von Ralphs Seite gewichen war. »Was nichts daran ändert, dass sich die Beteiligten wegen der Drohungen gegen Laura Erdmann-Janssen vor Gericht verantworten müssen. Freiheitsstrafe bis zu zwei Jahren oder Geldstrafe, wenn sie Glück haben, auf Bewährung. Vielleicht lernen sie ja etwas daraus.«

»Und was macht ihr?« Johann Gründler schaute Ralph und Sabine spitzbübisch an. »Am Edersee gibt es ein hübsches Trauzimmer im Torhaus auf der Staumauer, habe ich im Netz gelesen. Traut ihr euch?«

»Ausgerechnet da, wo ich fast abgesoffen wäre?«, schnaubte Ralph und stellte die Teetasse beiseite. »Bestimmt nicht.«

»Da, wo du ein zweites Leben geschenkt bekommen hast«, korrigierte der alte Gründler. »Das wäre doch ein Anlass, ein paar Dinge zu ändern.«

»Hm.« Ralph tauschte einen unsicheren Blick mit Sabine. »Wir denken darüber nach.«

»Mehr will ich ja gar nicht.« Gründler zog seinen Joint wieder aus der Tasche. »Ich gehe dann mal raus, rauchen.«

»Ich komme mit«, verkündete Lynn.

»Du rauchst?«, wunderte sich Sabine.

»Nein. Ich will nur eure Zweisamkeit nicht stören.« Lynn blinzelte Ralph zu und schlüpfte hinter seinem Vater aus dem Zimmer.

»Tja«, sagte Ralph und grinste Sabine verlegen an. »Da haben sie uns einen Floh ins Ohr gesetzt.«

»Ach was.« Sie erhob sich vom Stuhl, hockte sich auf die Bettkante und küsste ihn. »Das hat nun wirklich keine Eile. Hauptsache, wir sind glücklich.«

Ralph schob sich ein Stück höher und schloss sie in die Arme. »Das bin ich.«

»Ich auch.«

Sie schmiegte sich an ihn, und jetzt endlich wurde ihm auch innerlich wieder warm.

33

Dorfstelle Berich, August 1945

Die letzten Wochen und Monate waren demütigend gewesen. Der verlorene Krieg, der Tod des Führers, all die beengten und schmutzigen Verstecke, das magere und schlechte Essen. Immerhin gab es nach wie vor Verbündete, die ihnen Unterschlupf gewährten, aber auch die hatten selbst kaum mehr als das, was sie zum Überleben brauchten. Einzig die Aussicht auf eine fürstliche Entlohnung hatte sie bewogen, Herrmann und seinen Männern etwas von ihren kärglichen Mahlzeiten abzugeben.

Doch nun hatte sich das Blatt gewendet. Ein Weg war gefunden worden, eine Schiffspassage organisiert, und wie es das Schicksal wollte, war auch der Wasserstand im Edersee gesunken.

Sie stellten den klapprigen Geländewagen oben an der Straße ab und eilten im fahlen Mondlicht hinunter zum Ufer. Die Petroleumlampen wollten sie erst entzünden, wenn es unbedingt nötig war. Im Februar, als sie die Kisten im Grab versteckt hatten, war es einfacher gewesen. Sie hatten dafür gesorgt, dass es einen Bombenalarm gab. Die Verdunkelung hatte ihnen Schutz vor Entdeckung geboten.

Heute war es gefährlicher, aber dieses letzte Risiko mussten sie eingehen. Die Kisten im Grab machten den Unterschied zwischen einem Leben in Armut oder jenem Reichtum, der ihnen drüben in Südamerika Tür und Tor öffnen würde. Niemand würde sie dort aufspüren, und verborgen hinter hohen Mauern und Stacheldraht könnten sie die Welt wiederauferstehen lassen, die sie hier verloren hatten.

Sie zündeten die Lampen an und stemmten die Grabplatte hoch. Herrmann Erdmann atmete erleichtert auf. Das Gold war noch da. Sie holten es heraus, verschlossen das Grab und trugen die Kisten zur Straße.

Bevor sie in den Wagen stiegen, sah Herrmann ein letztes Mal den bewaldeten Hang hinauf. Dort lagen Bärental und der Hof der Familie. Ein wenig bedauerte er es, dass er seinen Neffen Willi ohne Abschied zurücklassen musste. Willi war ein guter Junge, kein Volksverräter wie seine Eltern. Er würde seinen Weg machen.

Der Führer war tot, doch seine Idee lebte weiter.

Die abgerissenen Gestalten kamen aus dem Nichts. Sie hatten keine Pistolen, aber Schaufeln und Mistgabeln. Herrmann und seine Männer waren unbewaffnet. In diesen Zeiten war es zu riskant, mit einer Waffe herumzulaufen, erst recht mit einer, die sich eindeutig der SS zuordnen ließ.

Herrmann Erdmann sah wutverzerrte Gesichter und glühende Augen und begriff im selben Moment, dass sein letztes Stündlein geschlagen hatte. Das Schicksal war ihm nicht länger gewogen. Das Schiff nach Südamerika würde ohne ihn und seine Männer ablegen.